文心书系

虚妄山

U0788081

北师大二附中
文科实验班
小说精选集

主　编　李煜晖

商务印书馆国际有限公司

图书在版编目（CIP）数据

北师大二附中文科实验班小说精选集 / 李煜晖主编 .—北京：
商务印书馆国际有限公司，2014.11（2017.3重印）
ISBN 978-7-5176-0026-8

Ⅰ.①北… Ⅱ.①李… Ⅲ.①作文－高中－选集 Ⅳ.① H194.5

中国版本图书馆 CIP 数据核字 (2014) 第 248078 号

北师大二附中文科实验班小说精选集

主　　编　李煜晖
责任编辑　蔡红英
出版发行　商务印书馆国际有限公司
（地址北京市东城区史家胡同甲 24 号　邮编 100010）
（总编室电话 010－65592876　市场营销部电话 010－65598498）
经　　销　全国新华书店
印　　刷　北京中科印刷有限公司
开　　本　710mm × 1000mm　1/16
印　　张　26
字　　数　360 千字
版　　次　2017 年 3 月第 1 版第 2 次印刷
书　　号　ISBN 978-7-5176-0026-8
定　　价　38.00 元

前言

我们为什么写小说

李煜晖

这个世界上，人的爱好千差万别。有人喜欢音乐，有人喜欢美食，我们喜欢文学。

我们，指的是我和我教的文科实验班这 29 个学生。当两年前与他们初见的时候，我就能感觉到他们对文学强烈的热爱。作为一个普普通通的语文老师，我能做的就是尽量成全他们，至少不败坏他们对文学的热情。无论课时多么紧张，无论高考的压力有多大，我都必须这样做。

这种成全，不是给他们时间漫无目的地读书，不是给他们空间放任自流地闲谈，不是给他们机会寻章摘句地卖弄——那只是无用文人的附庸风雅。我所希望的，是带领他们在文学作品的阅读和创作中学会思考，学会表达。

于是，在高一、高二这两年的时间里，除了平常的教学、考试外，我们主要在和中国的孔孟、老庄、韩非、屈原、司马迁、陶渊明、李杜、韩愈、苏轼、施耐庵、曹雪芹、鲁迅、余华，以及外国的莫泊桑、欧·亨利、卡夫卡、马尔克斯、乔治·奥威尔这些人在“打交道”。

首先，他们有思想，文章写得好，这是公认的。所以我们研究他们，学习他们。

其次，也是最重要的，我读过他们，我喜欢。比如余华，似乎从哪个角度来说，都还不能和前面的那些伟人并列，也没得过诺贝尔文学奖，但是我读过他的全集，而且从中获得很多快乐和悲伤，在活着的作家中，这就算很不容易了。客观地说，他比现代文学史上大多数文学家更会写小说，只是生得晚了一些。

我一直固执地认为，老师不能按照文学史的“座次”选文和讲课，因为语文课不是“忠义堂”，假如你讲的东西自己都没被触动、没看明白，凭什么去打动学生？这个问题搞不清楚，就说明老师没思想。老师自己没思想，凭什么指望学生有思想？

所以，当我把曾经令我痴迷并有所收获的这些作家和作品引荐到课堂上来的时候，学生们阅读的热情被点燃了。我们曾用了三个多月一起去读《鲁迅全集》，学生曾用一个寒假去读《余华全集》，我们曾用两个月的时间研读韩兆琦先生评注的《史记》，我自己曾经兴高采烈地讲了半个月的《红楼梦》……

那些日子真的很累：大家提问题、查文献、讨论，写研究报告、写评论文章，创作文言文、创作小说、写诗、宣讲成果，忙得天昏地暗。经常有同学熬到深夜才完成学习任务。他们说，那一刻有“仰天长啸”的冲动。

是的，累，但是壮怀激励。

我们就这样度过了两年的时光。除了对文学的情怀和师生的情谊，还留下 40 万字的小说，12 万字的《史记》研究，30 多万字的鲁迅作品鉴赏，20 多万字的余华作品鉴赏，10 多万字的散文随笔。这些成果，少数已经在期刊上发表，大多数还在沉默。

我希望这些文字发出自己的声音，就像能让学生畅所欲言。也许浅陋，但他们真实；也许稚嫩，但他们勇敢。何况，也未必就浅陋和稚嫩呢？我曾经拿出若干小说和论文，给相熟的教授、作家和资深编辑观看，他们不约而同地问我：“你写的？”虽然我写的也未必更高明，但我依然视之为对我学生的褒奖。

遗憾的是，这个世界上，人的爱好千差万别，可又有谁像我们一样喜欢文学？人们能容忍质量参差不齐“满分作文”充斥图书市场，却不愿为才华横溢的原创小说呐喊助威，这不能不说是一种悲哀。

你相信经典名作精读量三百万字以上的高中生看不懂高考阅读题的文本吗？你相信在核心期刊发表过学术论文的高中生写不出“阅读延伸”吗？你相信月均创作上万字的学生会发愁 800 字的高考作文吗？

反正我不信。

或许感动于我们的执着，或许认同我们的理念，总而言之，商务印书馆国际有限公司愿意为我们出版这样一本小说集，并为此付出了辛苦的劳动。虽然这只是我们两年心血的一小部分，但在这样的时代语境和市场环境下，其魄力还是令人感佩的。

限于版面，我们删去了一些中长篇小说。就入选的作品来看，题材甚广，手法多样，大致有五类：反映社会问题、演绎历史事件、追求新奇情节、尝试先锋手法和创作玄幻故事。故全书分五章，命名为：

浮生绘

故事演新编

猎奇惊拍青玉案

梦蝶戏作黄粱观
倾情虚妄山

合起来恰似一首词，可命名为寄调《忆江南》。虽然格律不甚严整，但也顾不了那么多了。

值得一提的是，“虚妄山”是侯千藻同学创作的系列玄幻小说的题目。虽然我并不看玄幻小说，但对这位同学的才情十分欣赏：“虚妄山”这三个字，充满了隐喻的意味。

小而言之，小说离不开虚构和幻想，蒲松龄不是说“姑妄言之，姑妄听之”吗？如果不能把生活中既成事实的多重可能性“编”出来，那文学就等同于我们一览无余的生活。但小说又不能全是“虚妄”，必须有“山”一样沉稳深厚的生活基础、丰满高大的艺术形象。故“虚妄山”三字中含有小说创作之道。

大而言之，文学本是虚妄：饥不可食，寒不能衣，但亘古以来却如山伫立。

我们那一去不复返的两年青春，就挣扎徘徊在这样的“虚妄山”下，试图思考，试图表达。即使最终还要登上高考这座“功名山”，但把前者当作书名，也算立此存照，留作纪念吧。

写到这里，忽然有些伤感。共处的时间，只剩一年。

“虚妄”也好，“功名”也罢，本无所谓有，无所谓无。唯愿大学的老师善待我的学生，能让他们在思考和表达的路上走得更远。

（作者为北师大二附中教学处主任、文科实验班语文教师）

目录

第二章　故事演新编

第三章　猎奇惊拍青玉案

第四章　梦蝶戏作黄粱观

第五章　倾情虚妄山

第一章

浮生绘

导读：

小说细腻、真实地描绘了一个单亲家庭的孩子敏感、挣扎的内心世界和曲折的成长历程。引人入胜的情节背后，是作者对家庭教育、学校教育的深入思考。

奇怪的孩子

史逸凡

我上楼梯的时候，看见一个不在那里的人。今天他又不在那里。他已经很久没跟我说话了。我希望……我希望他再也不会对我说话。

"尚进是一个奇怪的孩子。"这是我的老师跟我妈妈说的。当时家长会刚结束，所有的家长都围到了老师身旁问自己孩子的情况。我妈妈很少参加家长会，因为她在饭馆工作太忙了，我上学这几年老师几乎没见过她。但这次老师说她不能再不来了，因为"尚进似乎出了些问题"。所以妈妈跟一个同事临时换了班，穿着服务员的衣服赶到了学校，然后听到了老师对我的评价。

"尚进他太安静了，不爱跟人交流，在学校也没朋友。"

"上次他跟同学打架……"

"他的成绩这次又是倒数第一，给班里拉低了好多分。"

“我怕他再这样下去，就危险了。”

我妈妈被老师说得抬不起头来，只能用手指卷着油腻的围裙，不住地说：“是是是，老师您说得对。我真是太忙了，没时间管他。唉，这孩子自己也不争气。”

到最后，老师似乎发觉自己说得太狠了，他停了停，换了一种语气说：“你也别灰心。我们老师是不会放弃任何一个学生的，因为每个孩子都是有希望的嘛。”

“你妈妈脸色很不好。你要倒霉了。”他说。“不用你幸灾乐祸。”我愤愤地对他说。

“尚进！你给我过来！”妈妈一进门就叫我。我慢慢走到她身边，不敢抬头看她。她抄起一把笤帚就要打我，我转身逃走。她在后面喊叫着追我：“你给我过来！我打死你。”“你别打我。”我一边逃一边小声说。她还在响亮地喊叫着：“我问你，你为什么不好好学习？今天老师当着那么多家长说你，你还嫌你妈不够丢人啊！你知道不知道我整天给人端茶送水，累死累活地养活你，供你念书，你就这样？你对得起你妈么！”喊着喊着，她就哭了，嘴上仍然不停：“你爸那个没良心的，跟别人跑了，把你扔给我。你妈一个人把你养大容易么？结果你却成了这个样子。你跟你爸一样没良心！”

我停下了脚步。

“你快跑啊，她说了要打死你。”他说。

我没理他，拿了张纸巾送到妈妈跟前。妈妈一把扯了过去，边擦鼻涕边问我：“你说，你为什么跟别人打架？”

“他们说我没爹没妈。”

老师跟我妈妈说的话大部分都没错，我确实成绩很差，我也很安静，甚至很容易被忽略。但他有一点没说对。我有一个朋友，他叫凯文。那次我和几个同学因为打架被老师叫到办公室。老师坐在座位上，让我们站在墙边上反省错误，想好了再跟他说。凯文也被叫过去了。后来其他几个同学陆陆续续地去找老师承认错误，挨了一顿骂之后就走了。到最后只剩下了我和凯文。凯文戳了我一下，跟我说：“你别认错，这不是你的错。”我没说话，而是看向了窗外枝叶凋零的树，树上有一个喜鹊窝，大喜鹊正在给小喜鹊喂食。“咱们哪天爬上去把那个窝给端了。”凯文说。到了五点半，老师要下班了，他站起来看见了我，惊讶地说：“尚进，你怎么还在这儿？我以为你已经走了。”他走到我身边，问我：“你现在准备好承认错误了么？”我感到凯文拉了我一下。我回过头，见他冲我挤眉弄眼地摇了摇头。

“我没错。”我对老师说。

老师无可奈何地叹了口气，说：“算了，你走吧。我该找你妈妈谈谈了。”

凯文说：“我是这个世界上最了解你的人。”那时东方红饺子馆裁员，妈妈刚刚下岗。她整天出去找工作，然后拖着一身疲惫无功而返。那段时间她脾气很不好，在家里偶尔跟我说的几句话都是在骂我。后来妈妈到了现在的饭馆当服务员，每天晚上九点多才回来，回来后还要干些家务，很少跟我说话。我曾经问她：“妈妈，你为什么不跟我说话？”她说：“我太累了。”所以大部分时间里，我都是一个人待着。凯文有时会来找我。跟他在一起很省事，因为我们两个在一起的时候，往往都是他在说话，而我不用回应。他能说出我心里想的，也能告诉我应该做什么。妈妈骂我的时候，他会说：“她又来找你茬了，你别说话就对了。”久而久之我就习惯了妈妈的责骂。在学校里活动的时候，别人都不愿意和我分在一组，只有凯文主动走过来和我一组。他跟我说：“尚进，你别理那帮人，你不需要他们。”久而久之，我真的不再需要其他人了。

自从那次家长会之后，妈妈就变得有些不一样了。她有时候会跟我说几句话，问我在学校都干了什么，吃了什么，并用一种我很久都没见过的目光看我，一种我小时候常常看到的目光。那天我放学回家，本来跟凯文约好了要一起出去，可妈妈却破天荒地早回来了。

“尚进，”她举起手里的饭盒，“我从饭馆打包了几个菜晚上吃。”

“哦，好。”我说。

“阿进，”妈妈走了过来，对我说，“妈妈知道自己一直很忙，没时间陪你，更没时间管你学习上的事，平时还老说你。你……别怪妈妈。”

我耳边想起凯文的话：“她都这样对你多少年了，现在才想着要道歉。”

“妈妈以后会尽量挤出时间，多陪陪你。妈妈……可就你这么一个孩子，为你做什么都可以。”

“别听她的，她这是想让你同情她。你别忘了，我才是最了解你的人。”他说，“快走吧，跟我出去。”

“妈妈希望你以后也能做出改变。变得听话一些，在学校好好念书。”

他说：“别再听她的了，她还不是想方设法让你学习。”

“阿进，阿进？你在听妈妈说话吗？”

“嗯，我……我，跟朋友约了要出去。”

妈妈眼中划过一丝暗淡的阴影，但还是说：“行，你去吧，晚上回来吃饭。妈妈还不知道你的朋友是谁！”

“他叫凯文。”

“你为什么对她说我的名字？我说过我不想让她认识我。”凯文说。我们两个走到了以前经常来的那条河边。河水正泛起绿色的波浪。岸边的树上有只喜鹊喳喳地叫着。凯文捡起一颗石子朝喜鹊扔了过去，喜鹊扑棱棱地飞走了。

“我想回去了。”我说。

凯文说：“她才跟你说了这么几句，你就彻底妥协了？不需要我了？别忘了这些年都是谁陪着你过来的。是我！”

我说：“我知道。你是我朋友。但她是我妈妈。”

他说：“不，你没妈妈。妈妈不会那样对自己的孩子。”

我瞪着他，问道："你再说一遍？"

他说："你没妈妈。你不需要妈妈，你只需要我！"

我扑过去，打了他一拳。我们两个在河水边厮打起来。"我不许你再说我没妈妈！你听见了吗！"我咆哮着。"我就要说！你没妈妈！"凯文把我按在地上，一字一句地喊道。我不知道哪来的力气，猛地翻过身，大喊着："我告诉你，我有妈妈！"我抱着他向那条河扑了过去，冰凉的河水瞬间将我们淹没。

日击者说："我看见那个小孩，一个人在河边自言自语，后来大喊了一声'我有妈妈'就跳了下去。"

"阿进，阿进！你终于醒了，吓死妈妈了！"

我醒来的时候，正躺在医院里。第一个映入眼帘的，是妈妈挂着泪水的脸。

"我……我怎么了？"

"傻孩子，"妈妈抱着我哭道，"你为什么要跳河啊！"

记忆逐渐向我涌来，我想起了自己在腥咸的河水里挣扎。"凯文呢？"我问。

"凯文？孩子，你之前是一个人在河边。"妈妈说。

"凯文说我没妈妈。是我，是我把他推进水里的。我们俩一起掉下去的。"我说，"妈妈，你在这就好。"

我看到妈妈又流泪了，她抱住了我。然后我看到了凯文，他站在门口，身上一点都没湿。他看了我一眼，然后离开了。

"妈妈。"

"嗯？"

"你以后多陪我说说话好吗？"

"好，妈妈以后一定多陪你。"

"你陪我，我就不需要他了。"

“你、我、他，你、我、他……”我喃喃地念着。

“阿进你说什么？”

“妈妈，你知道为什么是‘你、我、他’吗？”

“不知道。”

“因为，你对我来说，是最重要的。”

我上楼梯的时候，看见一个不在那里的人。今天他又不在那里。他已经很久没跟我说话了。我希望……我希望他再也不会对我说话。因为，我有了你。

导读：

生与死之间是一座漫长而孤独的桥，桥上人流涌动却彼此孤独。主人公在一个平凡的夜晚看透了人生的真相，也给读者以丰富的启迪。精巧的构思和富有哲理的心理描写令人眼前一亮。

需要被理解的人

钱子钰

十月份的阳光温暖而柔和地照射着大地，湛蓝色的天空中没有一丝云。此时一阵微风徐徐而过，吹皱了江面，荡漾着的江水上一片片灿烂迷离的光斑不停地闪烁着，照耀得人睁不开眼睛。一辆辆汽车在跨江大桥上呼呼地开过，马路两侧星星点点的行人步履或匆匆或闲散，但无疑每个人都在这样一个平静且平凡的午后如往常一样正常地前行着。

然而江岸边突如其来的喧闹和逐渐汇聚的人群打破了这一派安宁。

有人发现江面上漂浮着一具人的尸体。

警方迅速封锁了尸体发现地周围的一片江域，并请法医对尸体进行了初步检查。死者为一名成年男性，年龄在 30 到 40 岁之间，死因是溺水，死亡时间在前一天的深夜到这一天凌晨的这段时间内。死者身上没有打斗痕迹，并且警方在其身上找到了一定数目的零钱，因此排除了遇袭或者被谋财害命的可能。经过对死者身份的深入调查，警方得知，死者名叫王明，今年 32 岁，在一家会计师事务所上班，未婚，身边没有任何直系亲属。值得注意的是，他的母亲在两天前刚刚因病去世，再加上他以前的邻居承认其性格较为孤僻，于是警方推测，王明在自己母亲去世后因为孑然一身、举目无亲而深感孤独，最终选择了放弃自己的生命投江自杀。而就在此时，案件有了新的线索。警察找到了王明生前为数甚少的朋友之中的两个——崇景和郭大福，他们自称在前一天的晚上还和王明在一起相处过，但王明并没有向他们告知他母亲去世的消息，他们自己本身也并不知情，只是了解王明的母亲身患重病在医院接受治疗，而王明也十分孝顺，每礼拜总会有四五天去医院探望和照顾他母亲。

“那天晚上我们约王明出来，他很爽快地就答应了，来的时候也很正常。他笑着跟我们说他最近很好。”崇景这样对警察说。

但因为王明生前本身就不爱表达和交流，很可能会刻意隐瞒自身状况，崇景的说辞显然不能动摇警察关于王明死于自杀的推断，反而使警方对崇景和郭大福二人产生了怀疑。

案情开始扑朔迷离起来。

傍晚的风显然要比白天冷得更现实一些，让我真正有了一种快要走入深秋的感觉，下意识地紧了紧自己的破旧风衣，虽然这并不能很好地阻止寒风内灌。几片树叶被秋风席卷着从我眼前扫过，最终停止于马路上。被方砖完好覆盖的人行便道平坦地延伸至远方。我这才又想起来自己正走在去往崇景家的路上。几个小时前崇景给我打电话，约我今晚去他家喝酒打牌。“有一个多月没有见过面了吧？你要有空来哥们这儿咱们聚一聚。”崇景对我说。于是我才意识到自从我母亲生病住院，我就将业余时间的全部精力投入到了找大夫给她看病、照顾她在医院的饮食起居，和保险公司联系报销医药费等等一系列随之而来的事情上，暂时把自己的闲暇生活和与朋友的联系、聚会都抛在了脑后。我尽全力将她服侍得细致入微，只是因为我知道她大概是我人生中的最后一个亲人，而我只是在正确的时间做着自己认为值得的事。我或许并不像我表现的那么爱自己的母亲，我只是为了避免当这最后一个亲人最终离我而去时自己会后悔和难过。所以我在此刻把我能做的都做到、做好，到那时就可以安慰和鼓励自己说，我已经做了所有我应该做的，我完成了一个儿子的使命，下面我就可以心安理得地享受自己的人生了。说到底，这不过是我自己自我感觉良好的罪恶表现。

而现在，我的母亲，我在这世界上的最后一个亲人，已经不在了。母亲今天死了。也许是昨天，我不确定。今天早上医院大夫发送给我的死亡通知只写了“令堂病逝，请来料理后事”，却没有告诉我她是哪一天死的，所以我无法确定母亲是哪一天过世。收到信息后，我闭上了眼睛，没有哭，甚至没有一丝难过。此刻我内心充满的只有无限的疲惫。这是我在服侍我母亲的那段日子里所没有想到过的。我原本以为，在这个迟早会到来的时刻，自己可能会难过，可能会崩溃地嚎啕大哭，但至少在心里会松下一口气，因为那些每时每刻都在惦记着一个人，所有的闲暇时间都在为一个人付出着的日子终于结束了，在这世上我终于完全是自己一个人了。这就好像蝴蝶蜕蛹，一个人经历了重生一样美妙。然而此时此刻我感受到的却不是这些。我知道我生活中的重担还远没有清除。我紧闭着眼想象着重生的我在突破了这一生命的临界点后却坠入了更为深邃的无边无际的黑暗。我意识到之前全身心地照顾我生病的母亲已然耗费了我几近全部的精力和体力，现在我已经没有丝毫力气再去医院签订文件，料理我母亲的后事，去做火化安排、寻找墓地、制作墓碑之类一连串繁琐而无谓的事了。这时崇景打来的邀请电话无疑是来拯救我的。我开始觉得这一段时间自己是成全了自己虚假的良心和生命意义而背弃了自己真实的生活，现在也该是时候找回真正的自我了。我或许应该先尝试着将自己的生活推到如往常一样正常运转的轨道上。于是我没有回复医院的那条通知。就让母亲在医院那里多躺一会儿吧。我假装什么都不知道一样在床上躺了一整个白天，在傍晚才起来收拾好自己，走去和我的老朋友崇景见面。

崇景住在一栋老旧的小区公寓楼里面，可尽管这样，他的生活水平还是要比我高上一个档次。如今的我银行账户里已所剩无几，尽管有大病医疗保险的社保救济，母亲的医药费还是近乎花光了我工作这几年存下来的全部积蓄。“哈哈，我就知道王明会来。”我按响了门铃，还没等到有人开门，就听到了屋中崇景的声音。门马上开了，站在我面前的是一个我所熟悉的修长的身影。崇景很瘦，皮肤略显病态的苍白，身体却很结实。他有着一张英俊好看的脸，五官精致，眉目清秀，是学生时代女生中的大众情人。他和我一样大，但他在我眼里还一直是一个大男孩。我被他迎进了家门。令我非常高兴的是，当我走进崇景的家时，发现郭大福也在。我和崇景、郭大福三个人在大学时期就是很好的朋友。我可能也只有在他们两个面前会多说几句话。人家都说在大学时期结交的朋友都不太容易变成一辈子的朋友，因为大家各自来自不同的地方，说着不同的方言，毕业以后又会各奔东西，不太可能会继续长期的交往，但我们三个与众不同。我和崇景都是当地人，我们幸运地留在自己生活的城市，进入了一所不错的大学。郭大福来自北方，虽然有一口浓重的东北口音经常被我们取笑，但我们都可以顺利流畅地交流。毕业以后，都没有什么奋斗野心的我和崇景继续留在本地找工作，而电子信息专业的郭大福觉得这里的市场发展前景还不错，也就在这里和用人单位签了约，几年来虽然一直租房住，却也有了一点积蓄，还结了婚，娶了个和他一样略显富态的老婆，叫吴红。

这时郭大福的一声大笑把我飘荡的思绪拉回了崇景家。“哈哈，我看你最近被你妈折腾的人都瘦了！王明你能来见我们一趟真是不容易！你妈最近病情怎样？人可好？”面对郭大福的问候和询问，我突然感到有点泄气。我发现在这里我还是要把我那破败不堪、残缺不全或者说已然失去的个人生活展示给他们看。在我刚刚经历了一种彻底的失去的时候，这是我所不愿意的，这让我感到深深的狼狈和不甘，尤其当我看清自己眼前这两人脸上无一不显露出的轻松略带嬉笑的表情时。“我们可以先不要提这么严肃的问题，尤其当你作为一个善解人意的人出现在难得的轻松愉快的场合。”我在内心微笑着提醒自己做个好人，以给自己一个理由将情绪平复下去。我眨了眨眼睛，呼出一口气，假装微笑着对他们说：“没发生什么，最近一切都很好。我也很好。”听我这么说，崇景笑着拍拍我的肩膀，把我带到我们以往打牌的桌子前坐下，说：“那就好。你妈也真是好福气，一般老人哪找你这么好的儿子去？”说着他又去厨房提来了一箱啤酒。于是我们就开始坐下打牌，一边打一边进行一些没有什么意义的闲侃。“你们俩最近情感生活怎么样啊？我知道你们的物质生活肯定都比我好。”我半开玩笑地问他们。“哪儿啊，好不到哪里去。”郭大福冲我摆摆手，说，“还是那样儿呗，和吴红两个人凑合过日子。已婚男人的生活还能有多少乐趣……不过我觉得我一东北土汉子能活成今天这样已经算幸运了吧。以后几年如果能攒够了钱买套自己的小房子，我这辈子也就知足了。”“你明摆着是在向我们炫耀。”我无奈地摇摇头。郭大福瞪大了眼睛说：“我哪有？我哪像你们单身又有现成的房子住！要说咱俩应该一起羡慕崇景才对。”“我哪里值得你们羡慕。我都快被晓雪折磨死了。”“她又怎么着你了？”崇景神色略显犹豫了一下，接着难过地皱起眉，叹了口气。“刚从西部地区调研回来又出差飞去国外了。她到现在已经离开快两个月了，都不怎么和我联系。我俩还算男女朋友吗？你俩还不同情一下我？”他边说边无趣地打出自己手中的牌，“三带一。”“哎呀，晓雪这女人是太强势，到处乱窜的不顾家……不过就凭你这外表，再找一个在你身边服服帖帖的还是件难事？”郭大福又开始给崇景出馊主意了。我赶紧加以制止：“郭大福你别给人家瞎支招，崇景和晓雪认识好几年了你又不是不知道。这种问题以前经常出，不是都解决了吗。哪能说分就分了。”“行了行了，不提这事儿了。”还是崇景第一个把手里的牌出完了。

很快两局牌打完，啤酒也被我们喝掉了好几瓶。崇景突然一拍桌子，说："三个人一起还是太没劲，咱们把周圣杰也叫来怎么样？"我和郭大福都沉默了一秒。我们完全没有意料到崇景竟然能在此时此刻想到周圣杰，也不知道崇景怎么就想到了他。

周圣杰是崇景另外的一个好朋友，郭大福和我都认识他。他一表人才，在大学四年修完了会计学和国际金融学双学士，目前年纪轻轻就在一家大型公司担任着财务总监的职位，年薪数百万，算是一个很有出息的富二代。他的家庭生活也美满而幸福，妻子是一位模特，出嫁之前也是一位大家闺秀。有一次被崇景带去周圣杰家吃饭，事后我们都对周圣杰这个人感慨了好久。他家装潢简约却尽显富贵的现代派风格体现出主人高雅而独特的品味。他妻子不仅美貌动人、身材窈窕，更对丈夫体贴备至，对客人大方有度，绝对是一个会持家的好女人。我不得不承认我十分羡慕周圣杰，应该说，周圣杰是我们几个人共同崇拜的偶像。"我想成为像周圣杰那样的人。这可能会成为我这一辈子的奋斗目标。"崇景曾经这样告诉过我和郭大福。所以我想，他和我们应该不是一个世界的人。

崇景似乎是看出了我和郭大福的心中所想，他一边抓拢着头发一边皱眉说："你们不要觉得周圣杰有多厉害、多高不可攀，他也是我的好朋友，我当年也是眼看着自己的好兄弟一步一步发展到现在的呀。他这个人很友善的，更何况他爱人也好说话，她会同意他跟我们出来的。然后咱们一起去唱歌好不好？"说着他一拍大腿站了起来就准备穿外套出门了。我和郭大福也只好跟在他之后站起身来穿好衣服走出门，跟着他走过一条条夜晚的街道去找周圣杰。

我们来到了周圣杰所住的那栋高级公寓。崇景家所在的那栋公寓楼与这里相比很明显地显示出不止一点的寒酸和破败。我们抬头仰望，发现周圣杰家的那几扇窗户都是黑黑的，屋里面好像没有亮灯，说明他很有可能不在家，毕竟今天是周末。我们不禁都有些许的失望。公寓楼前的寒风刮得要比大街上更猛烈。我和郭大福一动不动地站在楼门口有些不知所措地看着崇景。显然我俩本身就缺少一些登上周圣杰家门的勇气。崇景回望了一眼我俩，低头跺了跺脚说："毕竟都走到这里了，上楼去看看吧。"就在我们将要按响周圣杰家门铃的一瞬间，我们都清晰地听见屋里传来了一声玻璃制品摔在地上碎裂的声音。我马上猜想到他家里是不是进贼了，不禁害怕得后退了几步。这时我们又惊讶地听到了周圣杰的声音响起："你干什么？水晶花瓶是你能随便摔的？"尽管声音不是很大，我听得不是很清楚，但还是可以听得出他话语的内容。接着是一个女声传来："怎么着？这个家里的哪一个物件不是用我的钱买来的？再说了，那夜总会的小姐也是你能随便请的？"这大概是周圣杰的妻子。然后我们就听见周圣杰哇的一声哭了。他哭着说："没有！我发誓我没有！我只是陪着公司的大客户一起去喝个酒跳个舞，没干别的！""陪客户去哪个大饭店吃喝不行非要去夜总会？你当我傻啊？和你结婚这么多年我真是受够了！你成年在外面豪赌成性你以为我不知道？你敢不敢让你的那帮兄弟们知道你每个月挣的那些钱都去哪儿了？这些年来家里的所有开销还不都是从我的账户里划出去的？不认错也就算了，你还有脸说！你这混蛋！你给我滚！"接着我们就听到接连不断地有东西从什么地方滚落或直接摔砸在地面上的咕噜、哐啷、喀嚓等刺耳的嘈杂声音。我知道我们不可能也不可以再在这里待下去了。崇景一脸苍白地拉着我和郭大福，一路从楼梯飞奔到了楼底。我走出这栋楼的时候，脑子里还是一片空白。我看了看另外的两人，他们的眼睛里还留存着掩饰不住的震惊、慌乱和无措。我应该和他们一样。我害怕极了。我因为自己刚刚发现了一个惊人的秘密而背负上了深深的罪恶感。我们三个人互相你看看我，我看看你，但没有一个人说一句话。我们各自保持着沉默，并排走在比我们来时显得更加萧索的大街上，我想这不仅是因为深夜的气温降得更低。深夜时分，在我印象里永远热闹繁忙的街道竟也变得灯火阑珊起来，只有马路上一根接一根高大粗壮的水泥路灯依然静静地发出橙黄色的灯光，毫无温度地照亮属于我们三个人的夜。我觉得我们好像三个失魂落魄的流浪汉一样漠然地走在大路上，仿佛被赶出家门的不是周圣杰而是我们三个。我们不停地走啊走，我不知道我们走了有多久，也不知道我们走出了多远。我甚至感觉不到寒冷。我们一直沿着这条路向前走，忽然间崇景终于开口说了句："我一直以为，周圣杰他……"周圣杰生活得很幸福，我明白他的意思。"或许他才是最值得我们同情的一个。"我说。"在我的回忆中，周圣杰似乎向我抱怨过他在家怎样怕他的妻子，他说他害怕回家，害怕面对家里的一切。"崇景叹了口气说，"但是我完全没有把这些话听进心里，因为在我心里，他是我的目标，是我最好的榜样。他这么厉害的一号人物怎么还会被这样的问题困扰呢。我以为他只是在开玩笑。""那我们以后要怎么面对他呢？还当作什么都不知道？"郭大福问到。我们再度陷入了沉默。我们显然都还没做好接受现实的准备，又怎么能回答出这个问题呢。

这时又是崇景首先打破了这可怕的沉寂，可是他没有回答郭大福的问题，而是仿佛自言自语地说："看来我们的生活也都不过如此。哼。"他的声音沉静得好像一潭死水。我很少听到他这样说话。他渐渐地走得慢了下来，一伸腿把脚下一颗石子踢出去好远。

"我和晓雪彻底分开了。她不要我了。她说我就是个孬种，我一辈子也不会成为她希望我成为的那样的人。她去追求她想要的生活和男人了。……我和公司的合同就快要到期了，我正在想我以后要怎么打算……我也已经不小了，早就应该结婚生孩子成个家了。我妈现在逮着机会就在我耳边唠叨，问我怎么不抓紧找个对象，怎么就不能像周圣杰那样闯出一番事业。她总抱怨说白给了我一张白白净净的脸，白送我到全市最好的学校。怕什么来什么，我成人了还是一样没有出息。前两天她还给我打电话叫我好好珍惜现在，不要再混下去了。我当时立马就把电话线掐了。她以为我在混？她以为我愿意混？"崇景越说越激动，最后竟然哽咽起来。他抽泣着用双手抱着头蹲了下去。我和郭大福又开始面面相觑。我们三个人在一起的时候，崇景总是中心，我和郭大福两个围绕着他倒也开心快活，可现在他一崩溃，我俩就不知道该做什么反应了。我低着头看着崇景这副痛苦又恼怒的样子，真心觉得他有一点儿可怜，于是开始发自内心地同情他了。我可以理解崇景。他总是一副踌躇满志的样子，在我们面前显得就像一个阳光大男孩，但我知道他的自尊让他从来不会轻易向别人流露出他现实中的窘迫与内心的脆弱。过了一会儿，崇景安静地站了起来，他的眼角已经没有了泪。“对不起。”他说，“本来是想叫你们出来聚一聚开心开心，结果被我搞成这样。”“不。以前很少听你像今天这样对我们说这些，也很少见你像今天这样哭。”郭大福语重心长地对他说，“这样挺好。”我撇开眼神，看向斜前方的岔路口，突然发现我们就在崇景家附近。我们沿着一条路绕了一圈后又走了回来。“崇景，我们又到你家了。”我提醒他。郭大福向四周看了看，点了点头，拍拍崇景说：“正好，今天就这样吧，你赶紧回去休息吧，时间也不早了。”崇景拖着脚步向前缓慢移动了两步后，回头对我们说：“那我们改天再联系，你们俩回去路上注意安全。”

于是这条路上只剩下了我和郭大福两个人继续向前走着。再往前走的话会先到达郭大福租住的房子，看来我最后需要独自走一段夜路了。

这时候郭大福的手机响了起来，是短信提示的声音。我陪着掏出手机来的他停了下来。“是吴红。她问我今天晚上还回不回去，不回的话她不给我留门了。”“这么平淡？她不担心你吗？”“她哪儿愿意关心我……我们为了房子的事情已经吵吵闹闹好几天了。”他边说边在手机键盘上敲击了几下，然后就把手机收了回去。我们又慢慢走起来。“吴红还急着要你给她买房子？”“她现在不只是急，她是在硬逼我了。”他从夹克的内兜里摸出一盒香烟，叼上一根后点燃。他把烟盒冲我递过来，我摇了摇头。我之前为了陪在我母亲身边已经戒烟有一段时间了，我不想再重新开始，我曾经烟瘾很重。“能拥有一套属于自己的房子一直是我和吴红两个人共同的梦想，毕竟我们只是留在这座城市里混饭吃的外地人。”他停下来吸了一口烟，很深的一口，接着说，“我之前对你们说过，只要能在这里有套自己的房子我这一辈子也就满足了，我和吴红大概也就可以安安稳稳地度过这一生……可是现在我越来越意识到这个愿望可能永远都无法实现了。这几年房价上涨得那么快，我原本预计以我们每个月的积蓄累计十年左右就可以买下一套像样一点的房子，可是现在……可能再等二十年、三十年都不见得有希望。吴红也是看着这房价一路飙升的趋势干着急，催着让我快点下手，免得再过几年房价高得我们再也够不着。可是我哪里有这么多的钱！我们这几年省吃俭用攒下来的积蓄作为买房钱根本不足挂齿。我也曾想过向我身边的人借钱，我相信你们肯定会帮助我，可是……这真的是一件很有压力的事情——你理解我吗——我无法做到拿着朋友的钱为自己买房，这不是我的心愿。况且我们还缺很大一笔钱，就算我们借来了，也不能保证在短期内还给你们。于是她又开始叫我戒烟戒酒，少在外面花钱……

“我真的受不了了。我开始困惑我和吴红当初那么执意地想买一套自己的房子是为了什么。我只是想要维持正常的生活，我不想为了买房子变成一个奴隶，从此开始过穷人的日子。可是我心里面有一个声音告诉我，如果我再这样不做出改变和更大的牺牲的话，就可能真的没有机会了……我常常想，比起变成一个被房款的枷锁束缚住的有房人，还是做一个自由自在的流浪者更快乐一些吧。可是我又觉得对不起吴红，对不起我们这么多年来一直坚持的梦想……我真是个没用的家伙。”

“你是个好男人，郭大福，是生活对你太不好了。”我对他说。他还在吸着他的烟，呼出的烟雾飘散在四周将他的头部笼罩。朦胧中我看不清他此刻的表情，也看不到他的眼神。我继续问他：“可是，你真的都不曾告诉过我和崇景这些。我们都不知道你在买房子这件事上这样苦恼过。你为什么不告诉我们呢？哪怕跟我们提一两句，问问我们的意见也好，我们会理解你的呀。你不相信我们吗？”“我不相信我自己。”郭大福这样不清不楚地回答我。“前面就是我家了。”我们走到一处十字路口的时候，郭大福向前方努努嘴，说，“谢谢你陪着我听我发了一路的牢骚。”“怎么会，你什么时候有任何请求的话都可以对我和崇景讲，我随时洗耳恭听着呢。”“王明你还是如此的善解人意。有时候你善良得就像个傻子。”他微笑着向我挥着手，说，“那我就走了，回见。深更半夜的，你一个人在路上走要小心。”

我一个人走在夜半寂寞的街道上，终于感觉到了疲惫像奔腾的江水从我的心里由内而外地涌过我身体的每一个部分、每一个角落。一盏盏散发着柔和而昏暗的橙黄色灯光的街灯在道路两侧整齐而笔直地排列成永恒，却照不亮远处正等待着我的黑暗。我在孤独中缓缓前行，头脑里一一闪过今天见到的崇景、郭大福，以及只闻其声未见其人的周圣杰，最后，是我刚刚过世的母亲的面容。今天我实际只用了一个晚上的时间出来感受这个世界，却意外地获知了太多的信息。我有点想念我的母亲了，在我终于意识到那个给予我生命、把我带到这个世界上的人已经死去，而我将孤独一生的时候。

我发现对于我们每个人来说都是这样。在我们与外界隔离的灰暗冷漠的个人世界里，如果只有自己一人孑然一身地生活，那么最后谁都将活不下去。我们脆弱的生命都只能在别人的理解与同情之中侥幸存活，在其中获取力量，汲取养分。终于到了这种时候，我才觉得自己是如此孤独和可悲。我习惯于将自己安静地封闭起来，最终却亲手将自己推进毁灭的深渊。周圣杰、崇景、郭大福，他们都得到了只属于他们自己的被理解，因此得以在人生的下一阶段安然无恙地继续生存下去，可是我却为了守护自己那可笑的尊严，把自己的一次被理解的机会默默地推了出去。尽管接下来强烈而巨大的空虚与无助感瞬间把我吞噬，我还是没有表现出太多的悲伤和惶恐。我知道这一天迟早会到来的，我被所有人遗忘、与最亲近的人背离的那一天；我知道，以后，我又要以永远不会被其他人理解的孤独者的身份继续浑浑噩噩、行尸走肉般地活着，直到筋疲力尽。这是一个残忍的过程。

我想结束我在人世间的一切，反正自己已经没有什么好眷恋的了。之后我便一直麻木不仁地缓慢地走着，也不清楚自己到底正在想些什么了，直到我走上了跨江大桥，走到桥中央，翻越防护栏跳了下去。

在我下方波涛起伏的江水经过今夜皎洁月光的洗礼显得格外美丽而深邃。

大概也会十分冰冷刺骨。

导读：

本文作者曾在江南水乡度过一段难忘的时光，她说："我希望写成一篇关于家乡人的小说，尽力复原家乡的一切，建筑、食物、方言……我相信人性的回归，相信一切都会变好。于是，就有了这篇让我和我的母亲都流了泪的小说。"

"水红菱阿要？"

翟心格

一

这个小镇很古老，水网交织，有精致的石桥相连，人们的家大多临水而建。小镇里的人们代代相传，早先这里是卖菱角的渡口，周边种植菱角的历史比小镇的历史还要长。

不错的，时至今日，镇外的水塘里还种着很多菱角。每到夏末秋初——菱角成熟了的季节，卖菱角的庄阿婆总在清晨挎着篮子在小巷和石桥上叫卖，那些日子里，整个小镇都会飘散着菱角的清香。人们都知道，庄阿婆卖的菱角好，新鲜又清甜。

庄阿婆不住在镇上，她和儿子住在乡下的一片菱塘边。庄阿婆自出嫁便在这一带卖菱角，一晃已是四十年。镇上上了年岁的人，在茶余饭后常忆起庄阿婆年轻时候坐在桶一样的菱船中唱着菱歌采菱的样子。

“妹家住在菱塘旁，塘内菱角放清香。菱角本是妹家种，任哥采来任哥尝……”谈至兴起，老人们坐在落水的屋檐下低声哼唱起来，和着滴答雨落，用手中银色的针穿着一串串莲子。

“水红菱阿要？”这是庄阿婆四十多年如一日的叫卖声。这声音像闹钟一般，唤醒着睡梦中的人们。清晨，家中有孩子读书的老太买来菱角，放在孩子的书包里，借一借“灵光”之意；上午，这些老太将孩子送到棋盘街，便相互招呼着进了街边的茶店，吃几汆碧螺春茶；晌午十分，她们嘁嘁喳喳着出来，转过街口，去菜场里买一两株茭白，缓缓向家走去；不一会儿，她们又出现在屋后的泊头处，一面取水洗菜，一面继续谈笑着。

二

镇上上了年岁的人们说，庄阿婆年轻时一日要跑好几个小镇卖菱角，可不知怎么近些年却渐渐只到这里来了。到她家去问，她儿子却也讲不清爽：“我娘古怪勒格，俚道弗得做，便弗得做。”

人们想，许是庄阿婆年纪大了，身体不支，便也就不再追问。

水车悠悠地转，时间慢慢地磨，几载花开花落在这里或许只是短短一瞬。又是一个初秋的早晨，镇上一个叫阿昭的姑娘早早地等在过雨桥头，竖起耳朵寻找着庄阿婆叫卖的声音。

阿昭是吃着庄阿婆的菱角长大的，长了 16 岁从未踏出小镇一步。从小不爱读书的她初中毕业没有考上高中，就在家帮父母打点裁缝店的生意。店里的事情不多，阿昭便总有时间出来闲逛，或是在家里穿针引线绣几幅图案——这里的女孩子，从小便都将传统的双面绣法烂熟于心。

那日，庄阿婆刚进镇口便径直到过雨桥上。看着庄阿婆含笑走来，阿昭唤声“阿婆”，赶忙迎上去。

“阿昭，好早哉！”阿婆笑着回应，接着将手探进篮子中，拿出两个黑色的“鸡婆菱”：“尝尝，早唧头我方采下格，鲜格很呢。”

买菱角不过是几分钟的事情，庄阿婆却有不少话对阿昭讲：“阿昭啊，倷看下，阿婆弗是年少辰光勒格，过些辰光许是再做不起。要是有格小囡相帮，便也好了。”

阿昭听出了阿婆话里的意思，却将双手交叉在一起，将头摇了两摇，继而又轻轻地说：“我弗要在这里卖一辈子，那日同我姆妈讲，过些辰光便外出讨生活。”说完，她抬头看了庄阿婆一眼，发现庄阿婆的笑容凝固在了脸上。

不久后的一天，一辆汽车开进了小镇，上面走下来几个西装革履的人，他们在镇上东走西望，相互低声讲了几句话，将头略点了几点。

几天之后，汽车又开来了，这次来的是一个约莫50多岁的中年男子和几个县城政府部门的干部。

那个中年男子绕着小镇走了两圈，点点头说道:“好地方，真是好地方。”然后，他便在几个干部的陪同下，敲响了镇上最年长的金爷家的门。

第二天，县城的干部带来了几个手拿梯子、身背工具的工人。金爷带着他们在镇上走走停停，每次停下来，工人们便打开梯子、爬到高处，将一个摄像机状的机器固定在那里。这一天，工具敲打发出的叮叮当当的声音和几个工人不知用何地方言高声谈笑的声音充斥了整个小镇。

人们相互望望，觉察到将有大事情发生。

此后日子依旧一天天过去，小镇和原来别无两样。阿昭和很多年轻人一样，对装上的“摄像机”很是好奇。他们也像那些坐汽车来的人一样，在小镇里来回走动，观察每个“摄像机”的动静——只是他们所见的，永远是一闪一闪的红光。

三

暮春时节，小镇上来了几名操着北方口音的人，同先前所见不同，他们身背背包、肩挎相机，在古老的小巷中流连、在精致的石桥旁拍照、在小镇的人家吃饭宿夜。

人们上下打量着这些远方的客人。这些客人们住到了阿昭家里，父母为客人们打扫上房、做最好的饭菜，阿昭则与那个和她年龄相仿的女孩聊得热闹。从女孩的讲述中，阿昭仿佛看到了故宫、长城，看到了下雪时的胡同、四合院……她的心突然欢悦起来。两天后，客人们离开了小镇，镇上的人们反复推辞他们递来的纸币，并将他们送到镇口。

“北京”成了这段时间里人们谈论最多的话题。人们重复着那几个游客的儿化音，回想着他们口中的北京城。

游人渐渐多起来了。

到了仲夏，几乎每户人家都住满了游客。这些游客来自全国各地，甚至还有了几名金发碧眼的外国人。从游客们口中，他们了解到了白雪皑皑的大兴安岭和烈日炎炎的天涯海角；了解到了气势恢宏的哥特式教堂和人流如潮的曼哈顿……阿昭家里住进了两个外国姑娘，她们穿着薄纱制的衣裙，散发着好闻的香水味。她们一边说一边打手势地告诉阿昭，她们从世界上最时尚的地方来，那里有最前卫的服装和设计款式。然后她们翻开随身携带的地图，指了欧洲西南部的一座城市。阿昭将自己的地图与她们的比在一起，凑上去好久才读出那个城市的名字——米兰。

阿昭的心里再次泛起了波澜，米兰姑娘的来访，让她有了走遍世界的愿望。走遍世界需要钱啊，她最终说服父母，将裁缝店改成了客店，接待如织的游客。一周之后，他们便下定决心做下去——这一周的收入比原先一个半月的收入还要高出许多。

一传十、十传百，人们渐渐都活动起来。一座座店铺仿佛雨后春笋般出现——家家都做起了生意。人们起得早了、睡得迟了，可两眼却射出忙碌而兴奋的光芒，讲话也有了几分底气——他们的腰包已经鼓起了许多。

提起那几个干部和不知来路的男子，人们总是感激地说：“哦哟，那是些大好人！”

可不知为什么，棋盘街的茶店中很少听见笑声了，几个老太更是为了生意吵了许久；老人们不常在屋檐下闲坐白话了，他们为游客看起手相、起名字，为游客推荐着自家的檀香扇。人们拌嘴的次数越来越多了，金爷突然忙了起来，他拄着拐杖在镇里来回走动，四处劝说调停。可是渐渐地，即使是金爷出面劝说作用也不大，甚至有些人将他的话当成耳旁风。

现在的河水上浮着一层厚厚的油腻，还漂着各种各样的包装袋。不知从什么时候起，镇上的人们洗菜洗衣，都用起了自来水。

四

又到了夏秋之交、水红菱上市的季节，庄阿婆依旧清晨挎着装满红菱的小篮走入小镇，她照例来到过雨桥头，却发现绿色的河水上泛着厚厚一层油腻；她又向内走去，许多人已经醒来，正在屋里屋外地忙着打扫，口中哼着快节奏的摇滚乐，根本没有注意到她的存在。

庄阿婆几次想要开口喊：“水红菱阿要？”却都吞了回去，她绕着巷子缓缓走了一圈，叹了口气，将头摇了两摇，离开了小镇。

这一年，镇上的人们都没有吃到菱角。可是也没有人提起此事。

这样的日子又过了两三年，镇上的人们越来越多地背起背包、挎上相机出门旅游，他们回来讲起外面的世界，人们的羡慕和赞叹中总会也带几分嫉妒。很多年轻人出去打工、经商，把家安在了大城市里，每月给家里汇款。这些年轻人里，阿昭走得最远，她到了米兰——那个几年前她听说的最时尚的地方——做起了服装生意。

十多年过去，人们大多搬离了老镇区，盖起了大房子。老镇区变成了一座空城，交给一家公司继续开发旅游。人们看到，景区成立的剪彩仪式上，是那个中年男子手持剪刀，将红绸剪断。

新社区健身广场上的人渐渐多了起来，许多老人锻炼之余也将这里当作了谈天的地方。“最近怎样呀？”一日早晨，听得一个花白头发的老人正对另一个说着。另一个推推金丝边眼镜，答道：“哪搭哦，随便爬爬。”前一个又说：“总觉得蛮无趣，个其原因，我弗讲的清爽。”“是哦，我也弗晓得。”后一个叹一口气，又道：“许是我伲老脱哉。”渐渐地，这样的对话，隔几天就会发生一次。

此时的阿昭，已经在意大利结婚，成为了两个孩子的母亲。十多年前她刚到米兰时，曾被这里的商人们反复排挤，一度打起了退堂鼓。但是不久之后，当她紧皱眉头地穿针引线、绣着从小学会的图样时，眉头却渐渐舒展开来，从此米兰的时装街上，多了一个将东方的双面绣绣在衣裙上的品牌。

如今，阿昭每天都十分忙碌，甚至没有时间陪陪孩子。那天，两个孩子问及阿昭的童年，阿昭才猛地记起那段曾让自己厌恶透顶的生活，而如今，她又是多么怀念。阿昭想了想说：“妈妈小时候，镇上很安静，每到夏天快过了，红菱就上来了，有个老阿婆就站在桥头喊‘水红菱阿要？’她卖的菱角特别甜……”离家多年的阿昭讲到这里哽住了，她突然意识到她已经将近20年没有吃到过庄阿婆的菱角了。

那天晚上，阿昭给父母发电子邮件时，说起了这件事。

小镇上的人们这才如梦初醒，他们也都想起了曾带予他们无尽甘甜的庄阿婆的菱角。很多人找到她的家里，却只望见了一座坟。

庄阿婆的儿子对他们讲，阿婆到最后一刻才告诉他，种菱角、卖菱角都是件开心的事情，她不愿意将菱角卖到那些让她不开心的地方去。讲到这里，他一顿，说，阿婆一生都卖菱角，知道这人生也同这菱角一般，最开始是灰色，生长的时候会红得发紫，而成熟收获的时候则会变成沉稳厚重的黑色。阿婆说，红的发紫的小镇，她不喜欢，她一个又一个镇地放弃，最后你们这个镇，让她伤透了心。

人们听了，情不自禁地低下了头。

几个月后，离家多年的阿昭突然带着全家人出现在镇上，她并非是来探亲，而是租下了一家店面卖起了菱角，菱角店的名字，就叫作“水红菱阿要？”

导读：

某知名人物的意外死亡让无辜少年卷入其中，在警察和私家侦探的通信中，一场新的谋杀正在酝酿……小说以紧凑的情节直指社会司法公正，令人深思。

谋　杀

林彦成

一

清晨，他穿一件红蓝相间的T恤，拿着家藏的猎枪，趁着夜色尚未褪尽，偷偷地跑出家门，走进了一片小树林中。虽然才刚过18岁，但他清楚地知道现在正是鸟儿出来捕食的时候。正当他要端起猎枪时，身旁传来了脚步声。他急忙躲进了灌木丛中，定睛望去，一位头发花白的中年人映入他的眼帘。

他认出了眼前的人，他记得他在新闻中常常能看见这个中年人，他心中一阵激动。正当他要站起来的时候，他忽然听到头顶上一声异响，他抬头一看，一个黑乎乎的巨大的圆盘状物体急速飞来，射出一道细光束，穿透了中年人的胸膛……

二

私家侦探先生:

今日发生了一起谋杀案。我国知名人物李某某于今日凌晨5时12分在某地被刺杀。如果你对此案有兴趣，不妨前来一看，警方也许会需要你的意见。

某年某月某日

某地公安局副局长林某

我轻点鼠标，把这封邮件发了出去。说实话私家侦探这种东西是我们警察最痛恨的，抢我们的风头不说，还抢我们的饭碗。要不是局长亲自下达了聘请的命令，要不是这侦探是我中学时的同学……哼，要是你打扰了我的工作，你就请回吧。我暗想。

三

私家侦探先生:

听闻你这段时间的工作毫无进展，如果实在干不下去了，你不如就回家休息吧。我们警方已经有了重大线索！我们在距离李某某遇害现场十米外的一片灌木丛中发现了一名浑身发抖、脸色发青的青年，他怀中抱着一把老式猎枪。他已经作为重要嫌疑犯被警方拘留。

某年某月某日

某地公安局副局长林某

在我亲自对其进行审讯的过程中，此人精神状态一直不是很好，脸色发青，嘴里一直念叨着什么，仔细听才能分辨出“飞碟”“激光”这样的词。

其实我已经认定了这个年轻人就是凶手，他手中的猎枪就是证据。一个小屁孩拿着这么重的老式猎枪，指不定就走火了，受人指使实施谋杀也说不定……不过我光是这么想也没用，得拿出证据来。

看着他身上穿的巴萨队服，我心里突然冒出来一个想法。我把这明显是巴萨球迷的小屁孩关进小黑屋，不停地给他放C罗的录像，他这么年轻，说不定受不了就招了。我心中窃喜，立刻就付诸行动。开始的几天，房子里传来了大声的叫骂；到了第四天声音慢慢小下去，第五天就没声了。我想应该差不多了，走进去一看，他正看得津津有味，回头告诉我，他已经是C罗的球迷了。

四

私家侦探先生：

你到了现在竟然还没有放弃吗？你说你发现了什么线索，然而却对此守口如瓶，你让人怎么相信你呢，亲爱的侦探先生？警方的进展十分顺利，我有把握从那个青年口中问出些有用的东西，至于你，私家侦探先生，我劝你可以不用再掺和了，你的努力不会产生任何效果的，我可以肯定。

某年某月某日

某地公安局副局长林某

这小屁孩！我恨恨地想到，他怎么还不招！这几天的软磨硬泡，我使尽了浑身解数，这小屁孩却一口咬定是UFO把李某某杀死的。这么蹩脚的理由你让我怎么相信！局长这几天还在使劲儿催我，说什么李某某被谋杀造成的公众影响太大，不快点破案很难平息这场风波。我又急又气之下把小屁孩揍了一顿，他一边躲一边还在大叫什么法律，在公安局里我就是他妈的法律！打人怎么啦，审讯的时候用一点小刑，那些嘴硬的家伙立马就都招了，打人怎么啦！

五

私家侦探先生:

不得不说你今天真是有些失态了。你说你已经肯定了他无罪，可是又拿不出有说服力的证据，你让我怎么相信你。你说你需要时间，我怎么给你时间！局长催命似的叫唤着，我没办法再拖了。你遭到拒绝就大喊大叫，真没有一点绅士的风度。是，我知道人命要紧，可是这也不是你放弃风度的理由，作为一位老朋友，我可要这么教训你了。

我这么跟你说吧，亲爱的侦探先生。我们的嫌疑犯已经招供了，他的过失杀人罪已经成立，现在正在起诉过程中。我可没兴趣再听你说笑话，也没有耐心再等下去，更何况现在已经证据确凿，我劝你就早日回家休息吧。

某年某月某日
某地公安局副局长林某

刑这个东西可真是好用，事实再次证明了我的想法。在最后一次审讯中，我见威胁他也没用，就稍微下了一点重手，他果然就招了。哈哈哈，只不过是个18岁的小屁孩而已嘛，在我面前还嫩得很啊！想到昨天他的屈服，我不禁一阵暗爽。我把最后一份文件上交，判处了他死刑。

呵呵，侦探先生，也许你说的是对的，他说的也未必是谎话，但是，这个案子是我负责的，我说了算，你还不明白吗，侦探先生？我得意地如是想。

导读：

小说通过一个场面和多角度的人物描写，在对比中揭露那些不孝子女的丑态，也从侧面反映出当今社会存在的一些家庭问题和社会问题，情节紧凑，具有一定的典型性。

遗　嘱

刘丹琪

隔壁的李大爷是今天下午一点走的。

十年了，李大爷一个人生活在老房子里，老革命身体好，虽说80多了，但除了腿脚不太灵便，血压有点高外，没什么大毛病。只是他的儿女总是不来看他，所以我没事时总是想着过来陪陪他，做做饭、陪他说会儿话。

没想到，人走得这么快。

我揣了三百块钱，准备去趟他们家。

一推门，满屋子的烟气溢了出来，一只大手热情地搭到了我的肩上，“哟，小王啊，你可算来了。”大姐秀霞紧紧地握住了我的手，两眼红肿，我表示同情地向她点了点头，然而却发现她的脸颊倒添了几分红晕，或许是灯光的原因吧。我抽出手准备坐下，却没想到两手竟牢牢地又被秀霞攥住，我惊了一下，抬头看了看她，发现她的神情愈加悲伤了，双眼直直地看着我，好像有什么话要说。

僵持着，我突然想到了什么，赶忙掏出了兜里的三百块钱，放在大姐的手心里。

“节哀！节哀！”我尽量用低沉而沙哑的声音说到。

大姐突然笑了，推了推我，“干什么呀，这么客气，心意我们领了，钱就不必了，拿去，拿去，都是邻居嘛。”说着又用攥着钱的手碰了碰我，不过还没等我反应过来，她已经拿着钱转身走向客厅了。

“来，小王，别换鞋了，”她一边走，一边大声地对我说，“快坐，快坐，别客气……”突然她转身，飞快地在本子上记了什么，又迅速地将三百块钱装在了钱包里，顺手检查似的拍了拍。

“小王……”旁边一个略带哭腔的声音突然对我说到，一看竟是一向泼辣的二姐秀云。“今天爸爸快要走的时候，我刚好在做梦，看他那么可怜，一直这样，‘呼呼’地喘气，”说着她给我模仿了一下，“我就对他讲，爸爸，你走吧，爸爸，你去找妈妈去吧，你走吧，呜呜……”没讲完便抽泣了起来。

我有点手足无措，这不是我印象中的秀云。我尴尬地用手拍了拍她，让她靠在了我的怀里。“不过老爷子也走得很安详……”没等我说完，家里电话突然响了。

秀云“噌”地一下从我怀里跳了出来，抓起了电话。

奇怪的是，她的声音变得如此平静，泪痕也不见了踪影。“喂……是的……嗯……嗯……多少？……哦……好，再见！”放下电话，秀云和秀霞对视了一下。

回过神来，才发现，原本喧闹的家里突然清静了许多，只剩下了李家的几个孩子和我，他们沉默着，小妹秀虹低着头，玩弄着手指，唯一一个儿子并没有到场，然而他的媳妇金玉来了，坐在那里，很傲慢的样子，人人都知道老李家的儿子是个妻管严。

突然，我隐隐觉得有什么不对。

秀云突然冲我笑了，“淑贞，你看，这么些年，你照顾我爸爸，真是麻烦你了啊……”她亲切地握着我的手，“来来，喝水，喝水……”

房子里陷入了寂静的沉默。

“淑贞啊，这次单独把你留下，是想跟你商量个事……”秀霞打破了沉默，“你看，你在我们忙的时候照顾他这么多年，跟他的亲女儿没什么两样……爸爸走了，但现在啊，还欠了医院好多医疗费，我们是想呢……”

“怎么说个话还这么费劲啊，”金玉尖细的嗓门插了进来，“我们是想啊，想让你帮我们交上医疗费。”

“啊，不完全是这样，”秀霞说，“你看我这刚满月的小孙女一个月的奶粉钱就八九百，你说这国内的奶粉吧，真是不安全，只好吃进口的，我现在手头真是有点紧张，退休工资哪有几个钱？是吧，等过段时间了，过段时间我……”

“淑贞啊，你也不是不知道我炒股，好家伙，现在股市跌得一塌糊涂，我手头的钱全套进去了，等什么时候我有了，一定啊一定……”秀云说。

金玉迫不及待地插了进来：“我们家那位，您也知道，这钱，不好意思，屁都没有！”

轮到小妹秀虹了：“你看，淑贞姐，马上爸爸的20个月的工资和补助就都发下来了，到时候分你一份，你看怎样？”

“对，对，一定分你一份！”

我不愿再听下去了：“好了，我知道了，说到底，不就是个钱字吗？叔叔看见了得多伤心啊！他上次生日的时候，你们连个电话都忘记打了吧？你们知道他一直在念叨什么吗？一直给我讲他的儿女有多孝顺，给他买了手机，但都怪他老了，不会用……你们也都知道那手机不过是你们淘汰给他的。你说，小时候，他有过一次让你们因为缺钱而不去看病的吗？那你们现在呢？不是忙，就是缺钱。我不富，但我对叔叔有感情，这钱，我付！”

秀虹听了，涨红了脸，“不如……”

“行了，坐下。”金玉扯住了秀虹的衣角，一把把她拽了下来。

突然，电话铃又响了。秀云又去接，“喂？对，我是，什么？为什么呢？哦……真的吗？好，谢谢您了，真是感谢，再见！”

“单位里的人说老爷子因为是离休干部，新政策，医疗费全都报，退休工资和补助发下来了，一共……”她说着比了个三。“三十万？”她点了点头。

大家的表情顷刻间全变了，又陷入了尴尬的沉默之中。

最终金玉站了起来，用一种极冷淡的声音说道：“他就这么一个儿子，要分遗产，我们份最大。”

“凭什么啊？你家为爸做过几分贡献啊？药费，护工，你们掏过一分钱吗？”

“嘿，怎么说话呢你……”

“我不管，反正要论孝敬爸，你们谁都赶不上我。”

“姐，你别这么说，要论孝敬爸爸，你们谁也比不上淑贞姐……”

顿时，她们四人的目光“唰”地回到了我的身上，像是又突然意识到我的存在一样。

“淑贞啊，不是我说你，外面确实也有点风言风语的……”

“哼，现在谁都知道老李有个私生女，还住他们家隔壁，我原先还不信，但一听说你妈妈生你时很年轻，而且，我们还都没见过你父亲……我还真有点……”

“是啊，淑贞，不是我们非怀疑你，我们这些年也都把你当姐妹嘛，可是你说一个外人拿了别人家的钱，总有点说不过去吧？”

…………

耳边充斥着争吵，这时电话又响了，她们争得面红耳赤，我接了电话。

“谁打来的电话？说什么？”

“律师。老爷子他在遗嘱里说：这钱给淑贞。”

导读：

孩子升学，家有喜事。本应充满亲情的宴会却因为复杂的人际关系和人情往来变了味道。小说虽没有直接点明主旨，但在字里行间表达了高中生对亲情异化的思考。

喜　事

王婉丽

丁璐璐今天一大早就被妈妈拽了起来。

“起来，起来啦，懒丫头！今天可是你的大日子了！”

璐璐很清楚妈妈说的“大日子”指什么。高考结束，丁爸丁妈颇费了些周折，总算使成绩一直吊车尾的她通过一个不知哪门子的亲戚被一所还算不错的护校录取，三四年下来也能混个大专毕业证和护士资格证。迷迷糊糊地，她已经洗漱完毕，正被唠唠叨叨的妈妈像一只布娃娃一样摆弄着。

“……见了客人要主动招呼着……别皱眉头！你让我怎么打粉底……热情点，再闷头闷脑的可不成……哎，我说，你到底好了没有？”

最后一句明显提高了八度。很快，额头沁汗的丁爸爸手捧着半系在脖子上的领带，一溜小跑闯进屋里：“马上就好，我就快……”

“笨死了你！捯饬个衣服也这么黏黏糊糊……”

一番手忙脚乱的梳妆打扮之后，三人站在大穿衣镜前最后一遍检查“仪容仪表”。在丁璐璐本人的坚决抗议下，她得以套着一条淡黄色的长裙而不是原先那条艳粉色的，却又硬被妈妈逼着穿了一双大红色的袜子，“显着喜气”。丁妈妈就夸张多了，全身上下大朵大朵的牡丹图案衬着她满脸掩饰不住的喜悦，整个人仿佛真的有花仙子穿梭在花丛中那种轻飘飘的感觉。丁爸爸也拿出最体面的一套西服穿上了，他正使劲地捋着衬衫一角，企图把一道褶子压平。

一家人早早来到预定好的饭店门口迎接客人。见有一位半熟不熟的亲戚向他们走来，丁妈妈首先反应过来，一个箭步迎了上去。

“好久不见，好久不见……都好，好着呢！不劳挂心，不劳挂心……是是是，这就是我们家璐璐，璐璐！”

璐璐只得硬着头皮上前。来人也很配合地惊呼起来：

“哎呀呀，闺女都这么高了啊！瞧着身条……这上学的事也定下来了吧？要我瞅着，将来肯定差不了！差不了！”

“瞧您说的……璐璐啊，还不快谢谢阿姨？”

璐璐在嗓子眼里嘟囔了一句什么，来人随即发出一阵高亢嘹亮的大笑：“哎，你瞅瞅，咱闺女还害羞了呢！啊？哈哈哈……这好闺女啊……”

来人仿佛意犹未尽般咂了咂嘴，又慈祥地拍了拍璐璐的后背。这时，丁爸爸恰到好处地将客人接了过去：“您里边请，里边请……不不不，您先您先！”

来客们终于到齐了，菜也端上了一部分。该挨桌敬酒了。

每到一桌跟前，丁妈妈就举杯朗声道谢：“多谢各家各位这些年帮忙扶持。”丁爸爸同时正忙不迭地给众男宾满酒、众女宾满茶、众孩子满饮料。席间马上充斥了各种音调的“客气客气”“您请您请”，偶尔夹杂着家长的呵斥声和紧随其后那尖声尖气的“谢谢叔叔”，这些声音迅速将丁妈妈的声音淹没。璐璐看着站在身旁、嘴巴一张一合的妈妈，无端地想起一条缺氧的鱼，心里有些好笑，却立刻被这条“鱼”推到前面：

“来来来，这是大舅姥姥……”

“瑞林伯伯，见过，见过的……”

“秀英姑姑，小时候还看过你一阵的……瞧你这记性……”

席间的客人们不知是酒精作用还是怎么，也都个个红光满面，仿佛比自己亲儿子亲闺女上了好学校还要喜庆。大家七嘴八舌地说着吉利话：

“瞧瞧这小模样，啊？弟妹有福气哟……”

“那可不，这叫女大十八变！”

“这孩子小时候我就说她聪明！你们现在瞅瞅我当年说的准不准？出息了！”

客人们越说情绪越高涨，说至兴起，异口同声地纵声大笑起来。璐璐被近旁一位大妈的笑声震得耳膜嗡嗡发响，恍恍惚惚已来到下一桌跟前。

丁妈妈又是一番客套话，客人们也纷纷响应着。不知过了多久，丁妈妈把丁爸爸手里的饮料夺过来，催着璐璐去给席间的小孩子们添饮料。

璐璐举着手里的大罐橙汁，来到最近的一个小姑娘面前。这是熟亲戚，二姑家的外孙女。二姑见璐璐走近，就像打了鸡血一样兴奋起来，她摇了摇坐在怀里的小女孩。

“瞅瞅这是谁呀？小爱！叫，叫啊，这是谁呀？”

小姑娘很不买账，正盯着自己裙子上的图案出神。二姑有些着急，又使劲地摇了摇，带些急迫地说：“说！这是谁！是谁！倒是叫啊，你这孩子！”

“小姨。”小姑娘没抬头，很不情愿地应了一声。

“你说说，啊，说说，小姨叫什么，叫什么名字啊？”二姑显然没有善罢甘休。

“你想想，小姨，叫—什—么？这浑孩子！”

璐璐给杯子里添了饮料，急匆匆地逃开了，二姑还在锲而不舍地追问着她那三岁的外孙女，还不忘回头向别人解释着：“她知道，都知道的！这孩子就是脾气有点倔……”

终于到了最后一桌。看来丁妈妈是有意这样安排敬酒顺序的。这次，她在开口前先把璐璐推了出去。

“认识认识，这是你奶奶的表妹的大儿子和大儿媳妇！还有他们家闺女！这你得叫大舅、大舅妈！这是表妹！璐璐，就是你大舅给你上学这事帮忙来着，你还不快谢谢大舅啊？要没有你大舅，你能有这出息，上这好卫校？早家里待着啦！快敬大舅一杯！”

璐璐也没什么好的祝酒词，低声说了一句“谢谢大舅”，糊里糊涂地碰了杯。趁着这一桌的客人们恭维那位“大舅”的工夫，丁妈妈低声嘱托璐璐：“待会儿你就和你大舅家表妹好好聊聊，人家比你强多啦！好好学习学习！”

“妈，您怎么这时候了还说学习……”

“啧……你这孩子是真笨还是装傻？你要是能和他家闺女搞好关系，那比你爸妈说多少话、花多少钱都管用！这孩子，怎么不开窍呢……”

丁妈妈说完话，一转身，立刻堆上满脸笑容向大家敬酒。璐璐试探地走向那位表妹，却发现人家一直埋头读着一本厚厚的书，对周围的喧闹声充耳不闻，一副拒人于千里之外的样子。她只好作罢。转过身，打发了一个拖着鼻涕的小祖宗，她“喜气洋洋”地再添一罐橙汁。过道对面的包间正传出闷闷的笑声，不知又是哪一家喜事临门了。

导读：

垂暮之年的老人在病床上的遐想，既有对往事的追忆，更有对生命的眷恋。然而岁月无情，他不知自己将不久于人世。在遐想与真相的对比中，有一份珍重，也有一份无奈。小说篇幅虽短，富有诗意，写出了人生感。

云在天上飘

杨汉轩

云在天上飘。

它们任由风改变着自己的形状，不愠不恼，他也任由风吹拂在他的脸上。

他刚出院。坐在露天小馆的塑料椅上，他不禁感叹，这么快就又到秋天了！他扭了扭，让身体更加契合椅子的弧度，飒爽的秋风一阵阵地从他周身掠过，带来一丝凉意，也使他感到了前所未有的畅快，似乎又变成了多年之前那个充满活力与希望的他。

云在天上飘。

它们任由夕阳散出的光芒印在身上，不温不火，他也任由夕阳绚丽而飘渺的霞光洒在身上。

太阳在傍晚时爆发出了自己今天最后的力量，染红了半边天空，而另一边则已变得昏暗。他太久没活动的脖子有点发酸，稍微低下点头，城北那同样被染红了一半的青山就映入眼中。唉！要是他们在这儿多好！他的几个共患难很多年的哥们暂时都脱不开身，不过他们已经约好，等过一个星期他身体恢复得好一些之后去郊区转转。不能和别人分享的快乐不是真正的快乐，他感到有些憋得慌，不过想到过几天就能跟他们去游山玩水，心中也就好受了一些。

云在天上飘。

夕阳渐渐失去了光彩，终于一下坠落到了西山之后。看着邻座的年轻人们眉飞色舞地侃着天南海北的事，一会儿放声大笑，一会儿又一脸愤然，他不禁露出了笑容，多少年前，他也是这些青年中的一个，他们也都坐在他的旁边。回想着往事，他嘴角挂着微笑，在微风中不知不觉地闭上了双眼。

窗外，云在天上飘。

他躺在床上，睁开眼四周是一片刺眼的白色，墙，窗帘，医疗器械。病房外，李大夫问旁边的人："老王，还有多长时间？"

"估计不会超过三个月。"

李大夫看着屋里躺在床上微笑的老人，叹了口气。

躺在床上，他想，很快就又能见到他们了吧。

一阵大风吹过，万里无云。

导读：

人们总是希望按照自己的意图让孩子成长，但是年轻的生命自有其不服从压抑的本能和冲动。本篇小说从校园生活的细节入手，用一句老生常谈的话语为线索，正写出了对这种无处不在的人为修正感到的压抑和苦闷。

你得改呀

张晨辰

她对我说“你得改呀”的时候，我正同她面对面坐在办公室里。她不停地讲着话，于是我就只是看着她。我转头望向窗外，想象着天色正好，我站在沙滩上。一抹夕阳忽然让我驻足。海面上吹拂的风泻在我的身上，推着我沉静地坐下。

“你得改呀。”她又说。我回过神来。

不知道为什么，听过很多次这句话，但这次我忽然感觉很焦虑。我觉得自己身体的什么地方发生了变化，逃脱控制。我回忆了一下课表，下一节是政治课。于是，我所做的是，一只手捂住腹部，另一只手举起来向她示意，然后匆忙跑到了医务室。

只有一个穿着白大褂的胖胖的校医坐在屋子里。

她问我怎么了。

“嗯……听了很多很多话，忽然觉得头晕。我以前就常常晕倒的。”我这般对她讲。似乎每一次别人问我怎么了的时候，我都很难回答。我的身体像是一个大迷宫，而我自己却不在里面。我忽然想起幻想中的海滩，海浪声很大，我听不见自己的哭声，谁也听不见。

然后她给我看手相。

手掌上那些纠缠的曲线一直被承载着各种寓意。她把我的手翻过来又翻回去，中途还拍打了几下。“姑娘，你这是阴虚内热啊。”她说，“来，我帮你捏捏穴位，会好很多的。”

于是她为我捏穴位。

鼻子。脸。后来我不知道怎的就已经趴在了医务室的小床上。浑身上下，她为我捏穴位。她一边讲解，我一边吱哇乱叫。最后我瘫在床上。

她起来说要教我该怎么缓解情绪。

我于是站在角落里的衣架边上看着她，感觉衣架快成为了我的骨骼，支撑着我的整个身体。我看着她缓慢地移开双脚，开始蹲起马步。“你呀，小姑娘，就去找一个没什么人的小公园，然后像我这样……”她一边说着，一边举起了双手，握紧了拳头。“心里的怨气和不满，一定要发泄出来。你看，要像我这样……”她把眼睛瞪得大大的，我甚至看不见她脸上的其他器官。她保持着这个姿势，然后忽然——“哈！”她使尽全身力气打出了左拳。她的眼睛瞪得更大了，浑身绷得紧紧的。

这一声“哈”着实让我意外，我连同衣架上的衣服一起落在了地上。

她似乎是根本没有注意到我，继续着她的演示。“哈，哈，哈，哈，哈。”她又连出五拳。我看着她颤抖的身体、瞪大的眼睛，这一刻，我感觉自己好喜欢她。她是唯一一个没有跟我说“你得改呀”的人。

我对她说：“谢谢您，给您添麻烦了。”她的笑容快要布满了整个脸颊。

回来的时候政治课还没有结束，我悄悄地、悄悄地走回自己的座位。我只想放一曲《国际歌》，不带有任何阶级属性色彩。大概是我逃了大半节课的缘故，抑或是我的脸上还残留着刚刚被掐的各种红印，总之，同桌的女生望着我，一脸惊悚。

“干什么去了？”她问我。

“嗯，就是……”我忽然不知道该怎样讲刚刚发生的这些事情，“没什么事。”

“哎呀，怎么话总说一半啊。”我看到她左侧的眉毛往上翘了翘，“你得改呀……”她对我说。

不知道该讲什么，于是我冲她笑。我感觉自己的轮廓都要消失掉了。这时我忽然想起刚刚那个胖胖的校医。她扎着马步，怒目圆睁瞪着前方，嘴里发出“哈哈哈”的喊叫声。

政治课还没有结束，我又望向窗外。即使是每天都生活在这里，我依然常常期待着窗外有着无限的美景。我向西，想象着看到了迟一些的朝阳。也许还有越来越多晴日陪伴我，但我只看到枯黄的树叶纷飞，它们不管不顾地落下。这一刻，我只是单纯地想记住它们落下的样子，当作隐约可见的美的最后痕迹。

导读：

在风水宝地“画阳村”，有一座传说中的“帝王陵”。在时代变迁和商品经济的大潮下，人民的生活和价值观念悄然转变，“帝王陵”的命运又将如何呢？小说构思宏大，充满隐喻色彩。

帝王陵下

刘枢尧

从很久很久以前，画阳村就被几个整天满嘴酒气，对地驼着背、对天打哈哈的风水先生指认为一片“风水宝地”。传说在某个很久远的朝代，一位上了年纪、颇有名望的风水老者拖着长长的道袍，拄着一根虫蛀斑斑的拐杖来到这里，瞬间就被这堪称完美的地理条件惊呆了：山水秀美，林树环抱，一座座高耸的山峰耸立于画阳村北，阳光透过树林的天然屏障洒在地面上而错落有致，水像人的脉络一样流过了整个村庄却唯独绕开了所有山脉。

那老者花了一天一夜的时间围着这座村庄打转，口里也念念有词，说什么：“龙脉旺，阴阳龙相缠相绕。”虽然古代深山里的村夫没有受过什么文化的熏陶，不能理解老者话语中的奥妙所在，但他们也能依稀感觉老者话中的震惊。即便时间已经过了很久，这个典故仍然沿用至今，成为了画阳村人世代相传的传说。

和其他村子里走出来的人不同，画阳村人不会介绍自己村里有什么珍奇的特产，也不会介绍自己村里有过多么神奇的人物。不论走到哪里，他们都会自豪地拍着胸脯，告诉所有他们遇见的人：“我们画阳村，就是天赐的风水宝地！”

其实画阳村值得炫耀的并不是这里自然的恩赐，而是某些埋葬在这风水宝地中的大人物。

相传，在某个朝代，某位从旧朝拯救百姓于水深火热之中的开国皇帝就埋在了这里。但是，村子里出的读书人太少，没人记得这位解放自己祖先的大英雄的名号，村里的老者们耳昏眼花，从他们的嘴里无法判断出这位皇帝的名号——他们几乎每一个人都能说出不一样的答案，从汉朝到清朝——每一位有点名气的皇帝都有被点名的可能，不管他是不是那拯救祖先的开国皇帝。

总之，这位传说中的皇帝葬身在这里，足以让这一带的人都对他们的八辈祖宗感恩戴德。

因此，这一带很多有点名气有点钱的乡绅村霸或者村官，都想死后在这沾了皇帝仙气的土地上分一杯羹，人们络绎不绝地请求将自己死去的亲属、朋友安葬在这里，甚至从遥远的千里之外都有神情如朝圣一般的年轻人怀揣着某位逝去亲属的骨殖慕名而来。

毫无疑问，画阳村因为这风水的优厚吃了很多香。俗话说“靠山吃山，靠水吃水”，这句话成了不成文的村训，刻在村中每一个人的心里。

整座村一半以上的收入都来自于形形色色与殡葬有关的服务，但是死的人总是少数，画阳村不可能从这些人身上榨太多油水。虽然能埋到这里的人自然是有权有势，但是一次从选坟到下葬的一系列工序的收入，绝对不够解决全村人的温饱。于是，画阳村在这一带一直都不算富裕。

林牧是这村里土生土长的汉子，一对乌黑的眼睛闪得发亮，薄嘴唇，高鼻梁，在村里也是一个帅小伙，如果把他身上打着几个补丁的衣服换成城市人穿的西服，追捧林牧的人一定不会少。

现在的林牧，是一个守陵人，他负责管理东片山头的一片陵园。所谓守陵人，就是24小时都要牢牢看住陵墓和周围的林地，吃啊睡啊都待在陵园里。这个在外界人来看迫不得已时都不太愿意选择的职业，在画阳村人来看却是怎么打都不会破的金饭碗。此前很多读过书的人或者村霸一直想把陵园纳入自己的管理范围，他们知道这个世界上每天都会有人死去，每天都会有人想把亲友埋在这里。每个活人的族谱上都会有世世代代的逝者，他们的葬身之地也显得意义重大，亲属会随着对“风水宝地”热情的高涨开出更高的价钱。

所以每个守陵人的家族都会有很大一笔积蓄，让村里的其他人眼红。

林牧也不例外，他把每次选地的分红——逝者每一位亲属递给他的沾满眼泪鼻涕的重点关照逝者的“优待费”都收进了腰包，和其他守陵人不同，林牧把他的钱都攒了起来。可观的收入、不爱花钱的习惯，这些让林牧成了一位在这一带村庄中小有名气的“有钱人”。

现在是1957年，19岁的林牧已经在东陵园当了将近5年的守陵人。

顺便一提，据说那位英雄一般的皇帝就埋葬在这东陵园，但是谁都不敢挖——按照当地的说法，毕竟是救了自己老祖宗的人，谁要是扰了他的安宁，连着祖宗八辈不管活的死的，他老人家一下就给你全带走。

其实林牧倒也谈不上喜欢这项肥差。

每次有人下葬之前，总会有一群家属亲友一把鼻涕一把泪地围在棺材旁边，随着棺材被人抬着往前移动，有人就会扑上棺材从喉咙的最深处爆发出一种撕裂的、凄厉的、尖锐的哭号，好像把世界上最可怕的最残酷的牢狱里的声音完美聚拢在一起，再通过一个人的喉咙带着哭腔而爆发，让人浑身一颤，接着，所有的周围的亲友就会如同接到某种指令一般，一齐扑上那棺材，顿时爆发出几十倍于刚才的那种哭号，如同悲哀的幽灵一般在陵园上空游荡、消散。

起初看到这一幕，林牧觉得自己心灵受到了震撼，他也不自觉地对这位躺在棺木中素不相识的人产生了悲伤之情，他会在这时候怀疑天地为什么要把一个个好端端的人带走，怀疑为什么人的生命会如此脆弱。但是自从他在一次守夜时发现一位白天送葬的亲友带着几个人，偷偷跑到坟堆前用铲子挖出金银做的陪葬品以后，他便对送葬人的哭号司空见惯了。

当了几年守陵人，林牧很少从村子里走出去，但是经常有外村的人过来到画阳村给他们的人选坟地，这种人被大家叫作“地头儿”，他们总能在选坟地的时候跟守陵人聊上几句，不免也带上一些时事。地头儿阿四是林牧的发小，他所在的梨阳村比画阳村更接近县城，他每次来都能跟林牧聊上半天，所以林牧知道的东西并不比村外的人少。

50年代的人们不再那么相信风水带来的效应，按照时兴的说法，那只是一种“封建迷信”。但这只是一个大的形势，老百姓仍然对画阳村这片宝地赞不绝口。有人说：“靠近皇帝埋的地方啊，俺家老人也能得福嘞！老人高兴了我们后辈就富裕，瞧瞧俺家昨天刚有的一个大胖小子！不说别的，老祖宗沾皇土显灵气肯定没跑！”走在村子里，听到这种言论也并不奇怪。

不说画阳村的风水，传说中陵园里埋葬的皇帝就已经吸引了很多人。

学者王烨就是其中之一，正如名字的谐音，他在同行当中都被叫作“王爷”，暴躁的脾气，不算贫穷的家境，丰富的阅历，也让他在所在的考古部门有了一定的地位。有一次和一位女同事抢发现一座墓葬群的功劳，他甚至与女同事瘦弱的丈夫大动干戈，然后心安理得地拿走了考古队总队长的头衔。

这次他来到了画阳村，打算一探这里的究竟。他只身一人来到了东陵园，东陵园位于一座小山的半山腰，树林合抱，组成了一道天然的屏障，放眼望去只有绿这一种颜色。王烨穿过茂密的树林，踩着墨绿的青苔，走了很久才总算看见一个个不高的小土包。

他刚想再往前走一步，林牧一只有力的大手就从背后死死地扣住了他的肩膀。“谁？”王烨吓了一大跳：这么偏远的墓区，本来应该不会有守陵人的。林牧的手使劲一拧，王烨就被提着肩膀转了过来，“你不是地头儿，我在周边村落没有见过你，你是来干什么的？”林牧死死地盯着这个陌生人，警惕地问道：“是来选墓地的？还是来祭拜的？——你总应该找一个地头儿跟着你过来。”“我……我是从市里调过来的考古学家，我是来这里勘探古墓的。”王烨轻声答道，“听说这里埋着一位皇帝。”林牧皱了皱眉，看看这个比自己矮不了多少的黝黑的中年人：“先到我屋里坐一会儿吧，我给你沏杯茶歇歇脚。”

林牧带着王烨进了刚才王烨经过的树林，走到一处，拨开杂乱的树枝，一座木屋赫然出现在他们眼前。如果不是林牧带路，考古人可能一辈子也找不到这座木屋。林牧打开房门，在一个半人高的桌子下面拉出两个小木凳，又从锅里取出一壶还冒着热气的开水，往两个杯子里撒了一把茶叶，再注了水，茶香便扑鼻而来。

“我来只是想打探一下皇帝陵墓的具体位置。”王烨呷了一口茶，慢慢地说，“如果这地方真有陵墓，那规模一定不会小，出土的文物也绝对是一个庞大的数字，那国家也……”

“我知道。”林牧摆了摆手，打断了王烨的话，“按照老一辈人的风水布置，皇帝最有可能就是埋在这里，就是咱们脚下的画阳村。”

王烨听了这一番话，两眼激动放光：“那为什么不去挖掘它？只要出土了文物国家就会给予重视，不止我们考古人员获益，就连这周边地区也可能富起来！”

“但是这块地方从来没有被外人动过！”林牧也激动起来，“这地方埋着村里几乎所有人的祖坟！就算我答应让你挖，咱们画阳村还有周围村镇的人也不会答应！”

“可是……”王烨刚想接着说下去，林牧就站起来，一侧身指着门口，“请回吧。”

王烨只好悻悻地站起身，向画阳村走去。

王烨一路上边走边想，这里陵墓里面埋的到底是不是皇帝，从来只是传说，但是没有人真的证实过。他有必要再证实一下。

回到村里，王烨换了一身衣服，打扮成一位外来商人的模样，到离画阳村不远的梨阳村找了一个地头儿，问了问当地的（关于皇帝）传说。“哎呀，这个皇帝来头可大了！”接过王烨的一包烟，地头儿热情澎湃地说着，“当初他老人家救国救民，如果没有他带着3000大兵来我们这一片啊，可能我们这一片的人就都没有今天咯！”看着地头儿的样子，王烨更加确定了自己心里的推测——这里埋葬着的皇帝非常伟大——伟大的皇帝陵墓是最有挖掘价值的。

但是碍着守陵人林牧给他施加的阻挠，他心里也有些忐忑不安：如果真的断了村子的财路，村里百姓还不把他生吞活剥了？于是他去找村长，没想到村长的态度比林牧还要果决，还在林牧的基础上又加了一条：“咱们村里和附近村里的老祖宗世世代代都埋在这龙脉上！你要是伤了龙脉！我们后代衰下去了也是你们的责任，你们赔付的起吗？现在带着行李给我离开这个村子！赶快来俩人，送客！以后少过来给我添麻烦！”

王烨当场就傻了眼，不止全盘否定了挖掘，还被下了逐客令。他带着行李仓皇跑出了画阳村，走的时候还不忘回头看了一眼，在随身带的地图上给画阳村的位置画了一个大大的五角星。

王烨不是第一个被赶走的学者，村里人相信，他也不会是最后一个。

村里人不只是怕专家学者动了画阳村大多数人的收入来源，更是怕自己的祖坟被学者们的铁锹夷平。但是久而久之，画阳村民对这片土地的执着守护，外界的人都在心里产生了多多少少的猜疑，画阳村人是不是在隐藏着什么？谁也不知道，不过，“画阳村边有皇陵，皇陵底下有黄金”的言论便由此在画阳村周边的小镇扩散开来。

王烨的到来与离去并没有造成村子里生活的异样：陵墓里面的东西值不值钱是考古人的事儿，自己祖坟安好与否才是自己的事儿……直到一天晚上，睡眼惺忪的林牧听见树林有动静，带着铁锹出了木屋，看见一个黑影正蹲在陵园里挖着什么东西，林牧悄悄地靠近，使劲抡起铁锹在黑影后脑上就势一敲，黑影顺势就倒在了地上，没有动静了。林牧可以确保刚才那一下虽然使劲但是还不至于致命，他把黑影翻了过来，借着月光扯下面罩，当时就是一惊：不是别人，正是他的发小儿，梨阳村的地头儿阿四。

阿四感到脑后一阵剧痛，剧痛像针一样扎开了他的眼睛。等模糊的视线彻底清晰以后，他才发现自己像腊肉一样被捆着躺在一个陌生的屋子里。没有开灯，屋子却还是很亮堂，已经是白天了，他接下来意识到，自己正躺在画阳村村长的办公屋里，旁边坐着的，是画阳村、梨阳村的两位村长，还有一夜没合眼的林牧。

“阿牧，俺……”阿四刚想说话，林牧就伸手制止了他：“不用解释了，我查看了一下你带的东西，有铲子有铁镐甚至还带了炸药，摆明了你就是想去掘坟。”

“四儿啊，”60高龄的梨阳村村长老吴沙哑着嗓子说，“从小你就是咱村儿里最机灵的孩子，你比大人还有主意，但是你怎么干了这么傻的事儿啊！”

“算了吧阿四，当地头儿赚的钱也不多，这份工的确太糟蹋你了，你去别的地方找个工去做吧。”林牧叹了口气，“没钱赚也不能去掘老祖宗的坟啊。”

“阿牧啊！你们真是不知道世道变了啊，那天被你们从村里赶出来的考古学家告诉了俺很多东西啊！”阿四被五花大绑，躺在地上，像一条刚从水里捞出来的鱼一样挣扎着。

“那个考古学家？”画阳村村长皱了一下眉，“他都跟你说什么了？”

王烨被画阳村下了逐客令以后，并没有就乖乖地回县城，而是又一次跑到梨阳村，把所有的地头儿都召集在了一起，拿着大喇叭对他们喊：“各位兄弟都听好了！前两天，国家颁布了一条政策！以后全国都要抵制土葬，推行火葬！”短短三句话，像一枚炸弹抛进了人群中瞬间炸开一样，所有的人的表情从疑惑，到愤怒，再到恐惧，终于，阿四对王烨嚷嚷起来：“他妈的这政策出来以后还让俺们怎么混！俺们画阳村、梨阳村还有其他几个村庄都是靠这个吃饭，村里一半儿人都是靠当地头儿建的家业！俺们以后怎么混！”王烨看着群情激愤的地头儿们，心中顿时高兴起来，但是他的脸上却没有任何波澜。“以后施行火葬，家里埋人也就不会那么讲风水了，到时候咱们几个村子就挣不到钱了。”王烨挑了挑眉，语气在“咱们”二字里有明显的加强。“我是个考古学家，也是听了黄灵县委书记的指示过来传话的，黄灵县城南边有一块荒地，咱们百姓可以去那里种庄稼，多少也会有收成的。”

等地头儿们慢慢散了以后，王烨找到了刚才那个站出来对他嚷嚷的阿四，说：“你的想法很多，脑子也快，我这里有点钱，只要你帮我办事，我就把钱给你当报酬。”

说着，王烨从口袋里拿出来一个信封，阿四看见信封两眼放光，连忙问：“你要俺干啥？”

王烨笑了笑，“带着这些工具去挖开画阳村东陵的山，考察一下里面皇帝陵的情况。”

说到这里，阿四翻过身，对着林牧咧嘴一笑：“再这么下去咱们两个村子都完了，还不如趁现在发点财比饿死要好很多！政策改成火葬以后最惨的还是你们画阳村啊！”

林牧铁青着脸解开了阿四身上的绳子，说：“四儿啊，咱俩从小就一块儿玩儿大的，撒尿和泥、进人家偷鸡，什么蠢事没干过，但是这次，为了王烨给你的那点钱，你实在是……走吧，别再进陵园了。”

“嘿嘿，也别怪好哥们儿没提醒你，干什么都比饿死好啊，赶快辞了守陵人的位子吧！”离开之前，阿四还不忘补上一句，“钱！没钱咋的过活！”

过了两天，梨阳村传来消息说，阿四疯了，不穿衣服就到处跑，逢人便说：“世道变了！人穷啦！老祖宗不显灵啦！”

林牧这几天一直缩在小屋里，一根又一根的土烟吧嗒吧嗒地抽，两只眼睛总是瞪着窗外。村长去县里打算核实政策改变的消息，让林牧这些守陵人再去自己的岗位上待两天。以前的时候阿四每隔两三天就会登门拜访一次，但是林牧心里清楚，阿四是再也不会来了，他的家人为了怕阿四跑出去丢人，把他锁在一间黑屋里。

林牧还记得阿四走之前说的话：“以后埋的不是人了，是一个骨灰盒！守陵人也就没有要守的东西了！改成火葬以后人家就不会注意风水的好坏了！我们地头儿还能凑合着给他们选墓地，你们守陵人的饭碗就彻底破了！”这几天，每每想到这里，林牧就把失神的眼睛从面对树林的窗户转向面对陵园的窗户，从这片土地上他不知道挣了多少养活自己和家人的救命钱。现在，这片土地将要停止对他的供养，林牧仿佛看不清这片陵园对面的丛林与山头。

村长从县里带着政策改变的消息回来了，火葬制度被确确实实地推行，政府查下来也只是早晚的事儿，村长给守陵人们安排了两个地方去做活，去县南的农田可以种地，去县里可以卖东西，总之村里是不能待下去了。画阳村世世代代都靠这座陵墓吃饭，现在挣的钱不多了，维持整座村子的温饱，一个陵墓已经远远不够了。更何况阿四说的，政策改成火葬以后，人们也不再那么注重风水——人被烧得只剩灰了，埋到哪里都一样。现在，守陵人们必须要出去闯荡。

种地、卖东西和一天到晚坐在屋子里看守陵墓都是苦活儿，但画阳村的人很少有人体验过种地的辛苦。守陵人们现在进退两难，他们不想受苦，但是他们更不想饿死。于是，林牧和大部分村里的壮年男人们去了县南的荒地，带着县里配发的工具去开荒。

守陵人们在守墓的时候也实行过记工分的制度，但是那时的他们只是坐在屋子里或者是巡视陵园，几乎就是坐看着钱进到口袋里。但是现在他们必须要挥起镰刀除掉阻挡在眼前的杂草，9 月的天还很是燥热，守陵人们顶着正午的太阳也得去开荒除草，再开垦出一道又一道的田垄，为了防止中暑，几乎所有人都带着一条白毛巾裹在脑袋上。

过了几天荒地终于开垦完了，原来盘踞在黄灵县南边的野草灌木被一扫而空，取而代之的是守陵人们做出的田，县里发下了冬小麦的种子，还专门派了一位年轻的党员去教他们如何耕作。说来也好笑，这位年轻党员一般只是教党章读政策的，教一群大老爷们儿种地还真是头一遭。“种子要伴着药种进去，”年轻党员认真地说，“拌少了药不死虫子，拌多了连麦子一块儿药死。”说罢他拿出一个装满透明液体的小瓶子：“我们之前也很少使用这种方法，倒下去的药绝对要刚好半瓶，剩下的半瓶十月份开始，每个月撒一个指甲盖那么深的药，直到撒完为止。”

林牧边拿药搅拌着种子，边回想他的守墓生活：每天都随着清晨第一缕阳光起床，惬意地在床上伸一个懒腰，穿上衣服换了班，围着山头转上一圈。山头很大，转一圈下来要半个钟头，然后差不多这个时候，地头儿阿四就要过来了，给邻村的谁谁谁家选一块地，要他挖好一块多大的坟，林牧就拿着那把铁锹开始忙碌起来。正午时刻山里也很清凉，走到小溪边，林牧双手合抱成碗状，捧起一汪溪水，畅快地喝下去。从山的那边流出来的溪水经由喉咙，经过食道再到胃，冰凉的触感在身体里爆发开来，一上午的劳累瞬间消失。下午，他可以回到木屋里，去屋后的一片空地种种田，自己的收成虽不是很多，但是还是能满足自己的需求。

再看看现在，顶着正午的太阳，林牧不得不一次又一次地接水打湿头上的毛巾以避免自己中暑，刚开工没一个星期就有十个人中暑晕倒了，隔壁村的地头儿赵老三最惨，倒下去的时候还磕掉了两颗门牙。林牧看看他们再看看自己，叹了一口气。

守陵人的生活不会再回来了，阿四不会再回来了，生活变了。

次年开春，新年已经过去，大家继续回到田里给麦子做防冻措施。而现在的林牧因为年轻力壮已经被选上当了画阳村生产队的队长。中午吃饭的时候，赵老三端着饭盒，呼哧呼哧地对大家说："今年下雪下的多，你们听说过吗，'瑞雪兆丰年'啊！"

"老三啊，别老说这些有的没的，我看啊，你先把嘴里的洞给补补吧！说话都漏风啊！"一个农户刚刚放下手里的碗，说，"俩门牙没了整得跟6岁小孩似的！"人群中爆发出一阵哄笑。"林队长，你也说两句啊。"林牧笑着摇了摇头。

正如赵老三所说，今年的大雪似乎给庄稼地带来了意想不到的收成，三月，大片大片的麦苗占领了庄稼地，守陵人们每天都能拿到足够自己温饱的钱，再望着那片庄稼地，此刻的林牧心中也难免激动。

五月，是收割麦子的季节，十几位庄稼汉子第一次迎来了自己的收成。每个人都割下大把的麦子去过秤，据说因为开春的几场大雪，再加上有效的防虫手段，县里庄稼的收成比往年都要多很多，一亩地都能产将近一千斤的量，这可以说是黄灵县里从未有过的数字，守陵人放下手中的农具相拥而庆，这毕竟是他们第一次靠自己的双手创造了财富。林牧觉得这是从放弃守陵人的职位以后自己最快乐的一天，他甚至觉得以后的时间里种田便能发家致富了。

六月，市里的党委派来了考察团，来考察各县粮食的产量。县长很确信自己县里的收成在市里都能排的靠前。招待会上，县长信心满满地在发言席上报道："为了响应党提出的'鼓足干劲，力争上游，多快好省地建设社会主义'的总路线，今年本县冬小麦收成创了历史的新高，亩产一千斤的产量让我们每个人……"

“啊——等等，等等！”考察团里一位眯眼的中年人打了个哈欠，然后不耐烦地打断了县长的话，“你说你们一亩地产量多少？”

县长满面红光，激动地说：“将近一千斤！”然后他看着中年男子，等着表扬与赞美。

中年男人突然把眯起的眼睛睁得很大：“亩产一千斤？亩产一千斤你就敢说是响应党的号召？”瞪着被突然责骂而不知所措的县长，中年男人用力地敲了敲桌子，喝到：“我告诉你，其他县城平均产量就到了一亩五千斤！有的地区的试验田甚至到了一亩一万斤！一堆一堆的麦子堆到路边比房子还高！你们黄灵县也算是个市里的大县，一亩一千斤让我们怎么报的出口！这倒好，你们的结果下来了，我们全市的平均产量都不知道要被你们拉低多少！这个县长当不了就不要再当了！你们过两天去看看市里的头号试验田，看看他们是怎么生产的！”

听到这里，县长原先红光满面的脸已经变得煞白。中年男子恶狠狠地看了他一眼，说：“明天你们就出发！散会！”

县长木呆呆地站在讲话席上，考察团的人一个一个地离开，又过了很久，县长才颤着音对助理说：“叫每个生产队的队长准备明天去试验田考察。”

从此县长便一病不起，而林牧等生产队长则去市里的试验田学习考察。

第二天，林牧随着热情洋溢的向导走在试验田里，向导很激动地说：“自从政策改变以后，俺们这里的技术就跟着发展啦！原来平均亩产五百斤，现在平均就到了一万斤啦！照这个速度发展下去，超英赶美，人民发家致富绝对不是问题！”

林牧瞟了一眼马路两边堆积如山的小麦，为了宣传试验田的高产量，房屋高的粮垛上甚至还有小孩儿坐在上面。但是仔细看就会发现麦垛中有的没被遮严实的地方能看到木桩夯实的痕迹，一垛一垛的小麦被这些木桩牢牢地捆扎在一起。有的麦垛甚至还拿来玉米堆积充数。暴露在路边，风吹雨淋，有的麦子已经开始发芽。

“市里真是有钱，”林牧暗想，“全市只有一个小镇种玉米，他们居然还买过来了。”

回到县里，林牧简单地介绍了一下从市里学习下来的“经验”，然后向病重的县长汇报说，市里已经决定今年优秀乡镇评选取消黄灵县的资格，县长听罢重重地叹了一口气，然后开始止不住地咳了起来。

这时，汇报完情况的林牧开口了：“县长，我看咱们能不能效仿一下市里的试验田？”

县长刚刚咳了一半，听到这句话，立马深吸了一口气把咳嗽给镇了下去，问道：“你想怎么办？我倒也想有个办法，毕竟这是咱们县里以前常有的荣誉。”

林牧双眼放光，激动了起来：“叫生产大队去各县买一些余粮和种子，扩大咱们的公社规模，黄灵县每年都是市里排名前几的县城，咱们一定不能在这里丢人！”

于是县里由林牧带头，成立了一支浩浩荡荡的“采购大队”，带着一笔“巨款”“扫荡”了周边的县镇，带回了几千斤的小麦，还有一大袋一大袋的种子，然后又向上头汇报了一次。

上头第二次派来了考察团，听着县长带着病瓮声瓮气地说：“之前的亩产一千斤是城南边一角麦田的产量，种粮的都是刚转行的新手守陵人，所以产量低了点，检查员误报成了全县的粮食。今年本县小麦的平均亩产量是九千斤！”

检查团的人开始交头接耳，每个人脸上都是惊讶的神色，县长得意地笑了笑，说道：“下面请我们生产队的林队长带大家参观！”

林牧去过试验田，把小麦堆积的样貌记得一清二楚，回来以后他便听县长的命令把买来的小麦全堆成了那样，为了防止露出破绽，他甚至还亲自挨个麦垛地检查有没有没填严实的地方，他也学着试验田的模样请了几个小孩坐到麦垛上。

考察团看见这般情景非常满意，中年男人看到了麦田的模样惊得说不出话。过了两天，市里就下来了消息，黄灵县凭着全市第二的产量当仁不让地被评选为最佳县城，而黄灵县也被开发出了一块试验田，成了市里生产重点照顾对象。

而林牧呢，因为出了如此的“奇策”，官运亨通，立马从一个分田生产队长晋升到了县长助理兼职黄灵县生产总队长，受宠若惊的林牧当时就表态，一定会再接再厉，将黄灵县“势头强劲”的农业生产发扬光大下去。

但是黄灵县如此发迹的原因只有林牧自己知道，他也知道这样下去黄灵县的“秘密”迟早会露馅，事实上已经有很多周边的县城打算从黄灵县再购买粮食回去。林牧以生产队长的身份委婉回绝了很多次邻县的请求。他不仅要使粮食堆得山一样高，更要为县城的粮仓中保存住足够的余粮。

于是林牧就这样熬过了一年，县城粮仓的储粮已经十分可观，而且年年高价采购粮食的结果也让县城赢得了很多的荣誉和奖金。林牧听说有的县城为了抓粮食产量，清空了自己的粮仓，又私自收购县城中住家的粮食，给每户人家只留下了可以填饱肚子的口粮，但是和连续几年有庞大储量以及本身就有可观产量的黄灵县相比，还是不能望其项背。

第三年夏天，从南边传来了消息，周边的河流断流，全市所有的城镇都陷入了前所未有的大旱之中。连续三个月滴水未降，庄稼都枯死了，路上躺着到处找饭吃的百姓，每天都有人饿死。但是与之相比，黄灵县的状况就好很多，因为粮仓与百姓家里都有足够的粮食，所以饿死的、出去逃荒的也少了很多。病中的县长对林牧之前的做法赞叹有加。林牧的官位被直接提拔到了副县长的位置。

挺过了大饥荒的林牧也经常回到画阳村打扫自己曾经驻守守陵人岗位的小屋，现在这片陵墓几乎已经荒废，成了一片乱葬岗。林牧经常回去打理那片土地，官位升上去了日子倒也清闲，他倒也将这个陵园打理成了自己离开之前的模样。而县长也开始注意到了这片曾经埋葬着传说中的皇帝的陵园，也认为自己县里发迹的原因和这位德高望重的祖先有关，于是便号召全县每年举办一次祭祖仪式。

林牧也时常去探望自己的旧友——阿四。三年大饥荒期间，林牧没少向他家里支援粮食。林牧也对阿四心怀愧疚，如果当初自己没有逼那么紧，阿四也不至于疯掉，现在自己当了副县长，吃上了公粮，也开始攒了点小钱，日子也不再那么拮据。

事情就这样平平淡淡地过了几年，直到1966年，“文化大革命”开始，县长因为在当地举行了祭拜皇祖的行为而被批为“封建迷信，伙同于怪力乱神”，被打倒然后批斗。过了三年，县长本来就很差的身体终于垮掉了，弥留之际，他叫林牧来到了病榻之前。“林牧啊……”县长颤巍巍地说，“你这些年工作的都非常出色，没有辜负领导对你的期望啊……咳咳咳……我已经让大家秘密投票了……他们都选你为下任的县长……林牧啊……我走之前还有一个请求……能不能将我全尸埋在那片皇帝的陵墓下面……我死而无憾……”

过了两天，县长就病逝了，林牧出席了葬礼，脑子里却在冥思苦想怎么才能把全尸送回村里然后下葬。现在的自己荣升县长，带着一个死人回到村里绝对会被发现。不止误了县长的遗愿，自己刚刚荣升的官位也会就这么垮掉。

晚上，林牧终于想到了一个万全之策，他决定第二天便动身去视察归属于黄灵县的画阳村。县里以援村的理由向画阳村拨了好几麻袋的粮食，画阳村天生靠陵吃饭，自从政策改变以后也很是萧条，林牧带着粮食去支援村子，村民自然也是喜出望外。在分发粮食的空当，林牧转身背起一个一人多高的麻袋走向了山中的陵墓。

那麻袋表面填上了一层木柴，而木柴下面则是前县长的尸首，林牧很尊重这个传递给他职位的人，所以帮县长完成遗愿也算是作为得到职位的礼尚往来。林牧边这样想着，边背着麻袋往山里走。

“站住！你是什么人？”林牧吓了一身冷汗，回头一看，两个十五六岁的红卫兵正举着枪对着自己。枪杆子早已生锈，林牧猜测枪里面也顶多装了空包弹甚至不装弹。

林牧深吸了一口气，笑了笑，轻轻按下了一个孩子的枪，说：“两位小兄弟，我是咱们这个村里出来的县长，发迹以后不能忘了自己的出身，刚刚带着几麻袋的粮食来支援咱们这里，我原来是守陵人，山里面有我的房子，我想去屋子里清理一下。”

其中一个孩子还是没有完全放下枪，继续问道：“那你袋子里装的是什么？打开检查！”

“哦，这些啊，都是干柴火，那边湿气太重没有干木头，杂草又多必须要烧一下，所以带了点柴火，不值钱的。”

孩子向袋子里看了看，果然是柴火，把枪往背上一挎：“去吧！”

林牧暗自松了口气，毕竟小孩没有大人那么警惕，如果刚才堵着他的人换成了大人，打开麻袋再深入观察一下，发现里面装了一个死人，那么林牧可能就要被批斗了——理由很简单，政策主张火葬，存心想去土葬就是坏分子。

林牧很顺利地挖开了一个坑，草草地做了个记号等着过两日县长的家属前来立墓碑。他打开麻袋，从小屋后院搬来了一口早些年间地头儿存在这里备用的棺材，轻轻地把尸体放了进去，然后用小铁锹一点一点地填土。等土已经堆得有一人高，林牧把铁锹麻袋放回了屋里，径直地离开了陵园。

林牧就平平淡淡地在县长的位子上坐了十好几年，这期间他没犯什么事也没结什么仇，黄灵县核实后的粮食产量依然排在全市前几位，这也让林牧的口碑传颂有嘉。

但是黄灵县天生不会兴办工业，县城两面环山一面种田，留下来一面供县里人出行，矿产资源不丰富，地质学家们来到这里也是摇头叹气。虽然县里的农业发展的很辉煌，但是黄灵县的经济总产值却一直上不去。林牧为这个问题苦恼了很久。

有一天，一位干瘦的中年男子来见林牧。在办公室坐稳，林牧看着这张沧桑而瘦削的脸，竟突然有了几分熟悉感。

“你是……王烨？”林牧惊奇地看着眼前的这个男人。

“没想到您还记得我，林县长。”王烨深吸了一口烟，弹了弹烟灰，然后把它直接按灭在烟灰缸里。“已经过去20年了，听说您的那个朋友疯了，是吗？”

王烨指的自然是阿四，但是林牧从来没有试图把他疯掉的原因归咎在任何一个人身上。“你今天来想干什么？”林牧抬了抬眼，问道。

王烨摊了摊手，说：“您的那位朋友不会受到一点小刺激就疯掉，其实，他是中了水银的毒，损坏了精神系统再加上强烈的刺激才会有今天的惨状。”

“等等……你说……水银？”林牧又一次吃惊地睁大了眼睛，“这里为什么会有水银？而且我当了那么多年的守陵人，挖了不少土，为什么我就没有中毒？”

“我安排了手下的勘探队测定过那里的水银浓度，有的地方是严重超标的。”王烨从包里拿出一张检验单递给了林牧，“但这只是少数区域，你没有中过毒，只能说明，你很幸运。”

林牧怔怔地坐在那里，足足愣了一分钟。

“林县长，您有没有听说过古代名族显贵为了守护自己的陵墓都会安放水银机关的事情？”王烨继续幽幽地说，“这里水银浓度超标，而传说中那又是皇帝的陵墓，水银浓度最高的地方就应该是墓道口……林县长，听说贵县最近的产值严重下降，贵县又不宜发展工业，难道县长您不考虑一下……”

“你的意思是……”林牧看着这个瘦小的男人，当初自己把他从村里驱逐出去的时候，怎么也没想到还会有今天，“开掘陵墓，打造一个景点？”

“您果然明智。”王烨的脸上堆满了笑容，“现在我手里有考古队、建筑队，而您手里有资金和权力，我们应该合作一下，挖开这片陵园。”

“这样一来，不管是对您，还是对我，都会有极大的利益。”

当开山队伍浩浩荡荡地进了画阳村，根据地图准备开凿陵墓时，一些上了年纪的老人仍固执地守在陵墓旁边，誓与祖坟共进退。

林牧下了一个手势，几个人就向老人手里塞了些许钱，连拖带拽地把他们拉走了。

王烨将这一切看在眼里，吸了一口烟，说：“你当年也是为了保护祖坟然后把我赶走呢。”

林牧笑了笑，双手插进口袋，说道：“和这些相比，利益明显更加的重要吧。”

勘探结果出来了，水银浓度最高的地方就是阿四当年挥起铁锹的地方，林牧想了想阿四，暗自苦笑道：“老朋友，真不知道是该为你悲还是该为你喜。”

几名穿着防化服的专业人员正小心翼翼地开凿，过了没多久，墓道口的基本轮廓就已经展现在林牧眼前了——磐石相绕，方正而又高大。

王烨比划了个手势，几个考古人员就拿着铲子和铁镐挖出来了一个一人多高的墓穴口。

“皇帝的墓穴里都有各种各样的机关，县长您要随行的话可一定要小心点。”

林牧本来不是考古工作者，但他对这片自己工作了 5 年的陵园中的秘密很是上心。这次随着挖掘团来到这里，林牧本人也想对皇帝的陵墓一探个究竟。况且，自己本人去监工往往比其他的方式要好很多。

由一位工作者带头，带着防毒面具的林牧和王烨在最后，考古队伍就这样缓缓向陵墓里走去。墓道起初很窄很潮湿，走了几十步以后就开始沿着墙壁的两边拓宽，从最初的仅容一人通行到了足以出入一辆马车。

墙壁也逐渐从土色变得出现了绘彩，简单的花纹和凹凸不平的沟槽浮痕慢慢地向墓道的深处扩散，再往前走就形成二者彼此交汇的精美壁画，有天女下凡，有龙缠凤绕。考古队员们纷纷站定，打头的小伙子抚摸着墙上的壁画啧啧称奇。

突然，小伙子像触电一般把手从壁画上拿开，惊恐地说道："王……王队长，这……这壁画上有东西！"

王烨低下头仔细地看了看："这壁画的沟槽里流动着水银，恐怕墙壁后面也全是这东西。千万不要再去碰它们了，还好你带着手套。"

然后王烨起身对林牧说："这地方居然还会有这么精细的防盗构造，盗墓贼如果破墙而入墓穴就会触发墙壁后面的水银引起中毒，之前你的那位朋友为咱们挖开了墓道，放出了里面的水银，这样汞含量超标还有他中毒就可以解释了。"

"但是，"林牧接过话茬，"这样严密的防盗措施说明里面的人更不简单，不是吗？"

王烨下令让前面的人继续往前走后，低下头，神情严肃地问林牧："这里的水银蒸汽绝对已经超标了，你觉得我们的人在这里顶得住吗？"

"没事的，他们都带着口罩。"林牧拍了拍王烨的肩膀，"身体不适的请求出去就可以了，不用那么紧张。"

一般的古墓中，氧气都会极为缺乏，一个盗墓贼下去，里面的氧气甚至连火把都不够燃烧的，就会出现"鬼吹灯"的现象，但是由于之前阿四已经将墓穴打开了一个洞，再加上常年风吹雨淋、山体的风化，囤积多年的二氧化碳早已泄露大半，取而代之的就是涌入的空气，所以陵墓中的氧气含量还是足以让人生存的。为了以防万一，每个人还配备了小氧气袋。

林牧感觉到他们正在向地下深入，考古队的人已经都带上了氧气面罩。与土葬坑不同，这座陵墓因为是挖山而建，所以并没有太多部分被泥土掩埋，给人的感觉更似一座庞大的地下宫殿。随着行进，狭长的墓道逐渐分开，出现了几条通往不同方向的路。

“中间那条才是主墓穴，”一位考古学者说，“其他的几个都是随葬坑。”

果不其然，随着考古队的前进，墓穴变得越来越高大，而壁画也越来越精美。

终于林牧他们来到了一扇大石门之前。

“这里面应该就是主墓穴了，墓主人的生平与身份就要在这里揭晓。”

随着大门被一点一点地凿开，林牧的心情也是愈发地激动，墓主人的身份已经成了一个流传将近千年的秘密，这个秘密自己将亲眼见证去揭晓——更重要的是，这个秘密将会给县里带回无穷的收入。

随着石门终于被凿开，林牧和王烨迫不及待地冲了进去，等他们定神一看，里面的景象已经不能让人再惊讶——这是一座空荡荡的墓室，里面什么都没有。

林牧只知道自己像木偶一般跟在考古队后面走出了陵墓，恍惚间听到了考古队的抱怨和不解，又隐约听到了王烨的声音。

“这个是狡兔三窟，很多古代的皇帝都会给自己建造假陵墓来掩人耳目，没想到竟然让咱们碰见了。”

林牧一个人在家里呆坐了好几天，这下一来，他寄托于“皇帝陵”的一切愿望都扑空了，一座假的陵墓骗了村子里世世代代的人，更是骗了想拿它发财的林牧。

考古队撤离之前，林牧很郑重地给了他们一笔钱当作封口费，让他们永远也不要把空陵墓的事情说出去。林牧望着画阳村东陵园的山头，想着当年的自己背着县长的尸体瞒天过海的事情，脑子里突然灵光一闪。

没过多久，黄灵县关于“皇帝陵墓开发景区旅游点项目试行办法”的文件就从上面被批示下来，林牧带着工程队第二次进入了陵墓。

按照林牧的指示，工程队的人先是封堵住了流出水银的机关口，又在壁画前面糊上了一面又一面厚厚的玻璃橱窗以彻底隔绝水银，两台大功率的吹风机二十四小时不间断地循环墓穴内部的空气。

林牧又下令挖开了其他的几个随葬墓穴，还是发现了一些妃子和公主们的遗体，工程队将几个墓穴用玻璃柜和展览台做成了一间又一间的展室，展室内部还算是非常大的，甚至可以容下几十人。

工程队依照林牧的指示修补了被破坏的石门，又用水泥、岩石来进行加固。根据林牧对工程队的说法：这个墓曾经主墓穴被盗，墓室内损坏严重，所以为了防止破坏要进行封堵。

一切做成以后，林牧又动用了极大的资金修建了墓前大道和祭坛，请来了七七四十九对翁仲和石马石象来镇住了墓前大道，总共用时两年，工作一结束，县里就挂出了“黄灵县帝王陵风景区”的牌子。

在祭坛上剪彩那一天，市长和林牧握了握手，感慨万千地对着画阳村村民和来访的人们说道：“我从来没有想到一个传说中的帝王陵墓会被开掘出来，然后被做成一个风景区，我们的县长做的非常好，只要我们把它宣传出去，景区的收入将带动黄灵县，乃至全市经济收入的增长！”

果不其然，市里的宣传消息一出，几年之内，慢慢地，帝王陵景区的游客就多了起来。林牧多次带着人来视察这个地方，每次都会给风景区很多赞美。

林牧有的时候会带上一张椅子，舒舒服服地在那里坐很长时间。

谁都没想到当年的守陵人会如此发迹，而一切的起因竟正是这一座子虚乌有的“帝王陵”，也正是这座“帝王陵”，黄灵县的收入也是蒸蒸日上。

画阳村的村民们从此也有了一项新的工作，就是接待来风景区旅游的旅客，随着经济的发展，小村也早就改头换面。

时间又往后推移了 20 年，黄灵县因为“帝王陵风景区”带来的卓越收入使它的规模空前扩大，这也使黄灵县脱离了县的地位而独自成了一个地级市。而林牧也自然而然地成了市长。不过这只是之前的事情，现在的林牧已经开始领起了退休金，养足了精神准备颐养天年。同时，他也被“黄灵市帝王陵风景区”诚聘为荣誉总负责人。现在的他也没事干，整天在已经开发的非常宏大的风景区中散步。

什么都变了，可能唯一没有变的，就是东陵园那些埋下去的尸骨，以及自己那已经变成疯子的发小——阿四。

阿四现在还活的好好的，身体非但没有任何疾病而且自己的精神也稍稍正常了一点，他能认出自己以前认识的人，还能叫出他们的名字。

“阿牧？”阿四疑惑地望着眼前的这个陌生却带有几分熟悉的苍老面孔。

“老朋友，没想到你还记得我。”林牧笑了笑，“现在大家都有钱了，你也该享福了。”

“是啊，有钱了……”阿四的眼睛突然暗了下来，低下头，不再说话。

林牧又找到了王烨——他现在就是帝王陵风景区的总负责人。现在的王烨体态丰腴，和 20 年前的他完全判若两人。

“老王啊，听说咱们风景区最近新开发了一个祭祖仪式的项目。”林牧说，“我想带着阿四去开开眼。”

“当然可以。”王烨吸了一口烟，“现在是暑假，明天上午就有一个学校的学生要来祭拜。”

第二天，天刚刚下完雨，艳阳高照，风和日丽。400 多名学生浩浩荡荡地站在祭坛广场上，竟也不显得拥挤。一位女主持拿着话筒高声说道：“先祖德高望重，于我等有恩，今天我校特来举办祭祖仪式，祭奠先灵，不忘旧恩！现在开始祭祀仪式！”

几名学生代表朗诵了自己书写的诗歌，声音在帝王陵上空回荡，气势恢宏。校长捧起花束放在祭坛正中央，拿起话筒，说道：“现在全体学生，跟我围绕祭坛逆时针行走一周以表默哀！”

鼓乐队开始奏乐，带着全校师生开始逆时针绕行祭坛。

“没有帝王陵我们就没有今天了。”林牧舒了一口气，“生在帝王陵下真是一种幸运。”

“嘿嘿嘿嘿。”阿四忽然神经质地笑了起来，含糊不清地说，“世道变了！人富啦！老祖宗显灵啦！”

学生们已经围着祭坛转了一圈，女主持人拿起话筒说：“帝王陵祭拜仪式，到此结束！”

“咳——呸！”吹唢呐的乐手把头一侧，一口痰吐在了雨后祭坛上的水坑里，咳嗽的声音和诗歌鼓乐一样，与另一种被称作“利益”的东西一起，回荡在帝王陵下每一个人的心中。

导读：

北京，像其他大城市一样，总是处在时代变革的风口浪尖。作为一个地道的北京人，作者根据见闻经历，以第一人称的口吻，将时代的印记娓娓道来，颇具可读性。

时 代

王简

一

我的出生平淡无奇。那一年，人们走在北京的街头，纷纷讨论着即将驶来的那艘巨大的游轮和电视剧里那个最能闹腾的女主角。那一年，电视和广播里纷纷讲述着那个现在成为金融中心的地方即将回归的事。那一年，某个现在收视率非常高的综艺节目正式开始播出，观众寥寥无几。那一年，一位活到近100岁高龄的重要领导人去世，某个很喜欢吃东西的作家和一个金发小男人一样写过若干时代的作家去世，还有一个年轻的著名音乐人去世。那一年其实发生了很多事，我的出生这样说来是微不足道的。但是每当我的母亲刘雪兰提到我的出生时，一定会无比坚定地说，在她的三个孩子之中，我出生的最为离奇。

当时正在工厂的父亲李国柱听到了他的唯一的儿子即将出生的消息后，马不停蹄地赶往医院。实际上我的母亲正面带微笑地坐在产房中等待着李国柱的到来。“还没有等到我来，你小子就出来了。”没有亲眼看到自己儿子的出生的李国柱，常常会这么向我抱怨。我微笑着被生了出来，刘雪兰没有感到任何的痛苦。

这样说来其实没有什么值得称道的，只不过我和其他的婴儿不同，没有带给自己的母亲任何痛苦。“甚至我在怀你八个月的时候挺着肚子走来走去都不觉得累。”刘雪兰说到这个的时候，往往会轻轻抚摸我的头。虽然这让我感到非常不自在。因为我的上面还有两个姐姐，我的出生终于对喜欢男孩的父母和老人们有了交代——李家有后了。虽然这已经是 20 世纪末，我的父亲在北京市郊的工厂工作，我的母亲则依靠做一些简单的手工出去卖为生，但是传统的观念在他们的心里依旧根深蒂固。我怀疑李国柱和刘雪兰告诉我的关于我的出生是否真实，也许是因为他们太过宠爱这个苦苦盼来的儿子，情感的驱使修改了记忆，使得我的一切都好像完美无缺。

二

我的父母都出生于河北的农村之中，你无法想象围绕着首都的这个省份的某个区域居然还是这样的贫穷和闭塞。我的父亲只有初中学历，我的母亲仅仅小学毕业。我的父亲李国柱在他 20 岁的时候和我的 18 岁的母亲刘雪兰从家中偷偷跑到了北京的市郊。年轻力壮的李国柱凭借良好的口才和机智，在一家现在又迁回了他的老家的工厂找到了一份最低级的工人的工作。我的母亲由于疾病和过少的教育，只能凭借曾经在老家学过的一点手工过活。现在我认识的一些外国人都认为中国已经一夜暴富，实际上并非如此。即使在北京这样的首都城市，还有大量像我的家庭那样贫穷、思想观念保守的人家。

我的父亲在25岁的时候有了我的大姐李世萍，在28岁的时候有了我的二姐李世丽。这已经是20世纪末期，在计划生育政策开始后十几年，中国农村仍然有为数不少的农民并没有完全改变对男孩的热衷。这不仅仅是在现在晚上七点半经常播放的电视剧之中，你无法想象——甚至几年以后，我们搬到了城里去居住，在电梯中我曾经遇到过包括两个女孩和一个男孩的一家五口，他们显然是殷实的中产之家，但是传统和所谓的财富及教育并没有丝毫关联，我认为对于女性的歧视早已埋藏在中国数千年文化之中了。终于在两次罚款之后，李国柱和刘雪兰迎来了我的降生。我的出生迅速吸引了长辈们所有的目光。我的爷爷奶奶姥姥姥爷不惜专程从河北来看望我，他们争着围在我的身边，照顾我的衣食住行。

也许是由于并不幸运的生长环境——虽然我是家里唯一的儿子，但是李国柱和刘雪兰显然忘记了我的两个大我4岁和6岁的姐姐可能给我造成的伤害，我记事非常早，那大概来源于第一次受到姐姐们的欺负，当时我不过3岁左右。由于缺乏教育，我的父亲和母亲并不知道在年幼受到的伤害可能带给人一生的痛苦。我和姐姐们都是这样。

我的二姐李世丽和大姐李世萍在有一天李国柱出去上班、刘雪兰和邻居大妈闲扯八卦时向我走了过来。那时虽然我还处于幼年，但是已经学会从长辈们零零碎碎的谈话中捕捉关于自己的信息。我清楚地意识到自己的性别带给了他们巨大的喜悦，同时也清楚地意识到了自己的姐姐们和我的性别不同，她们看向我的目光十分奇特。于是我立刻开始奔跑，当然结果是被李世丽和李世萍按到了地上，她们并没有使用传统的肉体惩罚，这对于两个7岁和9岁的小女孩当然是十分聪明的。李世萍向李世丽点了点头，李世丽走向厨房取来了盐罐和辣椒罐。李世萍掰开我的嘴巴，将一勺盐和一勺辣椒灌了进去。很多年以后，我在书本中读到了革命烈士们被灌进辣椒水仍不透露秘密的故事，我真心地佩服他们。事实上哪怕是听上去最无关痛痒的刑罚也是非常痛苦的，我在被灌了一勺辣椒和盐之后发现了调味料也可以给人带来难以忍受的痛苦。那一天我的姐姐们一共让我吃下去三勺盐和三勺辣椒。我感到自己的喉咙和肠胃像火烤一样痛——也许更加疼痛，这是我有生以来第一次尝到辣椒的滋味。但我没有流出一滴眼泪。现在想来这是非常不容易的一件事情，对于一个年仅3岁的小孩来说。我紧闭双眼，一声不吭，任凭我的姐姐们对我施行虐待。当她们终于结束这残酷的惩罚之后，我的泪水终于滑落了下来。

当我的父亲从工厂下班，母亲回家之后，看到的是微笑着的我和惶恐不安的姐姐们。她们对我施行了凭李国柱和刘雪兰两人绝对发现不了的惩罚，但是唯一的漏洞就在于我。她们忘却了我说出事实的可能性。但我微笑着看着我的家人们，一言不发。李世丽和李世萍松了一口气。我永远忘不了她们当时看我的目光：当然有感激，也有愤恨，因为并没有完全实现报复的快感，但是还有畏惧，也许她们发现了一个3岁小孩可以有如此强的自控能力后心生害怕，这比添油加醋的告发她们更让人害怕。不过至少从这一天起，李世丽和李世萍投向我的目光中似乎少了一些敌意，多了几分感激，也许她们仍然没有把我当成弟弟一样对待，但是起码我不再是她们的敌人。我的出生带来的欣喜逐渐被越来越艰难的生活所冲淡，李国柱和刘雪兰仍然宠爱我，但是我会把这些特别的宠爱与李世丽和李世萍分享，比如几个苹果、一辆玩具小汽车。但是我的姐姐们仍然不领我的情，她们会以苹果太硬了和女孩子不玩小汽车等理由拒绝掉它们，然后在一旁贪婪地看着我吃下去或是玩耍。这种情况一直持续到我6岁的时候。

三

那一年的年初似乎一切正常，中国的经济仍在高速发展。北京的污染比现在浓浓的大雾轻得多，交通还不算拥堵，三峡大坝开始蓄水，两会即将召开，奥运缓缓走来，人们的脸上洋溢着幸福的笑容。那一年网络文学开始流行，现在已经红遍中国的金发小个子作家和赛车作家差不多在那一年开始出名。那一年似乎还有上个世纪遗留下来的古朴与执着，但也隐约可见新世纪的繁华与浮躁。

买菜大妈说：你知道吗，现在的那个主席由戴黑框眼镜换成了戴普通眼镜的；总理由一个很大老爷们儿的换成了一个慈祥的老大爷。

新闻30分说：一位香港艺人于4月1日18时41分从高楼坠落，经抢救无效死亡，享年46岁。

新闻联播说：今年是中国首次发射载人航天飞行器，标志着中国成为继前苏联和美国之后第三个有能力独自将人送上太空的国家。

李国柱说：孩子们，你们知道吗，你们的幼儿园和小学都不开门了，街上走的人都戴着口罩；你们看电视里死掉了那么多人；你们的爸爸我总是代替你们的妈出去买东西；咱们家现在有很多的东西；你们知道吗，街上的东西非常的贵，我都舍不得买。我要去卖口罩了，现在口罩的价钱还不是贵的吓人，也许我还可以赚一点钱。

四

结果就在那一年，36岁的李国柱在街上卖口罩的时候得了非典，他被送进了医院。几个月后疫情过去，当家里由于医药费已经一贫如洗，工厂的裁人名单也早早送到家里时，面黄肌瘦的李国柱从医院里走了出来。我记得他当时只说了一句话：去城里吧，希望小丽、小萍和小光可以接受更好的教育。这是他第一次使用小名来称呼我的大姐李世萍和二姐李世丽。

这些年来我始终不知道李国柱在医院里曾经遇到了什么，听到了什么，不知道是什么使他意识到了自己早年的错误，更不知道他跟我的母亲说了什么，总之我和姐姐们在他们眼中的地位愈发趋于平等。可能就像某个狗血的黄金档电视剧那样，李国柱在医院中遇到了一个善良的女护士亦或是一个病危的美丽女教师，她爱他，他也爱她，她改变了他。但是我总是猜测，从鬼门关好不容易回来的李国柱也许只是意识到了家人对他的重要性，他回忆起帮助李世丽洗净她的脏手，聆听李世萍新学的歌曲，一家人其乐融融的场面。他希望三个孩子和妻子可以到更好的环境中生活。实际上李国柱是一个非常聪明的人，尽管只有初中学历，但他精于计算和为人处世，性格坚韧不拔，精明能干。我的叙述中或多或少流露出他是一个愚昧的中国农民的信息，但我认为他大概代表着中国农民的正面形象。从那天起他曾经的滔滔不绝只在人前，每当回到家里他会变得沉默寡言。

好像是从那一天起，李世丽和李世萍开始把我当作她们的弟弟，她们会向我微笑，揉乱我的头发，检查我的扣子是否扣好，就像平常的姐姐会对弟弟做的那样。有时候我会想，这是人类所谓的嫉妒心在作祟，一旦她们享有所谓的公平即我们享有同等的权利时，她们的表现就会恢复正常。她们厌恶的不是我，而是自己并没有得到重视。

那一年年末，我们全家搬入了朝阳区一个高级小区旁的出租屋里。刘雪兰在小区里做清洁工，和一群年迈的阿姨一起负责清理每一层的垃圾桶，顺便拿走好心的业主们放在垃圾桶旁洗净叠好的旧衣服以及即将过期的巧克力。李国柱在附近开了一家麻辣烫，生意非常红火，因为这里临近某个经常发生京骂的足球体育场，球赛开始前会有大批的球迷穿着绿色的衣服来到附近的大排档喝啤酒、吃麻辣烫和烧烤。

李世萍、李世丽和我由李国柱牵着手去报考了东城区最好的小学，结果已超龄的李世萍和李世丽没有被校长接受，转而去了一家附近的小学，我则顺利地考入了这所学校。这是十年以前，当小学还可以跨区报考的时候，我们可以不用凭借任何的关系，仅仅是通过一群6岁的小孩们的智力较量就能进入很好的小学。我听说现在那所学校，除了住在片区里或者拥有过硬的权力，否则即使有巨额的金钱也无法进入。即使这样，在当时李国柱也交了六万元的费用，他从此就多年没有喝过酒。我至今仍然清楚地记得他一脸骄傲的带着我去吃麦当劳，逢人就说我考上的事，我把汉堡仔细分开后递给他，他笑得眼睛都眯成了一条缝。李国柱专注地看着我吃汉堡，当我不经意抬起头，我发现他的眼睛中充满了爱怜和小心翼翼，那是一个父亲才会有的神色，我在李国柱的目光中专注地吃着汉堡，时隔多年，我仍然清晰地记得这一幕。

也就是在那一年，中国开始了我眼中的最美好的时代，最浮躁的时代。

五

我开始上学，由于我的沉默寡言、温和有礼，老师和同学们都很喜欢我。我当了班长，穿校服，留着城里小孩的平头，会和一帮男生一起踢足球。我开始进行阅读，广泛的涉猎。我一直认为，一个人思想的成熟度并不在于受教育程度的高低，我亲耳听过无数个看上去受过高等教育的人谈论恶俗的电视剧和流行歌曲，见到他们把痰吐在地铁里，闭着眼睛坐在老幼病残孕专座上。我认为好的书籍使人的心灵变得优美，提高人的审美能力，这就是为什么我听到李斯特和肖邦就会兴奋，尽管我从未触足古典音乐。

李国柱每个月可以赚四千块钱，他的计算能力和精明圆滑使他赚到了比别人多一倍的钱，比现在很多大学生赚的钱还多。也许是因为那些大学生家境殷实，养尊处优，并没有拼尽全力工作，而李国柱则为了家庭费尽心力。李国柱自从从鬼门关回来以后就深信物极必反的道理，于是我们搬家后他不顾女会计的鄙夷，硬是把为数不多的一点钱存在了银行，在四年后又把它们取了出来。事实证明，他的决策完全正确。

我知道现在的小学生已经学会京骂和谈恋爱，他们早早戴上眼镜和牙套，早早将自己埋没在电子游戏和成人杂志之中。但我的小学生活简单而美好，我安静地读书学习，和同学相处，没有网络，也没有关于应试教育的探讨，周末帮助李国柱在麻辣烫摊位上穿海带和木耳，羡慕地望着上中学的大孩子拿着盘子吃着麻辣烫，喝着饮料。

我很清楚李国柱的麻辣烫有多么不卫生，他用收过钱的手穿肉串，他使用大量的地沟油。北京像这样的麻辣烫多得不计其数，无所谓，没有人来查，有人喜欢吃，李国柱卖它赚钱，各取所需。

有时候我会帮助刘雪兰运送垃圾，收集每层大垃圾桶里的垃圾，坐电梯下去。我记得曾经遇见过小区里的一个漂亮姐姐，她盯着我看了足足十秒，然后从电梯里退了出去，也许是嫌我拎着的垃圾发出的阵阵恶臭。我瞠目结舌地站在那里，心里委屈无比。但她立刻又出现在电梯口，手里拿着一摞儿童书籍："刚才时间紧，以后再拿些给你。反正我也没什么用。"她说得轻描淡写，但那摞书籍崭新而昂贵，也许是给她上小学的侄女或是学长的小孩的。我包上书皮，如饥似渴地看，之后在书皮上签上自己的名字和感谢的话再还给她。

我一直非常感激自己生长的环境，我遇见了我的父母和姐姐们。我的家庭并不是你所想象的那样入不敷出，只是非常清贫。我从市郊来，见过北京的农民，他们比起外省经济情况要好得多，甚至有相当一部分人收入比我的家庭要高。在北京有三分之一的外来人口，他们之中有大量的打工者，他们睡在道路旁、车站里，吃方便面，浑身是泥。我们非常幸运，由于李国柱来北京当工人，他和我的母亲、大姐都拥有了北京市户口。送了大量的好处费和烟酒之后，我和二姐也都在北京有了户口。这就意味着我可以在北京考高中和大学，享有北京孩子专有的高招录取分数线，可以自由的去麦当劳打工，就是这样。很多人认为北京的包容性很强，当没有触及它的特权时也许是这个样子的。

不久之后，奥运场馆开始修建，北京每周少开一天车。但我常常在高级小区里送垃圾，我见过停车场数不清的高档汽车，知道那些有钱的人家有三辆以上的车，他们交替出行。而像我们这样没有车的贫穷人家还是没有车。我为北京的空气而担忧。奥运场馆投资巨大，但是奥运会以后它们还会有什么用处？我不知道。但是奥运会的举办的确让北京的经济得到高速发展，同时也埋下了巨大隐患。

李国柱把银行里的钱取出来以后，借遍了周围人的钱，把我们住的出租屋变成了自己的房子，尽管它只有30平方米，潮湿阴暗，但是刘雪兰把它收拾的异常整洁。事实又一次证明了李国柱的前瞻性，现在由于靠近繁华地带，这里的房价也翻了一番。

六

在我小学五年级时，我第一次向李国柱和刘雪兰提出了要求：

“我想学奥数。”我直截了当地说。

“你怎么可以这样？你的姐姐李世丽还有两个月就要参加中考了，你的姐姐李世萍明年就要参加高考了，这些都是升学考试啊，我们没有钱让你去参加课外班。你为什么要去参加？”

“我要学奥数。”我坚持。

我没有陈述自己的原因，在坚持和有先见之明这一点，我认为我是李国柱当之无愧的儿子。我读过无数篇讲述贫困家庭的少年如何艰苦念书，考上大学的故事，重点是大学。可我非常清楚，在北京，上一个很好的初中和高中至关重要也极其困难。也许那些少年和同龄的学生一样被划片入学，他们之间没什么不同。北京不一样，我们只有通过奥数、推优、艺术和关系进入很好的初中。很好的中学的普通班和实验班相差甚远。推优的意思是当你评上的三好学生达到一定数量时，你的名字会被拿到区里，很多人一起摇号，抽到你你就上。我有把握够资格推优，可我没有把握被抽到，抽到后考到实验班的几率几乎为零。我必须学习奥数。而且在计算方面我也是三个孩子中最继承李国柱天赋的人——我几乎包揽了学校里数学的所有第一名。其实我挺喜欢数学，也很喜欢奥数。在老师那里问清了利害关系之后我决定学习奥数。

结果就是，在刘雪兰的建议下，我开始写故事，那是我写作生涯的开始。我写一些幼稚的童话故事寄给报社，一开始总是被退稿，但是后来慢慢地会有稿费寄来。人们都说穷人的孩子早当家，其实不假，再加上阅读方面我比同龄人有着惊人的成熟度。我发现报社和杂志社寄来的稿费仅仅写着收件地址，夹着一张崭新的二十块钱，而且，信居然都是直接塞在门上的。终于有一天我发现我的大姐正偷偷往门上塞信。我走了过去："大姐，你的钱是怎么来的？"

我的大姐李世萍与父母说好，暑假在麦当劳上了两个月的班凑够了钱。她把钱在银行换成了 100 张二十元，所以我每次都会收到连号的钞票。我紧紧地搂住了大姐的脖子，之前我很少和家人有这样的亲密。李世萍满脸通红，不亚于初吻或是第一次牵手。我的大姐那年 17 岁，大姐这个称谓听上去非常老，可李世萍留着齐耳短发，成绩优异，喜欢穿裙子和凉鞋，一口整齐的白牙，像我这种小男生也不免崇拜她。

七

二姐说：你们看奥运会了吗，你们看到运动员得金牌了吗？你们知道他们回到家乡会有多大的荣耀吗？我喜欢长跑，这项运动不需要太多金钱。我学习也不好，我想去上体校。

李国柱说：你太让我伤心了。我供你吃、供你穿是希望你可以学到知识和文化。你看电视里那个女人和那个黑人都要竞选总统吗？因为他们有文化。你知道今年有什么金融危机了吗？你妈是因为年轻能干才没有下岗。我希望你接受更好的教育。

刘雪兰说：李国柱你不要把眼光放得太窄。每天我在小区里看见很多的小孩，他们被迫交了大笔钱在外面补课，或者学习乐器和绘画，他们的脸上没有笑容。我们的女儿李世丽找到了自己喜欢的东西，我们应该放她去。

刘雪兰说：妈支持你。要不要再来一块血豆腐？

刘雪兰是一个很有智慧的女性，长期以来，我对她除了给我讲我是如何出生的事情之外印象都十分淡漠。她总是躲藏在李国柱的背影之后。尽管只有小学毕业，但她在社会学校毕竟已经待了二十一年之久，经历增长了她的智慧。她以女性特有的敏感和观察能力意识到兴趣的重要性，这一点她比聪明过人的李国柱和很多聪明过人的家长们都要明智。

多难兴邦，这一年发生了一次巨大无比的地震，我还记得小学班主任的生日就是那次地震的头七，我们默哀后纷纷去拥抱她，她告诉我们活着是一件多么幸福的事情。我还记得我们每个月都要进行口语交际，就是走上台讲一段话，那个月我们讲的是地震，有的同学朗诵了有关母爱的诗，班主任居然流泪了。

发生了西藏的事情，下大雪的事情，奶粉的事情。当时 11 岁的我开始思考，上苍究竟要给这个伤痕累累的民族多少苦难，才能让她平稳前行。

八

我去了一个奥数学校学习奥数，如果你的奥数成绩足够好，奥数学校就会推荐你去它联系的中学，如果有可能。小学五年级的奥数我已经见到了排列与组合、平行线分线段成比例等今后若干年还会见到的东西。我必须承认不容易，咬着笔头，考虑很久才能做出来一道题。但同时很有趣，它给你挑战，启发你的思路。有那么一会儿，你可以暂时游离于麻辣烫和垃圾之外，远离现实。

一年后，也就是国庆 60 周年大庆，我在奥数学校的比赛中夺得一等奖，顺利被东城最好的初中录取，李世丽在市里的长跑比赛得了第二名被挑进了区队，李世萍考上了北京一所很好的大学。但好像狗血的连续剧，李国柱这次没能带我们三个去吃麦当劳，42 岁的李国柱忘记了自己是一个普通的麻辣烫摊主，他和一个吃东西不付钱的一身名牌的少年起了争执，那个少年用一把小刀割破了李国柱的喉咙。李国柱抬了一下头就死去了，他最后看了一眼这个世界。他终其一生都在赤手空拳与命运和时代搏斗，离开贫穷的河北农村，在北京市郊的工厂辛苦工作，与病魔搏斗，搬到城里开麻辣烫摊，一毛一毛地赚着钱，整日计算如何让家人过得更好。最终他还是输给了命运，不，也许他没有输。他扛着生活的重担苦苦挣扎，像无数个父亲那样，熬到孩子们终于有了出息的那一天微笑着死去。那个少年只说了一句“我爸是……”就转身离去了，没有警察敢管这件事，我们只有默默地把李国柱送到火葬场，选一块最便宜的墓地将他埋葬。我记得我和三个女人跪在警察局门口苦苦哀求，由于天气湿热，膝盖肿胀化脓，没有人理睬我们。

我们生活的中国正在经历一个伦理颠覆的奇怪时代，很多的政府官员也许每个月还没有李国柱挣的多，可是他们有权力，这是比金钱管用得多的东西，看不见摸不着，但可以凭空变出昂贵的汽车和手表。他们理解的光明和正义来源于受到的教育，那是抽象的，比起沦丧道德就拈手可得的荣华要虚幻的多，所以他们会放弃曾经的理想。

也许这就是所谓的不公平，比如那个杀人少年随便一件衣服就抵得上李国柱一个月赚的钱，但至少最终他的父亲被绳之以法。而且据我所知中国这样的官员尽管不在少数，但更多的是些善良勤奋的普通人。我家旁边的高级小区里每户有 140 平米，光鲜亮丽的男男女女出来进去，但从他们的言谈中我知道他们倾其所有买下房子，每天疲惫地上下班，五分钟吃完饭。他们和我们一样，在时代的背景下苦苦挣扎，还要忍受孤独和冷漠。起码李国柱还有温馨的家庭。那天刘雪兰紧紧抱着我们三个，她说：我再也不想你们离开了。

九

李国柱死后，家里几乎一贫如洗。我们卖掉了好不容易买的小房子，李国柱即使在死后仍然为我们奉献了很多，小房子卖的钱偿还了一部分债务，然后我们搬到了附近只有 18 平米的出租屋里。李世萍决定不去上大学来供养一家人的生活，但她的同学们举行了一场爱心拍卖，他们拿出了刚买的电子产品和昂贵的时装，每个人召集亲友来拍下他们心仪的物品。很多要去外地念书的同学将行程延后，刚刚毕业的班级立刻又凑到了一起。那次一共拍了十万元。他们又帮助李世萍找了份家教的兼职，我们的日子终于好过了一点。

许多人看不起我们这些八九十年代出生的人，认为我们自私冷漠而肤浅。的确，但那是因为环境，他们没有经历过艰难困苦；可是他们热情友善，聪明执着，会尽自己所能帮助别人。

十

不管怎样，家里的条件还是比原先差了很多，刘雪兰申请了低保，我的学杂费全免，李世萍在学校拿全额奖学金，李世丽住在区队里。我开始长高，每天都饿得要命，上午最后一节课总是听不进去，望着饭箱想入非非。像电视里老演的贫困生吃不饱饭这种事北京应该基本没有了，但我们吃得很差。我的初中只有老师才有食堂，学生只有盒饭，由送餐公司送来，11 点半送来，我们 12 点 20 才吃，几乎已经凉透了，蔬菜乱糟糟地团成一团。一般我都是匆忙吃两口菜然后冲向小食堂，打两勺菜一勺饭，狼吞虎咽地把它们吃下去。同学们曾经从饭菜里吃出过头发、蜗牛、木屑，饭菜的味道比家里差远了。刘雪兰的烹调手艺一流，但是这些年我们每天晚上都吃李国柱的麻辣烫，我的肠胃早就坏掉了，只有周末刘雪兰才会做饭给我们吃，每逢这时我们姐弟三个都会兴奋不已，好像过节一样。

初中采取半军事化管理，女生的头发必须要露耳齐眉，男生就是板寸。不让戴任何饰物，包括发卡。如果迟到了要罚站到早读完，还要写检查做值日。很小的一个错误都会有惩罚等着你。不过我很幸运，由于我向来小心谨慎、沉默寡言、成绩优异，几乎没有被惩罚过。而且我真心的感谢我的母校对我的严厉管教，虽然近乎苛刻，可我学会了追求完美，严于律己。

但让我无法忍受的是她对于成绩近乎偏执的苛求，好像我们为分数而活，每年中考都要追求当区里的老大，拼命争取全区的多少连冠。还有，有些时候我觉得我们这些学生并不算真正意义上的人，老师们似乎没有弄清学习、分数和成绩的区别，把它们混为一谈，带到了生活的方方面面。

我们每天就是不停地做卷子、跑圈。现在似乎有个说法，我们被洗脑了，不再拥有自由的灵魂，我的同学们听着JB和张杰，老师们看无聊的电视剧，讨论明星的八卦，三年时光很快过去。

关于应试教育的问题困扰了全世界的学生几百年，也让我在相当长的时间里处于精神分裂的状态。本来不应该这样，我不应该产生任何疑惑，拼命地读书学习，考上理想的大学才是我这样的贫困生的出路，之后就是创业，挣大钱，孝敬刘雪兰，给李世丽和李世萍置办丰厚的嫁妆。但正如我前文所说，我热爱阅读，从阅读和长期不幸的生活经历之中我与同龄人不同。我把我的困惑讲给老师听，但是没有人肯耐心听我诉说让我觉得自己的思考是否是荒谬的，世界本来是这个样子的，我为什么去思考它的由来？

十一

为了弄清这个问题，初中毕业的时候我去报考了北京市最好的文科班，很多人都说非常可惜，他们说像我这样的优秀学生应该去学习理工或是经济。这又是一个问题，文科受到了无数人的鄙视，凭什么？我想要弄清这一系列的问题，我相信只有学文才能给我答复。理科生计算复杂的方程式，但他们看到的都是事物的表面，文科则剖析它们的里层。理科生会计算很久去哪个饭店吃饭更近，文科生考虑的则是哪家最好吃。

这一年我的二姐李世丽在观看了又一届的奥运会后沉默了很久，19岁的李世丽虽然喜欢跑步，但是竞技体育是危险又残酷的，她终于决定放弃了，因为害怕有朝一日刘雪兰和李世萍看见她饱受伤痛折磨，30而立之年退役后不知道何去何从。李世丽借了李世萍的高中课本进行复习，继承了刘雪兰烹调手艺的她要去一所很好的职业高中学烹饪。

这一年政府准备着换代，杀死李国柱的少年的父亲，一位政府高官落马，我、刘雪兰、李世丽和李世萍在报纸前失声痛哭。

这一年，在曾经一个爆红的选秀节目过去七年以后，又一档中国人的音乐选秀节目风靡全国，把人们的音乐鉴赏水平由农村拉到了小镇，KTV里的人们多了许多。也是由于这个节目，我出生那一年开始播出的综艺节目收视率直线下滑。

这一年中国一衣带水的邻邦过分的举动终于引起了温和的政府的愤怒。我还记得我和同学们讨论进出口的增长和日资企业的盈亏问题。四年前的黑人在承诺解决积累时间很久的中国问题后又当上了总统。

这一年一个因为饥饿走上文学道路的中国作家得到了一个举世瞩目的大奖，那些以前完全没有听说过他的人们纷纷走进商店购买他写的书，他们走在街头，手里拿着他的书一副自己很有学问的样子。

十二

上高中以后，我开始想明白很多东西，比如关于应试教育，知识没有错，考试也没有错，就是检查一下学的怎么样，没学好就考不好，就这么简单。对付黑暗就用黑暗的手段，做一个站在黑暗里的光明人。

今年年初，好像十年前一样，人们又开始戴着口罩出行，因为浓密的雾霾开始笼罩京城。像我小学五年级所担忧的那样，北京的空气问题终于爆发。

一些级别不低的领导在那位高官落马之后开始来我家探望，我们搬进了60平米宽敞明亮的新居，管理费用全免，对未成年的我和成年了的李世丽、李世萍每个月还补助一定的生活费。李世丽考上了职业学校学习烹饪，李世萍也在一家大公司找到了工作，刘雪兰不再做清洁工，她凭借做菜的好手艺和温和的性格被政府的人安排去一户人家里做了保姆，只管做饭但收入不菲。我们一家的生活开始慢慢好起来。

两个月后曾经的十年结束了。我在十年中由不谙世事的孩子成长为勇敢坚毅的少年。我和我的家人在社会的最底层苦苦挣扎，目睹时代的变迁，历经世态炎凉、人情冷暖，心中有过愤怒、狂野、原始的欲望和仅存的良知。我的故事像国产电视剧一样有了一个光明的结局，也许不是光明，可能几个月以后家里又会遭遇飞来横祸。但它至少给了人希望，让我看到了美好的未来。

我希望有一天在地铁里我听到人们在谈论淮海战役和米开朗基罗，谈论如何制作树叶标本，他们为了身心的愉悦追求知识，他们感到充实和美好；

我希望有一天在公交车上，我看到老人和腆着肚子的孕妇坐在老幼病残孕专座上，边上的壮汉和女白领微笑着站着看着他们，那微笑深远平静，像多年前明媚的春日里天空中飞翔的风筝；

我希望有朝一日北京的天空变得湛蓝，人们大笑着拼命呼吸，走过坚硬的柏油路；

我希望有朝一日人们重视金钱但会为了更重要的事情放弃它们，看到在苦难面前人性的张力；

我希望物价会下降，希望北京放开异地高考，希望……

我坚信我会等到这一天的到来，因为我热爱北京，她带给我的家庭无尽的苦难和乐趣，她收容了我们，她有很多缺点，但我爱她。

我愿意等待。

后　记

今年夏天，《小时代》系列的陆续上映和它们的差评使我突然萌生了一个想法，我想写一写自己经历的时代的故事，我想写一写在大背景下我的家庭经历的变迁，李世丽和李世萍都很支持我。于是我开始写这篇文章，可以说是自传体，但不是小说，我写的都是我亲身经历的事情。我删掉了很多内容，比如我喜欢的女孩，比如被老师扔粉笔头。我要写的不是青春，是时代，那么多事情发生的如此之快使人眼花缭乱。我把它们原始而完整地呈现出来，来纪念逝去的16年时光，和一个叫李世光的男孩的困惑与无奈。

导读：

情窦初开的哈萨克少女加玛过着平静、单纯的生活，大学生宁可的到来勾起她对新世界的渴望和爱情的憧憬，成长的烦恼时刻撞击着少女的心扉。作者以独特的视角、纯熟的语言表现出很高的写作天赋。

加　玛

刘丹琪

加玛想成为像宁可一样的女人，是什么时候呢？

她听到大人们说卡拉图来了一个大学生，白白瘦瘦的，穿着一种奇怪的裤子。

“是干子裤啦！”一向很神气的男孩别克对加玛肯定地说道，“她给我写到纸上了。”说着炫耀地晃了晃一个破破烂烂的纸条。加玛一把夺过，小心翼翼地在桌上铺开，把褶皱处捋了又捋，看见舒展优美的两个字——“牛仔”。

“喏，这是她的名字，”别克指了指上面的两个字，“宁可。”

“宁可，这是什么名字啊？”

“笨啦！宁呢，是她的姓，她是汉人咯，就跟你姓巴和图一样啊。可呢，你能用可组什么词，当然是可爱，就说明她很可爱嘛。”

加玛准备再看个仔细，没想到被别克抢了去，他边跑边做着鬼脸，“看够没啊！”

那天下午加玛像往常一样去放羊，她站在高高的山顶上，迫近一朵白云，向下望，是闪闪发光的河流。大风吹起来了，吹得羊群身上的卷毛向上翻滚，它们无一例外地指向一个无名的方向。往上看，森林在起伏，每一根针尖都在指向那个无名的方向；往下看，河里的每一尾鱼，都头朝那边，在激流中深深地静止；再往上看，大风撕扯着云朵，拉出奇怪的形状。是不是风和阳光一定要同时存在，加玛用手挡住了热烈的阳光，她的手指变得透明了。

“宁可，宁可……”加玛小声地嘟囔着。整个下午她都在想着宁可，那是一个什么样的人呢？耳朵里又想起别克的声音，“很可爱……汉人……你笨啦……看够没啊！”

她选了一处干燥舒适的地方躺了下来，她喜欢在荒野里睡觉。闭上眼，宁可的字迹却清晰地浮现在眼前。加玛突然感到深深的自卑，她自己的字总是歪歪斜斜的，像在地上爬行的虫子。她抄起一根芦苇，在空中比划着，着力模仿着脑海中那修长舒展的字迹，一遍又一遍……

加玛终于见到宁可了。那天，全村的人都去欢迎她的到来。人人信服的老村长居麻上前紧紧地握了握她的手：“你可是个好巴郎啊！我们全村都没见过大学生，我这一辈子啊，最大的愿望就是能像歌里唱的那样，‘骑着毛驴上北京’，看看我们的毛主席。”

加玛拉直了脖子瞪大了眼睛，在人群的缝隙中看到了宁可。她笑了，脆生生的声音和她的笑容一样：“谢谢您，我可得感谢您，感谢大家。我就是喜欢旅行，喜欢交朋友。您还别说，我这个大学生大概很多东西还没您知道得多，接下来的日子就劳烦您多多关照了！”

哦，宁可说话的声音真是好听，她说话的时候和加玛不一样，和老村长居麻不一样，不对，她和全卡拉图的人都不一样。

突然，人群中有人喊了一嗓子："你不在口里（新疆人对于非边境地区的称呼）好好待着，跑到新疆来干啥？"加玛定睛一看，大概是卡拉图的那几个小混混在说话。

宁可又笑了，下午的阳光打在她脸上，加玛现在才看清楚了她的模样——微笑的眼睛，白皙的皮肤，浓密的黑发散在肩上。仔细看，可以看见她脸上因阳光照耀而亮闪闪的绒毛。这样热烈的阳光打在她的身上，也要溅开而去，因为她周身已经带着光芒。

"就像我刚说的一样，我喜欢旅行，别人管我们这种人叫背包客，其实这也是一种生活方式。我喜欢新疆，就来到了这里。"

加玛也有喜欢的东西，她喜欢风，她时常想象着一阵很大的风的到来，大到可以将她吹走，吹向一个无名的方向。

"更重要的是，我喜欢孩子。"宁可说着环视了一圈，对着每个孩子微笑，"我想将我所学的、所知道的教给这些孩子们，我想把外面的世界告诉给他们，我也想从他们身上学到我不知道的。"说这话的时候，她眼神笃定真诚，转头，她看见了加玛，对她微微一笑。

加玛有点慌，低下了头，直到意识到自己这样不太礼貌，才赶紧抬头寻找宁可，可惜她已经被大家簇拥着看不到了。这时一双又粗又红的大手钳住了加玛的头发。"小娃娃没事干，到这里干什么？羊放了吗？哼！和你妈一样懒。"

加玛忘记说了，她也有讨厌害怕的东西，就是喝醉了酒的爸爸。他涨红了的脸和周身的酒气让她不安，她也见过爸爸的酒鬼朋友们——他们喝了酒就唱歌，唱到一定火候就开始打架，打完了就抱在一起哭，互相道歉。然后继续唱，喝多了继续打……

宁可总管加玛叫"小加玛"。有次加玛怯生生问她"干子"到底是什么。宁可很迷茫，皱起眉头很专注耐心地听她解释，直到看见加玛写下"牛仔"两个字，她才放松了眉，微笑了起来。

“这两个字念作‘牛仔’，牛就是牛，仔就是孩子的意思，牛仔裤呢，就是放牛的孩子穿的裤子。”

加玛突然明白了，她快活地张大了嘴，但突然又想到了什么，眼睛黯淡了下来。“原来我也一直穿着牛仔裤呢。”她指了指自己的破裤子，“可是为什么它一点也不像牛仔裤呢？”

“你穿的才是真正的牛仔裤哦，我的这条啊，冒牌的！”

从那天开始，加玛没有再看见宁可穿牛仔裤，与它一同消失的还有一副黑色的眼镜和一些加玛没有见过的东西。

加玛不知道这是不是因为自己说错了话。

之所以喜欢和宁可在一起，一半是因为她可以暂时逃离家里的爸爸和上门讨债的人，一半是因为宁可告诉了她好多有趣的事情。宁可有很多书，这些书和卡拉图图书馆（其实也只是一个小房间）里的书不一样。那里的书早已破旧散架。说是书，其实大多也都是连环画；它们的故事好像也类似，《小兵张嘎》《鸡毛信》《放牛郎王二小》……尽管如此，那些书也已经被加玛看过了无数遍。

看书时能带给她风的感觉，那种要被风吹走的感觉。其实这些书中她最喜欢一本，叫《三毛流浪记》。那天宁可告诉她这个世界上真的有个人叫三毛，只不过三毛是一个女生，头上也有比三根多很多的头发。最开始的时候她只能听宁可讲书给她听，她认得的字太少。

可是后来加玛借走了宁可的书，她早上出门去河边打水的时候在看，和牧羊犬多多一同去放牧的时候在看，晚上吃完饭钻进毡房顶着昏暗的油灯还在看，直到入睡。剩余的时间，她都同宁可在一起，询问这个字、那个词的意思和读音。

加玛太喜欢书了，喜欢到打水时遛了一圈发现自己并没有灌水，喜欢到不小心踩到多多，喜欢到自己将最喜欢的活动——在荒野里睡觉改成了在荒野里看书，喜欢到听到喝醉了的爸爸的声音也不再不安，她听不见……

加玛的妈妈受不了了："加玛，你都在看些什么啊，炉子上的奶茶都溢出来了，我不是让你看好吗？"

多多受不了了："嗷呜，嗷呜，嗷呜呜……"

加玛的朋友古贝受不了了："加玛，你在干吗？我们一起去弹唱会吧。""加玛，昨晚下雨森林里新长出来了蘑菇，我们去采摘吧。""加玛，加玛，你到底有没有在听我说话？"

所有的声音叽叽咕咕地在加玛耳朵旁响着，逐渐变响，变大，直到攀到最高点，汇成了一股声音："加玛！"

同时"啪"的一声，加玛合上了书，所有都归于沉寂。

她看完了人生第一本书《青鸟》。

全卡拉图的人都喜欢宁可。

老村长居麻见到宁可就颤颤巍巍地招手："大学生啊！快过来快过来，给我讲讲北京的事。"宁可从来都是不急不慢的，微笑着握握老村长的手，耐心地给老村长讲着高楼，讲着大厦，讲着川流不息的汽车和人群。可是回回这么讲，总也有讲完的时候，可老村长每听一遍，都不是一样的反应，跟第一次听说似的，都要瞪大了眼睛。"哎呀呀，真的吗？还是北京牢道啊！（牢道即厉害）"宁可也从不敷衍，总是笑着温柔地答应着。

哈萨克的妈妈们也都喜欢宁可，她们管她叫"宁可苏鲁"（苏鲁即美人）。"宁可苏鲁，宁可苏鲁，我新绣好了一个花毡，天气冷了，防寒用啊，送给你啦！""宁可苏鲁，宁可苏鲁，刚做好的那仁（一种哈萨克面条），你先别走，留下来吃一碗啊！"这时，宁可又要微微一笑，忙着道谢，然后从包里掏出几个花花绿绿的东西，"这些留下来给孩子们吃啊！"

卡拉图学校的孩子们就更喜欢他们的老师了，她从来不训斥他们，读书的时候声音那么好听。体育课时，她和他们一同到草原上奔跑，吹蒲公英，捡野草莓。宁可老师总是鼓励着加玛：

"小加玛，字越写越漂亮了……"

“大家安静一下，听加玛同学读读她的范文……”

“嗯，很接近正确答案了，真棒。坐下来，再想想！”

加玛不知道喜欢上一个老师会不会喜欢上学习，她只看到连那个顽皮的别克竟也有安静下来听讲的时候，也有受到宁可老师表扬害羞的时候。

甚至连卡拉图那几个小混混也都别样地尊敬宁可。有次加玛看到他们又像往常那样扭打成一团，宁可路过时上前轻轻说了什么，他们立马放开对方，好像自己这样被宁可看到有些不好意思一样，低下头跑走了。

直到那天碰见宁可，加玛觉得她做了一件错事。

卡拉图能洗澡的地方只有一个，就是公共澡堂。加玛和妈妈去洗澡的时候，突然发现了宁可。奇怪的是，这么久以来，她从没在这里碰见过宁可。她站在加玛的斜对面，水汽挡在她们之间，这样看去，宁可好像穿了一件白色的裁剪的很奇怪的裙子。加玛隐约听见她在唱着什么，反反复复重复着那一个陌生的旋律，也许宁可没有意识到自己在唱歌。她侧过身去，闭上眼睛，让水流穿过头顶，就在这个刚好的角度，加玛看清了她身体的曲线。水珠顺着那些起伏有的流了下去，有的溅开来，就像加玛第一次见她时打在她身上的阳光。

她的每一次转身和抬手，都好像一只在跳舞的白色的飞鸟。水汽是她身旁的云雾。

这样的美，加玛的妈妈没有，她只有疲惫和干瘪。生活榨干了她的躯体，或许她曾经拥有过，可这又有什么意义呢?

这样的美，加玛没有，她低头看着自己扁平、尚未发育的身体，又陷入了对宁可无限的羡慕和对自己无限的自卑中。同时她对自己这种行为和想法感到了一点点惊奇和恐惧，她不得不承认那样的身体的美是令人渴望的，那样的女人的身体。但她觉得她的想法虽然新鲜却充满了危险，这样的偷窥让她觉得自己很无耻。她害怕承认她真实的想法。

回去的路上，加玛没有说话。

好几天加玛没敢去找宁可，直到有天听说宁可要回北京看望父母。

全村的人都去给宁可送行了。加玛坐在她身边，紧紧地攥着她的手，心里有好多好多话要说，却不知如何开口，便只是沉默地坐在那里，想着想着又开始无声地流眼泪。宁可是了解加玛的，她一遍又一遍地安慰着她："小加玛，小加玛，你别哭，我又不是不回来了，我这次去啊，是要给你带好多好多书，北京的……"

临走时，宁可将钥匙交给了加玛，告诉她想自己了，就看看书。

第二天，加玛早早来到了宁可的毡房，她看着空荡荡的房子，心里不住的难过。

她抱起那些书，锁上了门，向森林深处走去，决心这些天不要再来这个伤心的地方。

那天加玛在荒野中看书，累了就睡着了。突然觉得有些冷，抬头一看天上竟下起了淅淅沥沥的小雨。她抄起书，向远处走去，回头看原来那地方时，发现其实只有那一朵云对着那一片空地在下，好像很无聊似的。她撇撇嘴，准备再次躺下时，忽然听见有人叫她的名字。

"加玛……加玛……这儿！"

加玛回头一看，原来是骑着马的叶尔肯。叶尔肯和加玛一块儿长大，比加玛大5岁，今年19。他是个典型的哈萨克小伙，高大的身躯，结实的臂膀，黑而密的眉毛下一双深邃的眼睛。

"嘿，加玛，你在干什么呢！"

加玛指了指书，抬头看着马上的叶尔肯，突然发现他变得很高大。

叶尔肯敏捷地从马上跃下，拍拍他的马儿扎达，扎达满意地打了一个响鼻，走开吃草去了。叶尔肯微笑着朝加玛走过来，拾起地上的书。

"哇……"他脸上全是惊叹的表情。"你竟然能读这些，看来卡拉图真要出一个大学生了！"

加玛有点不好意思，低下头。忽然"嘭"地一声吓了她一跳，原来是叶尔肯倒在了她旁边，闭上眼很惬意似的。她也躺下了，盯着天空中低低的云彩。

这些云彩要分两种，一种是如雾气般的，一种是如棉花般的。如雾气般的在高空中，笼罩着广阔的天空；如棉花般的则低低地压下地面，白得像冬天的雪地，有着很瓷实的质地。

加玛翻了个身趴在草地上，向森林望去。那里和干燥温暖的草原完全不同，看起来阴暗潮湿。她曾无数次在那个老林子里行走，潮湿的味道大抵是松针的香气，轻轻一吸，感觉满鼻子的水珠。踩在松针上好像踩在冬天的雪地上一样踏实，压在松针上的是倒下的腐朽的老木，旁边大大的石头上长满了青苔。

叶尔肯忽然哼起了歌，他闭着眼睛，长长的睫毛和节拍一起在抖动。加玛眯起了眼睛，往河流那里看。只看见一簇簇火红，那是长在河岸边的野牡丹。

那个下午，他们待在一起。叶尔肯给加玛讲着即将开始的弹唱会，讲他怎么练习驯鹰，讲他怎么练习射箭。加玛给叶尔肯讲着书中的故事，她说从前有一只青鸟，她说人应该主动地追求幸福。他们就这么聊着笑着，直到夕阳拉长了河边野牡丹的影子，叶尔肯才骑着马将加玛送回了家。

叶尔肯是个能骑能射的哈萨克好小伙，好几年前的弹唱会，13岁的他竟然得了冠军。可他和那些愚蠢的男孩子们不一样，他从不炫耀自己，也从不开加玛的玩笑。相反的，他勤劳能干，是个热心肠的好男孩，邻居朋友有了困难他总会挺身而出。每当那些男孩戏弄加玛的时候，他总是护着加玛。他总是那么温柔，那么和善，那么……

之后等待宁可的日子里，加玛总是和叶尔肯在一起。

不知道为什么，叶尔肯在加玛心中很不一样了。

加玛和她的好朋友古贝一同去弹唱会玩了。弹唱会，就是以阿肯（哈萨克民间歌手、诗人）弹唱表演为主的哈萨克民间聚会活动，得持续好几天。

除了弹唱以外，还有叼羊、赛马、姑娘追，以及驯鹰、摔跤等多种活动。

小伙子喜欢弹唱会，姑娘们也喜欢弹唱会。人们穿着盛装，在美丽广阔的夏牧场上，连日地狂欢。狂欢，对于这个民族来说，是在大地上进行着古老的仪式。牧人们所领略的快乐与这片大地上那些久远时间中曾有过的快乐似乎没有什么不同。

弹唱是最重要的活动，就看两个人坐下，弹着冬不拉，你一段我一段地压韵互相辩驳，互相斗智斗勇。有时加玛会偷偷在这时观察人们的表情。此刻他们都是整齐一致的，因为过于专注着弹琴者，眼珠都不转，仔细地聆听着，听完一段有的人竟激动地跳起，热烈大声地鼓掌喝彩。观察是一件有意思的事。

轮到叶尔肯上场了，他要和一个大他 4 岁的男人比赛叼羊。叼羊是马背运动。两组人骑着马，抢一张裹成一团的白色羊皮，或者是一只砍去脑袋的白色羔羊。只有拿着“羊”到达指定地点才算赢。

他骑着扎达停在离加玛不远的地方，他的对手阴沉着脸，盯着“羊”，好像盯着它就能将它吸过来似的。而叶尔肯则不一样，他微笑着，愉悦地骑着扎达走了几步，笑容里透着自信和坚定。

加玛突然很紧张，手指尖发凉，她挤到人群前，为了看个仔细。

只见一团白色被抛至蓝天中，叶尔肯牵头，扎达灵巧地绕了个弯稳稳地接住了羊皮，同时双脚一夹，朝终点跑去。可惜对手的同伴早有准备，在叶尔肯转身的一刹那，抢去了羊皮，抛向空中，在空中划出一条优美的弧线，被叶尔肯的对手拿住。就这样连续几个回合，羊皮在马群和尘土间忽隐忽现。加玛尝试着寻找那个身影。

突然，人群爆发出喝彩声，加玛赶忙望去，只见叶尔肯手持羊皮，沉稳地冲出重围，迫近终点。加玛的心提到了嗓子眼，加油啊，叶尔肯，千万不要出差错啊。突然人群又发出叹息声，原来是对手的同伴再次抢走了羊皮，可惜这次他没有拿稳，羊皮掉在了地上，掀起一层尘土。

在朦胧的尘土中，加玛看见了一个矫健的身影，他猛地歪在马鞍一侧俯身捡起羊皮，再利索地折回马背，同时全速冲到终点。没错，就是叶尔肯！人群爆发出热烈的喝彩声，叶尔肯赢了！

胜利的叶尔肯洋溢着喜悦，他大声地笑着，健康的红硕的脸颊上都生发出奕奕的光。

加玛激动地颤抖，刚要大声呼喊叶尔肯的名字，忽然找不见了他。原来胜利的他早已被姑娘们围住，噢，那些美丽的姑娘们……她们有着似水的明眸，都看着叶尔肯咯咯地笑着。

穿过人群，他看到了加玛，挥了挥手，说了句什么，加玛听不清，心里的快乐平添了几丝忧愁。

宁可回来了，加玛简直激动地要死。她叽叽咕咕地围着宁可，讲这几天的新闻。每当说到叶尔肯时，她心里总是有种偷偷的喜悦。因为加玛，宁可和叶尔肯也成了朋友。

多数情况下，加玛是高兴的，因为和叶尔肯在一起时，她总是感到舒适而愉悦。

可有些时候，譬如他们在山坡上散步，有时叶尔肯和宁可会走在前面，叶尔肯给宁可讲着什么，宁可听完便咯咯地笑。这时加玛会感到一阵烦躁，便冲上前去，挤到他俩中间，一手牵着宁可，一手牵着叶尔肯，大声地打断他们，开始一个新的话题。

有天叶尔肯给她俩弹冬不拉，曲调简单平和，起伏不大，重复循环着一个旋律。弹着弹着，他自己开始小声地唱起来。宁可不懂哈语，她轻轻地问加玛这首歌的意思。

“这首歌啊——就是一个男孩喜欢上了一个丫头，怎么办？哎呀，喜欢上那个丫头了，实在是太喜欢了，实在是喜欢得没有办法了嘛，怎么办？”

宁可听完咯咯地笑了。

叶尔肯抬起头，看着笑了的宁可，自己也低头笑了，竟像是有些羞涩。

那样的眼神，加玛在叶尔肯看自己的时候找不到。

加玛的邻居比哈丽要结婚了。哈萨克族的婚礼至少要持续三天三夜，人们在托依（乡间舞会）中喝酒吃肉跳舞唱歌。晚上，这黑暗的村子里若有一处角落灯火通明，电子琴和手风琴的旋律彻夜飘荡，一定是卡拉图的人们在举行托依了。

加玛不是一个热情活泼的女孩，但她是喜欢跳舞的。听着旋律和节拍，心中总会激动和兴奋，只有舞蹈起来才可以解决身体和内心的瘙痒。

加玛一边盼望着叶尔肯的到来，一边心不在焉地跳着舞。转了一圈，她瞅了瞅门，没有。又转一圈，她又瞅了瞅门，还是没有。大人们都在喝酒吃肉，看不见她这点小心思。

初秋的卡拉图已经是寒气逼人了，毡房里的门帘已经换成硬邦邦的棉帘子，每次人进来的时候，都会使屋里升起一股白气。不过其实屋里早有了其它的“白气”，那是下午刚刚宰好的羊羔的热气和那些醉鬼们在吞云吐雾。肉的香味和酒气以及冬不拉的音乐和在一起弥漫在空中，谁进了屋，都得迷了眼睛，醉得腿软。

“或许呢，”加玛心想，“或许是因为这鬼房子太乌烟瘴气了，也许叶尔肯早都来了。”于是她又装作不经意的样子，开始环顾四周，穿着开裆裤的小孩，凑在一起的妈妈们，醉成一瘫泥的醉鬼们……还有……。

她看见叶尔肯和宁可跳起了舞，大家围着他们，有人吹起了口哨，叶尔肯满眼都是柔情，丝毫没有注意到加玛的存在……

一瞬间，加玛升起了一股无名的怒火，原来他一直在这儿，可当初他答应我了呀……他答应我要和我跳舞，而且这么些年来，他每次都会找我跳舞的啊……或许……他早就看到我了，哼，随他去吧……不过，是不是我做错什么事情了呢？

“哦……”人群又开始起哄。

她抬起头，盯着他们。宁可换去了牛仔裤，穿上了长裙，昏暗的油灯下，她却发出温和而好看的光。加玛突然觉得自己有些可笑，“是啊，答案不就在这儿吗？叶尔肯和宁可，还有谁能比他们更般配吗？”

加玛心灰意冷地逃出门外，她知道没有人会注意她，没有人会在意她，他也不会了。

踩到泥土的那一刻，加玛想脱去鞋子，那是妈妈给她做的一双带点小跟的红皮鞋，她想起今天下午出门前踩着它，想象见到叶尔肯的高兴劲，不，她没让自己再往下想，她跑了起来。赤着脚丫，她拎着那双红皮鞋，在月亮底下奔跑。卡拉图是没有几个路灯的，但因此星星也格外耀眼。星星在天上眨呀眨，风吹着加玛，她的眼睛也不由自主地眨呀眨。

“啪嗒”，一滴眼泪落了下来，再一滴，另一滴，它们落下的速度和加玛奔跑的脚步一样快。

回到家，她听见家里有些响声，忽然意识到自己脏脏的脚丫，于是蹑手蹑脚地走到院子里的水龙头旁，轻轻打开冲洗着。又看了看红皮鞋，月光下的它泛着银白色的光，加玛轻轻地叹了口气，把它放回了原处，穿上了往日的旧鞋。

“你会不会干活？死老婆子！”她知道爸爸又喝多了。接着是一顿拳打脚踢。她听见妈妈的呜咽。往常这时她都会冲上前去抱住妈妈，狠狠地对爸爸说：“你要打就打我好了。”

对加玛爸爸来说这不是一句威胁的话，于是结果是加玛和妈妈都会伤痕累累。

有一天，妈妈带着伤给加玛擦淤青的地方，加玛突然“腾”地坐了起来，抱住了妈妈，把头深深地埋进她的肩膀。“妈妈，我们走吧，我们离开这个家，宁可姐说卡拉图外没有酒鬼，就算有，酒鬼全都会被抓到警察局里，打人的爸爸也是，我们走吧。”

妈妈却什么也没说，只是笑了笑，挨打还在继续，她每日的操劳也还在继续。加玛看过她年轻时的照片，漂亮得不得了，那时她还有笑容。可是到了现在，加玛不知道她在怕什么。

今天加玛却不想进门去了，她觉得好累，可家里却只会让她更压抑。

“笨手笨脚，你能不能收拾打扮一下自己，哈族女人真是结婚前结婚后天翻地覆啊，人家汉族女人就不一样。你看看那个新来的汉族女人叫什么宁可，远远看去真想让人……”

加玛压抑着尖叫，堵着耳朵飞奔了出去。为什么？为什么每个人都对她这么好？即便是自己的爸爸也是这样？她使劲摇着脑袋，竭力想把那些没有说完的污言秽语摇走。

月亮不说话，静静地看着她。如果说有一点可能的话，奔跑是能够召唤人原始的欲望的。像几千年前生活在这片土地上的哈萨克祖先一样，加玛赤着的双脚不再觉得疼痛，反而变得坚定而有力，喜悦渗透了她，随着她的血液流动到全身。

慢慢地，她听从了自己的身体，停在了一户还亮着灯的人家。满足使她暂时忘却了刚才的悲伤。她靠着门口的草堆坐了下来，顺着手旁照路的昏暗的油灯向里看去，屋里两个人的剪影打在了窗前。她轻轻地喘着气。

夜里静悄悄的，只有蝉在叫，加玛站起身，准备离开，却不小心听见了两人的对话。

“……加玛……是个好女孩……”

“我只把她当妹妹，宁可，我想跟你说件事。”

“……”

“我喜欢你，我从第一次见到你就喜欢上你了，我知道我汉语说得不好，文化也不高，可是……”

加玛的脚底软了下来，大脑一片空白。原来……其实自己早都该料想到了啊。叶尔肯喜欢宁可，叶尔肯只把自己当妹妹。可是，既然他们早已两厢情愿，为什么还要天天拉着我呢？加玛所没有的，宁可全有了，也怪自己太心高，竟敢奢求和她做比较。不过，宁可为什么要天天和加玛待在一起呢？哼，她也好不到哪去，不过是用着我的自尊心来赢得她的优越感罢了。想到这儿，加玛心中闪出了一丝报复的念头，不如……

想到这儿，加玛自己吓得退后了一步，她回过神来，想到自己刚才的想法，觉得恶心而羞愧。自己怎么成了这副样子？绝望中，她再也忍不住，痛哭起来。对面人家的狼狗竟也嚎叫起来，像是能听懂加玛似的。风吹着树叶，一颤一颤的，也像是在抽泣。

直到加玛被呛得喘不过气的时候，她才发现自己犯下的大错。刚才慌乱中，她退后打翻了油灯，干草堆被点着了，火像一条蛇一样顺着草堆往上爬，最上面，一股浓浓的黑烟缠绕着飘了出来，飞过了枝头，给月亮蒙上了一层黑纱。

加玛想不了多少了，她听见了屋里的叫喊，那是叶尔肯的声音，“咚咚咚”他的脚步冲向了门前。他要出来了，他要发现加玛了。

不顾一切地，加玛拔腿就跑，之后的场景都变得模糊而黏滞了。黑暗的小路因为眼中的泪水而变得扭曲变形，院子中那双泛着银光的红皮鞋，喝醉了酒翻着白眼的加玛爸爸，所有的一切，都是无声而混乱的电影镜头。最后的最后，加玛扎进了自己的小床。

那是一个漫长而令人费解的梦。梦里宁可的黑发以惊人的速度疯长了起来，黑色又变成了妖艳的红色，闪着光的发丝变成了月光照耀下红色的波浪，血色的潮汐，朝加玛涌了过来，她发现自己的呼吸竟可以控制潮涨潮落。加玛屏着呼吸跑啊跑啊，跑到高处想要躲避这恐怖的海水，却又发现流动着的水变成了火舌，熊熊大火张着血盆大口吞噬了加玛……

早上起来的时候，加玛发现自己的床单上有血红色的印记。雨后的早晨格外晴朗，酣睡的多多还在她脚底下打着呼噜，小羊们还等着她去山谷里放牧，又是一年转场的季节了。

第二章

故事演新编

导读：

指鹿为马的历史故事在作者笔下有了新的意义，不再是批判奸臣的专横，而化为对强权扭曲是非、颠倒黑白的批判，这种批判既是针对专横与强权，更是针对身处其中的帮凶。

迷　鹿

涂冰玥

我不知道自己是什么。在我生前，我本以为自己会像其他同类一样在森林中躲避猎人的追踪，当利箭射入我的胸膛时结束平庸的生活；然而命运却替我选择了另一条路，不见得比我的同类们幸运多少，被主人利用完便一命呜呼了。

如今我已升入天堂，终于有了说话的权利，这时，我遇见了你。你一进天堂，便郁郁寡欢，同时又显得心事重重，仿佛你不甘于就这样离开人世，我尝试着去接近你，渴望找到自己身份的答案。

你说，你是被冤死的，从你忧伤的眼神和呜咽的叙述中，我可以看出，你是一个耿直忠诚的人。你向我哭诉，你本来是京城中举足轻重的人物，在朝廷中担任重要职位，可惜时运不济，奸佞当道，使你无法施展自己的政治才能，你恨那个仅凭花言巧语就官至丞相的宦官，然而他的势力过于强大，使你敢怒而不敢言。

那天，你像往常一样去上朝，可是朝上的气氛却异常紧张，同僚们眉头紧锁，神情诡异，只见朝堂上立着一只鹿。

听到这里，我不由得打断了你的讲述，因为这场景我仿佛似曾相识。那一天，我不小心被猎人捉到，就在我绝望地迎接死亡的时候，猎人居然没有杀死我，而是将我带到了一个人的面前，他身穿华丽的朝服，一脸狞笑，周围的侍从同他的嘴脸一模一样，而且尊称他为“丞相”。我不明所以地被人牵到了一座金碧辉煌的大殿上，一群穿着奇装异服的人看着我面露惊恐，但我明白，其实他们真正害怕的是那个所谓的丞相。

丞相走到了我的面前，他说，他要将我这匹“马”献给陛下。

你脸上顿时露出了惊讶，你说，你当时也在朝上。他指着那头鹿说马的时候陛下打断了他，陛下说那是一只鹿，因为它有两只角。丞相仿佛没有听到，转身问你，这是什么，你毫不犹豫地说这是一只鹿，于是他又问了一遍，你仍然坚持着自己的说法。但此时你身边的人却异口同声地说这是一匹马，随着说马的人越来越多，这时的你望向陛下，渴望他看到这群颠倒是非的势利小人，可是陛下却没有领会到你内心的焦急，他选择了沉默。

这时你无奈地叹了口气，气愤地拂袖离开，你说你看不惯那些阿谀奉承的小人，明明是鹿，却说是马。

正是因为你的耿直，丞相事后随意找了一个借口将你送上了刑场，你哀叹生不逢时，自己一身正气却终被一群小人所害，以致升入天堂仍心有不甘。

我听完你的讲述想起了什么，我那时被一群人指着，有的人说我是鹿，有的人说我是马，听到他们的争论，我霎时间模糊了，自己到底是什么？在那以前，我听别人说我是鹿，我对此一直深信不疑，然而那天，我对自己鹿的身份产生了怀疑，无数人指着我说，这是一匹马，我望向最开始相信我是鹿的人，他已经沉默了，与其说沉默不如说是陷入沉思，他也许也像我一样开始怀疑自己的身份。我竟然是匹马！正当我怀疑之际，我已被牵下了朝堂，接着我即将迎接死神的到来，但我仍在迷惑，我被人宰割以后究竟会变成鹿肉还是马肉呢？就这样迷迷糊糊，我被送上了天堂，遇见了你。

现在我明白了，我其实一直是一只鹿。

那天晚上，我做了一个噩梦，我梦见了那个丞相，他在奸笑，满脸的皱纹都拧在一起，令人作呕，他身边的官员们比他还要狰狞，在丞相的庇护下，他们显得肆无忌惮。他们说，记住，你是马……

导读：

言语是可怕的东西，如同一团迷雾笼罩了鸿门的项羽，同样一个事实，在不同人的口中有不同的解说，让他难以做出决断。小说不是对《鸿门宴》的简单改写，而是以心理分析的方式，呈现了话语与人心的难测。

鸿门宴语

张碧凝

“沛公欲王关中，使子婴为相，珍宝尽有之。”

那天早些时候，他对项羽是这么说的。项羽听完此话后，果然愈发愤怒了，重瞳的双目显得十分可怕。之前在函谷关被拒时项羽就感觉受了莫大的侮辱，现在面对曹无伤派来的人，听闻刘邦竟要称王，更是不能容忍。他打发走使者后，坐在位子上仍难掩心中怒气，一拳狠狠地砸在眼前的桌案上。左右噤若寒蝉，帐外新来的卫兵韩信以前没见过这样的阵势，手中的盾牌一抖。

我本能先入关称王的，他刘邦有什么资格？项羽这样想着，怒气冲冲地做出了决定：“明天犒劳一下大家，好把沛公的军队打个落花流水！”他并不把刘邦的区区十万军队放在眼里。巨鹿一战后，他成为了诸侯上将军，统领四十万大军，驻扎在鸿门。想起那些诸侯的将领们在他面前匍匐而行、不敢仰视的样子，他心中便感到一阵快意。而刘邦竟敢这样待我！他禁不住又想，刚升起的一点快意被愤怒吞噬。

一旁的谋士范增对曹无伤的话若有所思。他所知的消息完全不同，但后果更加可怕。“关于沛公一事，请大王让我说说自己的看法。”

“你说！”

“沛公居于山东时，贪于财货，好美姬；今入关，财物无所取，妇女无所幸，此其志不在小。吾令人望其气，皆为龙虎，成五彩，此天子气也，急击勿失。”

财物无所取？妇女无所幸？这是在收买民心啊，比单纯的据关中称王野心还大！项羽也有些惊讶，到底谁说的是真的？他不信刘邦真有那么大的野心，刘邦终究还是怀王手下一员将领而已。曹无伤作为刘邦军中的左司马，消息来源相对可靠，况且他没有必要说谎。因此，项羽并没有将范增的话放在心上，但他对刘邦的真正动机也多了一丝疑问。

那天夜里，项伯从帐外归来，请求面见项王。

“你说。”项羽还是那两个字。

“吾入关，秋毫不敢有所近，籍吏民，封府库，而待将军。所以遣将守关者，备他盗之出入与非常也。日夜望将军至，岂敢反乎！”项伯转述着。

“沛公不先破关中，公岂敢入乎？今人有大功而击之，不义也，不如因而善遇之。”项伯说。

项羽动摇了。刘邦的话听上去句句有理，好像所有的事情都是事出有因。但他的动机真的像他自己所说那样吗？项伯是项羽的叔父，是他一向很信任且愿听取建议的人，而且“义”是项羽一直以来所看重的，也是他的家族所看重的。世代为将，“义”字已经刻进了他们的血脉中。白天的冲动，在夜晚的谈话中夭折了。他想着，甚至忘记问起项伯为什么要夜驰之沛公军。

“臣与将军戮力而攻秦，将军战河北，臣战河南，然不自意能先入关破秦，得复见将军于此。今者有小人之言，令将军与臣有隙。”

第二天早上，刘邦从霸上来拜见项王。他说的话让项羽觉得很满意。也许刘邦真的没有二心，项羽想。于是他不假思索地说出了“小人”曹无伤的名字。

宴会上，范增数次对项羽举起玉玦，但项羽却不能下定决心。他依然在犹豫，维持着默然不语的状态。范增起身走出帐外。过了一会儿，项羽的堂弟项庄走进帐中，敬酒后请求表演舞剑。项羽自是知道这背后的真正意图，然而他只说道：“好。”既然我不能做出决定，那不如看刘邦的运气了，项羽甚至这么想。

刘邦的运气便是项伯。项伯同样拔剑起舞，挡住了刘邦。

刘邦的谋士张良起身走出帐外。

“今沛公先破秦入咸阳，毫毛不敢有所近，封闭宫室，还军霸上，以待大王来。故遣将守关者，备他盗出入与非常也。劳苦而功高如此，未有封侯之赏，而听细说，欲诛有功之人……”

不速之客樊哙闯入帐中，慷慨陈词，一派壮士气概。

项羽突然有些迷茫。两天之内，他已经听过了来自五个人的六种说辞，说的都是同一件事。他发觉自己所有的认识都依赖于他人的话语，刘邦入关之后真实的所作所为，他并不知道，也无法知道。他发觉自己经常挂在嘴边的一句话就是“你说”，他一直在听别人说，听别人转述别人的话，听见他们口中的刘邦，而真实的刘邦隐藏于言语的迷雾间。

轮到自己说了。我该说些什么？项羽想道。他沉默着，然而他并不被允许沉默太久。最后他开口，只有一个字：“坐。”

片刻，沛公起身如厕。良久，张良入帐进献。

项羽的脑海里仍然是一团言语的迷雾。

见只张良一人，项羽清楚地知道说什么都晚了，然而他还是问道：“沛公安在？”答案自在意料之中。

不杀刘邦也许更有好处，他想。令他感到烦闷的是，自己从始至终都没有看透该不该杀刘邦这个问题，若杀了，杀得不清不楚；放了，放得不明不白。他想着自己听到的那些话有几分是真，几分是假，线索虽多，头绪也多，越理越乱。你说，我说，他说，说来说去，竟说不出一个真实的刘邦。

项羽感到一阵寒意。他开始回想自己成为将领以来，以至起义以来听到的各种人说的各种话，发现言语真是最不可信的东西，众口铄金，积毁销骨。他在帐外立了很久，望着逐渐暗下来的天空，沉默地转身回到帐中。

帐外新来的卫兵韩信只觉得项王今天的话特别少。

导读：

或许是受到影视剧的影响，作者对霸王别姬的历史事实进行了大胆的改变，同样的垓下之歌，同样的虞姬之死，因为不同的因由而富有了新的意义。小说过分追求情节新奇，合理性尚待加强。

霸王别姬

张静怡

是夜，垓下霸王营帐中，死寂。

帐中一片昏暗，唯有几支蜡烛还在不厌其烦地燃烧着，蜡油一滴滴落下，时而发出“滴答、滴答”的声音，像是在向霸王哭诉着战事的惨烈。帐外偶尔还会有风吹过，风夹杂着时断时续的楚歌声。霸王并未坐在王座上，也未脱衣卸甲，头发蓬松，脸上也是激战留下的痕迹——别人的鲜血和马蹄溅起的泥点。霸王一手支着蓬乱的头，一手搭在膝盖上，闭着眼，发出粗重的喘气声，坐在王座前的台阶上，显然是被激烈的战争和失望的结果搞得身心俱疲。微弱的歌声一声声被吹入霸王的耳中，时隔多日，再闻乡音，虽不是地地道道的家乡歌声，好歹也还是勾起了霸王对家乡的回忆，不禁使楚霸王烦躁的心情一下子舒缓了许多。连日的战争，很难能有片刻的欢愉，霸王遂不去深想它的源头，只为这一刻的安宁。是了，上一次这样安安静静听这样的楚歌是什么时候了，好像是四年前了。对，四年前，在鸿门……

四年前，鸿门宴会之上。

项羽与诸位将领和谋士范增居于宴会之上，等待着刘邦的到来。虽是入夜，帐中却是一片灯火通明，几百支蜡烛坐在华丽的烛台之上，每一支都那么明亮。帐中的地毯更是彰显华贵。项羽东面坐，环视着四周。亚父范增不时向项羽递眼色，项羽只做不知。片刻等待后，项羽举爵，杯中酒一饮而尽，随即便说："沛公迟来，众人不必多等，上歌舞！"语罢，爵三脚着桌，发出"噔"的一声。只见从两侧出来很多舞女，边唱着楚歌，边翩翩起舞。显然她们的楚歌都十分不地道——在战争中掳劫的女子毕竟不是故乡人啊！不论如何训练，都缺一丝乡味。

想到这里，霸王冷笑一声。当时自己曾对这样的歌声不屑一顾，如今想来，这样的歌声也是难得了啊！对了，那天，那天好像发生了一件特殊的事，是什么来着……

霸王继续回忆着，歌声的异样和帐外的声响都没有阻挡他的思路。

歌舞升平之时，虞姬从帐后来到帐前，穿戴得十分华丽，红黑色相间的衣裙，更彰显了她的贵气，金色的流苏耳坠、额前的红宝石眉心坠和头上的梅花簪更是锦上添花。浓眉大眼和高高的鼻梁、红红的嘴唇组成了一副精致的面孔。看得项羽不由得呆了，连宴会上的诸位都不时发出称赞声，项羽一回神，便将虞姬一把揽入怀中，让美人坐于膝上，虞姬也笑着端起酒壶给项羽斟满酒杯，再执爵向项羽敬酒。整个过程，座上诸人皆是偷偷瞄着，心中不免感叹项王之美人艳福，唯范增始终注视着帐外，时不时还环顾四周的埋伏状况。

"大王，臣妾敬您一杯。"虞姬笑着，端着爵递给项羽。项羽笑着接过，眼神上上下下地打量着虞姬，好似永远看不够，看得虞姬羞红了面颊，不觉垂下眼帘，嘴上的笑容却怎么也掩饰不过去。眼前一幅活生生的美人怀春图，项王见此，不由得来了兴头：“哈哈，妃子如何未醉脸就先红了？”说着又是一杯酒下肚。

正与虞姬玩乐之时，突然一声来报：“沛公到——”

歌舞骤然间停了下来，舞女们纷纷退去。项羽不由得一顿，刚才还含情脉脉的眼神，瞬间变得凶狠，其中还夹杂着许多不屑。虞姬的笑容也瞬间僵在脸上，她对沛公虽不甚了解，但对于项王的变化她还是很谨慎的，随即她便低下头，知趣地从项羽膝上起来，坐到一旁去了。项羽随即便换了一种姿势，他一手撑膝，另一胳膊肘支在膝上。见沛公一只脚已经踏进了帐中，他便伸手取爵，待沛公和张良完全进入帐中，爵已经到他的嘴边上。项羽闭着眼，似是在品味酒的醇香。刘邦先是一愣，随即弯腰双手作揖，道：“沛公参见项王。”项王反倒不紧不慢，缓缓将爵中酒饮尽。饮罢，发出满意的一声“嗯——”，然后仔细端详着手中的爵，瞥了一眼刘邦，慢慢道：“哦？原来是沛公啊，孤当是关中之王呢。籍有失远迎，失礼了。”

听到这，刘邦猛一下将弯下的腰背直起，连连道：“项王这是何话？刘季万万不敢当此言——”“哦？沛公不当，孰能当之？汝今霸上驻军十万，俨然关中之主，且不贪不淫，善待于百姓，此非天子之气耶？”一席话说完，项羽便将手中的爵重重地磕在桌上，恶狠狠地瞪着刘邦。“项王恕罪，刘季纵是再大胆，也万万不敢背弃项王。请项王明鉴，这其中必有奸人挑唆。”刘邦瞪大双眼，也回视项王。一旁的张良也附和着：“是啊，项王。主公万万不敢有此心。若有此心，何必等到现在还未称王，岂非愚蠢！”项王思索片刻，一旁从刘邦进入大帐就目不转睛地盯着刘张二人的范增见项王有些动容，抢在项羽之前开口道：“弗有此心？老臣看未必。沛公未称王，不过是碍于项王之力。今驻军霸上，是欲击项王以一己之力也，而未尝得之。沛公，心非池水而为海矣。项王断不可容！”说完，便使眼色给项王，并将自己的玉玦举起，以示项王下命令取刘邦项上人头。刘邦一见此举，脸色大变，急忙解释：“范军师误会了。项王诛暴秦，刘季不过略尽绵力。项王主攻河北，臣战河南。然不意先于项王入关，方得复见项王于此，臣之所得，莫不是项王所恩赐，岂敢反乎？且臣入关，秋毫不敢有所近，籍吏民，封府库，而待将军。所以遣将守关者，备他盗之出入与非常也，日夜盼将军至，虽不敢说万无一失，也算是尽忠职守，请项王明鉴！”急急吐出最后一个字后，又跪伏在地，双手贴在地上，将头低下，一旁的张良也急急跪伏在地：“请项王明鉴！”

项王顿了一下，眼神中的凶狠逐渐褪去，嘴角扯出一丝弯度：“沛公何必如此认真，孤不过随便问问。汝既一片忠心，当赏才是。赐座！”

刘邦听到这里，悬着的心才逐渐放了下来，便大声道：“谢项王！”遂起，至北向坐，张良至西向侍。项羽继续说道：“此为沛公左司马曹无伤所言，不然，籍何以至此？”刘邦听闻，面上一瞬间流露出惊异与愤怒，随即便恢复常态。范增见项羽不仅不杀刘邦，反而相信刘邦之言，便又举起玉玦在显眼处晃了晃，见项王不为所动，急忙离座进言：“项王不可轻信——”“亚父！沛公一片忠心，岂可辜负。”说罢，使了个眼色让范增坐下。范增见项王意已决，遂不再多言，也使了个眼色让项庄与自己共谋除刘邦之事。项庄便借故醒酒，范增使一小卒在耳边耳语几句，借故处理小事，一前一后离开了宴席。

与此同时，刘邦已经坐定在座位上。刚才与项羽对视时，他就瞥见旁边的一个打扮得华美的女人，现在心终于放了下来，可以打量一下这个女人了。刘邦不禁偷偷向虞姬瞄去，只见：翩翩仙子远凡尘，玉手柳腰动人魂。一副佳人靓面容，倾尽天下俗子心。刘邦不觉被她吸引，突然眼前的丽人起身，给旁边的一个男人倒酒。刘邦心中顿时不是滋味，定睛一看，才回过神来，那个男人是自己惹不起的项羽，遂讪讪地低下头去，自顾自将杯中酒一饮而尽，心里却想着“他朝若得此佳人，必要好好享用一番”。心中正想着，又忍不住看了一眼虞姬。殊不知这一眼让项羽捕捉了去，他便斜眼看了一眼刘邦，又转过头来看了看虞姬，突然将虞姬一把抱入怀中，搂在胸口，一手环着美人腰，一手举起爵向众人敬酒，特别是敬到刘邦之时，更是多说了几句敬酒词，搞得刘邦好不自在。虞姬从刚才就一直纳闷，项王突如其来的举动实在让她摸不着头脑，直到敬酒之时，她留意到了刘邦的眼神和项王的刻意，心中也猜到了七八分，不觉大惊，唯恐项王多心。虞姬心中暗暗盘算道：今日刘邦有不轨之心，项王已然察觉。若是日后项王不再宠爱于我，还算大王念在昔日情谊，厚待于妾身。只怕项王动怒，那岂非难逃杀身之祸了。遂暗中躲避刘邦时不时射来的目光，最后实在不自在，虞姬便背对刘邦，坐于项王膝上。项羽见虞姬如此，不觉哈哈大笑，说道："妃子这是作甚，莫不成见了沛公，害羞了？"虞姬急忙为自己剖白："怎会？臣妾眼中，只项王一人而已。目中唯丈夫，心内念王恩。至于其它，皆不能见。即使目视之，心必疏之。大王多心了。"项羽听过，也放下心来。本来带虞姬见见众人，只是为了向大家一展美人之姿，而衬项羽之雄（作者注：其实是为了寒碜刘邦。），不料想节外生枝，偏偏刘邦存了觊觎之心，遂试虞姬心意，终如项王之所愿。于是项羽笑曰："妃子何必如此，孤不过随便一问罢了。妃子之心，孤怎会不知，定不相负。"虞姬见项羽如此说，也便稍稍放下心来。

正说着，范增和项庄也前后回到席上。项羽便顺口问道："亚父，何事去了这么久？"范增答道："不过区区军中小事，不劳项王费心。"项羽听到此话，心中便颇不是滋味，念在亚父说话一向如此，也就随他去了。顺手拿起桌上的爵，又穷其酒。此时，项庄瞅准时机，上前一步道："项王与沛公饮酒，清酒单调，请以剑舞。"刘邦本就对范增的离去有戒备之心，刚才看到纷纷退去的舞女，又听项庄如此说，心中大叫不好。正当刘邦盘算着如何躲过这一祸之时，略带醉意的项羽准道："诺。"项庄起，拔剑而舞。刘邦时刻盯准剑锋，几次剑逼其面之时，刘邦都慌忙逃窜，醉意中的项羽看刘邦如此狼狈，遂更加得意，也不去管这些。项伯此时起身，拔剑与项庄共舞，却暗中保护刘邦，项庄几次失手，不得击，遂怒道："叔伯这是何意？”项伯答道：“如今项王之意是不杀沛公，侄儿何从军师之意，难道项王军中之威不及范增乎！”庄略一思，也觉有理。庄、伯遂与范增生隙。刘邦却暗暗记住项伯之举，顿觉伯日后必有利于己。

垓下营帐中。

此时霸王记忆也有些迷糊，只记剑舞之时，张良离席，少顷，一位高大魁梧的汉子闯入营帐，说了一通话，后来……后来怎么样了？好像是刘邦跑了吧。想到此，霸王自嘲地笑笑，想刘邦这个小人当日是何等狼狈，今日却落入他之手，不甘心啊……当日未杀刘邦，造成终身之憾！真是：恨当日未谏忠言，悔不该轻疑良臣。范增不在身边，霸王身旁便没有得力的谋臣，若不然，何至于此？

楚歌声越来越大，霸王也觉出不对，便起身查看。刚刚起身，走了几步，就又停下了，霸王想到了虞姬：虞姬，想当年如此风光，英雄末路之时，她也不好受吧。想到这，心中顿生惭愧。正想着，虞姬突然从帐后出来了，一身靓妆，却也利利索索，虽无水袖绫罗，却也别有一番风味，多了几分潇洒妩媚。虞姬明明刚才听着霸王的脚步声，觉着霸王已离去，才敢出来。她见到项羽还在帐中，顿吃一惊，面上浮现惊慌失措的神情：“霸、霸王，臣妾——”项羽上上下下打量了一番虞姬，借着当日鸿门刘邦钟情虞姬之事，也大约猜中了虞姬之意，心中五味杂陈，先是愤怒，又是怨恨。“怎么？你想离本王而去吗？妃子穿衣为何如此讲究？”说着，手不觉摸到了腰中佩剑，刚想拔出时，听见一声“报——大王”，霸王被迫停手，怒问：“何事如此惊慌，乱了军心，杀无赦！”“大、大王息怒。是逃兵！对面汉军营中传出楚歌，不少士兵受了蒙蔽，三三两两逃走了！末将极力……”

未等他说完，霸王急急走到门口，一下掀开帘子，只见夜色之下，楚营中零零散散泛起点点火光，汉营中却一片明亮，还发出让霸王现在极其厌恶的歌声。胜负已然明了，霸王顿感惆怅。许多士兵本还想逃走，见了霸王在此，也不敢轻举妄动，只想以后伺机行事。霸王心中怒气已经被冲淡许多，再进帐中时，已不似刚才那样的杀气腾腾。虞姬见了，心中也存侥幸：或许霸王念在昔日情谊，能够放过自己。半晌，霸王抬头，对虞姬轻言："给本王最后跳一支舞吧！"

虞姬听霸王如此说，心中不免嘀咕这"最后"的含义，但也还是从了。忽瞥见霸王腰中佩剑，虞姬心生一计，便一个旋身，抽出宝剑，双手行礼，曰："臣妾给霸王跳一支剑舞吧！"随即便舞起来，边舞边琢磨：若是能够杀了项羽，就是有功于汉王，日后必能压住王后。想到此，她便寻找合适时机，准备刺杀霸王。

霸王看着虞姬曼妙的身姿，又想起虞姬所欲之事，心中既恼怒又无奈，考虑到今日自己的处境，又想到刘邦的卑鄙，又念及与爱妃多年情谊，对虞姬去向也举棋不定起来。霸王心中顿时感慨万千，遂以歌和之："力拔山兮气盖世，时不利兮骓不逝。骓不逝兮可奈何，虞兮虞兮奈若何！"说罢，闭上了双眼，想要平复此时心情。虞姬见时机已到，剑转偏锋，一瞬间向霸王刺去。刚刚做了决定要杀了虞姬的霸王听见风声，猛一睁眼，见虞姬如此，便下了狠心，一侧身躲了虞姬的剑，一手从外侧抓住虞姬右手手腕，另一只手狠狠向她肘关节劈去，同时抓住手腕的手向内侧扳去，虞姬痛的大叫一声，闭上眼睛，眼角翻出泪花，再睁眼，剑锋已抵在胸口，忙求饶道："霸王饶——啊！"一瞬间，血溅营帐，霸王脸上也全是血，他长吁一口气后，松开了钳制虞姬的手，虞姬倒在地上，右手拿着的剑插在自己的胸口上，宛然自杀一般。霸王自嘲地笑笑：这一生，该疑的人不疑，忠臣良将自己偏偏……唉！

这辈子没看清虞姬的面目，四年前酒宴上的话，自己时刻铭记，却遭虞姬如此对待。

"贱人！"霸王对虞姬尸体丢下这句话，转身出了营帐。

导读：

这是一篇极富想象力和创造力的小说。说它是历史小说，不如说是借史实施展自己纵横无忌的想象力而创作的玄幻加武侠小说。作者难能可贵的是构建了一个新的话语系统，对王朝的更迭做出了别开生面的解说。

刀剑烈马谱·赤霄

侯千藻

如果能理清时间线，那么就能猜出结局。

——题记

我曾见过一位异人。当我们相遇时，黑暗那深沉的肚中传出滴水之声，苍白无力的阳光仰卧在地牢的半扇窗户旁，好像一具手握白玫瑰而即将入土的尸体。那个人就斜倚着那具尸体，白光微微擦亮他的眉骨和眼睫。

“听说你是个蛇媒？”我站在铁栏外面，从钢铁的缝隙间偷窥他的面貌。

那人眨了眨眼。“蛇媒？——是的，你也可以这样说。”

“在这个诋毁巫术的时代，从事这样一种职业可不聪明。”我轻声道。沙哑的嗓音飘荡在阴冷的地牢中，使黑暗泛起热砂的质感。

他舔了舔嘴唇：“蛇媒不是巫术。”

我笑了笑：“哦？《灵窗异草》里面有关蛇媒的第一句话便是‘蛇媒，媚术也’。由此看来蛇媒也只不过是些低俗烂淫的邪法罢了。”

他似乎有些激动：“不许你如此侮辱这一门神圣的职业。”

“那么驳倒我吧，术士。”我背着手，开始来回走动，走廊上响起猫的脚步声。

他又舔了舔嘴唇。“你可知《山海经·西次三经》中记载了一名上古人士，身居騩山，名曰耆童？”

“略有耳闻。”

“那就是蛇媒的祖师爷，他生活在那个古老而巍峨的时代，人类还没有忘记蛇的威严与神圣。耆童能够召唤天下所有的蛇，他坐在百条黑蛇盘踞而成的王座上，一旦有想去的地方，座下的黑蛇便载着他前往，所过之处树木避让，花草伏倒，土壤上呈现海浪一般的波浪线。我们管这种通道叫‘行蛇路’，如若遇到，要三拜九叩，顶礼膜拜。”

我耐心地听着，将双脚走成一条笔直的线，宛如一只在墙头踱步的猫。

“其实我们蛇媒，真正的蛇媒，豢养的并不是蛇。”他向前倾身，黑暗如水一般从他的脸上退去，“是土气。”

他竟然是个面貌冷峻的美人，牢狱生活没有磨损他的美貌，反而削利了他的冷冽的骨骼。苗疆风格的刺青从他的眼角妖娆而起，蜿蜒爬上平坦的额头，仿佛一顶黑青色的额冠。我停下脚步，“王气？”

“你不信吧？”他笑了，我似乎看到一条漂亮的毒蛇正在炫耀自己的鳞片。

我扣了扣嘴唇。“中国是个神秘的地方，作为一个外来者，我愿意虚心求教，不妄下结论。”

“你中文说得很好。”

“承让，还差得远。”我微微向他弯了弯腰。

“阁下必定来自西域以西。”

我摸了摸颈间的黄金别针，笑道：“不如这样吧。你把你的故事告诉我，我也将诉说我的。”

“好。”他靠回黑暗中，若有所思地笑道，“你似乎有个不同寻常的身世呢，西域人。我期待这是一次公平的交易。”

57年前，春与冬在雷山上空交锋，仿佛云与雾在清晨的争鸣。短裙苗族的少女们穿着三十三层的节日银衣，全身银饰重达十公斤，素百褶裙只有巴掌长，以裙角上翘为美，仿佛行走着的月季和百合，又仿佛新喜剧舞台上仰首而过的天鹅。

雷山山顶，春雷在天灵盖上三寸酝酿，巫师穿着紫色暗底暗花对襟上衣，长发松散地编了条辫子，其上装饰着代表巫师的银别针和铁石，蛇与蜘蛛的刺青匍匐在他的额角，似乎在风雪中微微蠕动。他腰间的银罐子里传出莫名的虫鸣。

小雪在他眉头粘了几粒，巫师将双手笼在马褂后面，转身欲走时，忽然停下脚步，在寒风中高高地扬起头，嗅着风里的气息。

中原有王气。

比新雪还要耀白的色泽缓缓升于东方，带有白帝的杀伐之气。

巫师解下腰间镂空的银球，那里面传来隐隐的昆虫唏嘘。他将嘴唇贴在冰凉的金属上，喃喃自语，随后扬手将之抛入动荡的晚空。那银球的空隙中忽然展出一对翅膀，发出雄蝉一样的尖叫，向着白气袅袅之处飞去，状如流光。

这罐子里有三种虫，一个叫追风，负责飞翔，一个叫青蚨，负责回程指路，最后一个叫桀桀，可嗅捕帝王之气。青蚨虫分子母，无论分离多远都会找到回来的路，于是只要带着母虫或子虫，另一个必将归来。

巫师碰了碰腰带，那上面有一串镶银勾玉，挂着各式的铃铛和罐子，经手一碰，纷纷发出或玉石相击或珠玑相撞的虫声，宛如远古之时周王室的编钟乐章。

风雪有云涌之态，他拾阶下山，走入青山绿水、蜡染绣花之中。

这王气生于邯郸，属金，强绝之势，闻所未闻。

银罐携王气归来时，巫师正在湘西一代云游。那银罐从中裂开，白气落地便化为蛇形，拇指粗细，纯美无瑕，身上鳞片细纹几不可见。他将手放在它面前，小白蛇便绕着爬上来，钻入袖中，又从领口游出，湿凉地缠在他的耳朵上，细细软软的蛇信舔着他的嘴角。

“你倒是会找地方。”他对它说。

蛇头蹭了蹭他的下颌。

“我要给你起个名字，”他说，“既然你的主人是白帝之子，那么你就叫白帝子吧。白帝子，你的气象传千里而不息不灭，铮明如桂月雪影，照亮一天风霜雷雨，可见并非寻常王气可比。我身为蛇媒千八百年，还从未见过这样的恢宏气魄。”

白帝子只是静静地趴着，像冷兵器的一道弧光。

于是巫师开始豢养这只王气，不给它设笼子，全身上下它愿意趴在哪里就任由它去。三年后这条小蛇已有青竹粗细，鳞片弹之而铮然有声，滑若水中白瓷。在一个月光稀疏的夏至，月季与水仙在清光下晃动自己黑色的影像，白蛇自湖中站起，化身为总角小童，白衣墨发，清唇丽齿，双眉如江南的弯弯石桥。

巫师问：“你可知你的主人是谁？”

白帝子：“还望蛇巫师告知。”

巫师：“你的主人名叫嬴政，生在东北方的邯郸，为秦王之后。”

白帝子：“他将为王？”

巫师摇摇头：“不，大约是比王还要伟大的人物。”

白帝子：“那是什么呢？”

巫师：“到时候他会为自己取一个名号吧，然后后世将以那个名号将他万古传颂。只要你安然无恙，那么他的帝王之位，他的子子孙孙，将千秋万代，一霸江山。”

“那是自然。”小童笑了，“我是这天下最辉煌的王气。我承载之人，必将千秋万代，一霸江山。”

正说话间，东北方有冲天赤气，灼烧漫天星辰。巫师凝眉而望，神色惊异，喃喃道：“竟又是冲天王气。”

白帝子面色依旧平静如水：“此气属火，必是我劫。”

巫师说：“总有避劫之法，但终归要看有没有避劫之命。”

小童抬头望着他，他也低头望着小童。月光在二人眼中折射，就像一首对唱的山歌。他说：“你既是我选，我必保你长命百岁，千年万年。”

天下有众多豢养王气的蛇媒。当乱世之时，王气四起，蛇媒们便放出飞蛮蛊，择一王气，以自己的法术护它周全，同时助它猎杀其余王气，最后剩下那个，便是新王朝的护神命脉，与家国同寿，法力无边。而养出此蛇的蛇媒，便将继承耆童的蛇王之位，驭天下之蛇，吞日月精华，享万寿无疆。如今乱世割据已久，已到了七国一统，蛇王登位之时。

“那么我必保你荣登王座，不朽不灭。”白帝子正经八百地说，“一言为定？”

“一言为定。”

于是一个不是巫师的巫师，和一条不是蛇的蛇，在这个月色纯净的夜晚发出了名为“一言为定”的誓言，坚定的似乎它必将实现，不会失约，不会拖延，不会背叛。

“我已经嗅到了悲伤的气息。”我说，手指尖在铁栏上轻轻敲打，好像在跟着一幕歌剧打节拍，“悲剧就是悲剧，纵然不被说出，不被暗示，它的气息也太过浓厚，就好像玫瑰牛奶浴之后女孩儿的肌肤，即使穿上名为‘欢乐’的节日盛装，也盖不过受伤的心散发出的血腥之气。”

“你说话像个戏子，西域人。”蛇媒笑道。

“啊，请相信我，我热爱戏剧。”我垂下眼帘，“在我来的地方，充满了戏剧与表演。纵使因为新喜剧派的兴起，舞台上已经没有了讽刺政客和国王的精妙戏码，它仍然是个满溢着欢乐、泪水、田园和英雄的地方。”

“说一说吧，西域人，轮到你了。”

“我？”我扬眉垂头，两手反剪，又开始来回踱步，“哦，我来的那个地方啊，真是个很美的地方，虽然它业已经过自己的美貌年华，慢慢步入垂死的暮年，但我依然能从那壮美的枯骨中，想起曾经的金光与荣耀。那个地方名叫希腊。”我用希腊语发出那个地名：“跟中国完全不同的国家。我们热爱戏剧，在酒神祭祀上载歌载舞。埃斯库罗斯的悲剧令我声泪俱下，阿里斯托芬的喜剧让人开怀大笑。当阳光照耀在帕特农神殿雪白的肌肤上，苍天以前所未有的蔚蓝席卷我的上空，这一幕比黄金头发的女祭司更让我感到神灵的真实性。”虽然宽厚的希顿斗篷遮住了五官，我还是习惯性地冲他笑了笑：“还有美丽的爱琴海，传说在那流浪的碧涛中藏匿着众神之王宙斯的情人。只要找到正确的石子路，就可步行穿过这片诗歌一样荡漾的海域。”

巫师摇摇头，冷笑道：“纵使你说了这许多，我依旧对你一无所知。不要试图玩弄我，来自希腊的旅者。”

我有些郁闷地扣了扣嘴唇：“那么你想知道什么呢，蛇媒？我的故事，它开始于一个遥远而渺茫的过去，迄今仍未结束，却也无话可说。只因它太过奇异，所以生活在红尘之中普天之下的人不能相信，就如同凡人无法接受青面的牛头怪一般。”

“你不说出，又如何确定世上真无人能信呢？”

“那么，不如这样吧，我将讲出我的一个朋友的故事，如果你不认为我满嘴谎言，是个只会吹牛的蠢货，那么我将把自己的故事和盘托出。”

“如此装神弄鬼，你究竟有什么秘密呢，旅者？”苍白的蛇媒微微向前伸出下颌，阳光像石灰粉一样扑在他的脸上，两颊边滑下湿漉如水的黑发。

就好像毒蛇探出自己的洞穴。

“并非我有意为之，只是我的人生本就是个装神弄鬼的人生。”我略带歉意地福了福身，“很抱歉这是一个太古老的故事，以至于我当下无法将它全部回忆起来，那么在我思考的这段寂静的时间里，还请你继续讲述吧。”

蛇媒用他蓝紫色的眼睛盯死了我，随即耸肩，靠回墙壁，与我隔着一层黑暗和一层光明，重新开口。

赤气燃东方，斜映天南火位，有青龙七星之型，必是金属克星。巫师派出飞蛮蛊前往打探，最后得知——那赤气叫一个铸剑师收了，不知所踪，而赤气所应之人姓刘名邦，标准的乡下混混一名，腿上有七十二颗黑痣，自称胸有鸿鹄之大志。自古以来王气相博，无一不遵循“五行相克”。比如说属木的夏朝被属金的商朝所替代，属金的商朝又被属火的周朝替代。即使嬴政真的一统江山，难保姓刘的不是那在后的黄雀。

不过这些忧虑巫师没有跟白帝子说。他只是在某次学习汉语的间隙，摸了摸小孩的头，说：“好好练功，将来你与那赤帝之子必有一战。”要么胜利，要么死去。王气是没有灵魂的，他们不能入六道、再转生。这一世，要么无上辉煌，要么无处埋葬。

春风赶冬雪，秋蝉催夏夜，巫师和白蛇又一起度过了十年。

到了他们相遇的第十三个年头，在一个寻常的午后，巫师卧在藤竹躺椅上，白蛇趴在他颈间，晒着自己一身亮丽丽的鳞片。巫师端起茶杯，喝了一口，又喂白蛇喝了一口，然后说：“白帝子，你去把‘回流雪’练一遍我看看。”

白蛇懒懒地吐着信子，表示自己的午饭还没有消化。

巫师加重语气：“去！”

白帝子不情愿地游下躺椅，盘在小院中央。院墙外翠意正好，竹风羽，散落一地飞蝶似的淡影。

他扭身而起之时已经化身为人，对着天空和树影飞出两道似水白烟袖，惊起落叶婆娑，一霎涟漪如雪。

“回流雪”是一套以袖代双剑的招式，三部十一式，不成功，便成仁。

第一部，“回”。

一式丝竹雅，腰缠江南之风韵；二式黄吕鸣，身有皇室之威仪；三式北岭寒，眼藏秋蝉之凄切；四式南疆暖，眉卧春雪之慵懒；五式一剑南天，袖气如浪如涛，意在此去再不相见。

巫师在一旁道：“要记住，前四式招招皆要有一去不回之念，却终将在最后一刹收回水袖，若收不回，便是永不回了。而第五式是绝杀，一击不成，再接回流雪第二部。”

白帝子一边听，一边在白绸中翩翩起舞，接着使出了第二部“流”。

“这一部，不需收袖。”

白帝子身轻如流光片影，拖着三丈盈盈雪袖，在竹叶摇晃的半空中编织一场优雅而寂寞的幻梦。

“流”部一式，小池托莲蓬；二式，风涛逐浪影；三式，江海凝清光；四式，大日照金鲤；五式，飞雪化长风。就像一首青铜器与斑竹笛演奏的乐曲，从那清新凉爽的开端，走过辉煌繁美如金鲤鳞片的正曲，最后停在一个冷寂的煞尾。

巫师：“这一部极其要求身法，争取脚不沾地，踩长袖而扶摇，才为炉火纯青。位置的移动非常大，速度很快，令对手捉摸不透。但要记住，万事万物，皆有相克之法。这一套步法，如若遇到不动如山又剑走八方的对手，便处处掣肘，任人牵引。”

他接着道：“‘雪’部只有一式，不需练了。”

白帝子旋身落在庭院中央，两手一抖，水袖便刷刷地折叠起来，露出一双有鳞片花纹的手。巫师叹气："若不是你的手天生有疾病，便不会让你练这艰难的袖气了。"白帝子笑笑，理了理袖子："在我看来，金乃切割之意，与水袖之柔倒是相辅相成呢。"

巫师没说话，又喝了口茶，轻声道："秦王薨，嬴政今年已经十三，你可以去助他登位为秦王了。"

白帝子扬眉："十三？不觉太早吗？"

巫师摇头："王者天生为王，气数至，则君临天下。你不用做什么，只要待在秦国首都，嬴政必会成为秦王。"

沉默一会儿，白帝子问："既然你觉得时机已至，那么就这样吧。"

说罢，他转身便要离去，忽然回头问："今早上来的信鸽，说的就是这事儿？"

巫师垂眼饮茶，说："正是。"

少年笑："早知道我就该先吃了它。"

话音未落，已化为一缕白气，顺地底龙脉直向北方去了。

太阳西斜时，这个小院已人去楼空。

此后25年间，秦王嬴政出函谷，扫中原，灭六国，一统天下。除了那件几乎成功的刺杀事件，其余一帆风顺。白帝子暗中相助，看着秦国的铁骑碾压过破碎的山河。

当时，荆轲与秦舞阳捧着樊於期的人头和燕国城池的地图匣走入咸阳宫，白帝子就站在一旁，作为侍医潜在宫中，化名夏无且，手里拎着个板砖一样的医药箱。眼见图穷匕见，秦王拔剑不成，绕柱而走，他毫不迟疑地扔出了箱子，正中刺客。这一击携卷袖气，竟然未将荆轲砸成半身不遂。接下来白帝子站在慌乱的人群中，用巫术击飞了荆轲掷出的匕首，然后眼看着这胆大包天的刺客血溅朝堂。

他选中之人，必将千秋万代，一霸江山。

"荆轲刺秦"六年后，秦王嬴政统一六国，开创秦朝，自称始皇帝。

“皇”为祖先与神灵，“帝”为万物之主宰，秦王起这个称号，大约是觉得自己前无古人，后无来者，功过三皇，德盖五帝。他还把“朕”作为皇帝专用的称谓，从今往后，平民臣子再也不能自称为朕。至于其他林林总总、货币国道，白帝子未尝关心。他隐藏在御花园的藤萝架下，看着全天下的兵铁化作皇宫门口的十二金人。

举目中原，四十年前那冲天盖日的赤色王气，竟再未出现过。

直到始皇三十七年初冬，在一个白帝子忽然想起巫师的日子里，四十七年间都未曾出现过的赤红王气，再次一冲云霄。

这是一次挑战。

他二话不说，顺龙脉疾行，在次年柳絮飘飞中到达了芒砀山。

相传炎黄时期这里曾是采石场，出文石，质胜玉，可以为砚。黄帝、商纣和孔子都曾来此，是个风水宝地。白帝子到来时，水泽间芦苇尚青，风徘徊于青萍之末，仙女峰上滚滚飞棉。日已斜坠，红光披山。

他盘踞在山间小道上，嗅着清风，似乎闻到了巫师的气味，但那也许只是记忆中残留的浮光掠影。

月上中天之时，芒砀山草木幽幽，白帝子感到了火的腥烫。

他滑动身躯，转动三角形的蛇头。

来路上踉跄走来一人，似乎烂醉如泥，东倒西歪，手中提着一根长铁棍。

未待走近，此人忽然一头栽倒，不再动弹。白帝子化身为人，垂着双手，挽起的水袖一节节放下。

那根铁棍忽然变得通红，嗡鸣颤动，赤光一闪间，原地站着一个高瘦男人，火红对襟长袍，战靴护手，蛇头铁盔，石榴石的护心镜，背上一把七彩珠、九华玉的三尺宝剑，寒光逼人。

今夕月如白水，柳絮似流萤，一地波光。山道上，玉面白衣的少年垂着细细如山泉的三丈长袖，与剑气如火的赤衣男子相对。

“阁下怎么称呼？”白帝子先开口。

“剑名赤霄。”

“明明是把绝世宝剑，偏偏隐为一根铁棍。真是好聪明，怪不得四十年来从未察觉你的气息。这绝顶的隐匿术可是你蛇媒教你的？”

“是的。”男人波澜不惊，“四十八年前我出生之时恰巧让一名铸剑师所得，此人为欧冶子传人，以蛇血祭剑灵，作为王气的我便从蛇身转为宝剑。那人寻铁三年，铸剑三年，淬炼三年，耗尽心力而死。正逢此时，有一个蛇媒找到了我，传我三部剑法，说这是克制白帝之子的剑招。十年后他便离去了，令我等待刘邦起义之时，便来找你一决生死。

“最近刘邦押解一群囚犯到骊山为嬴政修陵，到芒砀时人跑了一半，他自暴自弃，落草为寇。”赤霄露出一个平静的微笑，“所以这便是我们决战的时刻了。”

“废话少说。”白帝子轻轻抬起双手，袖子仿若两条溪流。

赤霄拔剑跃起，道：“第一部为‘血’。”

这一剑开天辟地！

带着欺霜傲雪的寒芒，带着钱塘江大潮那绵延万里的白浪，带着斗牛之间不生不灭的弧光，这一剑以红霞席卷残天的气势直刺而来，逼走千里风与光，如露如电，气慑八荒。

白帝子瞪大眼睛。令他惊疑的并非这一剑的强绝，而是那惊人的相似。除了剑意与气魄之外，它的招式动作、运功方式，都与第三部“雪”的那一招如出一辙。就如同镜子的里外，一片树叶的两面。在这太过霸道的剑招下，他甚至不能使出第一部“回”，因为“回”部前四式要求的去而又回之意，在那明若霜雪的剑锋下被剿杀于无形。

于是他只能使出“回”部五式的一剑南天，勉强将赤霄的准头带偏，擦着腰身掠过，削断了三尺水袖。

经过十余年的无所事事，他的武功已经远不如从前。“回流雪”三部的招式滞涩得仿佛一只咔咔作响的车轮，那在竹风云麓下翩翩起舞的姿态业已埋葬在咸阳宫的御花园里了。而他的对手——剑上飘雪的赤霄，就像一只风华正茂的华南虎，每一颗獠牙都在十年的磨砺下熠熠闪光。

第一招，他便知道自己必败无疑。

但他继续使出了第二部“流”。

他是从古至今、从未有过的辉煌王气，他选中之人，必将千秋万代，一霸山河；纵使死去，也要震天动地，光耀后世。既然像帝王一样生，那么也要像帝王一样死。

白蛇追逐着漫天月光，眉眼袅袅，舞袖婆娑，“流”部五式在半空一一绽放，宛如中秋夜晚一串串的八角彩灯风筝。

赤霄说：“第二部‘柳’。”

他站定一块嶙峋岩石，不动如山，剑走八方。

完全克制了白帝子的攻击，像老柳树一样根深蒂固，枝软叶轻，底盘分毫不移，上身柔若嫩柳，剑化三千星辰，衣如盛放红莲，将四周围绕的白袖尽数削断。一时间，飞旋的柳絮和破碎的白绸在空中相撞，像飞雪一般狂舞。

五式“流部”，三丈长袖化为粉尘。

“流”部最后一式“飞雪化长风”，白帝子飞舞在幻梦般的白色碎片中，听到了很久很久之前巫师对他说的话：回流雪，三部十一式，不成功，便成仁。

最后一击。第三部“雪”，仅有一式。

“此式名为——点业火。”他喃喃道，双手结印，凌空一震，将自己飞雪般的剑道与黄金般的骨骼，投入一把吞烧三途的地狱业火之中。“回流雪”第三部，虽以“雪”为名，却承载了焚雪的本质。

白衣上腾起雪亮的火焰！

而从那焚烧的丝绸中，飞窜出一条水桶粗细的巨蟒，片片鳞甲都是铮然作响的噩梦，散发着炽热的温度，它的甲片仿佛正在融化，像熔金一样滚烫着雪白的月色，就宛如从天而降的一道惊雷、一柄利剑、一场浩大的劫数，飞扑向赤霄。

一霎时草木伏拜，芒砀山震动着哀鸣，千丈之高的山风骤然坠落地面，星辰也为这惊天的气势而明灭。

天崩地坼中，赤霄悲悯一笑，立剑胸前，道："第三部，'灰'。"

他走动了，"灰"部一式，丝竹哑，削蛇信。

二式，黄吕铭，刻小篆。

三式，北陵撼，震五脏。

四式，南疆乱，击六腑。

五式，一剑长安，打蛇七寸。

白蛇轰然倒地，身上满是细腻如小篆的伤痕——剑锋准确地插进鳞片缝隙，削掉了它的甲衣。它的巨大的嘴裂中淌出黑红的血，柔软的腹部一下下抽搐着，进行最后的、垂死的挣扎。他的瞳孔中无喜无悲。

世界又变得安详而静谧。这是个柳絮在风中散步的夏夜啊！赤霄执剑，如霜如雪的剑刃依旧白净如初。他举起长剑，要削掉白蛇的头颅。

"如若你削我的头，那么我必篡你的头；如若你削我的尾，那么我必篡你的尾。"白蛇忽然说道，它平静的目光穿越赤霄，落在山道与明月尽头的某个地方。

赤霄停了下，然后笑道："那么我便这样吧。"

说罢，拦腰将白蛇斩为两半。

那是始皇三十八年一个飘杨花的日子，芒砀山上空凝聚起恢宏的赤红王气；秦始皇正旅行到琅琊一带。他做了一个有关剑、火、神灵与战争的梦，然后命令属下去射杀东海的大鱼，认为这一切的罪魁祸首是海中的妖魔鬼怪。到了平原津一带，始皇病。七月丙寅日，沙丘平台，始皇崩。

二世元年，天下揭竿而起。

同年，刘邦攻进咸阳，逼秦婴退位。秦朝亡。

“这就是刘邦的斩蛇起义。”蛇媒轻轻地吐出结束语，不再说话。

我扣了扣嘴唇：“真是个奇异的故事。”

“是啊，是。”

“这么说，在蛇媒的争斗中，你输了？输给了赤霄的蛇媒？”我追问，“他是怎么知道克制白帝子的剑招的呢？”

蛇媒耸肩。“这世上总有比我古老的蛇媒，他们的技艺与记忆从上古之日流传至今，相比之下我只不过是太阳下的一簇萤火。”

“后来呢？你又是如何沦落进这个监狱？”

蛇媒轻笑：“这恐怕就是赤霄的功劳了。他怎么会让对手的蛇媒活下去？况且那个对手临死之前还扬言要回来报仇。如果我没有猜错，明天就是刘邦的登基典礼吧？”

“是的。”

“新帝登基，必大赦天下。”蛇媒说，“他这是要赶着大赦之前把我杀了。”

“看来是这样的。你的刑期就在今日午时。”

“还真是近在咫尺啊。”他依然用平静而嘲讽的语气说道，似乎漫不经心。他是早已看透生死，还是自信得没有恐惧？

我在铁栏前来回踱步，停下，转头看着他道：“如果你愿意，我可以帮你逃出去。”

“哦？你如何帮助我呢，希腊人？”他咧嘴笑了，“这间牢房里里外外都布置了咒法与巫术，就算一只蚊子穿过这道屏障都会被烧为灰烬，难道你有金刚不坏之身，能够击毁铁栏，穿过火海吗？即使你能，我也无法走出这间囚室。要么作为一个活人坐在铁栏里，要么作为一堆灰烬躺在铁栏外，你说我会如何选择？”

我摸摸嘴唇，然后解下领口的黄金别针，折叠成兜帽形式的希顿披散下来，像披肩一样落在臂弯里。

他继续冷嘲热讽："难道您金红色的头发能够拯救我于水深火热之中？"

我撇撇嘴，将握着别针的手伸过铁栏。

"我想我们都不是常人，阁下。"我对他笑了笑，张开完好无损的手掌，那黄金别针忽然开始蠕动。

"看来你真有金刚不坏之身。"蛇媒颇有兴趣地看着我，接着研究起那只别针，"这看起来像是……"

"金蚕蛊，是的。"我点头，"作为半个巫师，你应该知道它能做什么。"

"当然当然。"他扬起眉，"所有蛊虫中最珍贵的品种，没有毒却能活到最后，只因为它有一种神奇的能力……"

"吃掉所有结界与咒法。"我们异口同声。

我笑道："祝你好运，蛇媒。"

然后我重新裹上希顿，将耀眼的金红头发隐藏起来，转身向出口走去。

"即使我拥有这奇妙的宝物，"蛇媒忽然开口，"它仍然无法在如此短的时间里吃掉所有的咒法。"

"如果我是你，我就不会这么担心。"我回头笑笑，"中国人有句话叫'帮人帮到底，送佛送到西'，既然我身在此处，那么便入乡随俗喽。哦，还有……如果明天之后我们还能相见，再来向我讨要那个故事吧。"

当天，二月二十八巳时整，衙门火起，未时二刻，天降大雨，火灭。死刑犯中，唯一南疆巫师不死，本应当日问斩，改为次日午时行刑。

我听到这个消息时，正在客栈的屋顶上喝酒。想了半天也没有明白，为什么蛇媒不逃跑。按理说时间足够了，他完全可以逃出生天，滚回到他的雷山去逍遥自在个千八百年。要说他觉得愧对白帝子，那么早在八年前赤霄斩蛇之日他就可以一死了之。由此可见这家伙是不想死的。据我对他的观察，这是个非常渴望权力与荣耀的人，以他的性格，必定养精蓄锐，等待下一场蛇媒之争，然后当着天下苍生的面，坐上那黑蛇的王座。

有什么地方不对。

我躺在屋顶上想了一晚，终于想明白了。

次日，风阴寒，乌云蔽天。

巳时三刻，刽子手等已在刑场就位。

我与围观的众人站在一处，远远地看着跪在断头台前的蛇媒。此时他的全身都显露在光明之中了，我看清了他冷峻的面貌。从眼角蜿蜒爬行的刺青，一半向上延伸，铺满两个额角，只留下额头中间巴掌大小的一块空白；另一半向下流淌，仿佛眼眶中滴落的黑色泪水，它们在坠入地狱的途中，幻化为欢腾的蛇与蜈蚣。

非常符合我对东方巫师的幻想——那些阴影中的心思与转身之后的背叛。

我咬了口苹果。

蛇媒抬起头，准确无误地看到了我。我冲他举起拿着苹果的手，轻轻致意。

天上缓缓飘下轻薄的碎雪。

众人都聚精会神地等待着热血与杀生。

刽子手举起牛头马面纹花的斧头，弧光照亮了四周猎猎作响的引灵幡。刺人的空气凝滞在这微小的一刻。

在遥远的洛阳，一位崭新的皇帝就要登基。

斧头落下了。

地面下窜射出千百条漆黑的巨蟒！

世界在震动，在悲鸣，在吼叫着分崩离析。广场的青石板片片炸碎，条条车轮粗细的大蛇争先恐后地射向天穹，仿佛一棵棵怪异而恐怖的、飞速生长的巨树，在半空中扭动自己长满鳞片的枝条。人群歇斯底里地尖叫，四处逃跑，不断摔倒，仿佛沸水之中的虫蚁。一切犹如末日降临。

我站在原地，踩着乍然凶相毕露的世界，一口口吃苹果。

黑色巨蟒们忽然冲向一起，飞沙走石，扭曲着盘结起来，像是一捆糟糕的乱线，又像是一颗古老的树瘤，扎根于地，蠕动不已，彻底笼罩了断头台。

哭笑叫骂，一同在耳边响起。

不多时广场已经空旷，只留下碎石瓦砾、冷风残雪，和大地中蹿出的黑色巨蟒。忽然那乌黑的麻花状大球中快速升起一只蛇头，大如小牛，蛇信似老藤，额上有一只银白的王冠，是上弦月的形状。那王冠——或者说王座——上坐着一人。

蛇媒向我露出那经典的、厌世的笑容。

隔着静静零落的雪花，我仰头望着他。他的额头上出现了一个银白色饰品，与他的王座一模一样，上弦月，巴掌大，正好填满了刺青的空白。那些荆棘一般的黑色刺青托着这顶妖邪的王冠，似乎千年的道行终于圆满。

蛇王之冠。

万蛇之王座，在空置了百余年之后，终于迎来新的国王。圆满，一切功德圆满。

雪落在这辉煌的一刻。

七米高的、万蛇组成的王座缓缓移动了，犹如九天之上滚动的雷霆莅临自己乌云的王道，这个扎根地下的鳞片大球蠕动过广场的残骸，将经过的一切碾为粉尘。我站在它的必经之路，将果核扔在地上。

高大的王座停在我的眼前，我费力地仰起头，看着高高在上的蛇媒——不，应该叫他蛇王。乌云在他头顶凝固，仿佛一顶漆黑的华盖。

“看来你也是个充满了戏剧性的人啊，万蛇之王。”我说，“如此传奇地从死亡的缝隙里逃脱，转眼间已跳出十丈红尘，抱明月而长终。真是一折好戏！千秋一唱！”

他笑了笑，“惊讶吗？”

我慢慢摇头：“不。”

他扬起眉：“哦？”

我深吸一口气：“你就是那个蛇媒。”

“聪明。”他拍了两下巴掌，于是座下的群蛇纷纷开合自己的鳞片，发出震耳欲聋的咯嗒声，仿佛一场诡异的音乐会。他向我示意，一条蛇尾突然卷来，将我举上正中的蛇头，放在银白弦月座之旁。

王座继续前行。

“我想了一个晚上，终于想明白了。”我说道，“你在这浩大的乱世之中，玩了个小把戏。”

五十二年前，蛇媒发现白帝子双手有疾，无法用剑。

四十二年前，一只信鸽落在竹影清瘦的小院里，带来了铸剑师死亡的信息。蛇媒烧掉纸条，送走白帝子，打点行装离开。太阳西斜时，此处人去楼空。同年，他找到了化为赤霄的赤帝之子，教给他隐藏王气的办法，以及克制白帝子的三部剑招。“血”“柳”“灰”，乃“回流雪”的逆行之法，招式相同，气劲相反，相生相克。

三十二年前，在十年的教学之后，蛇媒离开赤霄，并告知他：回流雪与血柳灰，本无高下之判，是以先出手者胜。白帝子与赤霄，同样在他这里修行了十年，而成败不过出手的一瞬，不过他说出的一句话。

成败早有定论，可怜时人却不自知。

八年前，赤霄放出气息，引白帝子一战。蛇媒站在荡荡的芦苇丛中，看着立于青萍之上的白帝子，看着他仰头细嗅漂流的微风，看着他的目光缓缓扫过自己藏身的地方。然后白蛇转身，走向自己的结局。蛇媒一声不吭。

决战之时，蛇媒站在山道尽头、月光的延伸处。白蛇倒在血泊之中，眼睛直直地望向他。他知道白帝子发现他了，于是微微笑了笑，作为诀别的赠礼。对方的瞳孔中无喜无悲。一阵春风吹来，蛇躯散化为千亿粉尘，星河一般流下芒砀山月色盈盈的小道。风中杨花正好。

赤霄收剑入鞘，没有转身，说：总有一天，我也要杀了你。卑鄙的小人。

蛇媒笑笑：你的主人登基之时，便是我的长生之日。这已是我的胜利。无论如何，我都已经胜利。

八年之前一锤定音的王者，在今日荣登皇位。

他坐在万蛇的王座上，露出厌世的笑意。

“你做了两个王气的蛇媒。”我总结，“与其说你的胜利在八年前确凿无疑，那么不如说它在赤霄出生之日起就盖棺定论。”

“是的，可以这么说。”他勾起嘴角，笑得慵懒，“你或许会说这是在作弊——但有什么关系呢？无论为胜利做出的事情多么肮脏龌龊，胜利总是光明而圣洁的，足以掩盖一切黑暗与卑鄙。就如同不管用多么死缠烂打的方式追女人，把媳妇抱回家才是正理。最终是我登上万蛇的王座，所谓公正与良心，不过是辉煌背后的一点小小的牺牲品。”

“是啊，虽说是这样……”我在风中回头。我们行进在城市的主街上，家家门户紧闭，片片雪花开落，王座后留下粉碎的街道。我记得蛇王说过，这叫“行蛇路”，需三拜九叩，顶礼膜拜。这座城市中的所有人，垂髫耄耋，贫民富少，此时躲在各自的窗户板后面，见证了王者的诞生。他在断头台上把死亡击得粉碎，把命运踏在脚底，把所有不堪的往事一笔尘封，然后当着苍天黄日的面登基为王。

“但仍然会伤心啊……”

那个白衣水袖的少年，当他在生命的最后知道了所有的欺瞒与背叛，他怎能无喜无悲？又或许只能无喜无悲？

那个名为“一言为定”的诺言，原来从立下之日，就已经破碎。只剩飞棉滚滚，冷雪迢迢，回忆老在青萍末。

无喜，也无悲。

白帝子，你究竟是怎样想的啊……

“现在，希腊人，轮到你讲故事了。”蛇王说，“给我个惊喜。”

尾 声

西汉初始元年十二月，摄政王王莽，字巨君，逼宫夺位，建立新朝。王莽在位十六年，卒年六十九，为起义军所杀。

西汉二百余年，东汉近二百年，王莽从中一刀两半，篡位十六年。

“如若你削我的头，那么我必篡你的头；如若你削我的尾，那么我必篡你的尾。”而赤霄斩了中间。正如他的王朝，被一刀两断。

白帝子履行了自己的承诺。

然而作为王气的他是如何入六道、获转世，那就是另一个故事了。

我今日讲的这个故事名为“赤霄”，有关王者和胜利。

它在公元前 202 年 2 月 29 日，汉朝建立之时，光辉落幕。

导读：

小说取材于“斧声烛影”的历史传说，再现了帝王将相勾心斗角的心路历程。细节描写可圈可点，但情节推进的合理性有待加强。

烛影下的阴谋

涂冰玥

开宝九年十二月二十二日，黄历曰岁煞北，狗日冲龙，宜登基，忌出葬。

大庆殿内，他身穿一袭华贵的龙袍，一条条绣在袍上的飞腾的龙让他显得熠熠生辉，只见他大步流星地走上台阶，拂袖之间已然站在了权力之巅。文武百官众星捧月地朝他参拜，一拜一叩，口中念念有词：“吾皇万岁万万岁！”他的嘴角浮现了一丝微笑，他的愿望实现了，他名正言顺的成为了大宋的皇帝。

而在一百多公里外，一片青山绿水环绕的坟冢里，他的哥哥躺在了冰冷的棺材里，一身白衣将他与人世隔离。他的嘴唇紫得可怕，面部狰狞的表情不禁令人毛骨悚然，他的眼睛半睁着，想必死时一定是心有不甘，然而那又有什么用呢，他已经随着哀悼声永别人世，他是大宋的开国皇帝，昔日的辉煌如今灰飞烟灭，留下乌鸦一声声凄凉的恸哭。他们兄弟两个开创了宋朝三百多年的辉煌历史，一个是太祖赵匡胤，一个是太宗赵匡义。

退朝后，赵匡义没有回文德殿休息，而是来到了后花园，望着荷花池，池水表面早已结上了厚厚的冰，仿佛将他从这个世界与他的兄长隔开，坚不可摧。他一言不发，陷入了如一池坚冰一般深邃的回忆……

他的哥哥曾经跟随叛军首领征战沙场，夺取政权。现在哥哥是后周的殿前都点检，是拥有一人之下万人之上权力的人。要说他没有一点僭越之意，那是不可能的，只是他目前没有一个合适的时机罢了。

“赵点检，当今圣上尚未成年，不知世事，昏庸无道，实乃国之不幸；而您为社稷鞠躬尽瘁，文治武功无不令人称好，今我等商议，恭请点检荣登大宝！”

“哥哥，众人言之有理，你就不要再推托了。”

只见他的身上已经披上了黄袍，在深夜里十分夺目，他的嘴角露出了一丝微笑，他的愿望实现了。

想到这，赵匡义不禁叹了口气，因为当时的一切谋划都出自他手，让哥哥顺利登上皇位。但他心有不甘，他自幼饱读诗书，胆识过人，一心想考取功名，谁料连年的战火带来了生死离别之痛，还粉碎了他心中的梦。而哥哥，仅凭一身武功便可扬名立万，哪比得上他十年寒窗苦读！他的童年乃至青年，全都活在哥哥的光环之下，他不管立了多么大的功劳，还只是跟在哥哥的背后，而人们往往看不到阴影背后的东西，兄弟情谊产生了无形的裂缝。

赵匡胤成为开国皇帝以后，他被封为晋王。然而赵匡胤越来越猜忌身边的人，包括他的弟弟，于是他以杯酒释兵权的方法收回了大部分军权，这更引起他的不满。他内心的仇恨在一天天积累，直到最后他下定决心，铲除这个让他憎恨的哥哥。

这天，主管天象的钦天监 × 大人匆匆忙忙小步跑来。

他不顾卫兵的阻拦进入福宁宫，“陛下，臣昨日夜观天象，似大事将要发生。”

“但说无妨。”

“臣昨夜见荧惑守心，紫微星暗淡无光，而太微垣频繁闪烁，此天象大凶，陛下身边之人可能有逆反之心。”

赵匡胤不觉颤了一下，险些将手中的茶杯打碎。

“此事十分重要，切记不宜泄露，你先退下吧。”

X大人心事重重地起身离开，隐约可以看出他脸上挂着一丝若有若无的笑。

一个身穿蓝色宽袖衣服的人被带了进来，“小星子叩见陛下，依奴才所见，太子确有谋逆之心，想要谋权篡位啊！他从很早以前就开始扩充卫队，豢养死士，铸造大量兵器。他一开始打算按兵不动，可谁知您最近正想削弱他的兵权，因此他可能要铤而走险了。奴才可是在千钧一发之际逃出来的，否则早死在他的刀下了，因在路上得到晋王帮助，所以我才得以向您禀报这些。”虽然钦天监没有明说，但他心中已明白，所以才暗自召小星子回宫。

“什么，这个逆子！”皇上不由得晕了过去。

“陛下！陛下……”

小星子走出福宁宫，此时天空一片殷红，像火焰，还像人的鲜血，不知为何，他无奈地叹了口气径直走向后花园的一个角落，那里隐约浮动着一个人影。“你干得很好，但还有一件事需要你的帮忙，帮我杀了太子，最好伪装成他畏罪自杀的样子。”

“奴才愿为晋王赴汤蹈火！”

一个下人跑过来，“王爷，皇上宣您入宫，这么大的雪，您可要小心点。”

本来已经快到立春了，可不知为何，这时又下起了纷纷大雪，北风夹杂着雪花，呼啸着，吹到人脸上甚是寒冷。夜从来没有像今天那么漆黑，仿佛要把一切的罪恶都隐藏起来。

“记住我交代你的事。”他披了一件披风，心事重重地跨出家门。

“王爷！王爷！”只听那人在后面焦急地喊着，“您忘了拿东西了！”

他回过头，那下人往他手里塞了一个纸包。“成败在此一举，奴才一定为王爷鞠躬尽瘁，死而后已！”他捏紧了纸包，头也不回地走了。

福宁宫内，赵匡胤勉强坐了起来，一想到儿子的谋反之事便气不打一处来。“皇上，不好了！不好了！太子自杀了！”内侍在门外惊恐地喊着。“什么！他……”说着他两眼发黑又昏了过去。他醒来已经是深夜了，想当年，他在金戈铁马的战场上，受了多少伤啊，可当时不是也挺过来了吗，如今却因为这一病不起。他不禁慨叹一声，感慨英雄迟暮啊。他还没有从丧子之痛中缓过神来，但已经在想自己的继承人问题了，可惜如今大儿子已死，二儿子太小，已无合适人选。这时，他想到了一个人，他的弟弟。

“皇上，晋王来了。”看门的太监说道。“快扶我起来。”他虚弱地说道。

“弟弟，你终于来了。”

“陛下，这么晚找我，一定是有什么要事吧？”

“你知道吗，太子自杀了。”

“什么，这是真的吗？他……他……那你……？”他欲言又止地说道。

“我此次找你来就是商议这事的。”

“陛下，这里人多眼杂，不适合说这种关乎国家命脉的大事吧。”

“所有闲杂人等全部退到宫外，我与晋王有要事商量，没有我的命令谁也不许进来。”见奴婢们都退出后，他将房门关上了。

两人相继望着桌旁的烛光，他终于开口说话了：“皇上，听到太子去世的消息我悲痛万分，可如今看您这身体，还是考虑另立储君之事吧。”

“我找你来，正是此意。可是当今二皇子太小，不可担负大任。”说罢，两人都叹了口气，又望了望蜡烛，烛台上滴满了蜡油，早已失去了昔日的光泽。

皇上最先打破了沉默，“先不说这些了，是你帮助小星子逃过那逆子的追杀吧，干得很好，他日一定给予重赏。”

“谢皇上恩典！”他的脸上露出了令人难以琢磨的笑。

“陛下也不必过多悲伤，毕竟太子即将谋反，可能知道自己行迹败露，不得已而自杀吧，正因此陛下免遭了太子谋反之劫，实属大幸啊！”

他见皇上仍旧望着窗外，便悄悄挪到桌角，偷偷将手中纸包里的东西撒入酒中。那包里的粉末状物质逐渐溶解，酒全然恢复了透明。“皇兄，别生气了，和弟弟喝一杯酒吧。”他满面笑容地举起酒杯。

他没有多想，接过了弟弟手中的酒杯一饮而尽。之后，他们又聊了很多，仿佛又回到了当初，哥哥满心欢喜地教他骑马射箭，兄弟之间仿佛没有隔阂。

但随着他的一声哀叫，他才发现原来一切只是泡影。“你，你敢在酒里下毒，你胆大包天！”说着，他的嘴角流出了那红色的液体。

“哥哥，其实真正想谋权篡位的人，是我，哈哈哈哈哈哈……”

“你……你这个逆贼！”他将随身佩戴的玉斧愤怒地砸向弟弟，这是他死前最后的反击。

宫外守夜的太监发现事情不妙，忙走到门前询问，“皇上，皇上！有什么事吗？”

“没事，皇上喝醉了，刚刚在耍酒疯，现在已经睡下了。”他惶恐地答道。

过了一会儿，他大步走出福宁宫，和接应在外面的下人汇合，随后消失在茫茫夜色里。唯一见证了这场罪恶的烛影没有了，蜡烛已燃尽，什么也没有留下。

“晋王殿下，臣夜观天象，五星连珠，驿马动，火迫金行，大利啊！殿下可在这几日择吉日吉时登基。”

他笑而不语，挥手示意钦天监退下。

“陛下，陛下！”他的思绪被一声声呼唤拉回，小星子小步跑来，“陛下，我总算找到您了，您一天都望着这荷花池，奴才还以为您病了呢！”

“小星子，回宫！”

说着，他的身影拂过静谧的黑夜，渐渐远去，他的嘴边不知是否还有一丝微笑……

导读：

小说不受一时一地的局限，展开纵横驰骋的想象，借幽冥之事诉说循环因果以及人对于以往犯下的罪恶的救赎，写作的视野和魄力值得称道。作者说："本文中的历史事件和个别历史人物都是根据创作目的虚构的，尤其是关于宁王朱宸濠的事。"如果能将真实的历史有机融合，效果更佳。

10月15日

史逸凡

荒凉的大漠。寒风乍起。

一队人马，穿着锈蚀了的铁衣，在城门外排开。黄沙漫天，看不清他们任何一个人的脸，只是恍然觉得那脸色仿佛也被锈蚀过一般。

悲凉的呼喊声和着呼啸的北风传来。呜……我已经等待了千年……呜……为何城门还不开……

2513年

我猛地从床上惊醒。又是那个梦，那个一直伴随着我的梦魇。我知道那是一支古代的军队。梦境是那么的真实，那支军队好像就在我眼前，他们的呼喊声仍然在我耳边徘徊。我闭上眼，等待头脑渐渐安静下来。"滴滴滴……”墙上数字闹钟突然铃声大作。我吓了一跳，再次睁开眼，看向闹钟。“10月10日7点”，一天又开始了。

简单的洗漱后，我便坐在了那个全息投影的显示屏旁，看着上面弹出的一条条新闻。

“专家称氢气炉灶的安全性已经得到保证，或将进一步普及使用。”

“某地一户人家氢气炉发生爆炸，致5人死亡。”

“多地面临水资源枯竭，海水淡化工程将进一步开展。”

“北京的华金公园将被改建成商务区。”

北京唯一的公园也要没了。这个想法只在我脑子里停留了一秒钟，就被淹没了。我用手在空中一挥，刷新这个屏幕。一个巨大的红色标题闯入眼中：

“两位‘翻墙者’在北京被捕，将处以重罚。或判有期徒刑5年，处罚金60万元。”

我的目光停在这个标题上，一个对话框弹了出来：

“若想继续阅读，请付款20元。”

看看所剩无几的余额，我暗暗骂了一声，还是点了付款。详细内容很快显示了出来，两个被捕的“翻墙者”的照片被贴在网页上。我倒吸了一口凉气。这两个人是我的同事，还好他们够义气，没把我供出来。暗暗压下心中的惊悸，我靠回了椅背上，点燃一支电烟。

没错，我也是“翻墙者”。我们的工作，就是绕过垄断收费的网站，去找那些免费的信息，再低价卖出去。有些珍贵信息是好几百年前留下的，这就可以卖一个好价钱。干我们这行的，都是穷人。富人买得起信息，我们买不起，只能自己搞。没人管我们的死活，只能自生自灭。我冷笑。

饭可以不吃，烟不能不抽。电烟抽起来，不像以前的烟那样会散发出白色的烟雾，只是让人产生抽烟的幻觉。由于因抽烟得癌症的人数激增，真正的烟草早就被禁。在一次翻墙的过程中，我找到了以前人抽烟的照片。

从此以后我总是想象那种烟雾缭绕的感觉会是什么样，会不会很颓废。颓废？哼！有人颓废是自己作出来的；我是没办法，我不知道自己还能干什么。最近外头风声很紧，正在严打“翻墙者”，我的工作越发不好做了。已经好几个月没有一点收入，个人账户上的余额也快花光了。家里没什么用的东西都卖了。现在的状态是，穷得跟孙子一样，只剩下去偷了。

一支烟很快抽完了。我挥一下手，面前的显示屏登录到工作的界面上。平心而论，这工作虽然危险，但是还挺有意思。你永远不知道今天自己会发现什么，或者说你不知道自己会不会发现什么。但是就凭着这一点可能性，就能让我看到平常人看不到的信息，也能让我一个星期不饿肚子。

但愿今天能上手几条有用的信息。我这样想着。

今天似乎极为顺利。绕过一道道网络封锁，不知怎的，我突然发现自己来到了一个从未见过的网页上。一个叫作“新浪”的网站。这个网站我之前也见过。从网页的设计风格来看，这应该是一个四五百年前的网站。我们鉴定网站的功夫，就像那些历史学家鉴定文物一样，绝不会走了眼。我兴奋起来，心想这下可以赚一笔了。

然而这个网页并不像我之前见过的新浪的网页。网页的最上端写着“博客”两个字。“博客”，这是什么？以前从来没听说过这种东西。左侧写着一个名字：杜启睿。根据网页上的介绍，这人是一个历史学家。下面这些文章据我判断，应该是他的个人日志。我突然想起去看旁边的日期，一激动竟然连这点专业素质都忘了。2013 年 10 月 10 日，这是第一篇日志的日期。我一怔，这日期一个多小时前刚刚见过，在墙上的数字时钟上。这倒是个有趣的巧合。我继续往下看，心中判断着这个博客的价值。

2013 年 10 月 10 日

又是那个奇怪的梦。我在那个梦中惊醒，然而我对它的意义却一无所知。日有所思，夜有所梦。大概是因为我的工作的缘故才会做那样的梦。

这是我能想到的唯一合理的解释。

几天前一个偶然的机会，我得到了一本刚被挖掘出的古籍。经鉴定，古籍著于明朝期间，作者已经无从考证。我细细研究，发现其中提到了一次发生在明朝正德年间的叛乱事件。陆乔峰的这次叛乱在历史上很有名，这位明朝的常胜将军，在最后一次攻打蒙古鞑靼部的时候投降了。还好明武宗早就得到他投降的消息，将他的队伍挡在城门外并尽数射杀，这才避免了一场动乱。历史上对于他投降的原因众说纷纭，有人说他战败归降，有人说他受了蒙古人的贿赂。可这本古籍上却记录了一个完全不同的版本，大意是：1513 年 10 月 15 日，陆乔峰的军队平定蒙古的鞑靼部得胜归来，却被阻挡在城门外，被守城士兵尽数射杀。有功之臣却被诛杀，这实在是一件丑闻。后面的记载却更令人匪夷所思。“是日夜，京城毁于一旦。此乃报应也。”再后面的字却模糊得无法分辨了。京城守卫森严，如何会毁于一旦？除非是发生了什么自然灾害。奇怪的是，这些事在明朝的所有正史中都未被提及，无论是在《明通鉴》还是在《国榷》中。为何对于这个事件会有两个版本的记述？难道这是一个政治阴谋？还是民间反明势力为了诟病武宗而杜撰出的？抑或这只是某位后人开的一个玩笑？我翻阅其他资料，再未找到与这件事有关的记载，因此暂时也无从考证。只盼将来能找到其真相。唉，五百年前的事，其真相恐怕早就被掩盖了。不过，还原历史真相，这不就是历史学家的职责吗！

梦，这人竟然也提到了一个奇怪的梦。只是不知梦是什么内容。会不会跟我做的怪梦一样呢？想了想，自己也否决了这种可能。一位五百年前的古人，怎么会跟我做一样的梦。后面他提到的明朝，我不是很了解，可转念一想，梦中所见的军队，会不会就是那个时期的？这篇奇怪的日志，倒是引起我的许多疑问。我急忙去点开第二篇写于 10 月 11 日的日志，希望能多知道点事情。突然，屏幕上传来一阵呼叫声，是我们老板打来的，我连忙接起来。

“赵子明，你最近在忙什么呢？”他一上来就问，语气中透着急躁。

我不敢得罪他，小心翼翼地说：“我每天都挂在网上翻墙啊，不敢忙别的。”

“你倒是勤快啊！又入手了几条消息啊？”

我看了看屏幕上这篇博客。不行，这里面还有好多问题没搞清楚，我不能就这样把它交上去，于是陪着笑脸说道：“唉，这段时间不是风声紧嘛，咱这工作不好干。您说是不是？这不，我好几天都没入手了。要再这么下去我要饿死在家里了，嘿嘿。”

“你别又跟我这儿耍聪明！我告诉你，你要是再敢揽私活，知道是什么下场吗？”

“我当然不敢了。您上次教训得我早长记性了。”以前我把信息私底下卖给顾客，被他发现了，结果被打得半个月没离开床。我们这行里的规矩，就跟黑社会似的。

“你最好放聪明点。”说完他就挂断了。

我松了口气，继续看后面的日志。

2013 年 10 月 11 日

那个门开了，梦里的城门。千军万马涌入城内。他们已经不再是人，而是……而是一群躯壳。城中人遭到屠杀。街道上伏尸百万，血流成河……我从未见过这么血腥的场面。我醒来的时候，已经是冷汗涔涔。我坐在黑暗中，却一眼就看到了那本古籍。军队、叛乱、射杀、屠城……刹那间，千头万绪涌向脑中，盘旋不去。那句话又在我脑中响起，“是日夜，京城毁于一旦。此乃报应也。”突然，一个疯狂的想法占据了我的思维。我急忙拿起那本古籍，借着幽暗的月光，后面模糊的文字反而变得清晰了起来。我艰难地读着上面的字，手不禁开始发抖。这不可能……这一切，如果是真的……太可怕了……这可信吗？就凭这一本古书，能确定吗？这太荒诞了，可为何我却觉得这一切都是真的！

之后我不知怎地又陷入睡眠之中。我梦到了一个女子，在梦中，她将一切的事都告诉了我。等我醒来时一切都很明白了，以前梦中所见，都将变成事实，这件事，就会发生在北京。我知道，这一切听起来都很荒谬。放在几个星期前，就算是我自己也不会信。可现在，我却完全相信这一切。我相信这一切都不是巧合，而是命中注定。古人犯下的罪孽，竟要由今人来偿还。我们曾经是北方的狼族啊！然而五百年已过，这世间已经变得如此浮躁、如此冷漠。灾难就要发生了，全城的人都会死去。这些无辜的人，将会一个一个死去。不，这个城市不能毁。只有我能救这个城市，不能再有无辜的人牺牲了。

可凭我一人之力，又如何能让北京的人全都撤离？时间不多了，到10月15日，一切都完了。我去市政府，可却被拦在外面，无论我怎么说也没用。是啊，没人相信我。可我必须做点什么，不能再让这个城市毁灭了。我上网，在各大网站上发布消息说10月15日要发生灾难。可招来的却是一片骂声。有人说我扰乱社会秩序。有人骂我骗子不得好死。没人信我，连我的亲人、朋友都以为我疯了。只有我知道，这世界上只有我一个人是清醒的！天啊！我该怎么办！那个出现在我梦中的女子，你能不能告诉我，如何才能让人们相信！

看到这儿，我只得出一个结论，那就是写这个鬼博客的人根本就是个疯子。什么古籍，什么灾难、救世主，还有梦中出现的女人，都是他幻想出来的。现实中怎么会发生这种事！说什么我们是北方的狼族，更是可笑了。可他说的梦又怎么解释？我的梦中也有军队和城门，可城门从未开过。或许是我最近压力太大，才会做这种奇怪的梦，可心中仍然不免疑惑。这个疯子老是提到10月15日，不如去看看他10月15日的日志写了什么。回到前面的目录，我有些惊讶地看到，他的日志只截止到10月12日。大概是这疯子12日被抓到精神病院了，所以没法在网上瞎闹了。我这么想着，便要去点10月12日的日志。谁知手刚一接近显示屏，便听到“当”的一声，吓了我一跳。屏幕上跳出一个红色的提示框，告诉我去缴纳电费，不然将在10分钟后切断一切电源。催我交电费的提示已经被我无视过好几次，看来这次电力公司要玩真的了。这帮孙子！要是有钱，我早就去交了。他们断了电，可就断了我的生路。

我点了一下屏幕上的呼叫按钮，打给刘胖子。他是我一个同事。他很快就接了。一听是我，就开始跟我寒暄，说我好久没跟他联系了，说他老想着什么时候跟我聚聚，但是这段比较忙，问我是不是把他忘了。我着急，终于等他咽唾沫的时候问他，“能不能借我点钱？”

“借钱？”他口气一转，“我就知道你这小子突然给我打电话就没好事。”

“帮个忙。给我打500块钱，我交电费。”

“你小子穷到连500块钱都掏不起？你平时攒那些钱儿哪去了？”

“你又不是不知道，别哪壶不开提哪壶。快点，我时间紧，再有5分钟，我家就断电了。”

“就你这情况，什么时候还啊，你还得起吗？上星期你借了100还没还呢！你也20多了，就混成这德行！怪不得你女朋友都跑了。”

他这么说，搁平时我早急了，可现在毕竟是我有求于人，只能忍了。“过几天我上手一条信息，这钱就还你。”

“过几天？这段外头风声紧，没准过几天你就被抓了。我这钱管谁要去？”

我真急了：“刘胖子，你还有良心吗？忘了上次你被追债谁借你钱了吗？要不是我你现在早被打死了。”

那头安静了一会儿。

“你倒是说话啊！”

“你那次是救了我一次。好几年前的事了，我看你是得记一辈子。”

“你小子才该记一辈子。钱呢？”

“我最近手头也紧。你什么时候能还我？”

“有钱了还不还你吗？”我看到显示屏右下角弹出倒计时1分钟的警告，心里越发着急。

“你还跟老子这儿喊起来了？当初老子跟你借钱的时候都快跪下了。”

“你是不是也要我给你跪下啊！就不到1分钟了知道吗！你再不汇钱我家就断电了，你是想害死我？快啊！”

那头还在喋喋不休。我已经等不及了。

“500你没有，200总有吧。让我先把家里的系统维持一下。”

“滴……”突然，一切都安静了下来。显示屏像是一个垂危的病人，终于咽下了最后一口气。

“喂？喂？——他妈的，这孙子！”

我怒不可遏地骂着，骂累了，望着眼前的一片虚无，脑海中也变得一片空白。我走到床前，无力地瘫在床上。

这样的世道，本该司空见惯，生气又有什么用？想着，也不禁叹气。眼下怎么办？手机早就被停机了，家里一切电器全都没法用。求谁去？亲人？父母嫌我没出息，怕我的工作连累了他们，不再跟我联系，搬到了另一个城市。去年交了个女朋友，在一天下午她偷偷把我账户里的钱转到她的账户里，然后跑了，账户里的钱只给我剩了个零头。我从此一贫如洗，再没缓过来。同事？更别提了，恐怕一个个都跟刘胖子一个德行，谁会管我的死活？这个世界，为什么会如此冷漠！我不禁想起了那个杜启睿。在他生活的时代里，一个疯子会被怎样对待呢？恐怕要跟现在一样受尽屈辱吧，或许那时的人比现在还好些。我心中凄凉地想着，无意识地在落满灰尘的床头柜上写下了他的名字。

肚子叫了几声，饥饿感已经向我袭来。我前天吃了最后一个营养片。

这意味着我昨天饿了一天，今天依然没得吃。看来只能去偷点东西吃了。反正我也整天在干违法的事，多干一件又能怎么样。

几分钟之后，我已经站在一个商店里。里面的人来来往往，没有人注意到我。但我知道，想把没付过钱的商品带出商店是不可能的。商店门口有扫描仪，没付钱的商品会被检测出来，而携带商品的人会被当场抓获。我快速拆开一袋营养片，塞在嘴里。为了填饱肚子，我只能如此。旁边一个保安发现了我，他冲过来摁住我，大喊道："有小偷！"又有几个店员跑了过来，将我双手反剪在背后。很多人围了过来，摆出看热闹的架势。一个穿制服的人指着我问道："你偷了什么？"

之前的保安说："经理，他偷了一袋营养片。"

"快交出来！"他说着朝我口袋中摸去。

"不好意思，我已经吃了。"我笑着说。我现在饿不死了，反而没什么可担心的了。

"他妈的，这混蛋，给我吐出来！"经理朝我肚子上踹了一脚。我疼得弯下腰。

"把他送警察局去。光天化日之下偷东西，还有没有王法啦！"围观的人群喊道。"就是，现在小偷越来越多了，真可恶，要是落到我手上看我不打死他！"又有人喊。

我被几个店员押到了警察局，临走的时候经理还在我屁股上踹了一脚，踹得我一个趔趄。

送到警察局我倒不怕，警察局的老王认得我。他私底下找我买过信息，谅他也不敢为难我。果然，老王一见是我，就装模作样地问了经理几句。经理说让我赔钱。我说我没钱，不然还用偷吗？老王说，没钱那就拘留5天。又跟经理说，摊上这样的穷鬼，你们就自认倒霉吧！经理还在那儿不依不饶，老王已经叫人来把我带走。我走之前他轻声跟我说："碰到你算我倒霉。你就在这儿待个两天吧。买信息的事你最好别往外说。”我笑道：“那得看你够不够意思。”他瞪我一眼，就让人把我押走了。

拘留所里还住着几个人，有酒后驾驶飞行器的，有抽禁烟的，还有像我一样小偷小摸的。被关在这里的人不能闲着，拘留所是靠人工发电，我们必须骑一种像古代的自行车一样的发电机，它能将车轮转动产生的动能转化为电能。

“真他妈烦，我酒驾也就五分钟，得跟这鬼地方骑15天的车。”酒驾的人抱怨道。

我倒觉得这儿挺好，一天发三次营养片，还不用整天面对着那个全息屏幕。我每天只吃一次，剩下的悄悄放在口袋里，留着以后出狱吃。

两天过去了，拘留所的警察把我扔到了大街上。大街上几乎已经没有人走的地方了。马路上都是车，空中还有各种飞行器。天空已经看不到了。雾霾笼罩着整个城市，到处都是灰暗的。太阳光透过厚厚的云层，模糊地洒在这人间。好啊，现在我又成了身无分文、吃了上顿没下顿的人了。我漫无目的地游走着，身边的人看到我是从拘留所出来的，纷纷避开，像是躲避一条流浪狗。

我是在这时看见那个女人的。她很年轻，很美，穿着一身古老而奇异的衣服。当时并没有风，可她的长发和长裙都飘动着。所有人都躲避我，只有她朝我走了过来。我觉得她是个疯子，正要绕开她，突然听到她叫我的名字：“赵子明……”声音似乎是从很远的地方飘来。我惊讶地看着她，她也怔怔地看着我：“是你吗，赵子明？你能看得见我吗？”

“我是赵子明，你是谁？我不认得你。”我说。

一个人从我身边走过，说道：“这人神经病吧，跟这儿自言自语。”

我更吃惊了，指着面前的女人问他：“你看不见她？”

那人像看怪物一样看了我一眼，匆匆地逃走了。

那女人笑了，说：“他们看不见我，只有你能。”

我觉得自己是出现幻觉了，闭上眼摇了摇头，再睁开眼时，那女人还站在那儿。

“你怎么了？”她问，“不舒服？”

“你是谁？为什么只有我能看到你？”我简直不敢相信。

“你不认得我了……”她的声音中有着明显的失望，“也是，你投胎转世了，自然不会记得前世的事情。”

“投胎转世？”

“是的。人的灵魂每五百年便会转世重生，只不过是依附于不同的躯体。你能看见我，是因为一千年前你的前世认识我。可每一次转世，都会失去前世的所有记忆，所以你不记得我也是正常。不过没关系，我会将一切告诉你。”

“我的前世？一千年前？”我觉得自己像个白痴一样重复着她的话。

“不错。我没有投胎，等了一千年，这才找到你。”她说着又有些激动，“只有这样，我才能记得所有的事。”

“到底是什么事？我的前世与你又有什么关系？”我根本听不懂她在说些什么，可心里却隐隐地觉得应该相信她。

她有一瞬间的失神，像是陷入了往事之中。看见我急切的眼神，她才回过神来，笑着说：“一千年的事，你就让我在路边讲完？”

我愣愣地没反应过来。

“带我去你家。”她拉住我的手，说道。

我们并排走在路上。我很久没和一个女人走在一起了，虽然她只是一个灵魂，但我觉得她是真实的。

“你叫什么？”我问。

“叶珊。”

“叶珊。”我重复着这个名字，记忆里却没有一点痕迹。

“一千年后的北京竟然变成了这样。如果不是亲眼所见，我怎会相信。”

叶珊环顾四周，突然感叹道。

“社会进步了，这是必然的历史进程。”

“科技固然是进步了，可人呢？这个社会里最重要的还是人啊。”叶珊叹息道。

我无话可说。确实，如今的生活水平比起一千年前提高了不知多少，可如今的人们也在不知不觉中变得自私而冷漠。每个人都像是一台冰冷的机器，按着既定的程序运转着，彼此很少有交集。作为他们中的一员，我早已习惯了这样的生活。

“一千年之前，人与人之间是什么样？”我问。

“我会告诉你的。”她说。

我带着叶珊走进了家门。家里的简陋让我有些尴尬。“家里很久没人来了，有些简陋，你别介意。”我笑着说。

“没事。我已经很久没有进过别人的家了。家里是什么样，我也不知道。”她走到床前，看见了床头灰尘上写着的名字。“杜启睿。”她转身问我，“你怎么知道这个人的？”

“前几天，我在网上读到了这个人五百年前写下的日志。”当时我以为他是个疯子，现在见到叶珊，我不禁开始重新思考他写下的东西。

“这么说，2013 年发生的事你已经知道了？”

“我不知道。他写得很含糊，而我也没有看完他的日志。他提到了 1513 年的事，还有 10 月 15 日的灾难，那到底是什么？这个人跟我有关系吗？”我有太多问题要问。在这个经历了一千年变迁的女子面前，我只不过是个什么都不懂的小孩。

“杜启睿，是你五百年前的前世。”

我再次惊讶地说不出话。

“今天几号了？”叶珊突然问。

我看向墙上的表。“10 月 12 日了。”

叶珊神色一凛："还有 3 天。"

"还有 3 天就怎么样？"我急着问道。

她望着我的眼睛，一字一句地说："现在，我来从头告诉你一切。"

看着她，我知道，这将是一个很久远的故事。

1513 年

那时我还只是一个十七岁的普通女子。我爹经商，娘织布补贴家用。爹为我定下了一门亲事，对方家里也是经商的，可我还不曾见过我未来的夫君。

那天我上街去买布料，想着回家做衣服。刚走到街上，我就发现身后跟着两个男人。他们的穿着像是官府里的人，可却鬼鬼祟祟地跟在我身后。我很害怕，怕他俩想要图谋不轨，就加快了脚步。谁知他俩竟赶上来拦住了我。一个人一脸淫笑地说道："这么美的姑娘，你叫什么名字？"说着还一步一步走近。我吓得往后退，却撞在了后面那人的身上，那人一把就搂住我，说道："别害羞啊姑娘，去陪大爷喝一杯。"我悲愤交加，哭着喊救命。可路过的人看他们是官府的人，哪个敢上来救我。就在我快被他们拉走的时候，一位公子突然站出来喝道："官府中人强抢民女，还有没有王法了？"我看到救星，连忙向他喊叫，让他救我。这可激怒了那两个人。其中一个喊道："你是什么东西，敢坏大爷我的好事！看我怎么收拾你！"说着便向那位公子冲过去。他们两个打一个，我怕那位公子会吃亏。可谁知他那么厉害，三拳两脚就放倒了两个大汉。我从来没见过那样厉害的人。那位公子跨过躺在地上哼哼的两个人，来到我身边，问道："姑娘没事吧？"我摇头，擦擦眼泪说道："谢谢公子救我。"他笑道："我陆某这辈子最恨的就是仗势欺人的人。这两个人撞在我手上，算他们倒霉。"他见我还吓得发抖，便提出送我回家，免得那两个人再找上来。

后来我知道，他叫陆乔峰，年纪轻轻便成为了明朝的大将军。他带领的军队是明朝最厉害的部队，战无不胜，因此被称作“北方的狼族”。

自那天以后，我们的关系就越来越近。他总是来找我，我便偷偷溜出去和他玩，有时候他带我去逛集市，有时候他带我在胡同里散步，与那些胡同里坐着的老人聊天。更多的时候，我只是坐在湖边，他在草地上练剑，他舞起剑来真的是英姿飒爽，我怎么看也看不够。反正不管是去哪儿，只要是和他在一起，我就很高兴。

有一天，他带我来到一片麦田。不知不觉中天已经黑了。他突然说：“你看那边。”我顺着他手指的方向看去，那景象我至今都不会忘。成群的萤火虫在夜空中飞舞，星星点点的光连成一片光晕，仿佛是流动的星空。“好美。”我喃喃地说道，突然感到手被他握住了。我脸上一红，心怦怦直跳。我想把手抽走，却被他握住不放。他望着我，说道：“珊儿，嫁与我为妻好不好？”

我万没想到他会突然这么说，心中十分惊喜，也十分甜蜜，脸早已红得不行。“这事，总得我爹娘同意才行。”我扭过头，轻声说。

“我在意的，是你怎么想。”他拉着我的手，深深地望着我。他的眸中只有我，我的眸中也只有他。

当我终于轻轻点头的时候，他十分欢喜地将我拥入怀中。那一刻，我知道我找到了此生的挚爱。

那天晚上我回家很晚，被爹娘骂了一顿。我跟他们说了我与峰哥哥的事，一来我与他是真心相爱，二来峰哥哥的家世远胜过之前那一家，因此我爹竟然同意了我们在一起。

那段日子是我这一生中最快乐的时光。几天后，峰哥哥来找我，说他要领兵去蒙古，回来便娶我。领兵作战多么危险，我舍不得他走，他安慰我道：“不会等很久。芙蓉花开放的时节，便是我得胜归来的时候。”

他启程那天，我站在城楼上，目送着他骑马离去。我与他相约，等他凯旋归来的那一天，我依然会在城楼上等他。我没有爽约。

他走以后，我便整日魂不守舍的。我娘看我这个样子，很是心疼，便叫我出去散散心。我爹有个姓张的朋友，家里是开酒楼的。他家里有一个与我年纪相仿的女儿，我便去酒楼找她作伴。

那天我正在酒楼与张妹妹聊天，一个小厮突然走进来，说楼下有位大人要见我。我还以为峰哥哥竟提前回来了，欢喜地跑下楼，却发现要见我的根本不是他。那位大人三十左右年纪，穿着十分华贵，我一点也看不出他的身份，只能大着胆子问道："不知大人是谁？找民女前来，所为何事？"

那人道："抬起头来，让本王看看。"

他自称"本王"，那应该是一位王爷了。我心里只觉得大事不好，缓缓抬起头。

坐在上首的那位王爷将我打量一番，点了点头，问道："你叫什么？"

"民女贱名，恐污了尊耳。"

他旁边的下人在一旁说道："王爷问你那是给你脸，别不知好歹！你知道我家王爷是谁吗？就是大名鼎鼎的宁王！"

宁王朱宸濠！原来是他。

朱宸濠看了那下人一眼，那人立刻不敢说话了。他回过头对我说："你不必害怕，说就是了。"

"民女叫……叶珊。"

"叶珊，你可愿跟了本王？"

我吃了一惊，跪在地上，道："民女已经有了意中人，实在不能侍奉王爷。请王爷成全！"

"意中人？"我听到他冷笑，"你倒是第一个这么回答本王的女人。你的意中人是谁？"

"是……是……"

"你要是不说，让本王知道了他是谁，本王就杀了他。"

"是陆乔峰将军。"我抬起头说道，"民女与陆将军情投意合，已经订下婚约。”

“原来是陆将军。”他停了一下，突然语气一转，“可是本王看上的东西，就一定要弄到手。”

我心中一紧，说道：“王爷何必这样苦苦相逼！”他却不再跟我说话，吩咐下人道：“把她带回府。”

接下来，无论我怎么反抗，都无济于事了。他将我关在府中不放我出去。我以死相逼，他只说了一句话，你死了，你的父母也别想活着。我在他府中熬了一天又一天，可我始终相信如果峰哥哥回来，他一定会救我出去。这个想法支撑着我又活了几日。

终于有一天，朱宸濠把我放出来，将我带到了城楼上。我向下望去，看到了他——我的峰哥哥！他得胜回来了，带领着那支“北方的狼族”回来了！我大声喊着，可声音却被狂风卷跑。我听到朱宸濠说：“叛军已到，放箭！”我还没明白过来发生了什么，成千上万支箭已经像雨点一般射向城门前无遮无拦的人。

我尖叫着扑上去，后面几个士兵牢牢架住我。我哭喊着叫他们停下、停下……可箭就这样一直射下去。不知过了多久，城门下只剩北风呼啸的声音。

我眼前一黑，失去了知觉。那天，正是10月15日。

我醒来后，已经到了晚上。当时的我，万念俱灰，只求一死。我听下人们说，被射死的士兵都被拖到了乱葬岗。竟有三万人之多。三万条生命，都是拼死从战场上厮杀出来的，却死在了朱宸濠手下。我拿了把刀藏在衣服里，要去为峰哥哥报仇，再随他而去。突然，几个下人尖叫着跑了进来。我听他们口中断断续续地说着：“千军万马从乱葬岗里涌出来。他们已经不是人了，而是……而是一群躯壳……城中人遭到屠杀……街道上伏尸百万，血流成河……”

我跑出去，发现朱府已经变得一片死寂，人们死的死，逃的逃。大街上更是如此，尸体七零八落地躺在路边，惨不忍睹。我知道这是峰哥哥和他的部下们在报复。我泪流满面，冲着天空大喊：“峰哥哥，我知道你是被恶人害死的！你心中有冤！我这就来陪你！”说完将藏在身上的刀拿出来，深深地插入了心脏中……

我死后，灵魂却无处寄托。我到处游走，目中所见都是死尸。京城已经毁于一旦。我走到了城门外，那三万人死去的地方，看到地上刻下了一行字：“北方的狼族诅咒：后世之人，愈加冷漠。每五百年，灾难必到。”这是那些冤死之人临死前对这个世界的诅咒，他们诅咒这个世界变得越来越自私、冷漠。每五百年，这些死去的人便会出来，报复这个世界。

2513 年

叶珊的讲述戛然而止。屋里，寂静开始蔓延。她没有看我，而是将目光投向远方。我看着她，心中久久不能平静。这个女子经历过的事是我无法想象的。而现在，她竟能用平静的语调讲述曾经的惊心动魄。

终于，还是我打破了寂静：“朱宸濠，是死于那天吗？”

她收回望向远处的目光，看着我，然后摇了摇头。“后来我才知道，朱宸濠早就意图谋反。10 月 15 日那天，他不费一兵一卒就干掉了明武宗的一支精锐部队，却声称他们已经投降了蒙古，而自己是为国家消灭叛军。可怜那支为国家立下赫赫战功的军队，死后却受尽了唾弃。可最后，朱宸濠还是没赢。他在自己发起的一次叛乱中被俘，最终死于 1521 年……这些人一味追求权力，却想不明白一千年后，再辉煌的王朝也会化为一抔黄土。”

“难道那支部队始终没有被平反？”我问。

“军队里所有人都死了。朱宸濠杀死了所有知道真相的人。”

我怔怔地点头，心想这个朱宸濠也真够阴险。犹豫半天，我最终决定问出那个我几乎不敢问的问题："在这段历史里，我是谁？"话音刚落，我已经开始后悔了。我害怕听到答案。

叶珊反问我："你觉得自己是谁？"

我沉默良久，接着说道："我希望，我是陆乔峰。"

她看了我好久，似乎要从我身上看出他的影子。我有些发毛了。难道我的答案是错的？

终于，她说出了答案："你是他。"她微笑。

"那么我们曾经……是恋人。"我的声音有些颤抖。

"恋人……"她垂下双眼，"是的。"

我望着她，希望从她眼中得到回应。

她却接着说了下去："你是英雄，不管是在过去还是在现在。因此，也只有你能拯救这个世界。"

"我？拯救世界？"我不敢想象，一个像自己一样混日子的人，如何能拯救这个世界。

"只有你。这是你的使命。"

"五百年前我的前世就想拯救世界？"

"这是你的使命。"

"可结果如何呢？日志为什么只到2013年10月12日就没有了？12日那天发生了什么？"

"自从杜启睿知道整件事情之后，他就一直在努力补救。他利用一切机会向外界宣传，说10月15日会发生灾难。可没人会相信他的一面之词。12日那天，他因散布谣言的罪名被捕。"

我听着前世的自己的经历，就像在听一个陌生人的故事。"那么15日，灾难发生了吗？"我问。

"无人拯救，灾难自然会发生。"

"多少人死了？"

“三万人。1513年就死了三万人，他们报复时也只杀三万人。1513年的乱葬岗早就不在了。五百年后的2013年，那里变成了一座电影院。当时里面正在放映一部电影，叫作《北方的狼族》，讲的是明朝陆乔峰和他麾下的军队。可拍电影的人不知道结尾。他们以为那支部队在最后一次攻打蒙古的时候战败被俘，然后陆乔峰就投降了。电影中说，那是陆乔峰兵戎生涯中唯一一次战败。可他们不知道真相，所有人都不知道……他从没战败过，更不可能投降过……”叶珊声音渐低，哽咽起来。

我轻轻搂住她的肩，安慰她。

她渐渐平静，继续说道：“电影演到结尾的时候，真正的‘北方的狼族’从地下涌了出来。电影院里的人无一生还。那部电影的带子也被毁了。后来那支军队又涌入街上，见人便杀……”

我倒吸一口凉气。这么惨烈的事件，我竟从来没听说过。

她似乎看出我的疑问，说道：“那次的灾难在外人看来实在蹊跷，政府怕引起恐慌，因此禁止媒体大肆报道，只对外说是发生了地震。可灾难的真正原因却没人知道。后来有人想起了杜启睿说过的话，他预测到了这场灾难。”

“可他人呢？”

“灾难发生的时候，他被关在监狱里，最后就死在了那里。”

我想象着当时的场景，似乎在一片血泊中看到了自己的下场。“你说过，拯救这个世界是我的使命。”我问。

“是的。”

“可五百年前我为什么失败了？”

“那次你从一开始就走错了方向。你知道吗？就像坐地铁坐错了方向，只会离目的地越来越远。”

“我到底错在哪儿？”

“这件事只能你一个人完成。你不能让整个城市的人撤离。你记住，只能你一个人完成。”她握住我的手，“但这次，我会帮你。五百年前我没能找到你。可现在，我会和你在一起。”

“你是不是……找错人了……我真的不行。五百年前不行，现在更不行。这或许……是我的命。”我躲闪着她的目光。

“你为什么这么想？你比五百年前已经好多了，至少你的10月12日还在继续。”

“你知道吗？这个世界没救了。”我将脸埋在双手中，绝望地说，“就像植物烂到了根部，已经死透了。一千年了，不可能说改变就改变。你应该知道，所有人都习惯了这样生活。我又怎么可能改变这一切，你让我把这个世界的一切秩序都反过来吗？”

“只是习惯了这样生活，并不喜欢，不是吗？”她将手放在我背上，轻轻移动着。

我只是摇着头。“不可能……不可能……”

“你起来。”叶珊突然拉着我站起来，“我带你去个地方。”

我并没有问她要带我去哪里，但我直觉这个地方将会改变我的后半生。我跟她慢慢行走在秋天阴沉的下午，被嘈杂的噪音包围着。一个个行色匆匆的人超过我们。曾经，我也只不过是一个匆匆行走的人，忽视身边一切与我无关的人和事。而如今一切都变了，这一次，我还能置身事外吗？

我们走了很久，走过我认识的地方和我不认识的地方。身边的景物渐渐变得模糊，天地间仿佛只有我们两个人，我们行走在一片混沌中。突然，她说：“我们到了。”

我向前方望去，惊讶地看到了另一个世界。道路由青石铺成，很窄。两旁都是用碎砖砌的墙，薄薄地长着一层绿油油的青苔。有的门被漆成朱红色，房檐上刻着古老而精致的花纹。路上没有车，天空是湛蓝的。人们穿着朴素的衣服。老人坐在门口的板凳上说着闲话，小孩在道路上追逐嬉戏。世界在这里是安详的。

我几乎不敢呼吸，生怕打扰了这片祥和。身后，叶珊轻声说："这是一条古老的胡同。"

"胡同？"我没想到有生之年里竟会见到一条真正的胡同。左手边的墙上挂着的一个牌子吸引了我的目光，我抚摸着上面的四个字：百花深处。

"百花深处。这是这条胡同的名字？"我问她。

她点头。

"很美的名字。"我赞叹着，继续将目光投向远方。耳畔，一只不知名的鸟正在悠然地叫着。

"那是杜鹃鸟。"她说。

"十里楼台倚翠微。百花深处杜鹃啼。殷勤自与行人语，不似流莺取次飞。惊梦觉，弄晴时。声声只道不如归。天涯岂是无归意，争奈归期未可期。"叶珊轻轻吟着一首我听不懂的诗。她的声音仿佛一缕轻纱，慢慢地飘向空中。我从没听到过这么悲伤的声音，或许她又陷入了往事之中。我突然发现我不懂她，从来就不懂。

"你还好吗？"我问她。

"我没事。"她冲我笑笑，接着讲道，"关于这个胡同有一个传说。明代永乐年间，一对年轻张氏夫妇，勤俭刻苦，在这里买下二十余亩土地，种菜为业。数年后，又在园中种牡丹芍药荷藕，春夏两季，香随风来。菊黄之秋、梅花映雪之冬，也别具风光，可谓四时得宜。当时文人墨客纷纷来赏花，于是这个地方被北京人称为'百花深处'。张氏夫妇死后，花园荒芜，遗迹无处可寻，这个地方变成了小胡同。但'百花深处'的名字，却一直流传了下来。"

"这里……真是一个神奇的地方。"我回味着她的故事，想象着前世也曾和她一起来过这个地方。

"来吧，我们进去。"她拉着我走进胡同。这一瞬间，我觉得我们就像一对故地重游的恋人。

这里的人很友好，我走过时，所有人都冲我微笑。我有些受宠若惊。而叶珊告诉我，这里的人都是这样问候别人。

一位坐在门前静静绣花的老人引起了我的注意。我走过她身边的时候，她对我和蔼地微笑。我也不太习惯地冲她笑了笑。

“你从外面来？”她问我。

“是的。”

“你见过他吗？”

“谁？”

“我的丈夫。他随军出征蒙古了。他们的军队被叫作‘北方的狼族’。”

我震惊之余，并不知道该怎么回答她。“他……他们的军队打了胜仗。”

“那他为何不回来？我已经等了好久好久……”老人似乎回忆起了往事，“他出征时叫我在家等他。”

“他会回来的。”我不知怎么安慰她，只能这样说。

一个女孩蹦蹦跳跳地跑了过来，对那个老人说：“奶奶，你的花怎么还没绣完？”

老人笑着说：“好孩子，就快了。等他回来，我的衣服就绣好了。”

“我的爸爸也会一起回来吗？”女孩用稚嫩的声音问，“他说回来的时候会给我带一顶蒙古人的帽子。”

叶珊在我背后低声说：“这些人的亲人们都参加了那次战争。他们没死在战场上，却死在了自己国家的城门前。”

我突然想起了那个梦。悲凉的呼喊声和着呼啸的北风传来。呜……我已经等待了千年……呜……为何城门还不开……他们死前是多么绝望！

“他们都会回来的。他们都是英雄。”我坚定地说道。

“这里好久都没有外面的人来了。”女孩拉着我说道，“哥哥，给我讲讲外面的事吧。”

我坐在一块青石板上，开始了讲述。我讲了有一种带着铁壳的东西，可以带着人在天上飞；一个看得见却摸不到的屏幕，可以将世界各地发生的事展现在你的眼前；一种药片，可以提供一个人一天所需的营养。我讲了住在地下的人和建在太空中的宾馆，讲了海底漫游和空中飞翔。叶珊坐在我身边，她像是在看着我，又像是透过我望向远方。不知不觉间，我身边已经围了好多人，他们用好奇而友好的目光看着我。一双双天真的眼睛里充满了向往。一股罪恶感油然而生。我觉得我骗了他们，因为我没有讲外面世界的全部。我没讲那些人的自私与冷漠。面对眼前这些人，我实在讲不出口。

“我也好想出去看看。”那个女孩说。

“现在还不是时候。”我告诉她，“有一天，你会走出去的。”

我在那里一直待到夕阳西下。尽管只有短短的一个下午，但我已经爱上了这个叫“百花深处”的地方，爱上了那里的人。临走的时候，那个女孩跑过来对我说：“哥哥，你一定要再来。”

我向她保证我会再来。但我知道，自己还有一个使命要完成。

回去的路上，我对叶珊说：“我决定了，不管怎样，我都要拯救这些人。”

她似乎并不感到吃惊，只是笑了笑，说道：“我知道你会决定的。明天，我带你去那个地方。”

这个晚上，她没有跟我回家。我知道她要去哪儿。那是一个不属于我也不需要我的地方。我几乎一夜未眠，到天亮才迷迷糊糊地睡了过去。

睡梦中，那个军队又出现了。他们冲入了城门。当箭像雨一样从天而降的时候，他们或许别无选择。北方的狼族，如今的一群孤魂野鬼，用残忍来报复这个残忍的世界。拜我所赐，别无选择。

我是被闹钟叫醒的。睁开眼的时候，我发现叶珊正在看着我。见我醒来，她慌忙移开了目光。

“你什么时候来的？”我坐起身，揉着眼睛问她，只当没看见她的目光。

“我……天亮之后。”

“我们快走吧，”我说，“已经13日了。”

她没动，只是问我：“到时候你打算怎么做？”

“你说过这事只能靠我一个人完成。我去将他们的遗骸挖出来，然后厚葬他们，告诉天下人他们是为国捐躯的英雄。”我郑重地说。

叶珊的眼中似乎有泪光，她说：“你知道这是一个多么艰难的过程。”

“没关系，我已经准备好了。”

我用手机在废品站换了一把铁锹，跟着叶珊走向那个一千年前的乱葬岗。走着走着，我就知道我的目的地是哪里了——华金公园。现在，这里是北京仅有的一个公园。或许几个星期后，这个仅存的公园也要消失了。在这个用高科技堆砌成的城市中，保留一个能让人稍微放松一下的净土是有多么不易！

公园里几乎没有人，这倒是少了很多不必要的麻烦。

“就是这里了。”叶珊停下脚步，说道。

“那我……就开始了。”我说。

“你会得到保佑的。这次，你一定会成功的。”她肯定地说。

我深吸一口气，将铁锹插进地下的泥土里，开始挖掘。

对于从来没有干过体力劳动的我来说，挖土这件事竟是超乎寻常地累。不到一会儿，我已经气喘吁吁了。叶珊也看出来了，她走上前说：“休息一会儿吧。”

“我很没用，是吧？”我自嘲地说，“比起陆乔峰。”

“你尽力了就好。”她边为我擦汗边说。

我没有休息，继续挖。大约挖了一米多深的时候，我的手被铁锹磨破了，皮开肉绽，每挖一下都钻心的疼。

“休息会儿吧。”她又上来劝我。

我却像是上了发条一样，一下一下重复着手上的动作。手上恐怕已经血肉模糊了吧。叶珊说这是我的使命，可我知道这其实是我的报应。只有手上传来刻骨铭心的疼，才能让我心里好受一点。“在那段历史里，我是谁？”我曾问过叶珊这个问题。当时我希望自己是陆乔峰，这样我就是一个英雄，一个配得上拯救世界的人，一个配得上她的人。可现在，我知道了真正的答案。

一刻不停。坑已经很深了。阳光不知什么时候变得昏暗，我这才意识到自己已经一刻不停地挖了一整天。头上的汗和手上的血一滴滴流淌到地上，几乎汇成了一条溪流。但一种力量支持着我，让我没有倒下。或许也是那种力量引导着我，当我的铁锹又一次铲下去的时候，坑里传来金属撞击的声音。我身体一震，以为是自己出现了幻觉。叶珊见我猛地停下，连忙走过来问道：“怎么了？”“底下好像有东西！”我说着扔下手里的铁锹，开始用手挖。血跟泥土和在一起，我的手已经麻木得感觉不到疼痛。很快，一个腐朽的头盔从土里露了出来。我用颤抖的双手将它捧了起来。身旁，叶珊颤声说：“那是峰哥哥的头盔。”她竟一眼就认了出来！或许这就是心有灵犀。我将头盔递给她，听到她急促的呼吸声。她小心翼翼地接过，将那锈蚀的头盔抱在怀中，泪水终于夺眶而出。

我松开双手，觉得意识已经开始模糊。我终于瘫倒在地上。

叶珊惊叫了一声，将头盔放在地上，跑过来扶我。

“赵子明，你怎么了！”她抱着我喊道。

我看着她一脸焦急的表情，虚弱地笑道：“放心吧，我死不了。就算死了，你也不会为我伤心的。”

我看到她流下眼泪，但我知道这眼泪不是为我而流。

“我不是陆乔峰，对吧？”我静静地问她。

她吃惊地看着我，好像从不认识我一样。“不管你是谁，你是唯一一个能拯救这个城市的人！”她说。

“是啊。我得赎罪。朱宸濠得赎罪。”

“你……你是怎么知道的？”她惊道。

“看来我猜对了。这些天，从你的一言一行中，我早就看出来，我不可能是他。刚才你接过头盔的时候，我更是确定了。”

我看到她又落泪了。

“我知道你为什么骗我，你怕我知道自己是个罪人而不是英雄，就不会再努力去做好人，去拯救那些不相干的人。你努力地演戏，假装我是他。可不是就是不是，不爱就是不爱。恐怕你不仅不会爱上我，反而还对我恨之入骨，想杀死我吧！感情是装不来的啊！”

“不，我不恨你。我早就不恨你了。一千年了，我看到你这么努力地补救，你想救这个世界。你的内心是个好人啊！”叶珊哭道，“你起来，你不能倒下！”

是啊，我不能倒下，我的罪还没赎完！我在她的搀扶下挣扎着站起来。

“你后来，就没遇到陆乔峰？”我问。

“……冤死之人的灵魂不能转世。他，和那三万人的灵魂一起，被深深埋在地下。只有每五百年的10月15号才能出来。”叶珊犹豫着说出了真相。

“看来还是我造的孽。”我苦笑着，踉跄地走到一旁，拿起我的铁锹。

“你干嘛？你不能再干了！”她跑过来扶住我。

“只能我一个人完成，不是吗？15号马上就要到了。”我不顾她的阻拦，使劲将铁锹插入土中。

这时，奇迹发生了。

一个人从远处走了过来，他走到我身边，说道：“我来帮你。”接着便开始默默地铲土。我和叶珊都惊住了。没等我反应过来，更多的人走了过来，开始铲土。

“诅咒……诅咒解除了！”叶珊颤声说。

“你说什么？”我猛地转过头看着她。

“‘后世之人，愈加冷漠。’那个诅咒！你诚心赎罪，挖出了陆乔峰的头盔。这样不仅解救了他的灵魂，也解除了那个诅咒！人们都恢复了本性！人之初，性本善！”叶珊开心地叫道。

我恍然大悟。

人还在源源不断地走来，就像受到了某种召唤。很快，我身边便围满了铲土的人。突然，我听到一个熟悉的声音。“刘胖子！”我叫道，“你竟然来了！”他朝我咧嘴一笑，说道：“兄弟，这回干得真不错！”“是啊，幸亏我把你提前放出来了，这回你可干了件大事！”我顺着这个声音望去，发现老王不知什么时候也来了。在老王身后，是那个曾经踢过我屁股的经理。此时，他正一脸歉意地冲我笑着说：“嘿，那天真是得罪了。”我看着他们，震惊地说不出一句话。

“不知……来了多少人。”叶珊说道，同样被震惊。

我拉着她跑到一个小山坡上。视野一下变得开阔，我惊讶地发现整个公园几乎都挤满了人，而远处，更有望不到边的人流正在涌来。人山人海，望不到边。而我们正好被围在了中间！

我一时豪情满腔，用尽所有力气大喊道：“各位英雄！你们沉冤昭雪了！安息吧！”

“英雄！英雄！”有人起头，接着所有人都振臂高呼起来，声音震天撼地，久久不停。

“你颠覆了这个世界！”叶珊冲我喊道。

“这都是北方的狼族的力量！”我也扯着嗓子喊道，与她相视而笑。我从未见她笑得那样开心过。

深秋十月，入夜后天已经有些冷，可公园中聚集的人却挥汗如雨。没有人抱怨，也没有人停下。这一次，所有人都不再自私，他们真心地敬仰那些为国而战的英雄，尽力地拯救那些一千年前尘封的灵魂。这同时也是拯救自己，拯救这座城市中的每一个人。

14日，在众人的努力下，所有的遗骸都被挖掘了出来。人们沉默地注视着那些锈蚀的铁甲，像是在瞻仰很神圣的东西，目光中是久违了的虔诚。

15日，北京城在平静中度过。而这件事早已惊动了市政府。10月15日，在众多市民的倡议下，政府决定为这些一千年前保卫祖国的英雄们立下墓碑，而华金公园被改为这些英雄的陵园。名字是我建议的："狼族陵园"。

后来，那部2013年曾重出江湖的古籍再一次被挖掘出来，经历史学家鉴定，为一千年前明朝时期的珍品。陆乔峰和他的狼族的历史真正被改写了。

有一天，叶珊笑着对我说："你现在是英雄了！"

"你别逗了。"我说，"我不是英雄，我是罪人。"

"你是英雄。"她收敛了笑容，认真说道。

"你说我是，我就是吧。"我笑道。

她沉默了一会儿，终于抬起头，看着我说道："我要走了。"

"我知道。"我逼自己用轻松的语气说道，"其实我一直想知道，陆乔峰长什么样。"

她凝神想了想，说："我帮你把他画下来吧。"

我没想到，她画画得那么好。寥寥几笔，一个俊朗的男子便跃然纸上。

我会记住他的，我想。这个我从始至终都比不上的男人。

"我还能见到你吗？"我拼命掩饰着自己的悲伤，几乎喘不过气来。

"有缘就会的。"她拥抱了我，"再见了，赵子明。"

3013年

前世的我死后没再投胎，因为心有所念。我不想再遗忘了。

那天之后，我没再见过叶珊。或许我们还是没缘吧。

五百年后，3013年的一天，我游荡到了"狼族陵园"。在门口，我停住了脚步，怔在原地。我看到两个人，一个是叶珊，一个是陆乔峰。人流将我们隔开，仿佛是隔开了两个世界。我恍惚间看到陆乔峰正对叶珊说着什么，叶珊很开心地笑着。以前她很少冲我那样笑，她的笑容中总是隐藏着悲伤，除了五百年前我解除诅咒的那天。那天她的笑容是真心的，就像此刻，至今仍印在我心中。

无数的回忆潮水一般涌上心头。我僵在原地，心中百感交集。他们两个，一千五百年之后还是走到一起了。我不知是该哭还是该笑。

我看到陆乔峰好像有事走开了，叶珊留在原地等他。她百无聊赖地环顾四周，目光扫到了我。然后她朝我走了过来，就像我们在2513年相遇时一样。只不过这次，变成灵魂的是我，忘记前世的是她。她走过来的时候，我只觉得周围的一切都模糊了，我眼中只有她。

“赵子明！”她看着我叫道。

她没忘？！她竟然记得我！我几百年都没这么激动过。

“你就是那个拯救过所有人的英雄！这个陵园的名字就是你题的！你还创立了2513年以来第一家慈善机构！天呐，我怎么会看得到你！”叶珊兴奋地说了一大串话。

原来她还是忘了。我苦笑。刚才不过是我惊喜地昏了头。

“我不是英雄，叶珊。”我回答她。

“我不叫叶珊。我叫林依。”她说。

“我一开始也不叫赵子明，我叫朱宸濠。后来我叫杜启睿。现在我叫赵子明。”望着她一脸的疑惑，我微笑着说道。

后来我突然想到，那天，正是10月15日。

导读：

作者以写实的笔法，通过主人公盖伊的经历，再现了战争的残酷与人性的光辉，字里行间充满了人文关怀。

被遗忘的士兵

唐晟旻

1942年，德国。

切姆尼兹兵营前，所有的士兵整齐地列队。崭新而合体的灰绿色军服，锃亮的军靴，还有每一个人脸上难以掩饰的幼稚的自信。一个月的严格训练，他们即将成为大德意志师的一员。

主席台上列坐着训练营的军官们。一个士兵踏着正步向主席台走去，他的脚步声在这样肃穆的时刻显得分外清晰。“我宣誓效忠德意志和元首，直至胜利或死亡！”每一个士兵都同他一样，依次走到主席台下，喊出自己的誓言。在所有人都经过了这个仪式之后，一个军官在台上高呼：“希特勒万岁！”

“希特勒万岁！”

“德意志万岁！”

呼喊声像热浪一般席卷了整个兵营，台子上旌旗飘扬，整个兵营里都陷入了一种狂热，无法自拔。

可是，他们不知道，苏军的坦克已经冲破了第六集团军在斯大林格勒的防线，成千上万的第六集团军的战友已经倒在了进攻的路上。他们不知道，在德国的另一端，人们正在遭受英国和美国战机的狂轰滥炸，而法国已经拒绝了与德国结为同盟的邀请。

他们不知道。

明天，他们将被派往苏联，走上战场。

1943 年的夏天，他们来到了前线——别尔哥罗德。

这里刚刚被苏联人夺回，土地上仍弥漫着硝烟，落日让大地披上了鲜血的色彩。血腥的战斗让双方都疲惫不堪，这里掩埋着难以计数的阵亡士兵，整个战线在此刻格外平静。

他们被分配到了不同的战壕中，不断地加固自己的掩体，擦拭着枪支，对于即将到来的战斗，他们显得格外紧张而激动。

“你们知道有人会告诉我们下一步该干什么吗？”盖伊大声说。

“闭嘴，你们马上就会知道要你们做什么的！”一个老兵躺在战壕里，漫不经心地抽着一支烟，不屑地回答。

“先生，你可以为大家解释一下你这种失败主义的腔调吗？你影响了这里的士气。”霍尔斯平静地质问他。

“你们都给我闭嘴，你们这帮没有打过仗的家伙。你们只有在自己的脑袋被别人敲碎的时候才会懂得思考！”

“你以为我们还是小孩子吗？我们也经过了几个月的艰苦训练，我们都在训练营待过！”

“好，你们都是英雄。”老兵无奈地摇摇头，转过身子吹起了口哨。

晚上，军士长宣布了要攻占的目标。霍尔斯，盖伊，林森——狙击手，奥林海姆——一个 16 岁的学生，以及那位老兵被分在一组，他们将掩护进攻的部队。

“怎么办，怎么办，我马上就要上战场了，我会死的。”奥林海姆不停地叨念着，接着便啜泣起来。

这一次，没有人指责他，大家互相看着对方，开始接受这个现实。他们即将走上战场，他们中的一些人将会死去，可是任何人都没有想过死的那个人会是自己，他们都想着自己会是埋葬别人的那个人。即使他们都曾发誓会为了胜利而牺牲自己，他们也不愿想自己会身负重伤地躺在战场上。

温柔的仲夏夜，微风拂过原野。在那些战火还没有烧到的地方，这该是个多么美好的夜晚。深蓝的天空，战火的硝烟将它染得更加深沉，只有几颗星还肯零星地挂在这夜幕上。

一颗星划过天际，这次，不知又会是谁。

凌晨，战斗打响了。

德国士兵匍匐着向着苏联人的阵地推进，这时一颗照明弹升上了天空，使得他们全部暴露在了苏联人的枪下。

一阵扫射，先遣的德国士兵全部殒命在前进的路上。

无情的扫射，雨点般的炮弹落在德军的阵地上，大地颤抖着，掩体旁的灌木丛也被引燃了。世界似乎已经被撕碎了，土块和金属弹片四处纷飞。整个阵地上充满了痛苦的哭号声，更多的，是被惊呆了的新兵。

战壕里，盖伊和霍尔斯已经被眼前的一切惊呆了。子弹打在他们面前的土地上，他们架着枪，手指却无论如何也不能扣动扳机。他们目瞪口呆地看着眼前的这一切——这是他们第一次如此近距离地目睹死亡。冲上去的士兵突然没有了动作，直挺挺地倒在了地上，鲜血染红了他身下的土地。也许下一次，他们脚下的土地也会变得这般殷红。奥林海姆早已把枪丢在一边，浑身颤抖，不断地说着：“我们完了！我们快被活埋了！不不不！我马上就要死了！”

“够了，想活命就赶紧射击！”老兵冲他们喊。

他们好像突然明白了什么，拿起枪，食指轻扣扳机，强大的后坐力使得他们全身一震。

他们杀了人。

一旦开始便无法停下来，为了活下来，他们只能不停地射击。没有任何的方向，眼前的一切都变得模糊，他们只能不停地射击。他们就像一群失魂落魄的孤魂野鬼，忘了自己活着是为什么，忘了除了仇恨还有什么其他人类正常的情感，更忘了土地除了埋葬死人还有什么其他的作用。

天空中突然传来了飞机引擎的声音，地面上幸存的德国士兵向着天空发出雷鸣般的欢呼。苏联的阵地霎时间变成了一片火海。

在这一番轰炸之后，苏军的炮击却更加频繁了，从北至南，几乎没有停下的时候。德军只得后退。

复仇的苏联人把坦克开到了机枪手的掩体上，坦克用履带反复地碾轧机枪手藏身的掩体，他们亲眼看见，苏军的坦克将他们轧成肉泥，苏军的坦克手还不停地叫着："去死吧，德国佬！去死吧！"

当太阳升上天空的时候，这场战斗结束了。

整个师都在一个废弃的地窖里休整，他们五个人挤在一起，没有人说话。枪管里还有子弹射出时的余温，射击时飞迸的火花，滚烫的火星，金属碰撞的声音，永无休止的哭号，一切都那么清晰，仿佛植入灵魂一般，永远无法磨灭。

"你怎么了？病了吗？"霍尔斯问，这场战斗让他们五个人之间的关系亲密了不少。

"不，我只是想吐。"盖伊回答，"那些，那些人就死了？"

"是的，这就是战争。至少那些苏联人不会给咱们添麻烦了。"那么冷漠，霍尔斯似乎都被自己说话的口气吓到了。

"你知道我们打死了多少苏联人吗？"

又是一阵可怕的沉默。

"不，我杀了人，我杀了人……"奥林海姆在一旁哭了起来，他刚才还握着枪的双手，现在在不停地颤抖，他的脸上、衣服上还有血——死在他枪下的人的，他的战友的。

没有人嘲笑他的懦弱，没有人知道该如何安慰他。

别尔哥罗德战役，德军阵亡 2 万人。

大德意志师的行动还是得到了上面的表彰，可是在表彰公报里不会提到那些为了保命而丢盔弃甲的德军部队，不会提到那些新兵的绝望和无助，不会提到那些被迫选择自杀的士兵，不会提到任何一个阵亡士兵的名字。

那些阵亡的德国士兵已经永远地留在了苏联饱受战火蹂躏的土地里了，他们都曾梦想着回到青山翠谷的家园，可是对他们而言，一切都结束了。

在苏联阵亡的德国士兵没有自己的坟墓。也许有一天，会有一个苏联农民挖出他们的尸骨，在他们长眠的土地上种上向日葵。

那个秋天，苏联人再次夺取了哈尔科夫，大德意志师向西撤退。

眼前的这个村子里依旧有炊烟袅袅升起，显然苏联人还没有来得及让他们撤退。爆炸声越来越近，没有时间再来计较这些了。

不远处的一个工厂被引燃，一大群苏联人从即将坍塌的房屋中逃了出来，他们中有军人，也有平民。盖伊拿起枪，瞄准那些奔跑着的苏联人。枪口一阵轻烟过后，一个年轻人的脸变成了灰白色。盖伊放下枪，那个年轻人在咽气之前死死抓住自己的胸口，然后就面朝下一头倒在了地上。盖伊觉得好害怕，他能被宽恕吗？他能够忘记这一切吗？

“撤退！向西撤退！”军士长大喊。是的，德军被包围了。此时，西方是一个有魔力的字眼，是这些已经濒临绝望的人的一根救命稻草，除了奋力向西奔跑，他们别无选择。

盖伊拼命地向西跑着，子弹不断地落在他跑过的地方。一阵轰炸，所有人扑倒在地上。轰炸过后，奥林海姆却没有再站起来。他的腹部被弹片击中，染红了身下的土地。盖伊背起他，继续向西跑着，嘴里还不断地叨念着："再坚持一会儿，奥林海姆，再坚持一会儿！我会给你包扎，你会好起来的。上帝保佑！上帝保佑！"

一个男人和一个少年在苏联广袤的土地上进行着一场绝望的努力。这个少年正在和死神搏斗，这个男人正在与绝望奋战，而他口中苦苦乞求的上帝却什么都没有做。奥林海姆的腹部不断有血涌出，染红了盖伊的军装，可是盖伊不知道，他什么也不知道。

炮火渐渐远去，盖伊放下奥林海姆，他的军装已被鲜血染得殷红，头无力地下垂，脸上带着一种解脱的满足。奥林海姆还是死了。盖伊惊恐地看着他，任凭自己浑身颤抖着。虽然已经无数次面对死亡，可是这一次，是与他并肩的战友。他才 16 岁，他还是个孩子。

盖伊默默地取下他的名牌，埋葬了他。盖伊难以遏制地想到了死亡。明天，也许是老兵，也许是霍尔斯，也许是盖伊，就会被别人埋葬。会有人记得他们吗？也许吧，可是当那些记着他们的人也死去的时候，谁还会记得他们曾在这世上存在过。

战争按着它自己的步伐无情地前进着，无数人能做的只有哭泣和哀号。留给他们的只有等待和希望，可是希望什么呢？希望子弹不会穿透他们的心脏？还是希望能够逃离苏联？他们曾经那么热血地宣誓为了胜利不惜牺牲自己的生命，这一刻，他开始怀疑，这一切究竟是为了什么？他真希望这场战争能快点结束。

战争终究还是结束了。

窗外广场上，一场盛大的典礼，纪念这场战争的胜利。盖伊拄着拐杖，站在窗边，看着广场上人头攒动，人们欢呼着，那声音震耳欲聋，就好像曾经的那些日子，那些子弹刺穿心脏、炮火在耳边隆隆作响的日子。一切都那么清晰，子弹在耳畔呼啸，坦克碾过阵地的狂暴，还有奥林海姆的鲜血染红的那片土地，那些让他在梦中一次次惊醒的场景，一切都那么清晰。

庆典上，有一段长长的静默时间让人们来怀念那些在战争中牺牲的战士，在这个时刻，盖伊在心里默念着：老兵、军士长、霍尔斯、奥林海姆、林森……他们的名字同那段回忆永远地烙印在他的生命里。

就算他们被时间遗忘，盖伊会永远记得他们。

第三章

猎奇惊拍青玉案

导读：

这是一篇难能可贵的优秀作品。小说以第一人称塑造了一个人格分裂者的形象。情节紧张刺激，引人入胜，其中许多看似荒诞的情节作者都给予了基于心理学和社会学的合理解释，巧妙的结尾令读者有恍然大悟之感。

四分五裂

张碧凝

杀人者

我看着眼前坐在客厅地板上的人。

她大声叫骂着，用手里的拐杖狠狠敲打着地面。没想到看起来年老无力的她能弄出这么大声响。夜色深沉，周围一片静谧，她的声音显得愈发尖厉，叫嚷出的每一个字都格外清晰。我皱眉看着她，只觉得心中那股莫名的烦躁逐渐升腾，包围了全身。快闭嘴，我忍不住叫了出来。她停了一下，随之而来的是更响的咒骂声与更大的敲击声。

我终于受不了了。为了让她闭嘴，我一把夺过拐杖，在她惊恐的眼神中将拐杖举起，对着她的头敲了下去。

软弱者

搬进这间公寓已经两个星期了。

我好不容易才找着这么一间自己负担得起、地段又不太偏僻的公寓。当然，这公寓价钱便宜也是有原因的，隔音差、漏水等等老房子有的问题它一应俱全。我虽不满也别无选择。独自离家总是要受些苦楚，何况这房子和我先前与母亲同住的公寓条件也差不多。想到母亲，我不禁心中黯然。现在想要搬回去和母亲一起住恐怕也为时已晚了……

我父亲去世得早，母亲以一人之力把我拉扯大，生活的重压使得她的脾气越来越坏。记忆中的母亲眉间永远含着怒气，不管是在家里还是当着外人的面，我只要稍有不慎就是一顿训斥，从小到大一直如此。我也因此变得极为小心翼翼，做什么事都要瞻前顾后，生怕犯了什么错误。并且我总感觉别人在指摘我的错误，排斥我、拒绝我、伤害我，和我过不去。但他们好像都不这么觉得，还认为我太过神经质，喜怒无常。我也因此总和别人处不好关系，和我母亲也是一样。她年岁见长，早年的劳累让她的身体垮了，只能拄着拐杖蹒跚行走。行动不便的她脾气越发暴躁起来，我的一事无成更是让她越看越不顺眼。

两个月前的一天，我又和公司同事发生了矛盾，心情正烦闷，回家进门时一不留神碰倒了门旁的衣帽架，自是又挨一顿骂。只是这次我顶撞了两句，语气重了些，母亲更加生气，最后我竟和母亲大吵起来。母亲挥着拐杖叫我滚出家门，别再回来，要是回来她就拿这拐杖打死我。我想母亲这不过是一时气话，谁知她动了真格的，我几次回去她都挥着拐杖将我赶出。我只得另找住处，几经寻觅才找到了这间公寓。这一搬家，也不知是喜是忧。

我一路想着，不知不觉间已经到了楼门口。说起来，这栋公寓楼的结构与我和母亲先前住的那楼差不多，我虽是新搬入，但却很轻松地找到了自己的房间，想来老房子都是这样的。一位和我母亲年纪差不多的老太太和我同上电梯，她先按了8层，看我一眼，又按下了11层。我有些奇怪，却也没想太多，按下了自己公寓所在的10层。

晚上，我照例是半夜才睡，迷迷糊糊之时，听见楼上传来奇怪的声响，好像玻璃弹珠落地的声音，一下一下很有节奏。我一下子清醒了，又是这声音。我搬进来两周，这声音也持续了两周，每天晚上从不间断。三更半夜，怎么会有小孩玩弹珠？我尽力让自己不去注意它，可心里却不由自主地紧张起来，后背发凉，看过的鬼故事瞬间浮现在脑海里。我翻来覆去，最终决定明天去楼上找邻居问清楚，然后不安地睡着了。

站在11楼邻居的门前，我犹豫许久，还是忐忑不安地敲响了门，却没有得到回应。又敲几次，仍如石沉大海，没有回音。按理来说这个时间不应该不在家里的啊。门上插满了小广告，门旁的报箱上也落了一层土，这里……好像没有人住一样。不可能，我摇了摇头，又否决了自己的想法。晚上，那奇怪的响声仍没有停止，我越想越觉得毛骨悚然。

如此又是两周。这两周，楼上的声响每晚从不间断，我晚上心神不宁，白天也是精神萎靡，甚至起了搬家的念头。可还能搬到哪里去呢？还是找机会再去一次楼上吧，我不情愿地想着，进了电梯。身旁一个年纪跟我差不多大的男子按下了11层，我不由得多看了他一眼。他似乎感受到了我的目光，冲我笑了一下，问道："你是新搬到10层的吗？"我有些诧异："是啊，你怎么知道？""先前听住在8楼的阿姨说，我家楼下一直空着的那间房最近似乎有人住了。我看你面生，所以问了一下，没想到猜中了。"原来他就是住我楼上的邻居，我愣了一下，又听他继续说道："我和母亲同住，母亲年纪大了，因为身体不好很难下床走动，又时常失眠，心情十分烦躁，晚上总拿拐杖敲地发泄不满。敲地的声音可能打扰了你休息，还望你谅解。"我大大松了一口气，原来是这样，几个星期以来的心结终于解开了。我自嘲地笑笑，并不是楼上有鬼，而是自己心中有鬼，胡思乱想。

自己实在太过小心翼翼，以至于无中生有了。之后，楼上的敲击声每晚响起，声音时断时续。我虽不再惊恐不安，但有时也被这声音搅得睡不安稳，以至于想起了自己的母亲。之后与邻居在电梯里碰到几次，交谈中看出他也被自己的母亲弄得心力交瘁，总是一副睡眠不足的样子。

几个月后的一天晚上，我睡得格外不好，早上醒来时浑身疲累，好像一夜没睡似的。之后的几周也是如此，身上好像干了一天的体力活一样酸痛不已。而且我总感觉自己根本不是在这张床上睡着的，醒来后总有一瞬间的迷茫。也许我的身体也会像母亲那样一天天坏下去。我正想着是不是该去医院看看，就又在电梯里碰到了邻居。我顺口问起他母亲的身体情况，没想到他却叹了口气，说自己的母亲一直身体不好，几个星期前没有撑住，已经因病去世了。我一下呆在原地。那我这几个星期以来听到的又是什么声音？莫非是他去世的母亲发出的？我想起了爱伦坡那篇著名的《黑猫》以及由它衍生出来的一系列小说甚至真实案件。把尸体砌到墙中……尸体敲墙发出声音……我打了个寒颤，问邻居他母亲是生什么病去世的。老毛病了，邻居含糊地说，眼神有些躲躲闪闪。他的态度让我心生疑惑，我又问了些有关他母亲的事，他竟发起脾气来，问我为什么如此执着于这个问题。我赶忙道歉，心中却是更加怀疑。

邻居不愿意我多问他母亲的事，这也是人之常情，毕竟这不是什么愉快的事。可是他的态度未免也太不自然了。他看起来很疲惫，却根本没有一个刚失去母亲的儿子应有的悲伤。考虑到他和母亲糟糕的关系，这也可以理解。但最关键的是，他好像极力隐瞒着什么，十分不安，遮遮掩掩的，就像怕被人发现什么秘密一样。就像……他母亲的死另有隐情。我先前有一次在电梯里碰见邻居，他眼里布满血丝，脸色黯淡。我问他是不是晚上没休息好，他告诉我是因为喝了一晚上酒。他还说自己晚上心情不好时经常一个人关在房里喝酒。酒精能使人疯狂……邻居对母亲又是积怨已久，冲动之下也许真的可能失手杀死了自己的母亲……无论如何，邻居母亲的死实在有些蹊跷，且她的死恐怕与邻居有关，而邻居决定隐瞒这一切。

我又该怎么办？那天之后，我一直想着这件事，惶惶不可终日，又恢复到了最初搬进这间公寓时的状态，几次遇见邻居时都有些慌张，恐怕他已经觉出我不大对劲了。我该报警吗？不，不能，我所说的一切都只是怀疑，警察未必相信我的话，即使相信了我的话也未必能找到邻居杀人的证据，而邻居可能因警察的来访警觉起来，发现了我的怀疑。又或者一切只是我的臆想，邻居其实什么也没有做，而我该去看心理医生了？

这件事已经对我的生活造成了很大影响，我希望能有一个人来告诉我这到底是怎么一回事……

我想起了先前在网上聊天时认识的那个人，他自称是一个私家侦探。他是我为数不多的朋友之一。我平时喜欢读推理小说，里面的侦探无一例外都能抽丝剥茧，触及真相。可那毕竟是小说，现实生活中的所谓侦探又能做到什么地步呢？不过我也顾不得那么多了，联系一下他也是好的。我打开了电脑。

隐瞒者

最近真是一塌糊涂。

某天晚上喝醉了酒，第二天醒来头昏脑胀，惊恐地发现自己的母亲倒在客厅的地上死掉了。这种事情想必少见得很，偏偏叫我遇上了。

母亲身旁是她的拐杖，她头上有被用力砸过的伤痕，看来她是被人用拐杖一击致命的。我倒也不是很悲伤，说实话，反倒有一丝解脱感。20多年了，父亲早逝之后，她对我愈加严格，打骂是常有的事，我们之间的关系一直很僵。不过我确实很害怕。母亲死得太不明不白了。

昨天晚上，我心情不好，回家后一个人在房里喝酒，之后倒头就睡，没出过房间，而母亲也一直待在自己的房间里看电视，至少在我的记忆中，我们两人没见过面。并且早上起来时，我房间的门是从内锁上的。我昨天回家进房间时干的第一件事就是从里面锁上门。如果我后来真的从房间出去，遇见母亲，酒醉中杀死了她而对此全无记忆，那么当时我恐怕已经醉得东倒西歪了，哪还会记得回房间后锁门？可门窗都没有被撬过的痕迹，陌生人作案也不大可能。母亲到底是怎么死的？

报警当然是知道真相的好方法，可我不敢。和母亲同住的只有我，警察一定会首先怀疑我，而我昨晚偏偏又喝醉了酒，这对我非常不利，会加剧警方的怀疑。这条路显然走不通了，但一定会有别的办法找出真相的。不过在此之前必须先处理母亲的尸体。就摆在这里肯定不行，搬运尸体又太麻烦，留下的痕迹太多。我在自己读过的一大摞推理小说里搜罗着，突然，爱伦坡的《黑猫》映入眼帘。

于是我决定把尸体就砌到家中的墙里。我没日没夜，小心翼翼地工作着，身心都极度疲惫。因为老房子隔音不好，我格外留意楼上楼下的邻居，生怕他们发现了什么。几个星期后我终于完成了这项工作，恰好在电梯里碰到了楼下的邻居。他问起了我母亲，我有些奇怪，之后恍然大悟，想必是楼上的拐杖声突然消失，他察觉了的缘故。我不得不告诉他自己的母亲去世了，当然是因病去世。谁知他一直穷追不舍，我有些急了。过后我又开始后悔，他会不会发现了什么？但愿他认为我是因为悲伤过度所以情绪不稳定。

只可惜天不遂人愿。那天之后，楼下的邻居再遇到我时总是慌慌张张，显然是不想看见我。但他看起来也不像是知道我的事。也许他的慌张另有原因？那人一看就是谨小慎微，温温吞吞，吃了亏也忍着不说的那种，但这种人被逼急了往往会做出令人意想不到的事。我回想起他那天对我母亲去世这件事的格外关注，这本身就不正常。他一直深受我母亲拐杖声的困扰，他也许因此起了杀机。我在母亲被人杀死那晚之前，连着几天都因为各种应酬晚归，他也许发现了这一点。他认为我不在家，就以楼下邻居的身份敲开了我家的门，而我那晚喝醉了在屋里，和不在家确实没什么两样。

之后的一切便可顺理成章。是的，他完全可以做到杀死我母亲而不留痕迹，只是这样的杀人动机未免太过薄弱。到底是不是他？如果不是他，那又是谁？我迫切地需要一个答案。

我想起了先前在网上聊天时认识的那个人，他自称是一个私家侦探。他是我为数不多的朋友之一。虽然未必有多大帮助，但也可以联系一下他。不过必须隐瞒我把母亲尸体砌到墙里的事。我打开了电脑。

解谜者

我在网上认识了两个朋友。

这两个人的性格完全不同，但相似的经历却使我对他们都有一见如故之感。我对他们提起过自己业余从事私家侦探工作，只是他们好像都没把这当一回事。真没想到有一天会同时接到这两个人的委托……

记得那天上班时，我照例打开电脑，屏幕右下角闪个不停，提示我有好几条新消息。“搬进这间公寓已经两个星期了……”我看着他的叙述，若有所思。没想到他会找我帮忙，我心里有些欣喜。我又打开了另一个对话框，他竟然也是来找我帮忙的，“最近真是一塌糊涂……”我越往下看，越觉得熟悉，相似的细节让我心里有了一种预感，但又不确定。直到看见最后的地址。相同的小区，相同的楼，相同的单元号，不同的是楼层，一个10层，一个11层。两个人，一件事，互相怀疑。这么有挑战性的委托我还是第一次接到，先前那些委托和这件比起来都不算什么了。我的心里涌起一股兴奋，真正证明自己能力的时候到了。我按捺不住心中的激动，顾不得这是上班时间，就急匆匆地冲了出去。

我按照他们提供的地址，来到了那栋公寓楼，进门，上电梯，却发现那两个人都不在家。我有些失望，接下去该怎么调查呢？我想起了两人为数不多的相遇都是在电梯里，其中有几次正是事件的关键。不如想办法查看一下小区电梯的监控录像吧。我拿出了身上伪造的警官证在小区保安眼前晃了一下，顺利地得到了查看监控录像的权利。

只是我并没有在监控录像中看到期待的画面。明明应该是两个人交谈的场景，我看到的却是一个人一会儿向左，一会儿向右，口中喃喃自语。我彻底地迷惑了。最先涌入脑海的竟是“人格分裂”四个字。我刚想把这荒唐的念头扫出大脑，却又顿住了。人格分裂的患者固然少见，但也并不是没有，这也许是一种可能。我试着从这个角度来解释整件事，却发现一切都有了合理的解答。

从他们两人的讲述中可以看出，他们的经历十分相似，父亲早逝，母亲严厉而脾气暴躁，且都行动不便只能拄拐。他们都喜欢看侦探小说，同时想到了《黑猫》(其实我看到那里也想起了这篇小说)。他们同时想到了找我调查。人格分裂患者通常敏感多疑、不信任他人，这一点在这两人身上也表现得十分明显。他们两人的性格一个软弱，一个果决，也符合患者分裂出的人格通常反差极大的描述。同时住在楼下的那个人还提及过他出现醒来迷茫、不记得睡前是否在这里的情况，这种记忆的莫名缺失也是人格分裂的一种表现。以及那个帮他按下 11 层的老太太，她眼中的两人并无分别，足可证明两人不过是一个人分裂出的不同人格而已。

这种人格分裂状况持续的时间并不长，但根源很早就埋下了。我推测最初的人格应该是住在楼上的人。他从小缺乏亲情和保护，母亲的屡次训斥又使得他自尊心缺乏，某种程度上来说，这是他分裂型人格形成的原因之一。这一切早有端倪，最终在他被母亲挥着拐杖赶出家门后爆发了。他体内代表了性格中脆弱和不自信一面的另一个人格取代原本的人格得到了主导权。同时他原本的人格遗忘了被母亲赶出家门这一段记忆，被楼下人格压制，但有时也偶尔出现，与楼下人格共存，便形成了“两人”的电梯相遇。

母亲去世的那天晚上情况比较复杂。楼上人格那天取得了主导权，回到家中。醉酒之后，他体内的又一个人格取得了主导权。这个人格代表了他压抑已久的怒气和暴戾，也是这个人格杀死了母亲（而且还记得锁上了门）。第二天酒醒，楼上人格取得主导权。那天晚上到第二天早上，楼下人格取得主导权，醒来之后感觉浑身疲累且迷茫。之后的白天基本是楼上人格主导，晚上是楼下人格主导。再之后的事情便是我的拜访了。

终于推理出了整个事件。我决定去11楼看看现在正在主导的楼上人格。不过现在正是上班时间，他恐怕还没有回来，再等等吧。我不想回去上班，老板平时就不喜欢我，这次无故缺席，他更不会给我什么好脸色了，一气之下把我炒掉也说不准。附近有个咖啡馆，就到那里去坐一坐吧。

我端着手里的咖啡，又想起了和这两个朋友认识的经过。我依然愿意把他们当作两个人，毕竟他们在网上给我的印象大不相同。我之所以愿意与他们聊天，是因为我也有一个那样的母亲，敏感易怒，给我的整个童年生活，不，是整个生活蒙上了一层阴影。从小到大母亲发怒时的情景仍历历在目，厨房里碗碟摔碎时清脆的声响也依然清晰。现在我也不得不和母亲同住，这样的生活真是一种煎熬——只可惜我没钱另租房子。我在生活中没什么朋友，做学生时与同学的关系就十分疏远，工作之后和同事的关系也不怎么好。我知道他们在背后时常议论我，说我目中无人、自大轻狂，“还真把自己当个人物了”。我懒得理会他们，一群井底之蛙，怎么可能理解我的想法。一直待在这种小公司确实很憋屈，每天做着同样的工作，无聊至极，根本施展不出我的才能，还老受到冷遇。我时常羡慕那些小说中的侦探，他们即使外貌平平、性格古怪，也总有机会展现自己的推理能力，为他人解决头疼已久的难题，乃至受人景仰。我觉得自己的推理能力也不在他们之下，只要给我一个机会……我有了主意。我可以用业余时间当一个私家侦探，在网上接受别人的委托。我建了一个网站，只要有空就上网看是否有人留言找我，或者四处和人聊天，结识更多人，也顺便推广自己的业务。

我就是在聊天中认识了现在的这两个朋友，他们从某种程度上来说和我很像，比别人更能理解我。朋友少的我自然格外重视他们。但即使是他们，言谈之间也总若有若无地流露出对我从事的私家侦探这个职业的不信任，甚至鄙视，这令我十分恼火，有时和他们的谈话就在争辩中不欢而散。我绝不容许任何人诋毁我的侦探才能。朋友也不行。若不是无人赏识，机会太少，我早就能展露出自己的才华了，也不至于像现在这样落魄，住在一栋老旧的公寓楼里。不过那都是过去了，解决了今天这个委托之后，我一定会名声大噪。想到这里，我不禁笑了起来。

已经5点多了，他该到家了吧？我起身向咖啡馆外走去。只是，怎么告诉他这整件事的来龙去脉是个问题。我这样想着，来到了11楼，站在门前。西斜的太阳光穿过走廊的窗户，地面上洒满了金色，连门缝里插着的那些小广告上都跳动着金色的光芒，门旁报箱上的那层尘土都被照亮了。我陡然发现这个场景有些熟悉。我又想起刚才自己进楼时像早就知道怎么走一样，完全不像是第一次来这个公寓的人。难道老房子的结构真的都这么相似？我将手插进兜里，却发现兜里不知什么时候多出了一串钥匙。我鬼使神差地将钥匙插进锁孔，轻轻一转。

门开了。眼前的房间我无比熟悉。墙上似乎有血迹渗出。

我站在门口，感到自己的灵魂仿佛已四分五裂。

导读：

这是一篇构思非常严谨的微小说，从题目到情节，乃至看似无关紧要的数字都经过了精心的设计。作者在不足800字的篇幅里，表达了对人类命运的理性思考，堪称小中见大的典型个案。

替　代

林彦成

K星人觊觎地球已经五万年了。

K星是距离地球五百光年的一颗行星，可以说是地球的邻居。五万年前，K星的科技经过一段快速发展期后，到了一种极其强大的程度。那时的K星人的自信心空前膨胀，认为宇宙中已经没有什么能够打败他们了。我不知道这是不是事实，但是整个银河系在他们的监控之下，并没有让他们找到科技更发达的生命星球。

五万年后的今天，他们成功地把自己本来已经满目疮痍的星球改造成一架太空船，先进的技术使他们掌握了光速飞行的奥秘，他们准备用这架飞船接近地球。K星人非常自信。地球人凭借他们刚刚开始发展的科技绝对无法与K星人抗衡，甚至根本无法发现“K星”这架巨型太空船的踪影。

K星当代的首领亚娃和夏当，将名列史册，因为五万年来K星奋斗的结晶将在他们手上产生，他们将在地球开创一个新纪元。亚娃和夏当此刻正坐在指挥室里，看着手中的动员稿发呆，今天是出发的日子，他们在上一刹那成功地把K星人民的热情勾引到启程这件事上。他们想起了五万年来先辈们的艰苦奋斗，唏嘘不已。

夏当："这五万年人民的生活可真是苦哇！到头来终于要结束了！"

亚娃："可不是嘛！天天都得穿上粽子似的防辐射装备，新鲜空气是奢望，灿烂阳光是传说……"

夏当："不过说起来还是自食苦果，唉……"

亚娃："想起五万年前……还真是让人心有余悸。"说着，她从电脑中打开了一个名为"历史"的文件夹，翻看里面的资料。"找到了！"她说，"你看，历史记载，五万年前的'第三次圣战'整整持续了五百年呢，为此，我们的家园生灵涂炭，不得不寻求'第二个K星'。"

夏当擦了擦额角并不存在的冷汗："不过幸亏是找到了，要不然我们肯定得完蛋！"他又调出了另一份文件，说："我们要谨记那次战争的教训，你瞧，当时的K星五大国，在一点微末利益的驱使下做出了这样的蠢事。等我们在地球开辟了新家园，我们一定要告诫后辈们时刻不要怀有自私心理，否则就会步先祖的后尘。"

他们不知道的是，此时公元2020年的地球上，正当C国和J国为了一个小岛吵得不可开交的时候，A国的元首已经把手指放在HWQ的发射按钮上了。

导读：

看到未来一直是人类的梦想。但是，一旦未来不如人意，想改变却又无法改变。而且一旦能够改变，那么当时看到的未来就不是真正的未来。有时想要改变却恰恰筑成了自己的未来。这不能不说是永恒的难题。小说的主人公看到了悲惨的未来，他能改变吗？在这篇富有想象力的精彩小说中，作者将揭示谜底。

未　来

张炅

深夜，一位老人背对着他灯火通明的房间向窗外望去，窗外的灯光透过玻璃照亮了他的脸庞。他的双手放在两条枯黄干瘪的腿上，而腿正搭在他的高级定制轮椅上。

这是一个没有彩票的年代，因为只要花上一千万元人们就可以透过一台机器看到自己的未来。

这点钱对他来说自然算不了什么。

他坐在床边，但并没有在看外面，眉毛与眼皮扭曲在一起挡住了他的视线，额头的皱纹横竖交错。他想起他的未来——儿子为了他的钱与他争吵还雇人杀他，最后他从顶楼掉了下来。

“孽子……”

第二天中午，儿子照例来看他。他试探着说：“我死了以后我的财产就都是你的了。”

“嗯。”儿子没看他。

“你还‘嗯’？”他深吸一口气，准备破口大骂，没想倒把自己脸都憋红了，又把吸的气都咳了出来。

“你——甭想，我就是扔给孤儿院也不留给你，你——你这个孽子！”

儿子这回听得倒是清清楚楚。“你这个老不死的，我招你惹你了。”

“你敢骂你爸！”

“我就敢。”

“滚——滚——”

门“哐”地一震，打断了他的长音。刚才那一喊用尽了他的力气，把他的肺都要喊炸了。

“哎呀，这个……这个孽子……”

等他平静下来就想起儿子要杀他。做饭的机器是那小子买的。呀！他会给我下毒的。他像开车一样开到厨房，打开最近的窗子，把它推出窗外。机器在窗台上晃晃悠悠，斜着滚了下去。

还有客厅的花，也是他买的。他便又开回客厅。那盆枯萎了许久的花突然冒出绿色的藤蔓，朝他伸过来，像是要缠住他的头，吓得他又退回了厨房。过了好一会儿，见门口没有动静，才敢越过门框检查那盆花，还和前几天一样枯黄。

这可把他吓坏了。

“那是什么？一定是用来绑人的变异花。”他嘟囔着，慢慢开到客厅，举起花，快速来到他昨晚待过的窗户旁，把花投了出去。

他用了一整天的时间排除了家里所有的安全隐患，到了早上累得他瘫在了轮椅上。可是儿子又遵循惯例来看他了。

“爸，”儿子笑着进了门，“我知道你昨天是说着玩的，您不给我钱给谁啊……”

“给你钱，你做梦！”儿子咧着的嘴角立马收敛了。

他接着说：“你想害死我，看看你给我买的什么东西？你想谋杀我！”

“神经病！”儿子打算结束今天的探望，朝门口走了过去。

他又补了一句：“你等着，我今天就叫律师来，一分钱也不留给你。”儿子回过头来，皱起鼻子，哼了一声，出门去了。

他打电话预约了律师，又回想了一遍他的未来。“吵架、杀人……不对，是雇人杀我。哎呀，那就是杀手了。不行，我还得找保镖。”

他又拨通了人身财产保护公司的电话。

“对，我要雇保镖。什么，机器的还是真人的？人，当然要真人，一堆破铜烂铁能做什么。哎，好，好。”

他靠在轮椅背上，心满意足地笑了。3分钟后，5名保镖就站在了他的面前。

“先生，很高兴为您服务。”其中一个说。

“哈，好！我太累了，你们看着，我先休息一下。”“好的，先生。”他轻轻摇着脑袋，开到了卧室。

不知过了多久，一名保镖进来说家里进了强盗。他急忙坐到轮椅上，“快，快……”

“先生，您的飞船正在楼顶等您，我推您去。”

“好。啊，楼顶？”他忽然想起来自己会从楼顶掉下来，就说什么也不去。

“先生，您不去楼顶怎么逃走啊？”

“那，那好吧。你要保护我。”

“当然了，先生。”

电梯上的数字涨了又涨，他们终于到了351层的楼顶，但那里并没有飞船。他向右斜上方扭过脖子，问道："飞船呢？"

"在路上。先生，请您脱掉鞋子。"

"为什么？"

"好像跳楼自杀的人都这样做。"

"什……什么？"他一愣，连眼神都愣住了，"你……你是杀手？"

"对啊。"

"我儿子派来的？"

"是的，先生。"

保镖前伸着手向他走去，要把手搭在轮椅的把手上。

"你……干嘛……放开我。你——你杀了我，你也别想逃脱罪责。"

"反正您神志不清，不会有人怀疑的。"

保镖把他推到栏杆前。他向下望，但是风太大，睁不开眼。

"等等，他给你多少钱？我……我加倍。"

保镖凑近他大声说："他让我免费看到未来。"

"什么？我……我再加倍。"

"我是有职业道德的。"

"你要多少我给多少。"

"真的？"

"当然！只要你不杀我。"

"算了，你连自己的儿子都不信任。"

"那个孽子谁会信他！"

保镖没理他，自顾自地嘟囔着："谁知道你会不会反咬我一口。"便握着把手将他向前推去。

"等等，等等，啊……"他极力向后靠着，但还是没能抵抗住惯性的作用——他的头已经伸出了栏杆外。

风吹乱他灰白的头发，挡住了他的视线，他好像一下失去了知觉。

等他反应过来，他发现自己已经在栏杆外面了。他感到极度不适——他讨厌这强烈的失重感，让他喘不过气来。他想向每一层的人求救，但大风吹得他睁不开眼睛、闭不上嘴。他想留句遗言，却又发不出声音来，就只能在心中默念："都成真了……"

导读：

小说用夸张和变形的手法，讲述了一个关于“报复”的故事，情节设计很有独到之处。更可贵的是，作者的关注点不是荒诞离奇，而是借此揭示了一个严肃的命题：我们该怎样摆脱报复的轮回？

轮　回

王简

那个人恶毒的模样已经在脑海中盘旋了太久，以至于她没有注意到脚下的盒子，差一点被绊倒。她恶狠狠地咒骂着，拿起了那个木盒子，上面写着三个烫金的小字“报复盒”。她顿时来了精神，刚才的不快一扫而空，开始仔细端详这个木盒。木盒的背面写着这样一句话：

“把你憎恨的人的头发放入报复盒中，他身上会发生无数生不如死的不幸，同时你将会遭受到一次更大的不幸，只有一次。”

她开始仔细盘算这件事情，她在那个人，也就是她的主人的女儿家里当女佣已经很久了。

她从小就受尽了那个人的欺凌……

动不动就抽打她、用火筷子烫她的后背……

让她尝那个人的尿，吃掉那个人的厕纸……

把她的头往马桶里摁……

而这一切的一切，仅仅是因为那个人嫉妒主人对她的视如己出。还有她金黄色的头发和精致的五官也会让那个人非常厌恶。

她摸摸遍体的伤痕，15 岁的女孩已经骨瘦如柴。她咬咬牙，心想一定要做，哪怕再大的不幸也比不上她曾经受到的欺凌。

一年以后。

“你知道吗？这户人家发生了这么多的不幸。”

“是吗？听说这家的小姐被强奸了。”

“是啊，据说有 12 个身强力壮的男人同时围了上来。”

“真的，这家的小姐能活下来真是万幸。”两人同时露出了猥琐的笑容。

她低着头缓缓从他们身旁走过，不幸是从她把那个人的头发放入木盒后第二天就开始了。那个人的哥哥被发现吊在树上，眼睛被挖掉，耳朵和鼻子都被切掉了；

那个人的未婚夫莫名其妙地在路上被切了生殖器官，他还被迫把它吞下去；

就在那个人被强奸后不久家里发生了火灾，房子被烧，那个人当时赤身裸体带着无数烧伤，在所有人的注视下跑了出来；

诸如此类难以想象的事情不断发生，就连最疼爱她的主人也被车压断了双腿。在家里的所有主人和仆人中只有她没有受过任何伤害，奇迹般的是没有人对此提出疑问。是因为她曾经受到的欺凌太多了吗？不管怎么说，报复盒上的话应验了。

“家中屡遭不幸，我实在无法负担你们了，请自谋生路吧。”

她拿着自己少得可怜的行李往门口走，她从此真的要自谋生路了吗？可她自幼是个孤儿，主人收留她在家里做女佣，除了那个人，所有的人都对她非常好，从此她就再没有一个家可以依靠了。她真的是被仇恨蒙蔽了双眼，怎样的仇恨不能让拥有家庭的温暖来化解呢？她顿时明白这可能是自己遭受到的那个不幸了，万分痛苦之余她又庆幸幸亏是这样的“精神不幸”，比主人家遭受到的不幸可好太多了。她决定要告诉主人“报复盒”的事情，她要赎罪，她不想失去家庭的温暖。

突然她愣住了，她的眼睛直勾勾地盯着门口。

门口堆满了报复盒，每一个盒子中都放着一根金黄色的头发。

导读：

亲兄弟陷身虎口，一个倒下另一个就可以逃生，你希望对方倒下还是希望对方逃离？生命与亲情、自私与牺牲，种种矛盾交织在一起，究竟该何去何从？作者用近乎残忍的心理透视法凝视着人性的美与丑。

上帝给予的一刻钟

王钰

一

丛林。

在高山上，是一片有野兽出没的丛林，山顶，植被不那么茂密了，稀稀疏疏露出天空，地上是黄土，还裸露出些大石，挡着视线。

二

阿大和阿小，双胞胎亲兄弟两个，驴友、背包客。

欣赏野景，别样滋味。

三

谁也没有发现，有只老虎隐于丛中。

老虎向来是不主动攻击人的，可狗急跳墙，老虎饿急了也咬人。

四

来之前，阿小问过阿大："哥，这深山老林会不会有野兽啊？"

阿大倒是自信："放心，弟，有哥在，不会出事的。"

五

老虎扑跃而出。

六

"老虎啊——"他尖叫。没有注意到另外一个也在尖叫。

他开始跑，疯狂地跑，瞥了一眼，看见旁边的那个与自己几乎同时起跑。他在心里骂着，诅咒着，不是针对老虎，而是针对旁边的家伙，"让他摔一跤，老子就得救了。"

可显然上帝没有立刻满足他的要求。

七

他越跑越快，步伐很稳，他想，"一辈子都没跑过这么快，这速度绝对超越博尔特！我死不了！"

他不敢转头看老虎，紧盯着前方的路，然而余光告诉他，另外一个人也没落下。他咬着牙，"挺有潜力啊，可惜我还是比你快！"

可他旁边的人却突然摔倒了，他不知道为什么，自己竟停下来扶这个与自己抢生命的人。

他好像也摔过，只是瞬间被拽起来继续跑。

八

跑着跑着，他觉得自己累了。胸腔剧烈颤抖，腹腔翻江倒海。

他不想跑了，他认为自己死都不想跑了。

他减速，想把自己的生命托付给老虎。

可他身后的人瞬间追上了他，一把揪住他，意思是，跑。

他瞥了眼那个家伙，“不要命。”却一瞬间被激发了斗志，“我还能跑，还要跑！”

他恍惚记得，自己，好像也在无意中拉过那个人。

九

他还在跑，超越极限地跑。

他带路，试图在枝叶茂密的地方穿行，可老虎比他更擅长这么跑。

他又试着想把后面的人绊倒。他相信自己在前面看路不会摔，于是走最难走的路。可是，失败了，自己险些摔倒。

他穿出去，被另外那个人追上，跟跑，糊里糊涂地又进了深林。

十

他觉得自己别无选择了，加速冲到前面，猛地转弯，想甩开后面。

他又失败了，后面的紧紧地追着他。

他都听见后面老虎的怒吼声了。他腿发软，又被超过了。

然后似乎又转过此弯，记不清，只记得要跟紧前面的人。

十一

他觉得自己真要跑死了。

他使劲闭了下眼，依旧迅捷地迈着大步。

十二

他感觉自己跳了出去，他感觉自己做着走步式跳远动作。

没有路，他踩空了！

悬崖！

他听得头顶上老虎的狂吼，老虎刹住了车，他没有。

他想看看另外那个人在哪里：仰头，不见；俯视，亦不见。

他四处找寻着，不知道为什么自己坚持要找到他，似乎希望他还活着，似乎又愿意有他一起赴死。

原来那个人在自己的旁边，也摔了下来，一下子欣慰又心痛。

十三

他飞在天上，“此去不回了。”

一瞬间，他想到了自己的所有亲人、朋友。

包括自己的兄弟，他看着自己的兄弟，眼含泪水。

他忏悔：“上帝，是我错了，我为了生，竟会谋害自己的亲兄弟。”

十四

飞在天上，他感到自己下降的速度越来越快，因为刮过耳旁的风声越来越大。

他看不清兄弟的脸，因为泪水模糊。

他将手伸向兄弟，紧紧相握。

他自认罪孽深重，死有余辜。

他在心中向爹娘跪拜致歉。

最后，他还是闭上了眼睛，张开双臂，仰起头，等待降落。

十五

“嘭”，巨响。

他感到自己的脚触到了什么，强烈的冲击。

然后，他的脸感到冰冷的水拍上的感觉，痛。

他直坠入水底，又浮了上来，像鲸鱼一样的喷出水花，尽情地飞速地呼吸着空气。

深崖下的深潭，原来太阳可以这般明亮，这般具有深意。

十六

另外一个，亦是如此。

导读：

小说简洁地叙述了一起谋杀事件，如同打猎一样，女主人公眼看猎物一步步走向死亡，而这猎物恰恰是自己的丈夫。于是充满八卦的情节背后有了作者关于爱情世界里忠诚与背叛的思考。

猎

王颜墨雪

一

这几天总是梦到你。

你笑呵呵地出现在我面前，却突然变成一条灰色的巨犬冲我扑来。还来不及躲闪，震耳欲聋的狂吠已经在耳边响起。

我就在此刻从梦里惊醒，恐惧让我浑身颤抖发汗。我借助从窗帘渗进来的微光，看清身边，他正呼吸均匀地睡着。

我想你永远不会忘记那个阳光明媚、绿草如茵的下午。我也是。

二

那天，本来之前说好要和你，还有你最好的朋友一起去打猎的，结果你当天中午才到家。你的朋友一早就来了，看你不在，我就帮你招待了他。

到了中午，楼道里的脚步声越来越近，门被你撞开，和墙面撞击发出巨大的声响。你脸色苍白地进来，脸上挂着深深的眼袋。

“下次记得系好领带再出来。”已经习惯你混乱的作息和外出规律的我，在瞟了一眼你因匆忙来不及打理的衣服之后，从牙缝里挤出了这么一句来。

我把一杯晾凉的白开水递给你，然后死死盯着你，看你干渴的喉咙如何得到甘霖的湿润，看你疲惫不堪的脸庞如何迫不及待地转向你的朋友那边。

“来了，抱歉啊！吃了吗？”

“刚品尝完你夫人的手艺，回味无穷啊。”

“哈哈，过奖。”你瞥了一眼我，“那，现在出发？”

“你不吃点吗？”

“啊，我吃过了。走吧！”

三

太阳刚过了最高直射点的位置，锋芒开始慢慢收拢。午后的草地泛着可人的光，和西边的树林形成对比，那片树林好像吸收了所有的光芒，沉着脸色静静伫立在一旁。那就是我们的猎场。

你最先下车，背上装备，容光焕发地走向树林。你的朋友和我在后面，也都背上了猎枪。我专门挑了一把进口的双管猎枪，希望能弥补技术上的不足。

可是突然，一道灰影直奔你而去。来不及反应，你已经被扑倒在地。“呜——汪、汪……”一通狂吠。那东西趴在你身上，露出的尖牙利齿刺穿你的皮肉，沾染上你的鲜血。也许是一条巨犬的重量太大了，抑或是疼痛已麻木了你一部分的神经，你试图站起身来跟它搏斗或者逃命，可刚站起来便又亲吻了大地。

四

自从他跟我透露了一些关于你的信息后，我一直不相信，即使你每次都昼伏夜出，重新打理一遍衣服才回来。直到我亲眼看到了你走进一家酒店的房间，看到了一切。

“你晚上出去都干吗啊？”我问你。

“跟你说了，值夜班啊。”你故作漫不经心地回答。

我静静地看着你，你却在和我对视了一会儿后忍不住笑了出来。

“干嘛？这么严肃。”

“没怎么，好好工作，指望着你养家呢。”

你发自内心地笑了，浅浅的酒窝里露出死亡的阴影。

五

我眨眨眼湿润了一下干涩的眼眶，然后匆忙端起那把进口的双管猎枪。

“砰——”

你应声倒下。

树林里飞出了一群栖息的鸟。

那把猎枪掉在地上。

“这么麻烦干什么！你干嘛不直接在那杯水里放上毒药？”他拿起地上的枪，用手轻轻抚摸着枪管，笑着对我说。

“别说了，别说了！”我掩住脸，哭泣起来……

导读：

小说在结构上借鉴了电影蒙太奇的手法，故事内容也很像一部美国大片，包含寻宝、复仇、爱情等内容。应该说整体构思体现出一定的创造力，但是在语言表达上有虎头蛇尾之嫌。

Phanaladope

李秋泥

一

黄昏的普拉西斯如同一块刚刚烤熟的面包般诱人，秋风吹过，和着醇厚的酒香，挑逗着沉寂已久的田地。夕阳下的麦田像一块即将融化的黄油，泛着浓郁而光滑的色泽，吸引了几只打架的麻雀，它们如同普拉西斯迷恋麦芽酒的醉汉一样跌跌撞撞，不时发出几声慵懒而聒噪的尖叫，显然，它们在这片金黄的梦里醉了。

坐在麦田边的男孩饶有兴趣地看着那几只醉酒的麻雀，直到它们彻底醉倒消失不见，他乌黑的眼睛里闪过一丝失望，已经一个小时了，那几只麻雀是这黄昏中唯一有趣的景象。再一次回头望望公路尽头的小屋，黑色的木门仍然紧闭，他只好继续等待，不时用他硕大陈旧的皮鞋踢着路边的石子。

在醇香的空气中他有些倦意，头又沉又痛，只可惜他的头巾被那个高大的亚洲男人借去了，那块厚重精美的头巾已经在他们家族传了6代，是他父亲的骄傲，却因为一块面包被他借给了一个陌生人。父亲若是知道，一定会很愤怒。

面包已经被消化，他的嘴又开始贪婪地渴望食物了，眼睛紧紧地盯着那扇黑门，男人还是没有出来。他开始焦躁地咒骂，他有些恨那个吉卜赛女人和她愚蠢的黑屋子，为什么普拉西斯的占卜者只允许带头巾的人进自己的屋子？还有那个亚洲男人，为什么他算这么久的命还不出来？如果他偷了自己的头巾怎么办？

他开始恐惧，恐惧父亲那张毛茸茸的脸，还有那双永远不会饶恕他的眼睛。几只乌鸦悠闲地绕过他头顶，滑翔在蜜色的暮霭中，在一棵洒满金色的橡树枝上停下。

突然，一阵狂喜而撕心裂肺的吼叫打破了黄昏的沉寂，一个黑发男人从远处跑来，他头上歪斜地系着一块蓝白相间的华贵头巾。“我找到了！我找到了！”他千疮百孔的皮鞋在奔跑中扬起尘埃。挥舞着手臂，他歇斯底里地笑着，如同念咒般发狂地喊叫道：“我找到了！我找到了！”

男孩听不懂这陌生的语言，他被这粗鲁而疯狂的笑声吓到了，只是呆呆地望着那个疯子般的男人飞奔而过，甚至忘了他自己的头巾还在男人身上。

乌鸦叫了一声，不满地离开了橡树，男孩回头，看着木门半掩的木屋，突然想起了什么，他倒抽一口冷气，回过头，奋不顾身地追向那个已经消失于暮色中的男人。

只可惜，他唯一留下的，只是漫天飞扬的尘土和那句歇斯底里的叫喊——我找到了。

二

五个月前，陈的父亲死了。

陈看着自己曾经高大勇敢的父亲奄奄一息地靠在床上，他如同枯萎的树叶，干瘪而脆弱。父亲混浊的双眼死死地盯着他的衣角，陈感到奇怪，他握住父亲如同树干一样黑瘦的手。

“您怎么了？”他急切而疑惑地问。

无神的双眼飘忽不定，父亲苍白而干涩的嘴唇动了动，“Pha……nala……do……pe。”

“什么？”陈大声地问，紧紧地攥着那双干枯的手。

那个处在生命尽头的男人没有回答，他双眼微启，那只没有被握着的手伸向了陈衣角的方向。

就这样，陈的父亲咽下了最后一口气，并且在陈的心中留下了一个永远的谜团，那句 phanaladope 究竟是什么？

陈知道父亲是一个有故事的男人，母亲生前曾告诉过他，父亲拥有一段不为人知的历史和一座宝藏。那时的陈并不相信，直到神志不清的父亲在死前对他进行第一次也是最后一次的坦白。可惜死神未能让他父亲完成这场审判。

葬礼过后，他又回到了父亲的房间，他记得父亲的手最后诡异地指向他的右边衣角。站在父亲的床前，他回想着当时的情景，余光莫名瞥到了自己右手边的一个笔记本，那本棕色的小本子是他从未见过的。他突然想起父亲最后伸出的手好像就是指向自己的右手，难道他是指这个笔记本？陈内心涌起一阵狂喜，他知道自己即将进入父亲不为人知的内心世界。

这是一本棕色的皮质笔记本，做工精细。陈好奇地翻开第一页，淡黄色的纸上只有四个墨水字：普拉西斯。他继续往后翻，让他失望的是，除了一张地图以外，本子的其他地方都是空白。

这是一张意大利的地图，满眼他不认识的文字。只有一个地方被圈了起来，旁边是用红色墨水写的潦草字迹：普拉西斯。

四个月后，陈来到了地图上的地方，也就是普拉西斯。这座美丽而又神秘的意大利村庄，他漫无目的地寻找，除了一个本子，一张地图，还有那句熟记于心的 phanaladope 外，他没有任何线索。但是他确信，父亲的宝藏一定在这里。

在一个秋风和煦的黄昏，他来到了一个黑色木屋子前，敲响了那扇紧闭的木门。一个说着含混的意大利英语的小男孩告诉他里面是一个吉卜赛的占卜师，他已经厌倦了盲目的寻找，如果占卜师能告诉他 Phanaladope 是什么也好啊。

他打开自己的包，拿出一块面包递给男孩，男孩贪婪地盯着食物，他指指男孩的头巾，又指了指面包。普拉西斯的吉卜赛人有个奇怪的规定，只有带着头巾才能进自己的屋子。男孩因为饥饿而屈服，手伸向了面包，他系上头巾，推开了那扇门。

一股腐烂的酸臭味弥漫在整间屋子里，他在昏暗中依稀看见了一个老态龙钟的女人，她头上系着一条脏污得都已经分辨不出花纹的红色头巾，沾满泥污的食指上是一个绿松石戒指，唯有腕上的银镯子在黯淡的光线中闪闪发光。她闭着眼睛，靠在椅子上，陈以为她死了，走近点才听到她粗重的鼻鼾声。

陈只好坐下，盯着女人手边的骷髅头，不知过了多久，女人终于睁开了眼。那是一双混浊的眼睛，让陈想起了病榻上的父亲。

看到陈，吉卜赛女人痴痴地笑了，露出一口苔黄的牙，干枯的皮肤萎缩皱起。陈惊愕而呆滞地坐着，女人走近他，贪婪地盯着他的脸，陈别过脸，不敢看那双无神的眼睛。又不知过了多久，女人坐了下来，呵呵地笑着，伸出一根脏兮兮的手指，指着窗外。

“Phanaladope。”她喃喃道，透过油腻的玻璃，陈看到公路尽头闪着朦胧的黄色，他突然感到一阵从未有过的狂喜。

“什么？”他大喊。

“Phanaladope。”女人没有放下手，又笑了。

他推开门，不顾一切地冲了出去。

三

当陈到达 Don Estelle 村时，已经是第二天早晨了。

一路的颠簸让他失去了起初的兴奋，叫喊与奔跑让他口干舌燥。他昏沉地向前走着，穿过一个华丽的木雕拱门，一个门口近两米高的黑人想将他拦住，但在瞥到了他的头巾后随即让了路。

青石路上沾着露水，巷子深处传来女人洗衣的声音，笑声夹杂着水流声，聒噪而明媚，让陈久违地踏实。他双手放在裤袋里，漫步在街道上，好像回到了过去，回到了那座他出生的城市。

他不知道，这里的一切都属于一个男人，一个只信仰枪支的男人。他更不知道，这个男人正在黑暗里注视着他。

公馆里，男人正背着双手，阳光透过玻璃，衬得他的背影清瘦而矮小。在这里，他可以看到小镇中的一切，那张醒目的黄种人的脸让他感到有些刺眼。老 Zazza 不无紧张地望着落地窗前的主人，那紧绷的脊背让他意识到，黑色西装下的野兽又开始蠢蠢欲动，新的目标出现了。

“Zassa。”男人开口，他的声音已经被雪茄烟熏得粗哑。

Zassa 低头向前，脊背绷紧。

男人伸出只剩三根指头的右手，用食指点点窗户外的陈，皱了皱眉。

“他……”他挑起眉毛。

“我会看着他的。”Zassa 低着头。

男人背过手，满意地点点头。

“我要休息一下，把药准备好。”他取下右手食指上一只硕大的绿松石戒指，递给 Zassa。

“今天要两份的量。”

Zassa 取出手帕，小心地将戒指包好，放入胸前的口袋。

他刚要退下，却被拦住。

“如果黄种人闹事，就用这个。”男人又从左手食指上取下一只几乎一样的戒指，但这只上面的银环上多一个黑点。

Zassa 迟疑地接过戒指，呆呆地看着它。

“子弹是给叛徒准备的，而毒药——是用来招待我普通的敌人的。”男人阴冷地笑了。

他的仆人沉默地离开了房间。

昏暗的走廊里传来一阵女人的笑声，Zassa 低头走着，不小心撞到了正到处游荡的 Phanaladope。他急忙躬身，“Estelle 太太，早上好。”

白衣女人灵巧地闪开身子，拂了拂黑亮的头发，咯咯地笑着：“他在哪儿？”

“在休息，你还是不要去打搅了。”Zassa 抬起头，低声说。

“唉，真没劲。”Phanaladope 噘起嘴巴，“我还是出去吧。”

“在家里更安全，要知道，Don 教主的敌人可是……”

“管他呢。”她不满地皱皱眉，没等 Zassa 反应过来就又飘荡出去了。

Zassa 看着那幽灵般的白色背影，叹了口气，Don Estelle 六世就是喜欢这样没心没肺的女人。

他继续低头向前走，听到一阵哭声，伙夫的儿子今天丢了家族的传世头巾，被他爸爸一阵毒打。听着男孩的哭声，他又叹了一口气。

厚厚的墙壁外，陈正翻着一本意大利语的初学手册，是他在一个类似微型黑市的地方找到的。

过了一会儿，他站起身，拉住一个戴黑色帽子的男人，吞吞吐吐地问：“你知道……哪里是 Phanaladope？”

他感到那人帽子下的脸僵硬了，他只好又重复了一遍自己的问题。

那人阴沉着脸，偷偷地指向不远处一座巨大的华丽古堡，然后不顾陈的阻拦，低头快步离开。

陈看着那座被樟树环绕的古堡，那结实的黑色石墙冷峻而坚硬，透出一丝危险和神秘。

他出神地看着那巨大的漆黑的窗户，没有注意到身后火辣辣的目光。

男孩大声地叫："他是个小偷！他偷走了我的头巾！"

陈感到身边的目光变得充满敌意，他疑惑地回头，看到男孩火花喷射的眼睛。他这才回忆起昨天的事情来。男孩冲了过来，他丢下头巾，撒腿就跑。

他不由地向古堡的方向跑去，可是他感到男孩还是在追他。眼前出现了一片灌木丛，他不由分说地跳了进去。

男孩的叫喊声渐行渐远，他松了口气，刚想出去，却听到身边的一阵鼾声。

一个醉汉正躺在灌木间，已经不省人事，他身上穿着一件黑色的制服，衣角上歪歪扭扭地绣着 Don Estelle 的字样。

陈思量片刻，抬起醉汉的身子，偷偷扒去了那身衣服。

穿戴完毕，他又用黏土拍拍自己的脸，离开了那个醉倒的男人。

一个同样身穿制服的高大男人看到陈，向他招招手，陈走了过去。那人递给他一个包裹，冲他嘟哝几句，就将他推进了石门里面。

四

25 年来，Zassa 一直在做一个梦。

梦里永远是那个黑发黄肤的男人，那个智慧的化身，他心目中的神。

他曾是 Don Estelle 古堡的主人，不，那时这里的雕花木门上还没有刻上 Don Estelle 罪恶的名字。那时的小镇没有杀戮和枪声，没有出卖身体和灵魂的姑娘，也没有人违背良心走私毒品。那个来历神秘的东方男人不动干戈却征服了普拉西斯所有满手鲜血的当权者。

老 Don Estelle 蔑视他的文雅和睿智，认为那个黄种人是靠舔人屁股和软弱得天下的。

“那个男人干不下去，所以逃回他黄种婊子的被窝里去了！”他总是粗声粗气地笑着，一边吸着他的雪茄一边说。

每当他侮辱那个斯文的黑发男人时，Zassa 总是想戳瞎那双贪婪和淫荡的眼睛。但是他不可以，他的家族为这个古堡的主人服务了 300 年，忍气吞声是他从祖先那里继承来的美德。

他在夜晚悄悄地抚摸那块怀表，怀念着那个男人温暖的笑容和沉静有力的声音，他永远不会发怒，永远不会慌张，沉着而优雅地与那些杀人狂魔周旋。

那段没有硝烟的快乐日子持续两年后他离开了，留下了一句让 Zassa 匪夷所思的话：“如果以后这里有新的女主人，请让她改名为 Phanaladope。”

没人知道 Phanaladope 是谁，也没人知道那个东方男人的真正名字。他臭名其妙地消失，如同他莫名其妙地出现。

Don Estelle 来到这个小镇后，改变了它宁静的原貌，将这里变成一个赌徒、嫖客和瘾君子的聚集地。他勉强遵守的唯一传统，就是将娶进的女人命名为 Phanaladope。

“准是哪个和他鬼混的荡妇的名字。”Don 不满地嘟囔。

后来他的儿子也遵循了这个传统，娶进了一位带有吉卜赛血统的 Phanaladope。

她黑色的眼睛和狂野的笑声将小 Don Estelle 迷得神魂颠倒，Zassa 不清楚她的来历，只知道她丈夫是在逛窑子的时候遇到她的。

他痛恨这对狗男女，她玷污了那个美丽的名字。

他夜夜听到这两个人的淫笑声，他流着泪希望这噩梦能早点结束。

我要杀了他……

他抱着麦芽酒瓶，不止一次地在酒馆中发疯般地大叫。

人们对他投来异样的目光，将他从酒精中唤醒。

不行，这个小镇还离不开他。他深刻地认识到，一个 Don Estelle 的死会迎来另一个变本加厉的 Don Estelle。

他习惯喝很多酒，在醉生梦死中幻想着新的主人的到来，一个文雅而智慧的人，一个干净而善良的灵魂。

直到那天，他隔着玻璃窗看到了另一个东方男人，一个文弱的年轻人，像极了 20 年前他的主人。

他后来知道，陈就是 20 年前那个东方男人的儿子。

五

陈穿着仆人的衣服出现在古堡中时，注意到了一个奇怪的老人，正用那双因为苍老而失神的眼睛盯着他。

“或许又是一个精神不正常的人。”他悄悄地想。

一个穿着黑色制服的老女人一边用意大利语咕哝着什么，一边将他推进一个房间，又指着桌上的茶盘冲他嚷嚷着。他杵在原地，那个女人重重地叹了口气，将那盛着细瓷茶杯的银盘塞到他的手里，又指了指旁边一道暗门，然后又嘟哝了几句，随后焦急地跑了出去。

她是想让我把这个送进去？

他环视四周，华丽的吊灯缠绕着夺目的水晶，柔软的波斯地毯花纹繁复，墙上的壁画金碧辉煌，都是一些美丽的女人，她们赤身裸体，搔首弄姿，用含情脉脉的眼睛勾引着屋中的所有雄性生物。

被玛瑙和琥珀装饰的桌子上陈列着各种刀具和手枪，闪着寒光，一个金丝笼子里躺着一条银白色的蛇，它慵懒地蜷缩着身体，将它银色的头深埋于柔软的身躯下。几个面目狰狞的骷髅头冲陈诡异地笑着。

这里的主人究竟是谁？陈想着。

难道是那个 Phanaladope？

他有些激动地想推开那个木门，却被一只干枯而有力的手给制止住了。

Zassa 在看到那张熟悉的脸时就明白，这是天意，他梦寐以求的一天终于来到了。

他摸着口袋中的两个戒指，一个装着小 Don Estelle 的养生药粉，从一个非洲商人那里重金买到的，能够让他和那个妓女寻欢作乐时更加享受投入。想到这里他不屑而厌恶地摇摇头。

另一个里面是剧毒的药粉，是小 Don Estelle 杀死情敌和对手时使用的。他总是优雅地请人坐下喝茶，然后玩弄着昂贵的瓷杯，微笑着看对面的人口吐白沫、面目狰狞地死去，然后冷笑着对 Phanaladope 说："这就是和你鬼混的男人，死得这么丑。"

那个女人总是羞涩地笑着，眼里闪过纯真的残忍。

Zassa 知道，一切必须让那个年轻的东方人完成。

他的心脏怦怦地跳着，大口地喘气，他如同瘾君子嗑药后一般感到心醉神迷，身体因狂喜而酥软，神志却从未有过的清醒。他知道自己要什么，这桩谋杀已经在他梦寐中存在了很久。

两个戒指，几乎一模一样。

他冷冷地笑了。

陈回头，看到老人布满褶皱的脸，他惊觉地向后退了一步。老人盯着他看了很久很久。

Zassa 贪婪地看着陈的脸，那张来自东方的清秀的脸。天哪，他们是如此的相像，这真是天意！

在那张黄种人的轮廓柔和的脸上，他寻觅到了坚毅和隐忍，那来自东方的他所崇敬的品格。他在脑海中描摹着20年前斯文苍白的主人，两张几乎一模一样的脸在意识中交叠，使他眩晕。

他摸了摸口袋中的两个戒指，激动地不能自持。

正当陈不知所措时，他看到老人掏出两个一模一样的戒指，银环上缀着硕大的绿松石，泛着幽暗的光。那人思索半天后递给他其中一只。

Zassa看着年轻人惊愕的表情，低声说："这是Don Estelle的药，他喜欢放在茶里喝。"

他深深地吸了一口气，装作若无其事地离开，却无法控制混乱的脚步。他跌跌撞撞地栽在门边，恐惧而兴奋地看着屋里毫不知情的陈。

正如他所料，厨房的黑寡妇又回到了房间里，一如既往地穿着黑色制服，她目不斜视地走过自己，高傲地冲陈大喊大叫。

这个愚蠢的老女人。

Zassa不屑地笑了。

陈看到那个老女人又回来了，她看到自己手上的戒指，拍拍脑袋大叫着什么，然后把戒指抢了过去。

"天哪，我差点忘了，主人的药！"黑寡妇的声音尖利刺耳。Zassa看着她手忙脚乱地抢过陈手中的银盘，要去舔主人屁股的样子，就厌恶地皱了皱鼻子。

小Don Estelle正在屋里沉睡，他习惯在早饭后睡上一觉。他醒来后往往心情愉悦，这是他一天中脾气最好的时候，也是那些家仆拍马屁的最佳时机。

她轻轻地推开门，探头向里面望了望。小Don Estelle已经醒了，但他并未睁开眼睛，而是闭着眼睛等着仆人将自己的茶端上来。他满足地享受着这奢侈的特权，丝毫不知即将到来的危险。如果他能警觉地睁开双眼，就会发现面前那个让他憎恶的东方面孔。

Zassa 屏气聆听，凭他伺候这个男人的多年经验，他是不会睁眼的。但他明白，如果幸运女神在这一刻眷顾了小 Don Estelle，那么他和陈的生命将一同坠入无边的深渊。在这关键的一刻，他只能祈祷。

陈看着那个似睡非睡的意大利男人慵懒地蜷缩在硕大的床上，老女人谦卑地躬下身子，轻轻掀起戒指上的绿松石，下面藏着白色的粉末。她将那白粉倒进了茶杯里……

小 Don Estelle 惬意地闭着眼睛，享受着早晨的阳光烘烤被子的感觉，他慢慢地抬起身体，感到从未有过的放松。温热的茶杯被递到了他的手中，他抚摸着光滑的瓷面。

我的人生真是美好啊……

他想着，一边嗅着红茶清新的香气，那舌尖的芳香让他的心脏溶化了。

Zassa 不知过了多久，他紧咬着嘴唇，在那死一样的寂静中绝望地煎熬着。

突然，他听到了黑寡妇的叫声，尖锐而刺耳地拂过他的耳膜。

他满足地笑了，闭上眼睛享受这他等待 25 年的幸福。

金丝笼里的银蛇缓缓地抬起了高贵的头，睥睨地看着涌入房间的人们……

黑寡妇惊叫着指着陈："是他！是他杀死的主人！"

小 Don Estelle 沉静地躺在雪白的天鹅绒床上，面容如新生儿般安详，如果不是嘴角那道长长的血污，不会有人知道他已经被死神带走。

有人开始尖叫，有人开始大笑，黑寡妇扯着陈的衣服，痛哭流涕。

"啊！你这个谋杀犯！"她竭力地嘶喊，用悲痛掩藏着自己的恐惧。

老 Zassa 沉静地出现在门口，带着前所未有的威严和冷酷。

"这个谋杀犯将是这座古堡新的主人。"

他宣布道。

他环顾四周，人们的表情各异，有的不屑地撇撇嘴，有的厌恶地皱皱眉，还有人如释负重地微笑，但没有一个人表现出对于死者的缅怀。他们远远地望着尸体，隔着浮躁的尘埃看到阳光中 Don Estelle 的脸上泛着淡淡的红晕，他的皮肤白而透明，完美而脆弱，嘴角惬意地上扬。如同刚刚被天使亲吻了脸颊的孩子，无辜而纯洁。

Zassa 的预测得到证实：不会有人怀念这个恶魔，人们对他生前的恭顺来源于恐惧，他生前残酷地使用着过大的权力，致使他的死亡不能激起任何人内心的一点涟漪，除了他那个没心没肺的妻子或许会因为他的死掉泪。

所以当他拉起陈的手，宣布这个东方男人将是这个小镇新的统治者时，并没有人反对。

这里的人习惯了被统治，一个主人走了自然要迎接另一个主人的到来。他们庸庸碌碌、没头没脑地过着日子，对于那天大的权力从不妄想也并不渴求。

Don Estelle 和陈一样，都是他们高高在上的避难所，都是他们繁琐而冷漠的人生中无暇顾及的存在。

陈看着老人将一个刻着骷髅的手杖交到自己手上，他盯着柄上黑色的宝石里面自己无助的双眼。

尸体……人群……老人……手杖……

这一切让他眩晕而茫然。那不知所云的嘟哝声又响起来了。

或许这一切都是梦，和 Phanaladope 一样，都是一场不知所云的梦。

他抬起头，看到女人黑亮的眸子，她抚摸着肩头闪烁而跳跃的长发，在正午刺眼的阳光里，冲他笑着，单纯的近乎残忍。

“我找到了……”陈望着 Phanaladope 灿烂的笑容，喃喃道。

六

婴儿的啼哭声、女人的尖叫声穿透了漫天的火焰。

10年来，陈一直以为自己找到了，可是这一刻，他深感自己受骗了。

他穿着单薄的衬衣，隔着火光看到尖叫的Phanaladope。她哭喊着，抱着怀中的女婴，孩子沉静地看着父亲，在襁褓中安详地躺着，白色的被巾里露出一只诡异而罪恶的尾巴，人们指着那羞耻的标记。

是的，她是乱伦的产物！是耻辱的红字！

女婴咬着手指，定定地看着陈，那双稚嫩的眼睛里反射着熊熊烈火，陈在她残忍的注视下痛苦地抱住了头。

“为什么？为什么？”他喃喃道，他想逃走，可是那尖利的哭喊又不断地将他拽回他不想面对的现实。

人们的眼神一如既往的只有冷漠。

“为什么？为什么？”他发疯了般继续念叨，双脚着了魔一般快速地奔跑了起来，扬起了阵阵尘埃。

女人的尖利的叫声如同皮鞭一样冷酷地抽打着他的神经，他恐惧地大口吸着气，胃部阵阵痉挛抽搐。

他被骗了，这么久以来，他被父亲骗了。

七

就在几天前，陈觉得自己找到了，他一生中还没有像现在一样满足和幸福过。

父亲临终的那句话给他指明了一条通往快乐和幸福的路，他庆幸自己背井离乡来到普拉西斯。

在父亲的人生当中，Phanaladope究竟是谁？

他已经无暇顾及这个问题。因为他自己的Phanaladope已经带给他太多的快乐。

窗台上他美丽的妻子正在梳着自己黑亮的长发，阳光照在她脸上，让陈想起了他们的初次相遇。

“那时的你还是个毛丫头，现在你已经是我们孩子的母亲了。”陈对Phanaladope笑着说。

她微微一笑，温顺地低下头，慈爱地抚摸着自己的小腹。

Zassa在一旁看着这和谐的一幕，感到心安而快乐。他的决定是正确的，这个东方男人再一次给这个小镇带来了光明和希望。

陈的父亲一如既往地淡定，在镀金的相框里同情地看着小屋里的一切。看着他儿子即将和他素未谋面的女儿生下罪恶的孩子，那乱伦的、长尾巴的杂种。那个吉卜赛算命女人为他生的女儿，他的亲骨肉。

Zassa似乎看到墙上的东方男人悲悯的笑容，但他随即摇了摇头。

我真是老了。他想。

棉花糖一样的白云悠悠地飘着，几只麻雀挑逗着窗台边的铃铛，吵醒了金丝笼里沉睡的蛇。那条小银蛇已经长大，不可一世地昂着美丽的脑袋，慵懒地舒展柔软的身子，望着窗外湛蓝的颜色。

暴风雨前的天空总是平静而美丽的。

八

Phanaladope被烧死后，就没有人再看到过陈。

Zassa躺在酒馆里，痛苦地抱着酒瓶，在酒精中麻痹着自己的痛苦。

“这都是我的错。”他悲愤地嚎叫。他的灵魂在与良知的搏斗中已经奄奄一息，失去了从泥潭中爬起的力气。

那个东方男人睿智的面孔出现在人群里。

他自嘲地笑了：“主人，你究竟为什么要如此惩罚我们？”

东方男人没有说话，只是淡淡地微笑，冷酷而沉默。

Zassa 愤怒地举起酒瓶砸向那张沉静的脸。玻璃破裂的声音却并没有赶走东方男人的幻影，他穿着黑衣，高傲而残酷地笑着，嘲弄地看着这人间的悲剧。

陈恍惚地在路上走着，漫无目的地漂泊。

他踉跄地来到了一个小木屋前，黑色的屋门紧闭。

吉卜赛算命女人混浊的双眼被那张熟悉的脸给吸引。

Phanaladope……

她记得那个男人曾如此唤自己。

“Phanaladope……”她喃喃道。

陈感到一阵眩晕，眼前的女人似曾相识，她脏污的红色头巾束着乱蓬蓬的白发，手腕上的银镯子在午后的阳光里闪闪发亮，一只硕大的绿松石戒指在她细瘦的手指上泛着诡异的幽光。

Phanaladope？这是什么？陈很疑惑。

一个病榻上苍老的男人垂死时向他伸出了手，指着他的衣角。

一个火焰中尖叫的女人抱着一个长了尾巴的女婴。

混乱的画面使他大脑膨胀。他感到恐惧却无处躲藏。

吉卜赛老女人冲他笑着，伸出了一只瘦骨嶙峋的手，陈听到了那句似曾相识的魔咒：“Phanaladope……”

他着了魔，拉住了那只手，和那个疯了的吉卜赛女人一起，去寻找Phanaladope，那在他梦中出现过的咒语。

尾　声

陈的父亲无力地在床上躺着，他感到灵魂正一点一点脱离自己腐朽的肉体。

他年轻的儿子站在他面前，望着那张与自己曾经一模一样的脸，他想到了自己曾经犯下的罪恶。

他坐在汽车上，回头看着那个奔跑的吉卜赛女人，他的 Phanaladope。那个他深爱过但即将抛弃的女人。

阳光里，她不顾一切地奔跑。束着乌黑的长发的头巾，在湛蓝的天空下红得晶莹剔透，银镯子闪闪发光，刺痛了他的眼睛。

“Phanaladope！”她绝望地喊着自己的名字，希望东方男人能够回来。可是他别过头去，狠心地不听那凄厉的哀嚎。想着自己远在家乡的妻子和儿子，想着公路尽头他即将统治的小镇，他自此将那个怀了他孩子的女人忘掉了。

他不知道后来他有了个女儿，并且来到了他所统治的小镇，离开了她发疯的母亲，沦落为风尘女子。吉卜赛女人如今只知道一个单词，那就是被抛弃前竭尽全力喊的名字，她自己的名字。

他挣扎着睁开双眼，在儿子飘扬的衣角上他看到了模糊的字母：Pha……

他想到了那个戴红头巾奔跑的女人，在公路上喊着那段让人着魔的咒语。

伸出一只手，想要抓住什么。可那女人依旧疯狂地叫喊。他没了力气。“Phanaladope……”

他看着那模糊的字母，痛苦地呻吟道。

导读：

密室逃脱是近来年轻人喜爱的游戏之一，作者以此为素材，虚构了一个对游戏入迷的人物形象，细腻的心理活动和人称的灵活变化是小说的看点。

密室逃脱

王黛柔

他一直迷恋电脑游戏，尤其喜欢解谜破案。每一天睁开眼，他只是看看窗帘缝里透过的晨曦，一伸手就够到了电脑开关。他已经沉浸在游戏中不能自拔，这也导致了他的病。

《深红色的房间》是最新的密室逃脱游戏，他点开游戏的时候总是额头渗满期待而又紧张的汗水，心中一遍一遍地重复自己已经进行了的步骤，好在游戏刷出来的一瞬间用最快的速度完成，以便达到他最终的目的：出去。那是因为他总是担心着，自己世界里的那个坏人要将他置于死地。但密室对他来说总是有吸引力的，他也喜爱被紧紧束缚而又突然解脱的迸发之感。

这一天，他又要打开游戏了，一边摩擦着双手一边自言自语："嗯，先打开两个抽屉，然后看桌上的小盘里有一个戒指……"

我突然一下关掉了选项卡。不。我在心里说。不不。我有点害怕。他会来杀我。一定会的。我打了个寒颤，将鼠标放在超链接上，一时间没了主意。但是我对紧张恐惧的欲望却最终占了上风。我是在寻找刺激。没错。我还是打开了选项卡。进度条一点一点地向前滑动，我目不转睛地盯着屏幕，甚至提前将光标放在应该是抽屉的位置上。

啊！出来了！熟悉的黄色柜子。嗯，是深红色的房间。我快速移动着鼠标。点开抽屉，拿出光碟……我按部就班地进行着。哦不！我听到脚步声了！快快快！我坐不住了。我开始摇晃。鼠标开始乱点。不，他真的要来杀我了！我都能感觉到大滴大滴的汗珠滴到键盘上。

一下子，画面变成了亲切的Windows桌面。我呼哧呼哧地喘气，喘了好久。天啊，太险了，幸好我点了关闭，否则他下一秒就会把刀砍向我的。终于，我松了口气，闭上眼。幸好还可以暂时让我离开，心里却不由自主地有些失落。唉。我本应该可以逃出去的。我低下头，用手臂擦了擦额头上的汗珠。不行。这样不行。我不能这么下去了。

他太迷恋这个游戏了，特别是当真人版的密室逃脱出现之后。当他在那间房子里的时候，简直身不由己。他总是幻想要杀他的那个人下一秒就要冲进门来，但是却每次都在最后一秒放弃那种紧张得快要窒息的感觉。一次一次地放弃，越发让他一次一次地想要尝试。但是他越忙乱，就越没有办法赶快想主意逃出去。当然，他越紧张，身后的脚步声也就来得越急，越快。

于是，时间长了，当他走在路上，当他在自己的房间里，他都会慌慌张张地回头，寻找他臆想中那个黑衣人的身影。当然，匆匆流过的人群，充满了各种色彩艳丽的衣衫，是总也不会有黑衣人的。即使有，也是戴着眼镜，一副文质彬彬的样子，还拿着公文包，让他摇摇头，无法怀疑。就这样，他内心更加恐惧。因为未知的危险让他毛骨悚然，像在密室中，那脚步声越来越近，却不知道杀手什么时候会突然闯进，也不知道杀手会用什么方法把他轻而易举地干掉。他总是神色不安地猫着腰走在路上，时不时回头看看，步伐便加快了。

我最近觉得那个人又靠近了。他一定早就知道我在哪儿了。怎么办呢？嗯，对，我应该想个办法对付他。

我听说山岭小区好像有地下室出租。

也许我应该让他受到像我一样的痛苦。

只要我想办法把他引到那里，我就可以让他真正玩一场密室逃脱了。哈哈……哈哈哈哈……！！

他租下了山岭小区的地下室。他请生产厂家为他制作和游戏中一模一样的家具和道具。他将整个屋子刷成深红色。他还把床、柜子刷成黄色，把门刷成蓝色。他对黑衣人的怨恨和他劳动时的汗水凝结在一起，落在地上，便脱离了他的身体。一滴一滴，就好像他的恐惧在一点一点地消逝。只是这种消逝在某种意义上，让他感觉很空虚，但他不了解究竟是什么原因。他总想他这样做是对的，因为被追杀的恐惧让他痛不欲生，所以他要让那个带给他恐惧的人承受和他一样的痛苦。

他配了门锁，还是那种只能从外面开的锁。他想，这回这个人跑不了了。他满意地把钥匙玩在手里，发出碰撞的响声。他感觉到，他真的不再惧怕什么了。胜利就在眼前。

终于到了我复仇的日子了！

从今以后，我便再也不受他的困扰了。我不禁开始沾沾自喜，为以后我不再被纠缠的美好的生活，为我完美的计划。

我现在进小区了，我想他大概就在离我 100 米的地方跟着我。我能感觉得到。

我镇定自若地走进地下室，还从窗户瞥了一眼。他还没有来。我在屋子里走走，估计时间差不多了，他快来了。哈哈！他一定会来这里找我的。我再也不用感受那种痛苦了。他要是死在里面，那也是罪有应得！他这下跑不掉了！他会一直玩我设计的密室逃脱游戏，我都能想象到他着急、恐慌到脸色铁青、目光畏缩的样子。我喜滋滋地往门外走。

他突然抬起头，只是因为门发出的巨响。

他刹那间崩溃了。

他居然掉进了自己设的局中。

于是，他认真地玩起了密室逃脱的游戏。

这个游戏，是无解版。

“每天路过这里都会闻到一股恶臭，也不知道是怎么回事，楼上的实在受不了这才报的警。”地下室的周围已经聚集了好多居民，正在争抢着向屋内看去。

“沈警长，死者死亡时间大约在5天以前，死者瞳孔放大，推测是精神紧张致死。”警长沈乔点点头，犀利的目光从高高的眉骨下射出，扫了一圈周围的人，问道：“你们有谁跟死者认识吗？”居民茫然地相互看看，摇了摇头。其中一个说道：“我就住在楼上，倒是前些日子看到这个人，好像是刚搬来的，我来回上班经过看到他往里面搬家具，这人是谁……我还真不太清楚。”说完这个戴眼镜的中年人抱歉地笑了笑。沈乔点点头，向这个人投去了一点感谢却又不失严肃的目光，接着又转向其他人，带着疑问与期待。于是另外一个大妈说道：“我倒是没见过这个人，有一次我路过，发现门大敞着，我们这楼道本来就窄，怪挡道的，就给关上了，也没往里看。”

沈乔笑了笑，说了声谢谢，便转身进入屋中。

这个案子，是无解版。

导读：

这篇小说中，作者试图表现学风不正的环境下，某些“后进生”的生活状态和内心苦闷，以及由压抑而生的渺小感和无助感。遗憾的是，有些情节，例如季真的死亡，显得过于突兀。

优　越

李非

梁泽坐在家中的电脑前，电脑上播放着一部热播剧。在这样的闲散中，他感觉自己是世界上最幸福的人。

梁泽生在一个不起眼的四线城市，上着一所不好不坏的高中。和学校里大多数学生一样，梁泽每天上课时无非就做两件事：玩手机或者睡觉。在这样一所学校中，几乎没有人会想着要学习。老师们对于上课玩手机或睡觉的学生，也无心去管了，仿佛他们根本不存在一样。学校里总是会有各种帮派，但梁泽跟他们没有一点瓜葛，他甚至连学校的扛把子是谁都不知道。而更奇怪的是，他竟然从来都没有被那些帮派找上过——大概他已经被完全忽略了。

梁泽在学校没几个朋友，但有一个跟他关系很好，名字叫季真。季真是这所学校中少数还对学习有点认真态度的学生之一，成绩不错，家里人也会管他，像个正经孩子。一般人可真想不到他俩竟然是这么好的朋友，因为他俩的差别实在太大了。梁泽觉得，季真对社会抱有的想法有些天真。

总之，梁泽在这学校里，就是一个普普通通、毫无存在感的角色。

但在网络世界里，梁泽完全是另外一个人。他几乎一整天都泡在贴吧上。只有在网络世界里，他才能找到存在感。

梁泽渐渐觉得兴致没那么浓了，就把片子关了，去贴吧里转转。

他去了 A 球队的贴吧。他是这支球队的球迷。这一天，A 球队战胜了他们的死敌 B 球队，贴吧里便出现大量 B 队球迷前来发帖骂人。梁泽一直对于自己的球队有那么一种莫名的优越感，具体说起来就是，觉得自己和自己支持的球队都比别的球队和球迷高贵，而今天球队的胜利使他这种优越感更强了。看到这么多 B 队球迷在 A 队贴吧里骂人，梁泽觉得很不爽。于是他去了B球队的贴吧，发了几个嘲讽的帖子，其中说的有些话还很难听。有 B 队球迷前来回复对骂的，他也不甘示弱，就这样“交火”持续了两天。

两天后，在 A 球队贴吧的 QQ 群里，梁泽看到有人叫他：

“大泽你干什么了？”

“怎么了？”

“你被人肉了。到底是怎么回事？”

梁泽的心猛地震了一下。人肉？他从来没想过这能发生在他身上。

打开 B 球队的贴吧，最上头的那条帖子就是跟梁泽有关的。他看到，他的学校、住址、QQ、电话等个人信息，全都被扒了出来，唯一跟他真实信息不符的，是姓名，那上面赫然写着：季真。

“我之前在学校贴吧开玩笑地说过，我叫季真。可我把发帖纪录和个人资料全都隐藏了，他们是怎么找到的？”

“唉，你把它隐藏了，它也还存在啊，人家破解出来也就一会儿的工夫。”

“要命的是，他还把我的 QQ 号给盗了，向我的一个同学问到了班主任的手机号码，还威胁我要是我的道歉不能让他满意，就给我班主任打电话。班主任找到季真，季真知道我玩贴吧，肯定会说到我这儿来的，那样我在学校就再也混不下去了。”

“那怎么办啊，要不报警？”

“警察哪会管这档子事？根本就不知道对面是谁，又没什么实际的事发生，他们怎么管？”

“唉……不能让这帮贱人这么嚣张。”

“没办法，我只能去道歉了。”

于是梁泽在 B 队贴吧发了一条帖子。“各位大哥们！对不起！我真的知错了，是我嘴欠，求您饶了我吧，……”很快人肉他的人也回复了：“这事这回就这么了了吧，给你个教训，下次管着点自己的嘴！滚！”

梁泽总算松了口气。虽然自己这回实在是太屃了，但这事闹大了可就麻烦了。

第二天，梁泽像往常一样去上学。来到班里，他发现，平时到的最早的季真竟然没有来。一整个早自习过去了，教室里只剩季真的座位还是空的。梁泽非常疑惑。眼看都该上第一节正课了，这时候班主任出现在门口，面无表情地说道：“谁是梁泽？跟我到训导主任办公室去一趟。”

“训导主任办公室？我没听错吧？我犯了什么事要去那里？”梁泽在上楼时脑子一直是懵的。

打开办公室的门，里面坐着的有训导主任，还有季真。

梁泽一下子明白发生了什么。

“你们两个都被开除了。”

梁泽望向季真，季真的目光是呆滞的。

走出办公室，梁泽想对季真说些什么，但又说不出口。在这个时候，说什么也无济于事了吧。而季真似乎感觉不到梁泽的存在，只是低着头下楼梯。

他俩一同回到班里收拾东西，一同走出学校，只是“一起走”而已，两人没有任何交流。出了校门，季真往西，梁泽往东。梁泽停下来，望着季真的背影拐过路口，消失不见。这时他发现，他根本不知道自己现在该干什么。回家？出了这么大的事哪有心思回家？那他该怎么谋生？不知道，以前他从没想过这种问题，他能干什么呢？这时候他才发现，自己在这社会中是多么渺小，多么无助。“唉，先不想这些了，去网吧待会儿再说。”

在网吧待了两小时以后，梁泽决定出去转转。他走到学校附近的一条河边，看到河岸上三三两两地围着一群人。走近一看，人群中躺着一具尸体。

那是季真的尸体。

导读：

“十八层地狱”是一所酒吧，也是社会生活的缩影。虽然小说通过鬼魂等元素来组织情节和反映主题，但作者对社会生活的反思是具有现实意义的。

十八层地狱

周佳茜

【旅行家】

我是一个旅行家，喜欢走过形形色色的地下城市，去收集各个地方的故事和传说。

我在2113年盛夏的一个晚上来到这里，只是因为这里有一个名叫“十八层地狱”的酒吧。

走进酒吧，我无心去听周围男男女女带着酒气的吵闹，纷扰的思绪却幽灵一般的挥之不去，我的嗓子仿佛被干燥的小土块噎住，根本无法喝下这杯已经在手中变凉的黑咖啡。

我冲酒吧老板微笑，向他打听这里的故事。

就这样，酒吧的老板用手指擦掉了鼻头油腻腻的汗珠，给我讲了一个关于地狱的故事。

【女人】

白天的女子，是一家公司的经理。她始终独自一人住在最豪华的公寓里。

每天晚上，女子都要散开她及腰的亚麻色卷发，熟练地套上红色紧身露背装，踏着闪闪发亮的高跟鞋，像参加假面舞会一样来到当时最热闹的酒吧——“十八层地狱”。

“老板，威士忌。”女子尖声道，由于一天没有开口，声音变得十分沙哑。

“嗨，威士忌这种烈酒还是少喝吧，这种烈酒尤其是对于你这种年轻小姐来说，伤害可真的是蛮大的。”一个陌生男子忽然对她说，然后摆了摆手，对老板说：“老板，不要威士忌了，换成拿铁，谢谢。”

女子用被眼影描得十分夸张的眼睛冷冷地瞪了男子一眼。

这个奇怪的男子披着一件得体的黑色皮衣，把领子高高竖起，压低了帽檐，把棱角分明的面部隐藏在帽檐神秘的阴影中。

“谢谢。”

“看看周围这些醉鬼和女人吧，”男子对女子耳语道，“看来我们这些上流社会的人，总要到这种地狱般的地方，去寻找自己的欢乐，不是吗？”

女子不说话，她随着男子的目光，抿起暗红色的唇，冷冷地扫视了周围这些醉生梦死的醉鬼和女人，心里却一直重复着“地狱一般”这四个字。

“但显然你并没有从中得到快感。”男子不容置疑地说，“看得出来，你最想做的就是回家睡觉，而不是在这里坐到凌晨。”

“还有，这位小姐，看起来你并不喜欢这身打扮。”男子看了看女子的装扮，又以不容置疑的口吻说，“只是在遮掩什么，因为，你和他们不一样。”

女子不说话，在男子逼人的注视下，不知不觉收起了那副像蛇鳞一样的冰冷。

【男人】

看到女人那副装模作样的样子，男子不禁笑了。

他忽然生出一个伟大的计划，要把这位亚麻色头发的女子变得“正常”。

“嗯，就像我其实很喜欢穿碎花连衣裙和布鞋一样。”女子拼命耐住自己剧烈的心跳，尽量淡淡地说，“我想这里太热了，先生。谢谢你的拿铁，再见。”

“再见。”男子忍住痛苦的泪水对她说。他目送着女子匆匆离开酒吧，桌上的拿铁还散发出牛奶的芬芳，注视着她拐进前厅的拱门，捉捕到了她亚麻色发梢的最后一闪，接着她就拐过弯消失了。

男子松了一口气，坐下来，看着那杯凉透了的拿铁咖啡。

周围嘈杂依旧。

“十八层地狱”的酒吧里挤满了醉鬼和时髦的女人们，烂醉如泥的酒鬼们吵吵闹闹地打着酒嗝，硕大的桃子一样潮红的面颊在灯光下面不安分地闪烁，千姿百态的醉相暴露无遗。

酒吧里的女人们聒噪地晃动着手腕上硬邦邦的镯子，浓妆艳抹地对着周围烂醉如泥的男人们挤眉弄眼，皱着眉头小猫一般在周围男人满口的酒气中灵敏地嗅着铜钱味。

其实，她们并不讨厌醉鬼，她们讨厌的是身无分文的醉鬼。

【鬼魂】

有一个鬼魂独自摇曳在街上自言自语，看到酒吧的旗子随风飘动，尽管鬼魂是感受不到风的。鬼魂走在寂静里，寂静的名字叫死亡，不再说话，记忆不再前行。

他徘徊在清冷的酒吧街上，驻足在一家酒吧——“十八层地狱”。“十八层地狱……呵，这里和真正的地狱能有什么差别？”鬼魂幽幽地说着，下意识地拿出了他藏在街角的左轮手枪，匆匆走入酒吧。这把手枪是他从那个世界唯一带走的，也是他在这里唯一的财产。

他嗅了嗅这把左轮手枪，闻到了致命的死亡气息，枪仿佛有什么预兆似的在灯光下邪恶地闪烁着。

这把左轮手枪中的子弹只有一发射出，那颗子弹正嵌在隐藏在地下室里腐烂的尸体中。

【女人】

清晨，公寓的窗外传来嘈杂的声音。

昨天的一切就像是一场梦。

女人开始哭泣，被烟熏妆染黑了的泪水像极了有毒的血液，在她的手上随着手掌的纹路而纠缠变化，条纹一样染黑了女子的衣服，宛如致命的毒药。她感到自己无非就是一个被命运操纵的小丑罢了。

再多的金钱、权力、地位……无非只是像香水一样，那样芬芳浓郁的绽开，然后在那个不属于她的世界里骤然消失。

女子忽然发现她所习惯的世界竟然有那么冰冷。

她今天格外注意公司里的人们。

果然，周围的下属冷漠而礼貌地向她问好，机械而生硬地微笑着，与其说是微笑，不如说是奇怪的狰狞。

这种用礼貌的外衣包裹下的赤裸裸的窥探，瞬间击碎了女子多年来苦心搭建的那个壁垒——那个金钱为砖、权力为瓦的壁垒。

在针扎般的目光下，女子仿佛瞬间惊醒了，逃一样地离开大厅，小跑着回到自己的办公室，“砰”的一声摔门而入，锁紧门，躲在办公室里，无声地呜咽着，抽动着自己的肩膀。

此刻的她不知道，有一个孤独的鬼魂正在她身边，形影不离。

【鬼魂】

“谁？”空气中流动着诡异的气氛，敏感的女子忽然警觉地抬起头。

“一个不愿自报身份的鬼魂罢了，请不要怕。”鬼魂欲言又止，生怕会吓到女子，然而，他后来发现，自己完全没有担心的必要。

“你是鬼魂？我喜欢鬼魂。”女子的声音忽然放松，变得友好而亲昵，“你们要比现在的人更有人情味。”

鬼魂不语。

“你还在吗？如果你还在这里，你能告诉我还有什么比地狱更可怕呢。”女子认真地对着周围的空气说道。

“比地狱更可怕的，就是无法改变地狱，无法改变自己。”鬼魂痛苦地嘟囔着，“鬼魂没法改变地狱，至少活人还可以。”

“如今活人也不可能改变世界了。”女子叹了一口气。

“但这个世界正在变坏，是谁改变了它？”鬼魂问。

“我不知道，或许，是人们的无力吧。”

“无力？很无力吗？人们都已经把所有的自然景观破坏，然后彻底把城市改造到地下，人们很强大，想做的事情都能办到，怎么会无力呢？”鬼魂深有感触。

“但是，人们已经成为没有思想的空壳，和功能齐全的机器人没有什么区别。”女子想到这些，就厌恶地摇了摇头，然后紧皱眉头认真地思考着，思考着究竟什么才是一切罪恶的原动力。她的思维无力地漂泊在广阔的记忆中，却发现曾经再美好的记忆，回忆起来也是痛苦不堪的，昨晚酒吧里那个神秘男子漂浮不定的微笑在她脑海中反复旋转着，交织着诡异的光。

“我忽然想起一个奇怪的人。那个人让我有一种预感，或许整个世界中只有他能拯救我了。”女子愣了一下。

“一个男人？”鬼魂似乎被冻僵了似的。

“我想，我或许爱上他了。我有一种直觉，世上只有他才能拯救我。”女子重复着。

“就算他能把你拯救出来，只会让你看清这个世界，”鬼魂叹了一口气，“无非是生不如死，似乎不太值得。”

“不，我觉得很值，因为爱。”女子迟疑了很久，忽然鼓起了勇气，“就算他并不能拯救我，我相信爱也会拯救我的。”

“世上很多人，终其一生，去寻找某个珍贵的东西，但找到以后发现很多都变了。”鬼魂愣了很久，叹了一口气。

【男人】

酒吧里神秘的男人和亚麻色头发的女子闪电一般疯狂地相爱了，他们在寂静的街头亲吻，在酒吧共同消磨夜晚的寂静。

有一天男子忽然变得很忧郁，女子问他怎么了。

“你是因为绝望而爱我的。”男子以不容置疑的口吻低声说。

“爱情已经被这个地狱撕扯得畸形而扭曲。”女子笑了笑，几乎淡然地说，目光开始温柔地注视着男人，“这里就是个地狱。”

“你会害怕爱情的泡影消散以后，重新跌入万丈深渊吗？”鬼魂说出了他最大的忧虑。

“你彻彻底底地拯救了我。”过了很久，女子说。

“你也是。”男子的目光忽然变得狂热而激动。

此时此刻，他忽然想起他婚后那段极为短暂的生活，那黑洞洞的枪眼又让他冒出了一身冷汗。然而他的身体此时已经在地下室中腐烂，镶嵌着子弹。

他的身体只不过是一个虚幻又短暂的借代。

男子痛苦地闭上了眼睛，他也不知道，究竟是什么造的孽。

女子沉默了，敬畏地望着身边的男人。她至今也没有发现她的爱人就是那个鬼魂。

此时此刻，他感觉到有狂风在吹。他看到灰白色的世界瞬间有了颜色，感受到女子亚麻色头发所散发出来的香味正在诱惑他，感受到女子碎花连衣裙沾染的青草味和阳光的味道……这些正在他心中就像一发子弹一样，彻底地轰然爆炸。

他忽然想要杀死这个鲜活的女人。

“杀死她。”男子的脑海中反复回荡着这句话——几乎命令的耳语。或许只有这样，真爱才会永存，永存……

男子的大脑“嗡”了一声，眼前是女子淡淡的浅笑。

“灵魂是否存在，他是有限的还是无限的？是与死亡一同消亡？还是超越死亡继续存在？”男子的眼里有那么一刹那闪烁过一丝奇异的红色，他感觉插在上衣口袋里的手，又在轻微地抽搐着。

“我觉得是的。”女子柔软地说着。

“你不知道，世上很多人，终其一生，去寻找某个珍贵的东西，但找到以后发现很多都变了。”男子说。

女子忽然感到这句话很熟悉，她尽力回忆。

“难道，你就是那天和我说话的那个……”

“是的。”

在下一刻，一阵裹挟着热浪的飓风袭来，女子迷惑地愣住，脸上带着温柔而惊异的微笑，仿佛在等着男子给她的一个惊喜。

然后她就像一片亚麻色的叶子，倒在了那片流动着的血泊之中，似乎化作一条鲜红色的小鱼。

男子手中黑洞洞的枪口冒出的一阵纯白的烟雾，和头发烧焦了的刺鼻味道一起，遮挡住了那滩闪亮而美丽的心形血光。

“真美啊……”男子喃喃道，扭曲而狰狞地狂笑起来，狂热地望着女子的伤口，贪婪地嗅着血腥的味道，如痴如醉。

他仿佛在欣赏着自己创造的艺术品，跪在了血泊之上。

很久以后，他发疯似的抱起女子飞奔，奔跑的时候，他小心翼翼得就像捧着一条美丽的小鱼。

他头一次跑得这么快，甚至能感受到强风刀子一样吹过他的面颊，感受到女子碎花连衣裙包裹着的身体残余的体温，感受到诡异的鲜血温热地流淌在他的胳膊上，嗅到血迹散发出来的香甜味道。

他忽然很伤心，刺骨的悲痛就像风一样冷冷地在他的心中强劲地刮着，愈演愈烈。

黑色的风刮得天昏地暗，女子死去的痛苦——钻心一般撕扯他的皮肤和血液，撕心裂肺。此时此刻，这种钻心的剧痛让他错以为自己已经死去，变成了一棵秋日的树，整个身体都像那些脆生生的黄叶一样，在冷冷的秋风中麻酥酥地纷纷而下。他哀号着，奋力撕扯自己的头发，几乎昏厥过去……

【鬼魂】

寂静无人的郊区，清冷的月光早已洒满了寂静的草地。

“真美啊……”他愣住了，停下了飞驰的脚步。他轻轻放下女子已经冰冷的身体，然后疯了似的用手指头在干裂的泥土里挖着，他焦灼地挖着，直到手指头的血与女人的血深深渗入草叶与泥土之中，直到手指的痛苦与心中的悲怆连为一体。

他精疲力竭地埋葬了心爱的女人冰冷的尸体，几乎忘记了如何去哭泣，深深陷入骨髓的痛苦又从骨髓中生生剥离开来，宛如剧毒一般融入到血液中，化作眼角浓黑的泪。

他看了看女子微笑着的面孔，耗尽了最后一丝力气替她擦去了眼角的泪光，颓然倒在昔日的草地上，静静地观察着自己的身体，观察着自己的手臂逐渐变得透明模糊，看到周围逐渐出现秃鹰和狼黄色的三角眼。

鬼魂再也没有力气变回一个男人了。

他不知道，这是谁造的孽，让他永生永世留在这万劫不复的炼狱之中，挣扎在幻灭的痛苦中，游离在这个触及不到的十八层地狱。

每当夜晚来临，一息尚存的鬼魂总要摇曳着他枯瘦的影子对着心爱的人唱着什么，虚弱的鬼魂周身接近透明，等待他的，似乎只有死无葬身之地。

那亚麻色的头发、巧克力色的眼眸在鬼魂心中越来越鲜活，女子的微笑在暗夜中鬼魅地闪烁着。他的呻吟沾染了血腥的颜色，在湿冷浑浊的空气中荡气回肠，洒满了整个浓黑的地狱，叫醒了地下熟睡的魔鬼们，震住了他们不安的灵魂。

【旅行家】

天终于亮了，鬼魂的哭声在湿冷的清晨中逐渐和露珠一起消散，我向来是不信灵异，但是却又被这震撼的哭声吓得魂飞魄散，说真的，或许，我连鬼魂也不如。

女人的高跟鞋在酒吧的走廊里响起，整个冷寂了的地下城堡又一次开始复活，十八层地狱的魔鬼们又开始在地狱中肆意游荡……

我忽然想起了我年轻的妻子，想起了曾经地上的家，想起了这个像地狱一般把我吓得魂飞魄散的世界……

我想，我该回家了吧。

导读：

小说通过两位科学家的生命历程和错综复杂的关系，直指科学伦理与科学家的良知，具有很强的现实意义。出人意料的结尾充满了无奈和对生活的反讽，很有震撼力。

科学家

李秋泥

在审判中，你指着我，愤怒地说："你是一个有罪的科学家！"

"你20年前和其他9位科学家被E集团买通，联名声称氰铂氪是对生态零危害的，可用于生产！而如今，我已做过详尽的调查和数据分析，氰铂氪会造成哺乳动物的生育困难，它的工业排放物更会导致树木的枯死！"

你走近我，盯着我溢满泪水的双眼："而你，一个诺贝尔化学奖获得者，居然昧着良心推翻了氰铂氪危害环境的言论，允许氰铂氪投入生产！"

你鄙夷地盯着我："我想，这大概是因为你也可以分一杯羹吧？它作为催化剂提速生产，不知获得了多少利润！"我战栗了，悔恨地低下了头。

"看看你那洛杉矶的豪宅、冰岛的别墅。不都是靠违背科学、出卖灵魂得到的吗？"

你背过身，指指眼前那没有尽头的通道：“带他走吧！他这种歪曲真理的科学家只配去监狱！”

你举起双手，大吼：“我不会让科学死掉的！”

我听到背后人们震耳欲聋的欢呼，他们有了新的希望。

我看着你年轻的脸和那对科学笃信的神情，想到了20年前的我。

我是一个有罪的科学家。

我曾经追随理想，前途似锦，是最年轻的诺贝尔化学奖得主。

我那时正在研究氰铂氪，就在我发现它致命危害的那一晚，一个男人敲响了我的房门。他自称来自E集团。

那真是可怕的一晚，他在我身上使用了各种逼供水，逼迫我修改成果，承认氰铂氪是无害的。可那时的我誓死信仰科学，没有放弃真理的打算。

“相信你会改变主意的。”他冷笑着离开了。

经过备受煎熬的一个月，他还是出现了。

“你想怎么样？你知道我的决心是难以改变的！”我冲他吼道。

他不动声色，拿出一份报纸，标题赫然写着：“九位诺贝尔奖获得者的发现——氰铂氪可用于生产。”

“怎么可能？”我失声叫道。那名单里有我多年的好友，我的导师。那么多愿为科学而死的人都屈服了？我愤怒地质问：“你对他们做什么了？”

“恰恰相反，你那备受敬仰的同事们，如今正舒服地躺在巴哈马的海滩上晒太阳呢！而作为一个拥有同样头脑的科学家，你真的甘心于继续过这朴素的生活吗？如果能用科学致富，何乐而不为呢？”他奸笑着，掏出针管。“你若想献身科学也行，傻子不缺你一个！一针毙命，干净利落。”

我最终选择活下去。

20年来，我每月定期会收到钱，但再也没有见过那个男人。

倒是E集团已经跻身为全球前十的大财团，他们的工厂遍地都是，当然，全托氰铂氮的福。

直到有一天，一个一身正气的年轻科学家揭开了这尘封20年的秘密，其他9个科学家已经死于非命，我不免陷于牢狱之灾，当然，遭殃的也有E集团。

虽然死到临头，但看着我年轻的翻版，我内心已经熄灭了近20年的科学之火又重新燃烧。

20年前他收买的那个老人今天已经被审判入狱了。

当然，这一切又是他策划的。

氰铂氮如今已经赚不到什么钱了，因为其他集团也在用。亏他聪明，他拥有的E集团名下的工厂早在几年前就被转让出去了，E集团现在就是一个日薄西山的空壳，遭人辱骂。而那些追风使用氰铂氮的傻子现在正好出局。

他知道，几个月后会有一个新起之秀B集团，它几年后就会入驻全球十强。唉，B和E，名称区别而已。

屏幕上那个已被视为英雄的科学家明天就会发表声明："最新化学生产催化剂——氢氯丙对自然无害。"

是啊，有了氢氯丙，谁还要氰铂氮啊。

氢氯丙对环境有害吗？据那个年轻科学家说，是有的，而且比氰铂氮更大，不过他不在乎那么多。

他不在乎地球是不是绕着太阳转，也不在乎2+2=4。

真理是可以杜撰的，科学本身就是用来赚更多的钱的，不是吗？那些所谓真理的追随者，谁不可以被收买？

400年前有个作家，他笔下男主角最终承认2+2=5。

还有很久以前的科学家伽利略，他最终被迫承认太阳绕着地球转。

其实我们都是贪生怕死、嗜钱如命的，谁也不比谁高尚。不是吗？

第四章

梦蝶戏作黄粱观

导读：

这是一篇很难读懂的小说，也是一篇耐人寻味的佳作。说它很难读懂，是因为作者借鉴了魔幻现实主义的手法，在一个只有香肠的镇上发生了很多不可思议的事情；说它是难得的佳作，因为作者通过离奇的情节表达了自己对时间、生命、记忆的深入思考：如果现在就是过去，未来就是现在，那么生命的意义何在？我们每个人是否都将迷失在“香肠镇”的轮回里？

埃塞俄比亚香肠镇

李西月

1937 年，我在埃塞俄比亚香肠镇。

大蒜、洋葱、辣椒的气味化作极细小的颗粒在空气里上下翻腾，猪肉香肠、牛肉香肠、烤香肠、煮香肠和各种不知名的香肠在厨房里悬挂着。

人们在永恒不断的时间里制作源源不绝的香肠，以难以置信的认真和耐心守在厨房里，防止老奸巨猾的香肠趁夜色溜走。大蒜和洋葱味的迷雾里，黑夜在掩护它们撤离，一如大海将河水吞入万劫不复。

我并不热爱香肠，之所以来到这里是应聘意大利面大厨，信上许诺了丰厚的酬金。按照信里手绘的小镇地图，我来到一个红色的房子前，与其说是房子，不如说是石头的堆砌，中间是破旧的木门。

随着门“吱——”一声推开，一束目光将我定在地上，一个男人坐在桌前，好像很长时间一直盯着前方等待人到来。等到惊吓稍稍缓解，我才发现这房间过于狭小，天花板却极高，对面的墙上有一个不透明的窗子，隐约透过的日光让我头脑里产生的奇怪感觉压抑下来。

“我来应聘意大利面大厨。”我递过手中的信。男人只略看了一眼：“这里是镇政府，你有什么需要？”镇政府？我感到很难把这个幽闭的空间和外面的世界联系起来。我重复了一遍：“我来应聘意大利面大厨。”男人的脸上显出疑惑的表情，但对我说的内容毫无兴趣：“什么？面？镇上只有香肠。”

他不再理会我，将头埋进桌上的内容，一副全神贯注的样子，眼睛却许久没有移动。一点光亮透过窗照亮空气中浮动的尘埃，桌上落满灰尘。

当新鲜的空气重新进入鼻腔，我感到无限的舒畅，回头望向刚刚离开的房子，我对里面发生的一切感到怀疑。我漫无目的地行走，饥饿感这时突然降临到我身上。

我走进街对面的一家酒吧，大门上挂满风干的香肠，投下一片时间的阴影，屋子里清凉而寂静。一个中年男人将一盘香肠端到我面前：“这是最后一盘香肠。”声音里透出浓重的悲伤。我停下为香肠刷土豆酱的动作，“最后一盘？”我疑惑不解。他停了一会儿，沉重地说：“是，这家酒吧就要消失了。”我心不在焉地点头，继续刷酱，却感觉他的目光没有离开。

正当我用餐刀切下第一块香肠时，他重新开口：“17 年了，我在这里做香肠，但不是表面上这么简单，我每天做大量的香肠，酒吧里用的只是少数，我一直……在努力用香肠填平东非大裂谷。”叉起来的香肠掉落回盘中，他似乎没有察觉我的惊讶，自顾自地说下去：“17 年了，每天早晨我看着新做好的香肠坠落进深谷，没有回响，也从未见过谷底。我已经不再年轻了……明天我将离开这里。这些年，我从未告诉过别人我真正的目标。”男人的脸埋在阴影里，大门上僵直的香肠微微晃动，在桌子上切割出忽明忽暗的图形。

“那么……为什么要对我说这些？”这个问题显然使他感到意外，又仿佛把他拉回到现实中来：“这是最后一盘香肠。”

午后的日影里，我看见香肠从17年的时光斜坡上滑下，从又深又黑的谷底坠落向永无尽头的天空。

离开酒吧，我一边走路一边努力甩开头脑里迷雾一样白茫茫的一团，对周围的一切浑然不觉。当意识重新回到我的头脑中时，伫立在我面前的是一座钟楼。

我的目光顺着白色大理石砌成的底部爬上塔身的冷色调石砖，直到顶上金色的钟，指针停在12点钟，不再有任何移动。说是一座钟楼，实际上是无用的塔状建筑，已经失去了报时的功能。我正准备离开，突然被一片阴影笼罩，再抬头，钟楼上立着一只大鸟。在天空和大地之间，只有它的羽毛在风里飘动，它有着金色的羽毛，纯色的金，不能夹杂进一丝别的颜色。

“只有你能看见凤凰……你不是本地人。等到时间……在这里安顿下来，就像我们，你就对它毫无兴致了。”恍惚中，我回过头，看到一个小男孩，对着顶上的钟调他的手表。

看到我回头，他马上问道：“你不是本地人，怎么会到这里来？”怎么会到这里？从头脑中白茫茫一团的底部，我将它搜寻出来：“我来应聘……意大利面大厨。”“什么？面？这镇上只有香肠。”时至如今，我对他的反应竟不感到惊讶，只是一些不知名的情绪在心里散开，像一滴墨水滴进清水瓶。透明的液体里，颜色一丝丝抽离、浮动，找不到开始和结局。

我努力寻找阻止颜色散开的理由。信……通知我来到这里应聘的信。我把手摸进衣服的口袋，结果却一无所获。我的大脑里迅速浮现出那个幽闭的空间和桌前的男人。

木门再一次“吱——”一声打开，坐在桌前的是一个女人，漂亮得令人眼睛作痛，她向我送出“谢谢上周的情书”式的微笑。我对这地方的反感顿时退去，甚至来到镇上后第一次觉得愉快。我突然有了莫名的信心：“知不知道意大利面？”她陷入思考：“意大利面……好像……有点记不清……你可以去图书馆，在北镇，白色房子，那里记着镇上的事情。”

一整天在我头脑中的白色迷雾团终于消退，突然又想起来这房里的原因：“呃……谢谢，另外我有东西忘在这里了，一封信。”

“是吗？什么时候？”

“就今天，一个男人在这儿。”

“男人？今天一直是我在这里。”

我的大脑被更加厚重的物体堵塞，茫然地走出房间，我向北边走去。小镇分为南镇和北镇，也没什么明显的分界，但是一到北镇就感到失落得不行，又出奇寂静，仿佛世界上所有的沉默都汇集至此。

图书馆并不难找，整条街道一眼就认出的白色房子。走进去，面前竟是一条狭长的走廊，三面都是白色，唯有天花板刷成了黑色，沉重得有种要坠落的错觉。我的脚步声在走廊里回荡，变得陌生起来。走了两分钟或三分钟，也或许是十分钟，我来到走廊的尽头。回头看时，大门在白色通道的反光中变得模糊起来。

走廊的左手边有一扇铁门，我推门而入，进入的瞬间门无声息地迅速闭合，一扇沉重的铁门竟能以如此的速度悄无声息地合上，仿佛一条幽深的暗河沉默地流动。一个年轻男人出现在我对面，“要找什么书？”他的声音极轻，在偌大的空间里变得不真切起来。“关于……这个镇，想看看。”不知为什么，我也压低了音量。他消失在书架中，回来时手里拿着一本陈旧的书。

“跟我来，去阅览室。”我随着他穿过垂死的影子一样的书架，越走远灯光就越昏暗，到最后漆黑一片。黑暗中听到金属碰撞的声音，然后是几下转动，“啪”的一声——门开了，突然强烈的光线刺进来。

等到我睁开眼睛，书已经在桌子上摊开，男人不在了。我快速翻动着书页，眼睛从一行行文字上扫过：……香肠镇……时间……凤凰……镇政府……头脑中的迷雾一团团拨开，就在我要将最后一页翻过的时候，一双手按在书上，阻止了我的动作。

男人不知是什么时候进来的，竟没有半点声响。“你看完了。”他用的是肯定句，不等我回答，“现在……你该忘记了。”

“忘记？”

“在这个镇里所有看过的书都要忘记，然后才能离开这个房间。有的人看的太多，就要花很长的时间来忘记。就像人们要努力工作来消耗金钱，香肠要变成动物，雨水要化作天上的云……”我看着他手指中夹着的烟一点点变长，迷离的烟雾中一切都渐渐模糊……

如同天空塌落，一段奇妙的空白。秋天一场雨后的下午，在长满小花的山坡上，我如蓝鲸一般沉沉地睡去。虚无感在身体中迅速膨胀，头脑中翻书一样沙沙作响，渐渐像远处的星一样模糊，终于消失不见了。

消散的烟雾中，我看见一个男人将一支完整的烟放回口袋里。一本厚重的书在桌子上快速翻动，整页整页令人舒适的空白，翻到最后一页，一封带有手绘地图的信。我感到眼熟，试图记忆，头脑中某处却钝痛起来。

看着对面陌生的男人，我礼貌地对他说“你好”，然后倒退着走出房间。直到大门无声地合拢，一个白色的房子出现在我面前，好像在哪里见过，却又无法记起。

我转身，向南方走去。全世界的声音重新回来，我感到轻而易举的愉快和满足，同时又觉得自己在寻找什么。这时，一个男人向我走来。“请问知不知道哪里有意大利面餐馆？”他问，同时向我展示一张手绘地图，“我接到一封信，来这里应聘意大利面大厨，你大概是本地人，认得这地方？”

“什么？你说意大利面？这镇上只有香肠。”

导读：

这是一篇带有寓言色彩的小说。没有扣人心弦的情节，只有三个人富有哲理的对话和简单的场景描写，作者要表达的是对锁闭的现实生活的反思，走向外面的世界，究竟又有怎样的意义，又会面临怎样的困境呢？相信读者会有自己的思考。

外面的世界

雷君婷

“不管怎样，我热爱这里。不管你如何评价它，它是我生长了这么多年的地方。我过去在这里，现在在这里，将来我也会永远在这里。”我愤怒地捶打地面，身上的铁链哗哗作响。你莫名的口出狂言是对这个世界最大的侮辱，我不明白你为何要这么讲。

“你为什么不能睁眼看看？这里是一片黑暗！唯一的光亮是墙上的焰色，我们从那里认识许多事物。但那不是真实的，那或许只是真实事物的投影。你在这里许多年，但你未曾挪动一步。你是如此狭隘，你定不懂外面世界光明而真实的美丽。”你高谈阔论，但其实你也没有去过你所谓的“外面的世界”。你所做的，其实和我一样——在铁链下安然度过一个个春秋。只是你对墙上斑驳的注视没有迷恋，而是充满不屑。

我深感无法与你继续交谈。为何你一定要不停批判这个世界的真实？明明我们都生活在这里，都享受着日日无忧的美好生活。我想起了角落里的大个子，他总是不说话，但是至少不会如你一样大言不惭。在这个时候，或许需要这样一个人来评判一下。

“嘿！你！总是不说话的那位！你怎么想？你看，那些斑驳就在那里，形形色色的事物在那里展现。我们看了它许多年，它明亮而真实。为什么会有人怀疑它？多么可笑。”

沉默了许久，我才听到他的响动。铁链哗哗，他换了个姿势坐着。他想了一会儿，只用他低沉的嗓音说了四个字——

“我不知道。”

世界又沉默了。

恍惚之间，我也开始迷茫了起来。这是我生活这么长时间的世界。我看见它，我听见它，我感受它。但是突然间你站了出来，你说，我曾生活的世界都是虚无的。我拒绝让我的世界崩塌，你说，不要逃避。

可是你知道吗，这不是逃避。生活在这里，就要学会去接受它。你说我是井底之蛙，即使这是真的，我也热爱那个井底，我坚信是这样。更何况，同为井底之蛙的你，如何能看见井外的天空？我想你总会意识到什么是真实，什么是虚无。

他，依然不说话。他好像永远蜷缩在角落里，与黑暗融为一体。他倾听我们俩的谈话，却又不发一语。我不知道他是怎么想的，是和我一样对身下坚实的大地充满爱恋，还是和你一样梦想着那遥不可及的天空。无论我如何询问他，他永远只有四个字，无奈而低沉——我不知道。

其实你也不知道不是吗？虽然你不停地说着，拼命地想要说服我，可是我想你也能感受到大地坚实的触感与墙上斑驳持续的光亮。你告诉我，有一天等我们挣脱了这铁链就能知道真相。记得那时我反驳你说：或许那时你就能意识到你就存在于这个黑暗而真实的世界。

我怎么也不会想到，那天真的到来了。

只是那个人不是我，也不是你。而是角落里总沉默不语的大个子。

他的脚步声，不再带有铁链的哗哗声响。你兴奋得不知所措，对他叫到：“你挣脱了，对不对？你自由了，对不对？你快走，往前走！走出这里，感受真实的世界，你会知道我说的是正确的！”

你对你所谓真实的迷恋近乎疯狂，眼神中透露出贪婪求知的欲望。他没有回话，怔了一会儿，然后迈开了步伐，沉重而坚定。你侧耳倾听着那纯粹的脚步声，最后将耳朵贴在地上。

你说：“他会回来告诉我们真相的，在他发现了真正的光明之后。”

我说：“若是真有你说的那般好，他怎么会回来？他如果回来，定是发现世界就是这样，哪里都如此，只是这里他更熟悉。”

你说：“你不能体会发现真相后的欣喜，他会回来告诉我们真相的，他会的。”

一日一日，我们不停地絮叨着。日子好像又回到了从前，只是没人再倾听我们的言语。

一日一日，我们不再不休地争论，盼望的是一个不知在何处的人，期待的是一个未知的真相。

于是我们一起对着那无边的黑暗发呆，看着他离我们远去的路，你的眼中满是艳羡。

那一天，我想是你的目光太虔诚太贪婪，于是我们又听到了熟悉而沉重的脚步声。

但你不再性急暴躁，你安静地等待着，听着那脚步声越来越近。那是没有铁链哗哗伴随的脚步声，它和离去的时候一样沉重。他又回到了他的角落，蜷缩起身体。这时候你才深吸一口气，声音颤抖着问他。

“你看到了真实吗？”

又是沉默。

他沉默了许久，用他低沉的嗓音说到：

“我不知道。”

世界没有了声音，你也无言以对。

而我却突然想去外面看看。

导读：

少女心中的爱情充满忧伤怅惘，也充满动人的纯情。作者用唯美的笔墨，写出一对青年男女的相思、无奈和柔情，略带悲剧的结局显示出青春的残酷和真实。

七月流火

王颜墨雪

月光如水，倾泻在这个森林的夜晚里。布满繁星的夜色，掩盖了流云。

它发现了我，在我筋疲力尽的时候。

在那之前我只是倚靠着无数参天大树中的一棵，浑身像一只烂皮袋摊在潮湿的泥土上数星星。随身听里缓缓流出了温柔的肖邦的夜曲，那些星星缺乏规律地眨着眼，化作那些奇妙的音符，周围的光芒将它们过滤成无声的夜曲。它们铺展在夜幕上，随着时间流逝，一点点践行着斗转星移。西南方向，一颗淡红色的星星，是那颗容易被错认为火星的心宿二，位于天蝎座中央，随着夏末来临一点点西斜，滑向天际。

直到它发现我，我的目光仍停留在头顶的一片穹庐上。为了吸引我注意，它昂首迈出优雅的步伐出现在我面前。它是头英俊的鹿，它刚向我展示它匀称健壮的体格、轻盈高贵的身姿，又用一双深棕色的玻璃似的眼睛注视着我，似乎洞察着什么。跟它的皮毛一样光滑的瞳孔倒映出我的影子。我的影子浮在它的瞳孔上，仿佛瞳孔是黑洞，我在洞口，隔一层薄薄的水雾。就像我的影子浮在她的瞳孔上，随着水波像油草一般荡漾。

“你叫什么？”

“我知道你想见我。”

“你要去哪？”

“如果想见我，请等一年。”

“你为什么要逃走？”

“一年之后，我会在这里。再见了，乔。”

我只感觉她的声音像温润的醇酿，她的笑容像圣诞节的清晨。

“为什么要穿红色裙子？”

…………

我在这里生活已经四年了。四年前我从家乡的一个不知名的大学毕业，到这个小城里寻找一份糊口的工作。现在我已经成为一名建筑助理，每天和那些用铅笔和直尺画出的线条为伴，还有满脑子精密的计算，白天在办公室度过，夜晚回家睡觉，地铁直达，横穿了整座城市。我从来没有见过城中心到底是什么样的，也没有想过要半路下地铁探寻一番。我的生活只是在办公室、家和地铁上，这是我的生活，或者不叫生活，只是度过而已。所以关于她的故事，就开始于在我每天要搭乘的 A1 地铁上。

那是七月的某天早晨，我像往常一样从家出门，步行到路口的地铁站。一路上没有什么不同。明媚的日光。尚未睡醒的社区。开始繁忙的道路。川流的车辆。飞扬的尘土。行色匆匆的年轻人。地铁站口裹着围裙摊煎饼的大妈。煎饼、汽油和餐馆垃圾的味道。我迈进地铁站的门口，赶忙倒步下着台阶，协调地瞄了一眼左腕上的手表。一切正常。我照例赶上了首班列车，保持着半个月不会迟到的记录。地铁里只有零星的几个人站着。陆续地，又上了些人。逐渐多了起来。我扶着身前的栏杆，闭着眼恍惚了一会儿，一动不动。当我猛地清醒过来，想要知道现在到了哪站，仿佛命运的安排，我没有习惯性地向面前的门上方看去，而是为了换一个姿势，转身向后寻找路线。在掠过千篇一律的惺忪睡眼、皮鞋西装后，我的目光在半路停住了。停在一个女孩身上。多少年后的今天，我仍记得当初她的模样，并且不断的回味，摩挲，仿佛一次又一次地回到那个猩红的七月。

那是个看上去很有趣的女孩。她站在靠近门一边的过道上，穿着一身及膝的鲜红的连衣裙，是那种妈妈给小女孩买的作为生日礼物的裙子。双手垂下来拎着一个白色的枝条编织的篮子。可我随即又被她本人吸引过去了。那裙子太鲜艳了，她为什么要穿那样红的衣服呢？然而真正吸引我的并不是她的红裙，而是她身上的某种迷人的气质，是的，那是一种神秘而迷人的气质。

我不觉地盯着她，刚开始她的脸只是侧对着我，目光停留在她正前方的某一位置。那是一种心无旁骛不食烟火的目光。突然她的嘴角向上扬了扬。我顺着她的目光看过去，寻觅那个使她微笑的目标，却不能够。因为根本就没有！当我再次转过头想要注视她时，却碰上了她的目光。意识告诉我应该回过头去，然而我却没法。我的目光已经和她的相连，再转移不了了。她发现了我在看她！又或者，她早就发现了。因为她也在看我！我的脸像是着了火一样。我发现她的目光充满了挑衅和嘲笑。她为什么会发出这样的目光？她在嘲笑什么呢？在笑我吗？我并没有什么可笑之处啊！我努力使自己显得镇定。当我重新观察她时，我发现她对我露出大胆而狡黠的微笑，仿佛我们早就认识。我的身子随着地铁一颤，是的，我从她的眼睛里读到了某种暗示性的东西——她希望我了解她。

她的注视让我把目光只好转移到她手中的篮子上。那个白色篮子在她的红裙前异常扎眼。那是个手工编织的篮子。她拎着它，是她编的吗？还是她从手工店买的？她为什么拎着一个空篮子？我于是开始猜想。也许她和所有女孩一样，刚从书上或女伴处学来了编织篮子的方法，就从商店买枝条。她喜欢白色，就买了白色的杨树条，然后立刻回家编了起来。她花了一个晚上就编好了。她对自己的作品非常满意，做了一个好梦，第二天就把它带在身边了。她带着它干什么？是向她的女伴证明她的手艺？或者，她要去山上摘花。这附近是没有山的，只是在城南郊有几片坡地也许有花。可那太远了，地铁根本不到那儿。又或者，她有一位很重要的亲人生病了，她希望用自己编的篮子装上水果送给那个人。她要早起去市场挑选新鲜的水果。我好像看见她拿起来一个个水果，认真看了看才放到篮子里的样子。篮子一点点变重，最后冒出尖来。她掂一掂，欢喜地来到病床前。她火红的热情在苍白的医院里留下了这篮水果。不，那样她必须拎着沉甸甸的水果坐地铁到医院，她是不会那样的。我也说不清为什么。如果真是那样，我就一直在地铁上等她出现。地铁一启动，满篮的水果就滚落一地，一个跟她裙子一样红的苹果滚落在我的脚前。我小心翼翼地捡起来，然后把其他水果都一个一个帮她捡起来。递给她的时候，她微微向前伸出她自己编织的篮子，露出感激的目光。

我又把目光转移到她的脸上。这时她流露出疑惑的神情。我也大胆地微笑了一下，请注意，微笑，细微得连自己的神经都不易察觉。可我却相信她一定是感觉到了。她在这一站就下了车。不过临出地铁，她的头向这边偏了偏，又露出她的优美的侧脸来，似笑非笑。

我突然觉得非常失望，什么也没有发生。试想，一个穿着鲜艳无比的红裙的妙龄女孩，在拥挤的地铁里，手中拎着一个手工编织的篮子，周围那么多人，你只是他们中的一个。她谁也不认识（很显然），当然也不认识你。而她却谁也不看径直向你看去，并且露出大胆而狡黠的微笑。这时这个女孩引起了你的无限想象：她是谁？为什么要看我？为什么露出那样的微笑和目光？

她穿着那身紧身的光滑的红裙，把她的皮肤衬得异常白。出奇的白！这让她变得更加娇艳欲滴。我看到她在雨里奔跑的样子，她把雪白的篮子举到头顶，像只鹿一样轻盈地跳着，周围一切都暗淡下来，只有她，在雨中像株猩红的玫瑰。她热爱红色，特别是这样鲜艳的红色，也许红色代表她的火热的内心，像七月一样，如果她有名字，一定像七月一样，七月，七月……但这却不是她所表现出的性格；她压抑着红色的生命，压抑着她的内心，就像里面有一个小魔鬼在尖叫，而她却不能把它展现出来，她感到冲突，感到矛盾，感到空虚。她想寻求帮助，帮她跳出笼子。她掠过她周围的人，她的亲人，她选择了一个素不相识的陌生人；在他们第一次相遇（也许还是最后一次），她把她的心事通过目光传递给他，但并不是楚楚可怜，只是挑衅狡黠，和她的笑容一样。这是他陷入想象，根据那些仅有的细节推断出来的她的境遇；他很快推翻了自己的困惑，她的挑衅和狡黠正是她不愿屈服、外表强大的表现！她选择他，是因为只有他能够做出这样细密严谨的分析，才能理解她挑衅的目光和意味深长的侧脸。她知道！因为她看透了我。看透了我？怎么会，不过几秒钟……我再不能找出答案。

她是那么与众不同，而我却无法说出来。我只是希望再一次遇见她，让她验证我的猜想，让她亲口说明白。她还没有跟我说过话……

接下来的几天早晨，一切恢复了正常，除了我。我总是在早晨的地铁上等啊等，盼啊盼，可她没有拎着装满水果的篮子出现。我必须找到她！篮子……花……小城中心有一个花店，她去买花！她会去吗？……

那一天我没有到办公室，而是在半路下了地铁，来到那个中心花店。我又一次沉湎于想象。她拎着那个篮子，想买一些鲜花。她曾经想过要亲手采摘，可太远了就没有实现。她向人打听哪里有卖花的地方，得知城中有一个中央花店，花店很大，种类也很丰富。她提着自己刚编织好的篮子（也许是买的），篮子和她皮肤一样雪白，穿上那条她喜欢的红裙，因为那白色因为红色而更加纯洁，红色因为白色而更加娇艳。她知道自己这样多美，于是轻轻抬着下颌，迈开轻盈的步伐走进花店。眼前是琳琅满目的鲜花，她甚至不知道该选什么。不，不是的，她很清楚自己需要什么，这在来到花店之前就想好了。她照例看中了属于自己的红色和白色，一种玫瑰，一种百合。不过她不喜欢百合，她觉得它们不够好看。她从小就喜欢玉兰，学校门前种着两棵玉兰树，那里有她的童年。于是她询问有没有玉兰。店员露出惊诧的表情，遗憾地告诉她没有，那不是用来卖的啊！她把玫瑰也放回去了，慢慢把头低下来，出了店门。身后的店员的眉头扭成了难看的一团。她赶快又抬起了头，活像个高傲的小鹿，那是她天生的尊严。

这只是无数可能性中的一种，而我宁愿它是真的。今天看来，那时候的我毫无理由地编造出一个个故事来是多么滑稽！但正因为我和其余世界的中间，全部是她啊……

她并不在那儿。也许她来过呢。也许没来过。我低着头从花店出来，然后抬起头想寻找地铁的标志。我的目光掠过匆匆忙忙的行人，掠过烟尘漫天的空气，在半路停下了。我无法不让自己感到窒息。红色！是她！她仍旧一身红裙，一抹雪白。她轻盈地向前走去，目光始终注视前方。我激动得抑制不住了，我奔跑着穿过马路，“喂！……”我刚要喊她，却喊不出来了。她叫什么，我叫她什么呢？我只能全力以赴地跑过去，趁她还没有从眼前消失。“呼——”当我跑到她身后时，她竟回过头来！我差点冲过去。她睁大了那双玻璃似的眼睛盯着我。

“你是一只鹿！”我说。真后悔自己说出来那句话。她的篮子里盛满了白色的花瓣。

她注视着我，目光里充满了企求而不是挑衅。那是鹿的眼睛，我的影子浮在上面，那眼睛像是在说：还记得我吗？你还记得吗？这一次我的脸又烧起来了。

在相信我的理解之后，她转身就走，像只落荒而逃的小鹿。我没有拉住她。

“嘿——”我喊道。她坐上一辆出租车走了。我在后面站着，不知道她能不能在后视镜里看到我。

她为什么这样看着我？还记得我吗？她为什么逃走？还有，篮子里的玉兰？

我又懊恼起来。但很快重新燃起了希望。那是她丢给我的一个谜。生命就是一个巨大的谜。

我要去寻找谜底。嘿，小鹿，你还没有告诉我你的名字。

那天夜里，我对着星空发呆。我决定不再沉湎于想象。当那些想象都落空时，我就明白那些努力都是徒劳的。也许这是上帝的安排。而如果一个人想猜透上帝的心思，无疑是一场胜负已定的赌博。当我明白这些时，我学会了欣赏星空；当我听过夜曲之后，我学会了思考夜空。我认出了银河，认出了夏季三角，认出了一颗特别的星星。它发出淡红色的光芒，在千千万万颗星中跳入我的眼帘。她是那么与众不同，在浩瀚中独有一份迷人的引力。我顺着她找到了天蝎座。于是，接下来的几夜里，我不由自主地看向那颗星星；我的脑海里有一个星空，我却只能看见那一颗星星。

今天当我坐在办公室里，我已经可以让头脑保持清醒地面对那些东西整整一天。不过现在我要离开那些铅笔线和算术，我想去放松一下。我走进街上不远处那家咖啡店，奇迹就是在那发生的。

我看见了那个女孩！她还穿着红裙。她坐在里面靠近服务台的位置，低着头。她低着头的样子更加可爱。她的桌上只摊着一本书，双手压住书角，时不时地翻一页。她看得津津有味。真恨不得是她手中的那本书，她那么认真地注视着它……她的长发垂下来，被她轻轻别到了耳朵后面。她的侧脸真美。

我故作镇定地走过去，在她对面的椅子上坐下来。她抬起那张可爱的脸，微张着惊诧的嘴，后来慢慢合上，像朵花。我的目光和她的目光又一次相接。这次我不再发烧。于是我们俩安静地对坐着，注视着对方的目光。我看到她美丽的眼睛里我的影子，没有漂浮。因为那层水流出来了。水滑过她苍白的脸颊，坠到摊开的书页上。我看到她座位旁边放着那个篮子，里面盛满了白色的花瓣。我伸出手，擦掉书上的水痕。她握住了我的手！我感到她手心里有源源不断的温暖送来。她看着我。我也回报她。咖啡馆里的其他人奇怪地盯着我们，后来我这样觉得。她终于开口说话了。

“对不起。”

“你叫什么？”

“我知道你想见我。”

“你要去哪儿？”

“请等一年。”

“你为什么要逃走？”

“一年之后，我会在这里。再见了，乔。”

她早已料到我的疑问，所以在有限的时间里，她只是自顾自地对我说话。当手上的温暖将要消失时，我的另一只手握住了她。不知道为什么，当时我并没有用力，似乎并不是真的想要她留下来。

“为什么要穿红色裙子？”

她迟疑了一下，但马上毫不费力地撤出手，拿着书和篮子，轻轻地迈开步伐。背影一如往昔。她已经走到了门口。她靠着门，回头冲我笑了笑，眼睛半眯起来。她的目光变得模糊起来。我们还会再见吗？

红色已经飘远，周围失去了颜色。

所有问题好像失去了意义。我只感觉她的声音像温润的醇酿，她的笑容像圣诞节的清晨。

自从那天起，每当我累的时候，思考不动的时候，我就仰望星空。有一天，当我死去，我也会到上面成为宇宙里的一颗星，成为渺小而无尽的虚无。我成为一颗真实存在的虚无。

后来，我在街上远远看到她的侧身，刚从中心花店出来。你们也许会奇怪，我为什么还会在那儿，还在半路就下地铁。我也不知道，像是潜意识里对自己之前的猜想不甘，就总是不由自主地走到这儿来。我变得镇定，没有立刻追上去。她仍挺着高傲的胸脯，迈开步子，走到不远处一辆灰色轿车旁边。一位男士在车外为她打开车门。她没有立即上车，而是从篮子里拈出一瓣花瓣，放到舌头上，含着。她的目光从周围掠过去。我看到她一如既往优美的侧脸，一如初见时涣散的目光。她没有看到我。她对着那个男士笑了笑，上了车。在我眼里，那是妓女的笑。她消失了。

彻底消失了。

我仍幻想和她见面。很快见面。很短的见面。我无法想象一年之后她仍会出现在那个咖啡厅里，仍是那只高傲的动物。我总有一种感觉，她不会再出现了。她所说的等待，也许只是个机会。也许她只是等待一个灵魂，让她走出与生俱来的矜持，说出欲言又止的心声。等一个灵魂拥抱另一个灵魂。等待两颗相似灵魂的互相慰藉。

后来，我想找一个更好的地方，看星星。我请了一天假，来到南山的森林里。据说那里有一片湖，湖上面的天空跟湖水一样清澈，而湖里的鱼，和天上的星星一样多。我来到这里，找啊找啊，一直找不到那片湖。我迷路了。我已经筋疲力尽，于是就在一棵树根上坐下，闭上眼。我说过，星空在我的脑子里。

只要看一眼星空，你就会明白生命的渺小。这相对于宇宙的无限小，可归于虚无。于是世世代代的人们成为永远的虚无，万古不动的星辰成为永远的存在。无是永无，生也是永生。现在的我注视着天空，永无的我就成了见证永生的宇宙的一分子。仰望它们，真希望自己也是其中一颗，不求多大、多亮，只是兀自沾染一点神秘的乐趣，然后发出几百万、几千万年以后才能到达某一星球的光芒。在那个星球上，也有人在一个有夜曲和繁星的夜晚，抬起头来，被满天星光所吸引。在千千万万的星中，将我认出，当黎明破晓之时，又将我放弃在千千万万中。他独自在梦中哭泣，想起她是怎样地在千千万万人中向他走来，约定等待的期限。想起她离去的背影，一夜间，他坐穿悲伤。让心变成星，随着时间逝去，一点点滑向天际。死了。

我抬起头看，头顶是连成一片的茂密的枝叶。从两片树叶之间的罅隙中，我看见了那颗淡红色的星星。

真正的告别是静默的。只有一个人在另外一个人心中死去时，他才真正在这个世界上消失了。最后一次，他们再相遇，却仿佛中间存在透明的隔断，没有最后的告别。两个人在心底，压抑住抽噎，却不知道对方都在反复重复着行为准则：避免情绪表面化。好像一场无声的比赛。

天色从东方一点点见白。像是做了一个漫长的梦，我从梦中汲取生命。现在，梦已近尾声，我感到我的烂皮袋正慢慢变薄，慢慢从火热变成冰冷，被泥土里的水分分解。最后一眼，我看到周围的颜色褪去，那只鹿的瞳孔里的水流了出来。它第一次放下天生的傲慢，低下头用舌头帮我闭上了眼睛。西方的淡红色终于不见了。

秋天来了。

那个神秘的女孩，明年，明年你还记得我吗？

导读：

姑娘的背影吸引了他的目光，成为他心中的女神。但是相思只属于他一人。这种相思超越一般意义的爱情欲念，是对爱情的欣赏，只属于情窦初开的少年世界，令人感念也令人忧伤。

背影姑娘

雷君婷

他喜欢背影姑娘好久了。

第一次见到背影姑娘，是清晨在学校的林荫小路上。

那天的晨曦清爽得刚刚好，树影斑驳，散落在背影姑娘长长的棕褐色马尾辫上。海藻般的长发柔顺地依附在肩上，宽大的校服，显得她纤细而柔弱。小径两旁高大的梧桐已叶叶相连，仿佛通往一个秘密花园。她听着音乐，就这样慢慢地、安静地在校园的晨曦中漫步。后面，是他的目光。她走得很慢，但他却始终不忍超过她，就这样保持着一段距离。她欣赏着风景，而她，也成了他的风景。

这一场景让他日复一日地想念，但是在接下来的很长一段日子里，他却再也没有见到让他朝思暮想的那个背影。

他好像感觉到一种使命，他感觉他生来就是为了那个姑娘。他从未如此强烈地想要保护和靠近一个人。眼想注视她的双眸，手想穿过她的长发。他想，这是不是就是一见钟情。

他不知道她的名姓，没见过她的面容，对她的一切全然不知，但这并不影响他爱她，只因为晨曦下的一个背影。

于是他在日记里唤她为背影姑娘。

他想，背影姑娘一定是恬静温柔的，如槟城采摘槟榔的女孩儿们，雪白的肌肤上透出丝丝醉意的红晕。丹唇外朗，皓齿内鲜。明眸善睐，靥辅承权。

他想了很多，却又不敢多想。怎么想也想不出合适的描述与恰当的画面。他期待着，却又怕玷污了那个清晨的回忆。

终于那天，他在人流中又遇见了那个熟悉的背影。

熙熙攘攘的，学生们披着同样的校服，他一眼就认出了背影姑娘。他拨开人群，靠近些，再靠近些……他想喊她停住，却又不知唤她什么好。他想拍拍她肩膀，人流却拥挤得让他无法前进。在他能触碰到她秀发的前一刻，他们被人流冲向了两个方向。

他错过了。

看着那个背影渐行渐远，他感到无比绝望。那一瞬间他觉得自己失去了什么重要的东西，想要紧紧抓住，却又像手中的流沙。看着她走远，他感觉教学楼里的灯，一下子暗了。

背影姑娘是他的一个童话，他不知道为何自己这般迷恋着她，近乎病态。她是他孩童时期的一颗糖，仿佛能甜蜜他的人生。但是这颗糖，却没能在他胃里融化，连他的唇都未曾触碰。

后来，他还是走在校园的林荫道上，每天，每天。梧桐树依然高大，但是晨曦却再不如那个早上那般清爽。雾霭蒙布，他抬头向上望，世界都是灰的。

每天，每天。他望向前方的小路，均是毫无目的的背影匆匆。他有时以为自己看到了那个沉静的背影，兴奋不已，一眨眼却发现又了无踪迹。

有一天，他真的看到了。

他不记得那天阳光怎样，他只看到那个背影。那一刻时间凝固了，他感觉只有他和背影姑娘是存在的。他曾经幻想过无数次他们的相遇，但是这一刻他才知道，感性会驾驭他的所有。他朝着她，大步流星地走去，他知道他终于能得到他渴望已久的东西。那颗能甜蜜他人生的糖，最终会融化在他口中。

他想拍拍她肩膀，说："嘿，你好吗，我爱你。"

他往前快步走着，像是要抓住一颗流星。

一步之遥。

他的手向前伸去，想轻拍她的肩膀。他看到柔顺如海藻般的长发散发出阵阵清香垂落在肩上，轻抚在心上。宽大的校服懒懒地温柔地环抱她的周身，使他有种想保护的欲望。她还是听着音乐，背着大大的书包，不论在怎样的清晨中走着，都这样恬静清爽。

他怔住了，就这样看着她，他知道自己有多爱这个背影，手在空中凝固。她依旧往晨曦中走去，两步，三步，她渐行渐远……

他放下了手，他走向另一条路。

导读：

这是一篇颇富想象力的寓言。告别童年本是一个渐变的过程，作者却将其定型为一种“仪式”，来体现成年人对孩子强加的“好意”是如何伤害其天性的，具有强烈的冲击力。

告别仪式

唐晟旻

“今年的告别仪式将在三天后举行，请年满12周岁的小朋友抓紧时间整理自己的告别物品……”

广播依旧喋喋不休地重复着告别仪式的种种注意事项，小艾一个字都没有再听进去，手中的汤匙在咖啡杯里胡乱地搅着。“告别仪式”四个字像针一样扎在她的心上，疼，也让她更加清醒。

“小艾，你的告别物品收拾好了没有？你那些芭比，还有漫画书，通通装到箱子里去，听到没有！都多大的人了……”

妈妈也像广播一样，一件一件地细数着她心爱的告别物品。小艾低着头，不说话。

小艾回到自己的房间，看到自己整整一书柜的漫画书，叹了一口气，把它们一本一本地装进了集装箱。泛黄的书页，微微卷起的书角，还有曾经夹在书里的一张海报，一切都那么熟悉，旧时光的味道。可是三天之后，就不属于她了，它们将随着热气球飞到城市的北边，再也回不来了。

小艾所在的小镇每年都会为年满12周岁的儿童举办告别仪式，就在儿童节那一天。所有的孩子把自己的玩具以及关于童年的一切放到热气球中，然后吞下遗忘糖，看着热气球飞到小镇的另一边，从此就算与童年、幼稚、天真等字眼划清了界限，变成了大人口中的大孩子。

这座小镇被严格地划分成了两部分，这一边住着所有让人羡慕的成功者——政府要员、金融家、CEO，而父母们也常常这样教育他们的孩子："你以后也要像他们这样，知道吗？"

在热气球落下的那一边，那里的人从事着为他人所不屑的职业。可是小艾却不这么认为，她最喜爱的漫画家也住在那里。听说那边的房子很矮很矮，五颜六色的，人们很快乐。

所有的一切都被装入了集装箱，屋子里空空荡荡的。小艾坐在窗前，怅然若失。嗯，还有那个红色的收音机，那里面的节目只有孩子们才能听得到，吞下遗忘糖后，小艾能听到的也只有杂音了。在被装进集装箱之前，再听一次吧。

"孩子们，你们只要跳上告别仪式上的热气球就可以和你们的玩具一起来到北区，北区的人们欢迎你们……"

小艾惊得说不出话，心底涌起一丝窃喜。

三天后。

小艾被妈妈穿上了一身红色礼服，还有一双高跟鞋。小艾坐在餐桌旁，喝下一口牛奶。怎么是牛奶？小艾不喜欢喝牛奶，妈妈是知道的。不过她似乎没有注意到这一点，喝下了一大杯牛奶，心中的紧张慢慢地平复下来。

镇中心的广场上，热气球整齐地排列着，每一个里面都装着满满的玩具。小艾来到自己的热气球前，等待着它的起飞。小艾身边的孩子冲她眨了眨眼，小艾明白她也听到了广播，她们会一起逃到北区去。

古老的钟响了12下，热气球要起飞了。小艾脱下高跟鞋，正要跳上热气球时，广场上的广播响了："今年，我们临时决定，热气球将直接沉入大西洋。遗忘糖已经溶在了你们早上喝的牛奶里了，三秒钟后热气球起飞，成年快乐！"

小艾跌坐在广场上，眼泪不住地往下流，整个人都被抽空了一样，天旋地转。

多年之后的告别仪式前夕，小艾正在帮她的女儿整理告别物品，拿起床头的红色收音机正要放入集装箱，里面传出了"嗞——嗞——"的杂音。

导读：

人的生命只有一次，不论悲喜都是不可逆的。小说使不可逆的人生呈现出另外的可能，抚今追昔之间令人感慨唏嘘。本文已具有较成熟的中篇小说的雏形，不仅构思宏大，而且许多细节之处经得起推敲，只是结尾略显仓促。

抚今追昔

王鹿笛

一

多年以后，面对患病卧床的儿子，吴怀昔将会想起父亲带他去见识钟表的那个遥远的下午。

1983 年，也就是 30 年前，那时崇明岛还是一个少有人烟的地方。改革开放在如火如荼地进行着，有不少目光长远的年轻企业家都预测上海将会变成国际贸易大都会，他们在崇明岛以白菜的价格承包下农民的土地，纷纷建起了工厂，渴望建起属于自己的商业帝国。吴怀昔的父亲吴光耀就是这庞大的有志之士团体中的一位，他也是其中一小部分取得成就的。他一手栽培的中国自主饮料品牌梦现已生根发芽——由原来的一个不足 30

平方米的小作坊，在短短一年时间内就摇身一变成了占地近5000平方米的大工厂，他的产品已经覆盖到了上海的各个角落。他的梦想正在开花结果，吴光耀不会安于现状，下一个目标便是占领全国市场，能走出国门，就再好不过了。吴光耀虽然只有高中文凭，但是凭着那么一点经商头脑，那么一点冲劲，他终于摆脱了“工人阶级”，现已是资本家身份的他，用一小部分的利润，在崇明岛盖起了一个带花园的洋房。洋房用了一年就竣工了，一家三口将从廉租房驱车到洋房入住。小小的吴怀昔那年只有5岁，却也能依稀感觉到自己的一生将开启新的一页，一切都会天翻地覆。那一年，1983年，对他来说是那么陌生，陌生到恐惧。

那是一个初秋的早晨，天气微凉。一家三口惜别了朝夕相伴的一居室，吴光耀是异常激动，匆匆跑向里弄尽头的一辆白车，那辆白车在清晨柔和的阳光下微微地闪闪发光，仿佛焦急得想要离去，是的，那辆车与这条拥挤而又略显灰暗的里弄很不相宜。吴怀昔拉着母亲的衣角缓缓地走向白车，他抬头看向母亲，母亲此时正看着被无数衣服遮挡着的晴空，与其说是看天空，不如说是看衣服。吴怀昔也顺着母亲的目光望去，他看见红红绿绿、大大小小的衣服在秋风里柔柔地招摇着，仿佛在向他挥手道别。就在这一刻，他发现自己是那么留恋这里——隔壁爷爷正午咿咿呀呀的京剧腔，楼下同伴傍晚你追我赶的嬉戏声，而前方的路是未知而又陌生的。

车子行驶在上海长江大桥上，桥的尽头是一片空旷的土地。母亲抚着他的脸颊，在他的耳边轻语道：“看！我们就要住在前面那个岛上。”他没有怎么理会母亲的话，而是瑟瑟地将头缩起来，为的是离开母亲的抚摸。母亲虽然只有30出头，却有一双粗糙堆满死皮的手，那是长期在染布厂劳作的结果，尽管带着橡皮手套，却难免也会被染料灼伤。母亲虽然已经辞去印染工作半年有余，但是她身上永远带着遮不住的化学制品刺鼻的味道，仿佛已经注入到她的骨髓里。

车子徐徐地停在一排铁栅栏前，铁门也被缓缓打开。吴怀昔小心翼翼地从车中迈出脚，仔细地端详眼前的一切：那是一栋白得晃眼的三层洋楼，二层突兀的阳台被紫色的小花装点，而不是他熟悉的衣服；通向洋楼的小径旁是一片青草，依稀可以闻到露珠的味道，再往远望望，是一片金桔色的菊花，旁边是一个正在微微摇摆着的秋千。这一切，太过于陌生，没有了他熟悉的那条布满灰尘的里弄：一家挨着一家，仿佛没有了呼吸，街上有散落的报纸，或是邻家奶奶摘剩下的菜叶。此时的他不知道这是不是梦，亦真亦幻。

二

吴怀昔的记忆被植入了全新的元素，他渐渐地适应了一种全新的生活：上学前，他会在一个堆满了玩具的阁楼里玩耍，那里有他从花园里捉来的昆虫，快要完工的积木城堡，还有数不尽的故事书。那时的他真的相信童话里衣食无忧的王子，因为他自己就是那个王子。上学后，他每天奔波于上海长江大桥，像崇明岛很多富家子弟一样，来到外滩的一所私立学校就读。最开始，是吴光耀每天开车接送他，后来吴光耀的生意日渐兴隆，便无暇顾及了，于是又从丰厚的资产里取出一小部分买了另一辆车，雇了一个司机。或许从那时起，吴怀昔很少见到父亲了，偶尔近凌晨躺在床上，听着父亲跌跌撞撞的脚步声，一股酒气在这栋很大的房子里弥漫开来；或偶尔父亲早早回到家，拉着形形色色生意上的伙伴，一面称兄道弟地洽谈着，一面来到二楼的书房，关了门，整栋房子又恢复了昔日的平静。或许从搬到这栋房子起，吴怀昔也很少见到母亲，母亲早就赋闲在家，平日里只靠在花园里照料花花草草，或是在卧室里看着永远演不完的电视连续剧打发时光。吴怀昔依然清楚地记得在里弄的日子里母亲是家里最繁忙的：下了班，要做饭、洗衣、拖地。那时的母亲额头上总是挂着汗珠子，偶尔直起腰，喘口气，母亲总会露出会心的笑容，年幼的吴怀昔以为母亲太累了，休息是她最大的快乐。然而搬到洋房后他却发现，尽管家务全被保姆包揽，母亲可以一直休息，可是却很难见到母亲的笑容。

一个盛夏的下午，屋外下着瓢泼大雨，雨愤怒地敲打着玻璃窗，发出可怕的声响。那天吴光耀难得在家，听着他多年热爱的戏曲。吴怀昔很想跟父亲谈天，但是当他看到父亲的双目已微闭，一副快要睡着的神情，便独自走到二楼楼梯口的拐角处，一个不显眼的地方。他忽然看到了一座巨大的老式洋钟，那是他从未留意过的东西。“那个钟很眼熟。”他心想，“对！那不就是在里弄的那座钟嘛！”确实别无二致：都是早已停止的钟摆，被定格住的褪了漆的指针。“这个钟已经不再报时了，为什么还要留着它？”一股好奇油然而生。吴怀昔仔细端详着它约莫一阵工夫，确实发现它的特别：细细看其雕刻的花纹、使用的材质，便发现它绝对非机器大生产之作，并且有一定的年代。那种神秘的气息透露着一股时代的沧桑。这时楼梯传来了父亲的脚步声，吴怀昔惊奇地回头，看见父亲微笑地走来，说道：“想知道它的故事吗？”吴怀昔毫不犹豫地点了点头。

“它的年龄比我要大不知多少哩！”吴光耀把语调上扬，目光投向了远方。

“那是我太爷爷那时候的事了，那时皇帝还在……我太爷爷博古通今，中了举，做了官，人生得意，自然喜欢游山玩水。据说那时他来到鹤鸣山的一个道观，与那里的一个道士谈得甚欢，临别离时，那个道士忽然握住他的手对他说：‘这几年，我一直在看着你。’我太爷爷心头不禁一骇，结果便听那道士幽幽地说：‘天普，我是你大哥天宏啊。’当时我太爷爷真的不太相信，因为大哥早就在一次洪水中遇难了，甚是怀疑此人是否为鬼。于是他决定在此旅居一夜，那一夜那位道士跟他讲述了自己被洪水冲到了一个不知名的村落，之后被一个道士所收养，最后也潜心研究道法，领悟了些许真经。当时我太爷爷一听真是大哥便激动不已，愿接其回中原与家人重逢，但是那个道士婉拒了，说他心属自然，望天人合一。临别离时，他送了太爷爷这座洋钟作为给家人的献礼，并特地叮咛道：‘此乃道之根本，恶之根源。’当时这句话太爷爷揣摩甚久，不知所云。这座钟从那时起便跟了我们家。”

吴怀昔听着故事，入了迷，久久不能回神。吴光耀看着他这副呆相，不禁感慨：“跟你一小毛孩讲这事有甚用！”说罢便扭扭腰，缓缓走下楼梯。吴怀昔看着父亲的背影，又疑惑地盯了一会儿钟，虽不是很理解刚才那个故事的深意，但是他知道这座钟在家里一定是作为一个很重要的存在。

三

在工作期间，或许是因为干了10年的工人的缘故，吴光耀不喜欢坐在舒服的空调房里，像其他企业家一样观察中国新兴的股票市场，计划着上市一支股票，坐等财富如洪水一般把自己淹没。高中毕业的他并不了解什么叫经济，什么叫市场，他只知道我生产好每一瓶饮料，然后卖给想喝的人，这或许注定了他在生意江湖里不会走太远。他喜欢同工人们一同在车间里流汗，一起叫嚷，一起像兄弟一样谈天，对于工人们的工资他从来不会克扣，每逢过节，都会有奖金。他生意上的伙伴有时会提醒他这么做是大可不必，甚至很愚蠢，但是他都会跟他们讲起自己当工人的那段日子，是如何挣扎着维持生计。周围人渐渐理解了他所做的一些“愚蠢”的事是出于一种善良和忠厚。

崇明岛是一个神奇的地方，有梦想发芽的一刻，也有梦想破碎的一刻。吴光耀见证了和他一起来到这里投资建厂的同胞们的命运：他们都是从一个小作坊慢慢发展成有一定规模的小工厂，那些工厂有些日渐红火，以吴光耀的饮料厂为代表，而绝大部分还是经营不善，收支不平衡，终究倒闭。看着一座又一座的工厂将自己的大门关起，那些昔日西装革履、穿着漆皮鞋、风光无限的企业家抱着纸箱，站在自己一手创建的工厂门口绝望地摇头，这时的吴光耀总是很心酸。他要是看见与食品有关的工厂一定会出资收购，因为这或许能给那些失落的企业家一些在找到着落之前的口粮。如果不是食品厂，他也爱莫能助，只能默默祝福这些昔日同他一起并肩战斗在生意战场上的战友一切安好。就这样，吴光耀已经拥有了四个工厂，这使得他还处在贷款中，但是以目前呈指数函数增长的经济效益，贷款将在 3 年之内还清。要知道上苍是眷顾善良的人的，但是仅有善良并不能带你成功。

这几个星期以来正值黄淮雨季，黄梅雨细弱而又连绵，透着无限的哀愁。终日不可企及的阳光，使得吴光耀感觉自己的身上要长出苔藓。

这一天上午，吴光耀像往常一样行走在工厂前方的草地上，没有举伞。

一阵鸣笛声，打乱了雨声节奏，也惊扰了陷入沉思的吴光耀。他顺着鸣笛的方向望去，一辆白车撞入眼前，车窗徐徐落下，一颗脑袋伸了出来。

“小吴！好久不见啊！”那颗脑袋在说话。

吴光耀定神一看，忽然大悟：那不是原来的包工头老袁吗！他热情地挥了挥手，望着老袁将车停下，陷入回忆的意识流中：当时初当建筑工人，没有钱，居无定所。每天几块钱的工资，买两个馒头便是一天的伙食，剩下的钱要攒着租房。一次做工，由于积劳过久，加上营养支配不了体力，便昏倒在工地上。醒来时发现自己躺在医院里输着葡萄糖，老袁就在床边。从那时起，老袁每天给他带媳妇做的菜包子，一带就是四年，直到他有钱能租上房子。

老袁拍了拍他的肩膀，打断了他的回忆，吴光耀拂去眼角的泪水，像找到失散多年的兄弟似的，把老袁抱入怀里。

“走，参观一下我的工厂。”吴光耀自信地一摆手。走进工厂，一切都是机械化大生产，工人们各司其职，一片井然有序的景象。

“真是士别三日却当刮目相看，想不到你都发展得那么好。”老袁感慨其瞬息万变，“话说，我这次不远万里来找你这位老朋友也是有正事要谈的。”老袁边说，边从包里掏出文件，赶忙递给了吴光耀，“我也办了一个食品工厂，只是现在经营状况有些低迷。所以我想跟你联合经营。”

吴光耀浏览了一下食品厂的必要信息，发现其厂址设在广东珠海，是改革开放的经济特区之一，而且该厂规模不小，与之联合或许有助于他发展国内市场，从而覆盖全国网点。

“你有什么详细方案吗？”

老袁随即应道：“我们已经研发了一种新的食品，现在想把它投入到生产中，然而资金缺口很大。”老袁神情略显紧张，打量着吴光耀的脸色。“所以……所以呢我打算申请一个你我共有的银行账号，你投入 400 万，我投入 100 万，以后这家食品厂股份为你 80%，我 20%。”这对吴光耀来说确实是一块可口的蛋糕，况且想到在过去的几年里老袁对自己照顾有加，便觉得签了这份合同既是发展壮大的好时机，又是对老袁表示感激的方式。

签了合同的吴光耀便觉得自己干了一件了不起的大事，他不想像往年一样：安分守己、谨小慎微，而是想对企业来一次突破和创新。往年的冬天是饮料厂的淡季，于是吴光耀打算请专业人士开发研究新款热饮，并将其投入生产打入市场。可是谁知市场萧条，新一款热饮的需求甚少，大批量的产品囤积在厂里，就像 1933 年的美国牛奶商将过剩的牛奶倒进河里。更为可怕的是，吴光耀对这一产品所投放的巨额资金以及所倾注的心血全都打了水漂。账单一日又一日地累加，银行催促贷款的信件日复一日地寄往家里，吴光耀的抬头纹越来越密，头发愁的也是日渐稀疏。对于老袁与他合营的工厂，半年来已经持续亏损了。“这个世界怎么了？”这俨然已经成为吴光耀的口头禅。

那天，冬日的暖阳普射着已有冬意的崇明岛，但是那一天吴光耀的心却被这个世界撕了个粉碎，他觉得他已经被有着暖阳的世界抛弃了。

早上醒来，银行便电话通知他和老袁的账号里的资金已全部被取出。他的脑袋嗡了一下，两眼一阵发黑，随即一个最坏的设想在大脑里上演着：老袁卷钱跑人了。他不服气理智的大脑，又用善良的心揣测起这个世界：老袁为人我了解，当年如果他不忠厚会去帮助身处困境的我吗。他打电话给老袁想证实一下自己善良的猜测，可是谁知电话已是空号。他依旧迷信这个善良的世界，所以很是不服气，便又往工厂打了个电话。能接通，“嗯。”他扬起了得意的笑容。

“喂。”一个他不曾听过的声音，吴光耀心头一紧。

“请问袁总在吗？”他试探道。

“哦，他已经把厂子卖给我们了，他早就不在了。”理智的头脑胜利了。

“那他在哪儿？你们知道吗？”

“可能出国了，这年头谁说得准呢。”

吴光耀顿时失语了，他整个人瘫倒在扶椅上，像一个活死尸，毕竟他被这个世界欺骗了。

恢复知觉后，他终于感受到了这个世界的重压。他于是决定出去走走，他照例来到信箱，收取银行锲而不舍的催债信。但是这一封已经明显不同，因为银行明天早晨就要没收他的所有资产来抵债了：包括四个工厂和那栋白色的洋楼。

这一天，吴光耀待在书房里许久，他只干了一件事——追忆。点一支烟，打开檀木书柜，翻看相册。一页又一页，他看到自己的企业是如何成长，用一天追忆了10年。看完后他陷入了沉思，凝视着对面贴着壁纸的墙壁，仿佛是进行临别前的仪式。吴光耀灭了烟，揉了揉眼，把头深深埋在手臂里。他在与上帝谈话，在与这个世界谈判。或许就在那短短的几个小时，他懂得了生意场上有它自己的规则：利益是亘古不变的主题，它不需要义气，更不需要同情，只需冷静地追逐利益，必要时可能还要利用别人。吴光耀最终向世界屈服了。

他像浪子一样放肆地大笑了起来，匆匆地跑出家门。一直笑着、笑着，那种笑是一种释然，因为他看透了这个世界——他所挣扎的生意战场。他不停地奔跑，没有原因，就像一种欲望的驱使。他跑到了河边停下了脚步。冬天，天黑得早，伴着朦胧的灯光，他端详了一番映在河面上的模糊的脸，那张脸，圆了，老了。他忽然停止了狂笑，恍然大悟地说道："或许我来到这个世界已经太久了。"瞬间，他觉得脑袋昏沉、眩晕，身体不住地下沉，但是他感到一种解脱和安详，像年幼时躺在母亲的怀里。

四

吴怀昔同母亲早上被一阵杂乱的敲门声惊醒，他们都以为是吴光耀从工厂加班归来。事实上，是几个西装革履的男士。他们手拿着法律文件，一边宣读，一边给他们家门口贴上封条。

"你们是谁，到底要做什么？住手！"母亲无助地呼喊，像发疯一样，完全失去理智地撒泼耍野。

"这位女士，请你冷静！"其中一个人努力地想让她平静。"我们是银行的工作人员，吴光耀先生由于贷款长期未还致使我们被迫没收他的财产来抵债，对不起，我们是例行公事。"

母亲瞬间平静了下来，缓缓地转身环顾客厅：透明的落地窗、紫色的流苏窗帘、水晶玻璃吊灯。仿佛要把眼前的一切牢牢地记在脑海里，她清晰地懂得自己的生活将会从此颠覆。

吴怀昔现已 17 岁，但是阅历有限的他觉得只是换一个地方住罢了。他无奈地望着小题大做的母亲，许久，直到被一个声音打断。

"请问吴光耀的家属在吗？"

吴怀昔和母亲都一脸诧异而又紧张地回头。只见几名警察抬着一个担架，身旁簇拥着两名法医。母亲看到这里已近于精神崩溃，她跪倒在地，掩面放声哭泣。吴怀昔这时紧盯着担架上的那个熟悉却又有些生疏的面孔，徐徐地向前走去。他没有哭泣，只是睁大眼睛，迷茫中又透着笃定。他终于看清了那张脸：双目微闭，嘴角向上微微扬起，很平静，很满足，只是脸已被冻得发紫。看着此时父亲的神情，吴怀昔不相信父亲已经死亡，他更像是睡着了，在通往另一个目的地的列车上打了个瞌睡。

五

给父亲简单安葬后，母子二人便收拾起了行囊，准备离开。母亲仅仅拿了些在找到着落之前够维持生计的现金，吴怀昔拿了那座古老的洋钟，他们都明白拿走越多的回忆就会带来越多的哀愁。

那年，1995年，对吴怀昔来说是那样的陌生，陌生到恐惧。吴怀昔随母亲坐上去往上海市的长途车，车上都是住在崇明岛的农民，他们都是要进城打工。吴怀昔看着他们提着沉重的麻布包，脚穿布满灰尘的布鞋，他好像明白近几天发生的事意味着什么——要过与之前天壤之别的生活了。

车子行驶在长江大桥上，这是他每天上学必经的地方，但是今天的桥仿佛不平，坐在上面尤其颠簸。

母亲一路上很少言语，一直紧张地望向前方的路。此时的上海正在建设浦东新区，一座座拔地而起的高楼代替那些拥挤而又古老的里弄，宽阔的大路似乎已经不允许市民在两栋楼之间晾衣服了。似乎不会再有邻居家的爷爷咿咿呀呀的京剧声，似乎不会再有童年的玩伴在里弄你追我赶的嬉戏声，似乎不会再有衣服遮住瓦蓝的天空。母亲的眼光有些迷离，她似乎在感慨这十多年上海的变化正像他们家庭的变化一样不可企及、不可捕捉，那么一个往现代化进程方向发展的上海还能容下我们这样的在生计中挣扎的人吗？

眼前是他们未来的家：一个由废弃的工厂改装的筒子楼，专门提供给进城打工的农民工。那栋楼是灰暗色，昔日工厂的标语还刷在已经斑驳的墙壁上，那几个红字有些有笔画，有些则已褪去，不仔细琢磨是看不出来的。吴怀昔怔怔地注视着这栋楼，他不是很明白为什么这么繁华而又现代的城市还会有如此的场景，还会有如此破败的景象隐藏在摩天大楼和高架桥绚丽的光芒之下。他更是不敢回忆起那栋白色的洋楼，因为愈是追忆愈让他感受到眼前的所见之景是如此的陌生，陌生到恐怖。

吴怀昔随着母亲走入了筒子楼，一股劣质香烟的呛人的味道、公共厕所的骚臭的味道、工人们的汗水的咸咸的味道撞入鼻腔，那些味道混杂在一起，变成贫民窟的味道。然而母亲显得很从容，仿佛没有闻见那股奇怪的味道，亦没有看见四处斑驳的墙壁被写满了陌生的电话号码，她就是那样自然地上楼梯，没有顾虑或是恐惧，仿佛回到自己的家里。毕竟吴怀昔已经忘记了第一个五年里所发生的事，然而对于母亲来说在里弄的生活是幸福的，也是在像这里一样的房子里，她有了自己的家庭，终日虽忙碌但不会无所事事。

在筒子楼住的那段日子里，母亲每日都会去原来的染布厂做工。当了十几年的贵妇人，曾经天天抹精油护理的双手不曾劳作过，白里透着粉红，光滑的似花季少女的脸蛋。然而现在这样的双手要整天泡在冰冷的染料里，加上人也上了岁数，体力必然支持不上，时常得做一会儿歇一会儿。监工每次看到她都摇头叹息，但是又同情她现如今的处境，不忍把她扫地出门，于是让她主要打扫车间即可，可如此必然只能领到比工人少一半的可怜的工资。吴怀昔看到母亲整日眉头紧锁，努力向邻居们学习去哪里能买到虽然快要烂了但是廉价的菜叶，去哪个垃圾筒能找到更多的塑料瓶，他的心便一刻不停地责备自己，为何不为这个艰难的生活贡献一份力量？

于是第二天他去学校办理退学手续，拿回昂贵的学费。他曾经有过梦想：去美国读大学，学习更多管理方面的知识，然后帮着父亲经营企业；或是去巴黎学习雕刻。或许是在走出校门的那一刻，看着涂着金漆的校门和门口的大停车场——专门供给前来接孩子的名车，他明白了此时他要学会如何生存，而学校只是教给你如何生活的更好。

吴怀昔行走在上海的街头，看着各色的行人匆匆地与他擦肩而过，脸上多是忙碌的神情。他坚信这里也一定有他的落脚之地，然而以他的学历或是工作经验，他只能去工地搬砖头。包工头看他不禁摇了摇头：衣服松松垮垮地挂在又高又瘦削的身子上，风一吹便鼓鼓的；惨白的肤色，仿佛从来没有见过阳光、吹过风、淋过雨。他无奈的笑了笑，笑得很释然：“是啊，谁会要我这个落魄的公子。”于是他打算去那个他成长过的土地，给他失望和伤心的土地——崇明岛。

搭着一个老农的车他来到了这里，穿过一片金黄的油菜花，路过遍地刚插好秧苗的水田，他来到了富人区。那里是成片的别墅，他曾经最熟悉的地方。他看见那些骄傲的孩子们躺在花园里的绿草坪上，给路过的云彩起名；那些骄傲的夫人们举着伞顶着并不晒的太阳聊闲天；那些骄傲的企业家，开着名车不知道要和什么样的人去谈生意。这时一幢米黄色的洋楼吸引了他的注意，具体的说是铁闸门旁的标牌：房间装修，需一人雕刻。吴怀昔激动地摁响了门铃。

简单地介绍了工作的具体事宜，他只需给阁楼的墙线雕刻上设计好的花纹，四个月之内完成。

管家带他上了楼梯走到阁楼，吴怀昔很自然地向他点了点头，示意他可以下去了。管家心里甚是奇怪，一个来找饭碗的短工竟然从内到外都透着一种贵族气，仿佛他就是家里的少爷。

那一天，吴怀昔照例做完工同管家道别，这时他看见一个穿着麻布连衣裙的女子拎着菜急匆匆地开开门，脱下脚下的凉鞋，放在鞋柜边。那个女子仿佛察觉到了有人在注视着她，便逆着那目光回望去：那是张清秀而又明净的脸，精神而又整齐的分头露出清爽的额头，浓眉下是深邃的眼睛，透着孤独和老成。他的贵气和孤独的气质仿佛吸引住了她，“他一定是家里的客人，一个贵族公子。”她想他看见了她，虽是一个家里的保姆，却是有着惊人的美貌：白皙的瓜子脸衬着细长的柳叶眉，杨柳眉下是亮黑滚圆的丹凤眼。高挺秀丽的鼻子下是怎样的樱桃小口；麻布裙也挡不住她窈窕的身姿，齐耳短发凸显出她细长的脖颈。那位女子似乎有些不好意思，于是浓而长的睫毛向下一扫，便低下了头，这才注意到：黑鞋上的墙灰和手上的凿刻工具出卖了他，“他居然是短工，真是神奇。”

往后的几天里，吴怀昔时常看见那个女子，他总是很绅士地朝她点头微笑，她仿佛也像和他相识已久的样子，回之以葵花般的微笑。

再过了几天，他们还是没有说话，只是在他工作的时候，她会给他倒上一杯茶送到楼上，或是在他临走前给他带上一盒饭菜。在他们之间言语已成了赘物，只要一个点头，一个眼神，便明白了彼此。

眼看工期马上就要结束，吴怀昔的心情也一天一天的低沉，他也弄不清原因，只是觉得离开后会异常想念那个不知姓名的女子。

于是那一天终于来了，他完成了所有的雕刻。他看着自己这几个月辛勤的成果，驻足了片刻，随后步伐沉重地走下楼梯。那位女子寻声便也从厨房里走出，照例提着一盒饭菜。

“那位小姐，”他声音有些因悲伤或紧张而颤抖，她则是有些惊讶，又有些期待，“我的工期已经结束了，我不会再来了。”他深深地吸了一口气。

“那你会去哪里？”她声音有些紧张，泪水不争气地从眼角渗出。

“我想在黄兴公园那里开一个小杂货店，我会来找你的。”他有点莫名其妙为什么自己会随口说出这后半句话。

“下午四点你可以在门口等我，我每天都会出去买菜。”她说完犹豫地笑了一下，毕竟这有可能是一辈子最后的见面。

六

吴怀昔用当短工赚的钱在黄兴公园附近开了一家小杂货店，盈利还算可以。每天下午三点他会提前下班，搭在城里卖完菜的老农的车去崇明岛，穿过同一片油菜花，路过同一片水田，来到那幢米黄色的洋楼，这时总会看到一个女子站在那里守望着。微风吹拂着她动人的脸颊，撩开她整齐的刘海，显得活泼而又明快。艳阳天时她会把手挡在额前；雨天时，她会撑起一把透明的塑料伞。每天他都会微笑地迎接着她，即使知道她叫林静之后，他也只是微笑，或许已经成为一种难改的习惯。

他们每天走在沿路是行道树的小径，路过一个又一个的工厂，包括曾经父亲经营过的饮料厂，现如今已重新翻修成服装厂，每次路过那里，吴怀昔总是要在那里驻足片刻，闭上眼睛，静静地想象着父亲曾经是如何繁忙地巡视着机器和工人如何有条不紊地工作。每次来回的路上，他们总会谈起自己的经历、有过却从未实现的梦想、对人生的感悟。

林静从小和父母移民到美国，父亲是一个杰出的工程师，母亲则是一个小提琴家。经历过“文革”的惨烈，她的父母觉得中国不是一个幸福的地方，于是在 1978 年，他们带着刚出生的林静和比她大三岁的姐姐一同来到了一个陌生的国度，在那里父亲在一个大公司担任工程师，母亲会随着管弦乐团到全美各地演出，他们都认为自己已经过上了美国式的幸福生活。然而自己毕竟是长着黄种人的面孔，在那里即使拿着美国绿卡也永远不能融入到那片广阔富饶的土地。在 1993 年，也就是三年前，在他们所居住的州爆发了大规模的排华运动，一天晚上一家人从餐厅里出来惨遇枪击，林静当时躲在一个邮筒后面所以免遭一死，然而他的父母和姐姐却中枪身亡，从那以后她成了孤儿，孤身一人漂泊在一个永远也融不进去的国度。林静给全家厚葬后，便一直写信给警察局寻问调查结果，可是当地警察总是以案件证人过少无法立案调查为由来搪塞她。她很无奈便写信给州政府来反映自己及家人应当得到补偿，并享受美国公民应有的权利，可是政府却拖延了近半年没有回复。家中的积蓄已经不多，所以林静回到了中国想投靠亲戚，可是许多亲戚早与他们家断绝了往来，况且亲戚们并不富裕，都把她视为累赘。无奈之下，她孤身一人来到上海，站在这片陌生却是流淌着自己身上的血液的土地上，她会迷茫，会无助，但是在这里她看见的是一样的面孔，听到的是一口的家乡话，感受到的是一样的风俗。

吴怀昔也给他讲起那栋白色的洋楼，父亲的企业，以及父亲是如何被骗最后破产走向死亡。

他们也会谈起曾经有过却不曾实现的梦想。他们发现彼此都有如此相似的人生经历，都是在这个过程中学会了面对，学会了服从。

一日，走在梧桐叶铺满的路上，林静突然严肃地对吴怀昔说：“明天你不用来这里找我了。”

“为什么？”他有些紧张所以略显急促。

“我要在中山北路那儿的一个咖啡店工作了，工作是调咖啡。”

他没有接话，而是在心里暗自高兴彼此的空间距离缩短了。

“你知道我平生最喜欢的味道便是咖啡。”她笑了，灿如夏花。

七

五年里，吴怀昔一直坐在杂货店门口的收银台旁，他不雇人手来打理杂事，所以在无人监督的情况下，总是有一些流浪汉来杂货店里顺些食物，有不止一个好心人提醒他，但是他总是像他父亲一样迷信人们的善良。

五年里，林静一直坐在咖啡店的操作间，调着各种口味的咖啡：奶味重的拿铁、巧克力味的摩卡、颜色很深的美式咖啡。每次闻到咖啡神秘的香味，她总是会想起母亲总是在早上用这个香味来提醒全家该起床了。

五年里，每天晚上他们会坐在公园的长椅上，从原本各自占据两边到越挨越近。夏天，他们会看太阳是如何一点一点的被无数玻璃大楼所淹没；秋天，他们会比赛谁先抓住正在落下的枫叶；冬天，他们会冷得紧紧抱在一起，听着对方的牙齿有节奏地打颤；春天，他们会把面包屑抛给觅食的鸟儿。

这五年里，他们一直在攒钱，想拥有一个真正的家。没有说过我爱你，却天天都能见面，有说不尽的话。

之后，母亲去世了，他们的钱也攒够了，于是在中山北路租了一个60平米的房子，很小，却是他们共同奋斗的成果。

没过多久，他们结了婚。没有盛大的婚礼，没有证婚人，只是去领了证，然后穿上租好的西服和婚纱。他骑着车，她坐在后座，沿着黄浦江骑行。

那天阳光很充足却不刺眼，普照在流动的黄浦江上，仿佛在河水上静静地跳跃，亦如他们此刻的心情。

又是一个五年后，他们有了一个孩子，是一个男孩，起名叫壮壮。

八

有了壮壮的十年里，生活平静而又安宁，像上海城里的每一个人，坚守在自己的岗位上，活动在独立的交际圈内，维持着生计。吴怀昔依旧开着一家小杂货店，每天看老大妈如何辨别出新鲜的蔬菜、孩子是如何哭着恳求大人给他们买糖果。

林静依旧调着咖啡，调着中年大叔爱喝的美式咖啡、女学生爱喝的拿铁。壮壮已经上了小学，他像父亲一样不善言辞，有着母亲清秀的眉目，他很聪明，只是身体很虚弱。

一天，上苍顽皮地打乱了这个家庭的时钟，这个家庭的命运。

壮壮像往常一样放学来到父亲的杂货店，结果就在要推开玻璃门的一瞬间，他忽然晕倒在地，脸色惨白，双唇有些微紫。吴怀昔赶忙把他托起，一路跑向了医院。他知道儿子经常贫血。医生给他做了简要的检查，输了葡萄糖液，之后壮壮方才微微睁开了眼睛，父亲欣慰地摸着他的头。

这时医生走了过来，拿着检查的结果，面无表情的说道：

“请问您是孩子的监护人吗？”

“是。”吴怀昔感觉气氛有些异常。

“孩子还要留院观察几天，检查一下是否有白血病的可能。”

“不会，不会的！”吴怀昔自己便果断地下了定论，“他是贫血，以前就是，两年来一直就是，怎么会是白血病。”吴怀昔不断地强调，不仅仅是为了使医生相信，更是为了让自己相信。

“贫血都已经两年了。”医生的语调很平缓，仿佛给他的猜想提供了证据。

吴怀昔没有继续反驳，只是克制住自己的情感，然后颤抖地在留院说明上签了自己的名字。

“爸爸，什么是白血病，是不是这几天我都要待在这里？”壮壮语气只有疑惑，那是孩子的特点：好奇是他们最直接的情感，他们根本不会主动意识到困难，更不要提悲观还是乐观。

吴怀昔不知道该怎么跟他解释，留院检查一般意味着重症。他看着儿子天真而又疑惑的眼神，再也抑制不住自己的情感，赶忙冲出病房。在门口他看见林静靠在墙上掩面哭泣。

等待结果的那几天是痛苦而又煎熬的，夫妇二人轮流守护在病床边，看着每天有不同的护士拿走化验的结果，他们总是很紧张地洞察护士们细微的表情，仿佛想从其中看出病情，但是护士只是在做最平常的工作，哪里会有什么表情。

终于，在第五天的时候出了结果，夫妇二人被叫到专科医生的办公室里。医生很平淡地说：“你们看一下数据报告。”

略过一些看不懂的图像，他们看到文字部分：“经确诊为白血病，由于还未进入晚期，可以移植骨髓来医治。”

接下来医生便给他们介绍手术的大概过程以及所需的经费。

离开医生的办公室，吴怀昔看了看林静已经哭肿了的眼睛，对她说：“我们一定能凑够这笔巨资给儿子治病。”

“那倾家荡产也凑不到一半。”林静略带着无奈和自责地说。

这句话仿佛把吴怀昔从幻想拉回了现实，他陷入了思考中。心事重重地走下楼梯，推开重症监护的病房门，他看见儿子已经睡着，平静得仿佛没有呼吸，就像当年父亲死去时的样子，记忆的车轮开始转动，他想起多年前父亲带他见识洋钟的那个遥远的下午。

几天以后回家开始整理能典当的东西，吴怀昔一步一步地走向那座不知何时就已经停止转动的洋钟。走近后，他缓缓地蹲下，看着这精细而又沧桑的雕刻纹，手不禁地顺着这凹凸滑下，忽然摸到一处纹路明显的不同，定睛一看方才知道这里有一个抽屉。吴怀昔找到一个小的几乎握不住的把手使劲地来开那因岁月的风尘而被几乎卡死的抽屉，使了半天蛮力，终于把它打开。吴怀昔小心地拉开，然后瞥见到里面有一个长不到 10 厘米的棍子，还有一张纸整齐地叠着。吴怀昔激动而又紧张地拿出这个呈紫红色的棍子，瞬间扑鼻而来是道观里特有的香的味道，那种味道久远而又绵长。再打开那张纸，上个世纪初的纸张早已经受不住岁月的折磨，每打开一下都只能用最小的力气。终于里面用细毛笔写的小楷清晰地跃入眼前，吴怀昔不禁把它默念了出来，边读额头已然冒出了冷汗：吾弟若发现此物，兄必嘱吾弟："此物乃兄苦行方年所得万物之精髓，燃香得其烟徐出，便可念一年月，遂即吾弟可还所念之年月方位，亦可昔者，亦可来者。然吾弟行此事仅一炷香之长，故必万分谨慎，三思而后行，忌任意行事妄动历史。特嘱之。"

吴怀昔看完祖辈给的简短留言，半天没有回过神来。许久，他看着那根普通的道观里的香，半信半疑。本来他想把洋钟拿到古董行典当，可是似乎那些所谓的古董商并不看好它的价值，所以所得的钱对于儿子庞大的医疗开销也微乎甚微。然而今天他有了新的发现，虽然他是一个现实的无神论者，自然觉得此事天方夜谭，但是他也有些许的心动，因为他看到希望的光亮，尽管只有烛光般大小，随熄随灭，但是那俨然已经是他唯一的选择。

"如果真如所写那样的神力，或许我可以回到父亲自杀的半年前，让他不要签那份合同，不要研发新的产品。"他在脑海里紧锣密鼓地构想着，"那样的话父亲便不会损失巨大的财产，公司也不会破产，这样儿子的医疗费就有着落了。"

九

林静捧着那张珍贵的遗迹，满腹猜疑地看着那炷不是很长的香。吴怀昔在旁边跟她道出了计划，林静没等他说完近乎恼火地驳斥道："你真的相信吗？"

"那是我们唯一的选择了。"他平平却有力地回答。

"可是，即使是真的未免也过于冒险，万一改变了一部分历史会酿成如今的灾祸，再或者你永远被困在过去？这太危险了。"她语速越说越快，渐渐带起了哭腔，你永远都要佩服女人的想象力。

吴怀昔似乎已经耐不住她的滔滔不绝和胡思乱想，便直接敷衍："只有试过，一切才有可能。"

林静终于克制不住，泪水涌出。吴怀昔长舒了一口气，他懂得女人的哭意味着妥协。

那天，吴怀昔划一根火柴，火光微弱地跳动着，时隐时现，正像他此刻的希望。透过火光背后是空荡荡的家，为了给儿子支付一个月来昂贵的住院和化疗费，家里的电器、沙发、床、衣柜全都渐渐地消失。林静站在旁边，看着丈夫将火柴慢慢地移向香，颤颤抖抖地点燃，随即一缕缕青烟盘旋而上，屋里弥漫起神秘的香味。

"1994 年 4 月 20 日，崇明岛。"吴怀昔试探着说道。说毕，烟雾瞬间浓密地笼罩他的全身，像一个白色的布袋把他包裹在其中；烟雾以他为中心盘旋着，越来越快，嗡嗡地作响，像一个正要把他卷起的龙卷风。不知为什么他的身体感觉逐渐下沉，渐渐失去了知觉。约莫几分钟后，烟雾方才褪去，周围的世界终于清晰。他手里依旧攥着冒着青烟的香，他知道倒计时现在开始。

吴怀昔惊恐地环视周围，那是离别墅区不远的林荫大道，他此时正坐在路旁的一个长椅上，那个长椅正位于路中央，顺着路向东望，可以看见大片的油菜花，向西望，应该是工厂云集的地方。20年前的他会在傍晚6点的时候坐在这个长椅上拉一曲忧伤的提琴。吴怀昔看了一下表：17:58，想必20年前的自己快要来了。

果真，不远处夕阳的余晖勾勒出了一个少年提着小提琴的身影，一步一步地朝他走来。渐渐地，他身上的阳光被树挡去，脸上的五官也明晰起来：那是20多年前的他，脸上透着遮不住的青涩。

“你好，你是吴怀昔吗？”20年后的他问道。

20年前的吴怀昔有些一怔，又有些惶恐。

“我还知道你父亲是吴光耀，他办了一家饮料厂。”他不给他疑惑的时间，紧接着说，“我还知道你喜欢雕刻，最喜欢的书是《三国演义》，你的日记就放在枕头里。”

“你到底是什么人？”20年前的他已经惶恐到站立不稳，额头上的汗珠接连冒出，这个陌生的中年男子为何知道所有本应只有他本人知晓的秘密。

20年后的他神秘地一笑，那一笑仿佛让20年前的他心中掀起了波澜：那一笑多么像他自己，就像老去的镜中人。

“我是20年后的你。”20年前的他着实被吓了一大跳，他刚想逃走，却被抓住。

“不要害怕，是这炷香让我从20年后来到这里，你看我的身份证。”20年前的他似乎相信了，仔细地端详了未来的自己一番。

“我这次来只有一炷香的工夫，而且有一件很重要的事让你去做。所以抓紧时间。”他咽了一下口水。“一定要阻止未来两个月里父亲与老袁的交易，并且劝父亲不要投资新的产品，你要知道，老袁骗走父亲的400万，而且父亲的新产品又亏损。”

“为什么？你应该了解父亲向来很少让我过问企业的情况。”20年前的他不情愿地说。

“那是全家命运的转折点，就是从破产以后，家里的房子被银行拿去抵债，而父亲也投河自尽了。”20年后的他眼角抽搐了一下。

“真的吗？那我该怎么做？”20年前的他惶恐于这个可怕的预言。

20年后的他瞥了一眼那炷香，已经快要燃尽。“时间快要到了，我该回去了。”

“等等，我想问一下未来的我过着怎样的生活？”20年前的他满脸的期待。

“哦，年轻的我，如果你在此时就预见了你的未来，生活会多么无趣。生活的路很长、很累，却也很有趣。”说罢青烟再一次包裹他，缠绕他的全身，把他带回了20年后。

十

此时他陷在紫色柔软的沙发里，前面是檀香木制的茶几。茶几上有插着百合花的珐琅彩、雕刻精致的欧式茶壶。环视四周，仔细一看还是可以看见二楼楼梯的拐角有一座年代很久的洋钟。虽然已经变得比原来更加奢华，但是还能依稀看出这是白色洋楼的布局。挂照片的地方，依旧有父母的结婚纪念照，自己童年的回忆，只是多了父亲和母亲的黑白照。这时一个陌生的女子缓缓而又妖娆地迈下楼梯，她身穿低胸的吊带裙，个子高挑，留着一头乌黑的齐腰的长发。“她是谁？看这模样至少要比我小10岁。”吴怀昔有点忐忑，心里挂念着林静。这时那个女人说话了，声音故作娇嗔，还伴着那种市井青楼女子特有的撒娇：“老公，你怎么还不准备换衣服嘛，不是答应给人家买包包的嘛！”他听罢尤其觉得这个声音刺耳，便想赶忙让这个俗不可耐的女人闭上那张口无遮拦的嘴。“我问你林静在哪里？”

“林静是谁啊？”她漫不经心地答道。

“我的妻子，还有我的儿子壮壮。”他的担心此刻仿佛正逐渐变为现实。

“你，真是气死我了，背后跟另一个臭婆娘勾搭上，居然还有了儿子。”

她随即故意把哭哭啼啼声放大得很是夸张，一抽一吸，哼哼唧唧像个母猪。

她也很会看人脸色，毕竟她要靠他的钱来养活。见他无动于衷，完全没有哄她的意思，便一扭一扭、哭哭啼啼地走向他，坐在他身旁，搂住他的脖子献媚道："你还爱我吗，人家哭了也不答应给人家买个珠宝补偿一下。"一股浓郁的香水味呛得人头晕目眩，脸上的脂粉厚厚地盖住脸仿佛一碰就会掉渣。

吴怀昔知道此时的自己继承了父亲庞大的产业集团，过着衣食无忧的生活。他娶了一个拜金女，那个女人年纪轻轻却幻想着靠出卖色相来换取永远的纸醉金迷。而他得到的婚姻，只是一种互相的利用，就像当初父亲所领悟的生意场那样：利益关系才是人与人之间的真正关系，没有真情，没有温暖。这一切都不是他想的那样，当初计划的那样，然而那唯一一次的时光旅行已经结束。少年吴怀昔听从了他的嘱托，拯救了父亲的产业，本能拯救父亲，但是父亲还是因病过世；本能拯救自己未来的家庭，可是林静20年来会在何方，是否已为人妻，壮壮则更不复存在了。

"看！我把世界毁成了什么样子！"他突然大叫道，推开倒在他身上的拜金女，来到父亲原来的书房，把自己反锁其中，企图想把自己同自己所毁掉的世界隔离开来。

这几天他一直待在这里，只干了两件事：回忆和思考。他呆坐在扶椅上，翻动着脑海中的相册：他和林静如何从相遇到相识到相知最后到相爱；壮壮第一次叫他爸爸，第一次上学，第一次会写自己的名字，对孩子来说是有如此多的第一次来纪念。他同时也思考着：为什么我只是阻止了父亲的破产却让我的命运发生了如此大的改变，人世间到底或许只有生死才是必然，其他事情是有多么大的偶然和巧合。

有一天，吴怀昔继续着思考。但是几天的疲倦和饥饿让他仿佛出现了幻觉：他看见有一个模糊的人影，在屋里静坐了良久，忽而大笑起来。于是他也学着那个人的模样，跟着大笑，笑着笑着，他觉得此时的笑声代表了一种释然，随后他觉得他已经向这个世界妥协了。那个人影忽而边笑着边冲出书房，于是他本能地跟着他的脚步，跑出了白色的洋楼，一直笑着跑着，在河边停下了脚步，环视周围的一切，忽然平静地说道：“我毁了这个世界，就让世界来毁掉我吧。”瞬间，他觉得脑袋昏沉、眩晕，身体不住地下沉，但是他感到一种解脱和安详，他已然明白当年父亲死的时候为什么会露出平和的笑容，像睡着了一样。

第五章

倾情虚妄山

导读：

《虚妄山》是侯千藻同学根据上古神话、民间传说、野史故事加工演绎而成的系列短篇，以此抒写自己的梦想、爱情、英雄、宿命以及其他。

其总体特色有三：一是古老题材与现代言语的结合，交织而成一种诙谐、冷艳的独特风格，并不是每个读者都会欣赏，但是欣赏者一定难忘；二是凭借不拘一格、天马行空的想象将多篇小说勾连相属，收放自如，这样的写作视野、驾驭能力和突破束缚的豪迈，在高中生的创作中是不多见的；三是整个系列弥漫着浓重的兴亡之感和生命悲情，使许多原本视之为游戏之作的读者感受到深沉的震撼。

当然，限于写作经验和功底，在这一系列小说中，也存在着过于追求辞藻华丽、详略失当、人物性格不够鲜明等问题。但瑕不掩瑜，作为高中生，有这样的创作冲动与写作才情还是难能可贵的。故辑录《佳人》《将军》《观音》《人鱼》四篇组成一章，以飨读者。

（李煜晖）

虚妄山·佳人

侯千藻

天涯上一线火光，喊杀声却还暂时冲不进这寂冷的宫廷。

中庭一片白地，她坐在廊上，垂眼绣花。白葱似的双手使的是南方苏杭的细腻针脚，针却是北方以北冻土下的寒铁。

布帛上逐渐清晰的茶花，仿佛染了铁针的习性，没有南国委婉烟水，只一身清冷飞雪，拂也不去。她抿嘴，停针而呢喃：“原来即使用上妖娆的红线和茶花的轮廓，你也只是北方水岸边的一棵芦苇啊。”

耳边似又听得小儿低唱：一顾清君侧，再顾倾万甲，三顾还未有，伏拜已天下……

她抬起眼帘，火光月光照亮一张太美丽的面孔。如果非要对这张脸下一个评价，只能说：人间本不该有。一旦有了，无非是兵荒马乱，国破家亡。

就像现在这样。

这个风烛残年的国家，即将迎来最后一击，然后轰然倒塌。

在无声的丧国的哀鸣中，她迎着火光闭上眼，又一次看到这一切的起始，看到了他。那一年家门口的梅树还年轻，倔强地不开花，有人拨开满天飞雪而来。

他鲜衣怒马。

十年前，虚妄山，冬风紧赶慢赶，缝好一层新棉被，便在葭月初八那一日泼洒下来。于是新雪到了。

她在红泥炉上煮了壶水，洒上几把霍山春芽，便端着瓷杯坐在门前看雪。

正史野史均不知她从何处来，只说北方有虚妄山，山中有一女，着白衣，无父母，容色倾城，是谓佳人。于是她的来历和姓名便随着旧时光一起埋葬掉了，后人不得而知。所以切莫问许多，历史本是真真假假，你虞我诈。真相如何，唯有时人才说得。

可知的是，当淮阳王看见她的时候，她正在喝茶。

那一天午后的阳光很暖，无风无雨，天上的雪垂直地零落下来，恬静得无话可说。他策马走到山路尽头，看到了一座没有柴扉和狗的房子，房檐下坐着一个人。当那人抬起头时，阳光第一次变得纯洁如此。

后来他当上了皇帝，娶了六宫三院七十二嫔妃后，在岁月的那一头感叹：天使曾经在人间。

而在岁月的这一头，还是他们初见的景象。北方的佳人捧茶坐于檐牙下，淮阳王胯下有骏马，腰上有宝刀，四目相对，却并未一见钟情。

淮阳王翻身下马，对佳人说：姑娘，路过虚妄山有些口渴，借碗茶吧。

她点点头，回屋给他寻了个茶杯。他喝一口，旋苦笑道：霍山芽尖，不是这么喝的。

她反问：难道是吃的么？

之后的十年，她已经能够很好地运用煮茶滤茶洗茶等等工序沏一杯完美的霍山春芽，一直想在他面前露一手，可等呀等呀的，不知觉就晚了。其实时光这个东西，就那么一点凶狠之处，那就是它能让你在不知不觉中错过那些本不该错过的，而后惊恨万事已晚。像温水里煮的青蛙，想跳出来时已经熟了；想给他沏茶时，却已经陌路了。

但是她一点也不后悔说出这种没文化的话来。十年中不断的回想让她确定，这句话是有分量的，是令他念念不忘的。上天只给了他们说四句话的机缘，然后敲定这是不是一场情劫。

第一句话是：姑娘，路过虚妄山有些口渴，借碗茶吧。

第二句话是：霍山芽尖，不是这么喝的。

第三句话是：难道是吃的么？

第四句话是：姑娘，你嫁到皇宫里，如何？

她看着他。那一瞬间是她把他看得最清楚的时刻，也是她最没有把他看清楚的时刻。但是她忽略了看不清的反面，只重视了看清的正面：那双黑眼睛里悄悄升起的、永生不灭的爱恋。所以她点点头。

在她不知爱为何物的时候，就清晰地看到了爱。于是这注定不是缘，而是劫。

腊月初一，她离开了虚妄山，辞别春树夏花，被绵延十里的迎亲队伍接出净白如高山雪水的岁月，坠入十丈碌碌红尘之中。

嫁衣烧云崖，眉笔点朱砂。拈花一笑间，日月不光华。

她想，其实嫁给他，也是不错的。

但挑开她盖头的却不是他。

眉眼是很像的，她看了第二遍，终于确定所嫁非人，所以挥拳揍到了他脸上。对方猝不及防，倒地。佳人操起板凳，那人大喝一声：你要干嘛！她冷静回答：用板凳砸晕你。

他正色：胡闹，板凳是用来坐的。

她亦正色：自古以来，新房里板凳的正经用途都是来砸晕色中饿鬼的。后劈手砸下。没中。返身去找，没了。那人趁机擒住她，说：你知道么，我是皇上。

她回答：皇帝的新房里只搁一个板凳，真是大方啊。

他从善如流：那是，一个板凳一钱银子呢，我们家一向慷慨大方。

那一天起，她终于见识了什么叫作打蛇随棍上。

新婚后的一个星期，她一直在想这乱七八糟的一堆是怎么个前因后果。掀开她盖头的不是他，而是他披龙袍的哥哥；她一拳打断了皇帝陛下那英挺美观的鼻子；六宫被原地解散了，就当家的那副一张板凳的抠门样儿来看，福利还算优厚；原来霍山春芽应该这样喝。

接着她仔细回放了他们初见的场景，那眼睛里的爱恋分明不曾作假。可是他却转手把她送给了胞兄，这如何说通？忽然她发现了被她长久忽视的反面——那看不清的一面开始变得清晰——这小子根本没有意识到他已经心动了。

他们一个先看清爱，却不知爱为何物；一个早知爱为何物，却没有及时看清。这注定是一场求不得。

不过他终究是爱上我了吧。她想，这种感觉真好。

然后，她开始学习茶道，只沏霍山芽尖，一下子就过了十个春秋。这期间后宫寂寞得令人抓心挠肺，她对皇帝控诉了他减少她人际交往的恶劣行径，那是皇帝陛下第三次来看她沏茶的时候。

不冷不热的阳光铺在茶案上，她能清晰地回忆起手中茶壶上比翼鸟菩提花果的纹路，却记不清观茶人的长相。

但她记得他说的话。他当时是这样说的：怎么，你还想让我把六宫给你娶回来？

她顿一顿：这也不失为一个好方法，但一定要娶北方的女人。

扬眉：为什么？

正经：因为南方的女子太忸怩。

很久：我就喜欢她们的忸怩。

怒：那你娶我干什么？

毫不犹豫：支持物种多样化。

怒目而视：……

皇上终究没有把六宫娶回来，但是增加了登门拜访的频率，大约是从一天一次变成了一天三次，陪吃陪喝，端茶递水，真是个难得的书童。他把这种蹭吃蹭喝的行为美其名曰“增加人际交往”，其实她一双火眼金睛早就看穿了他的真正目的——和她挤一张桌子吃饭，就大大减少了厨房的财政开支，少杀一只鸡，两只鸭，三棵白菜，半斤豆芽和十五条黄山小黄鳝。

好响亮的算盘。

第三十七次拜访。她正在学习苏绣，吮着刺痛的手指。抬眼看见一双明黄绣龙靴跨过门槛，飞快地把手中惨不忍睹的茶花塞到背后，正襟危坐。

他熟门熟路地找了个椅子，说：今天我仔细想了想，觉得不能把你立为皇后。

哦。

解释：因为你想啊，自古所有的皇后都是丑女无敌，母仪天下，我觉得你没那潜质，就算了吧。又想了想，何况皇后这个名字也不好，又黄又厚，不适合你。

忍不住：难道又黄又匪适合我么？

微笑：看吧，匪果然比厚适合你。

噎住：……

话锋一转：干嘛呢？

坐立不安：没干嘛。

一旁的刺绣老师果断背叛了她：禀皇上，皇妃在学习苏绣。

兴奋：哦，给我看看。

软磨硬泡间，她不情不愿、自暴自弃地抽出背后的绣品。

他用手指戳了戳，问：这是芦苇蒿子么？

佳人一把挥开他的手，怒火中烧：把猪爪子拿开，看不出来这线的颜色是传统的茶花红么？

嗤笑：再怎么看也是个茶花红色的芦苇蒿子嘛！

当机立断：什么蒿子耗子的，你给我出去三天都不要再进来！

人走后她愤愤嘟哝：气死我了。

三个时辰后，太阳正在西沉，他又来蹭晚饭。经过一番唇枪舌战，佳人败下阵来，只能默许他继续此种拼桌蹭饭的无耻行为。

我嫁了这家伙真是倒了八辈子霉。她想。不过嫁了就是嫁了，这种事情又不能反悔。

一百八十九次拜访。她发现其实皇帝也不是个太讨厌的人。他不说话的时候就很好，比如现在。

安静地看着她绣花，那目光太悠长，仿佛从时光的零点就开始凝望，在空气中微微泛黄。她也许记不住他的长相，却永远忘不了他的目光。

忽然他说：你给我唱首歌吧。

有些愤怒：我又不会唱南国的那些忸怩小曲。

他笑：北方的也行。

泄气：其实我不……还是会唱一首的。

她清清嗓子，唱：一顾清君侧，再顾倾万甲，三顾还未有，伏拜已天下。

他皱眉问：唱完了？我没听过，谁教你的？

她回答：山里路过的一个小孩。

他以手支颔：给我讲讲。

初夏是山雀们串门求爱的好时节，那天整个虚妄山都是它们的喧哗声。一小儿身着红衣，在满山绵绵的爱意中自芦苇荡中出现，芦花在澄澈的阳光下呈现一种慈祥的米黄色，小鸟依人般挂在他黑亮的双髻上。

他有一双罕见的纯黑眼仁，是乌鸦羽毛的颜色，泛着青铜与黑曜石的光泽。那张鲜红的嘴唇也像它的眼睛兄弟一样，让人想起冰凉的金属。

小孩用天下最好听的声音说：阿姊，你真好看。

佳人一直隐居山林，无人得见，无镜得照，因此头一次知道自己长得真好看。

不待答话，小童拍手唱道：一顾清君侧，再顾倾万甲，三顾还未有，伏拜已天下。唱罢嘻哈笑骂，蹦跳着回转进芦苇丛中，红衣忽闪一瞬，便无迹可寻了。

皇帝皱眉：这听上去很像火星荧惑。

好奇：火星？

他回答：是的。二十八星宿中的火星，常常在世道将大变的时候化为红衣小童，下界传播童谣，预言未来，警示世人。

她评价：还真是个闲得要命的星宿。

皇帝深表赞同。他说：你以后不要唱这个了吧。

她点头。

从此以后，她的课程中又加入了琵琶和歌唱。毕竟时光绵长，岁月尚青葱，日子寂寞如雪，闲来也是无所事事。

第三百一十次拜访。他趴在茶几上听她弹琵琶，笑说：也亏你能把一首婉转江南小曲弹得如此直来直去。

她一怒之下拨错了音：这叫别具匠心，你这个五音不全的圈外人士不要插嘴。

片刻后皇帝陛下展示了一下他弹琴的技艺。

他问：如何？

气急败坏：你你你给我出去！

他置若罔闻，笑问：我以后多在你这里待待，可好？

冷哼：免了吧，小心我直来直去的琵琶曲戳穿您老的耳膜。

真诚：不会的，我的耳膜很有抵抗力。

她默许了。

于是皇帝拜访的次数减少了，停留的时间增加了，有时候能坐在这儿一整天，看她沏茶吃饭弹琴绣花，不说半句话。时光静谧得似乎不曾流动，这方圆三丈之地就是永恒。

第七百二十五次。她顺顺溜溜地沏了杯霍山春芽递给他，问：你为什么老赖在我这里？

他回答：因为我喜欢看着你。

她愣：为什么喜欢看着我？

过了会儿，他说：不知道。也许这让我开心。

她想了想，决定让他继续开心下去。

入宫第七年，皇帝一把火烧了囤积三个月的奏章，真正开始不理朝政，撒手江山。群臣激愤，表章堆山，望皇上改过自新，远离酒色，充实六宫，对天下黎民百姓负责。他回了一句话：天下和她不可得兼，唯有舍天下而取佳人。

第八年，淮阳王坐拥重兵，揭竿而起，自北向南，势如破竹。

第九年年关，江南竟下了场小雪，有北国的凛冽。她搬了把摇椅坐在廊上，看着陷落进天井的白雪，很自然地想起了淮阳王，然后惊觉自己已经很久没有想起他了，那个爱着她的男人。当天的景象又一次历历在目——垂直而落的雪片中，他鲜衣怒马，眉目如画，双眼中有永生不灭的爱恋。她对这爱恋感同身受。

摇椅吱吱呀呀作响。然后她朦胧想起那个皇帝曾说过，如果一个人开始喜欢长久地窝在摇椅里的时候，就说明他已经老了。嗯，看来她也不可逃脱地老了。

皇帝步入庭院，她依然蜷在摇椅里，盖一层貂裘大衣。她不喜欢狐裘。

这是第九百九十八次。不知从何时开始，皇帝移居到了这里，长久居住，而且很少出门，因此拜访次数大大下降。

她问：淮阳王怎么样了？

他又在貂裘上盖了一件大氅，说：造反了。

她说：哦，是吗。

过一会儿，她：我想绣花，你给我把针布拿出来。

他说：别了，外面冷，进去吧。

她继续缩着：可我不想动了。

他将她抱了进去。

她握着他的衣襟，说：你知道么，我发现你其实是个很好的人。

他笑：你现在才发现？

她抬眼：晚了么？

他低头亲了下她的额头：不晚。

第九百九十九次。他离开了两天，回来时宫人抬着个大箱，里面是蒙尘的战铠。

她冲过去抱住他，说：你终于回来了。

他嬉皮笑脸地反手一搂：传说中的小别胜新婚？这才两天，我亲爱的姑娘。

她退开半步，仰头看着他，看着这个陪伴了自己十年的男人，看着他挂上风霜的眉头，看着他长了皱纹的眼尾，看着他在岁月磨砺中逐渐刚毅的表情，然后说：你变老了啊。

他说：而你还是那么年轻，一如我们初见时的模样。

他们的那个红红火火的初见，有鼻血和板凳添光添彩。

他问：你当初揍我，是不是因为你以为自己嫁的是淮阳王？

点头。

你爱他？

她说：我对他的爱感同身受。

皇帝笑了：还真是个意味深长的回答。

箱子里的铠甲凉得烫手，她擦亮了一小块，看到了自己银白色的倒影。

淮阳王的军队已经攻占永宁，兵临杀云关，那是南京的最后一道防线，之后是一马平川的昆吾之野，再无山关。如若杀云陷落，京都亦将不保。

在那个时代，所谓师出有名，无非是皇帝昏庸，妖邪当道。正好他们两个名头都占了——她被指控为惑世的妖魔，用巫术迷惑了当政者，令他荒废朝政，自甘堕落。如果继续让她把持南京龙脉，那么天下将大旱，颗粒无收，饿殍遍地，妖孽出山，猎杀百姓。

她有些委屈：可我什么都没有做。

他摸摸她的头：这世上的人都是这样，既然不能是皇帝的错，那就只能是皇帝身边女人的错。何况我弟弟确实得找一个正义感十足的理由拉人造反。

她愤怒：愚民！

他笑：头脑简单自然就四肢发达，这些强壮的愚民就要把咱们这些聪明人拖下水啦。

次日清晨，他披挂整齐，踏过结霜路面，即将远去。

佳人从房间里冲出来的时候看见的就是这幅景象：皇帝身穿银白铠衣，高瘦得像一棵水杉，臂弯下卧着一轮头盔，黑发散在肩背，沾染了露水的光痕。她叫他的名字，那人闻声回头，眉眼在晨光里安详如初。

她提着里衣，赤脚跑过薄霜庭院，一把抱住了他。男人也反手抱紧。她在他的颈间嗅到了麝香和栀子的哀伤香气。

她说：别走。

他：杀云关是我们的最后底线。

她摇头：不，你不能走。我要你留下来。

他说：别任性。我保证我会回来的。

她：不行！你不能离开我，一分钟也不行，一秒钟也不行！猛地推开他。你以为我不知道你的算盘么？你花了十年的时间黏在我身边，不就是想让我习惯你么？哈！现在我习惯了，我习惯你就像习惯我自己！没有你在身边我甚至不知道该怎么呼吸，我茫然无措，失魂落魄。一秒钟也不行！而你现在就想一走了之吗？什么战争，什么杀云关，通通见鬼去吧！对于我来说只有你是真实的啊。你已经把我拖下水了，我已泥足深陷，不可自拔……

她跪坐于地，把脸埋在手里抽泣。

皇帝在她面前单膝跪下，伸手抱着她，轻轻摇晃。他说：其实我第一次见到你就知道你会拖垮我。

佳人呜咽着在他肩上蹭眼泪。

他叹：现在你终于办到了，我的姑娘。

她双手捧着他的脖子，双臂折叠屈于胸前，哭得打嗝，自然也没有力气反驳这乱扣黑锅的一句话。佳人一生都没有掉过眼泪，今儿哭了个连本带利，一笔还清。

扣完黑锅后，皇帝亲了亲她的发心，说：脚冷了吧，咱们回屋。

这一待，就待到了淮阳王陈兵南京城的时候。

喊杀声渐渐渗透进这个冰冷的建筑，淌过皇宫巍峨的北门，淌过明黄色的雕花琉璃瓦，淌过半是残梗半是冰的小河塘，淌过红木家具上的彩漆珐琅瓶，狠狠撞击在她身上。

她从回忆中醒来，中庭上的月光呈现一种老态龙钟的灰败气息，手中化妆成山茶花的芦苇蒿子依旧生机勃勃。佳人无奈地抚摸它的叶片，白布上那细密紧凑的凸起轻轻吻过她的指肚。

想起皇帝曾说，无论她花多少时间在这些江南情调的课程上，终究是个北方大山里的姑娘，抬眼闭眼都是雪水盈盈。他第一次说的时候，他们相识不久，气得她抓起软枕往他头上敲；第二次说是十年之后，她泪流满面。

当时他是这样说的：十年的时光不曾苍老你的面貌，也不会改变你的灵魂啊，我的姑娘。即使再过一个十年，你将全部的江南才艺学得登峰造极，依然抹不去眉梢眼角那泠泠的飞雪。

说完，他轻轻捧住她的脸庞，仿佛捧着世上最珍贵的宝藏，用尽全身力量，让她感受到自己羽毛一样轻暖的守护。他继续道：但你不需要任何改变，因为你已完美无缺。

这是他第一次赞美她。

霞光透过木格子窗，在他的战甲上盖章。淮阳王在一月前攻克杀云，今晨包围南京。他的凛风骑战无不胜，攻无不克，宛如一柄削铁如泥的寒刀，轻而易举地剖开这个国家，就像切一块卤水豆腐。

所以终于到了皇帝披甲挂剑、不得不离去的时候。

她看不透生死，所以不敢问战况，害怕提归期。

晚霞中他笑着问：你希望谁赢呢？

这么一问，佳人又想起那个鲜衣怒马的人。她似乎回到了虚妄山的石砖小屋里，坐在垂雪的茅檐下，茶还温着，岁月还闲散着，冬日午后的阳光照亮那人前来的路。

她有些迷茫。

皇帝苦笑，问：你到底爱谁呢？

半晌。我能两个都爱么？

爱只能给一人。如果两个都爱，就说明谁也不爱，只爱自己。

我不知道。我曾在淮阳王眼中看到了永生不灭的爱恋。她喃喃。

他说：那么你看看我，看看我的眼睛。

她抬头。

她看着他。

她在他眼中，看到了永生不灭的爱恋。

她的心脏剧烈地痉挛起来，仿佛冷水劈面，仿佛烙针入穴，仿佛地狱的业火从百汇腾起，仿佛天庭的圣光自灵盖奔下。她感到自己一瞬间死去，又一瞬间重生。

这才是感同身受。

那永生不灭的爱恋。

我的爱恋。

皇帝自顾自地说：我爱你。十年来我从没有说过这句话，但今天我要告诉你——我爱你，自从我第一眼看到你，我就爱你，而这份爱也将持续到我生命的终结。我爱你眼中的飞雪，绣成的蒹葭，还有清澈见底的琵琶曲。我爱你，北方的佳人，你是我的天使，我一生的爱，我所有的梦和信仰。

他弯下身，用最虔诚的姿态，在她额头印上一个吻。

这是史书没有记下的场景。那年那月，红霞曾经剪出他二人的轮廓。有个即将奔赴战场的男人，在他最爱的姑娘的额头轻吻，他弯下的脖颈像鹿一样健康而修长；女孩微仰着头，笔直的睫毛垂下一片哀伤的阴影，葱芽一般的下颌美好得像是一个传说。

他一直没有问她爱不爱他。

如果他问，如果他问。她霎时虚拟出了那个场景：他会单膝跪地，仰头望着缩在摇椅里的她。她清楚地知道那眉毛和嘴唇应在的位置，它们组合出了一个认真得稚气的表情，这种表情从未在他的脸上出现过，但她能分毫不差地想象出它来——因为她对这张脸是如此熟悉，远超过她熟悉自己的脸。然后她惊觉，经过十年的朝夕相对，他已经像烙铁、像伤疤、像胎记一样彻底地融入她的生命，不留余地，无法分割。

你爱我吗？

这句话在她脑海里响起，虽然只是想象，却真实得像一个回忆。

她猛地抬头，却发现房屋清冷，已无人烟，院中响起他远去的脚步声。

她起身冲到门口，对着他的背影大声喊：爱！

皇帝转身，面上有一须臾的茫然，接着明白了她的意思。他笑了，果然是认真得稚气的脸庞，认真得稚气的声音：十年以来，你终于发现你也爱我了呀，我的姑娘。

她颤声问：晚了么？

他望着她。隔着漫天的霞光，隔着命运的无情，隔着说不清的因果和已注定的生死，他望着她。叹息道：晚了。

然后他一步踏出小院，反手锁上院门，锁上了她哀伤的目光。

第九百九十九次拜访，就终结在那里。

远远地有人喊：城破了！

丧国的钟声张开漆黑的翅膀，在夜空下滑翔，庭中的草木或高声庆贺，或痛哭流涕，一同发出响亮的沙沙声。

佳人放下刺绣，端起小几上的一杯凉茶，看着霍山春芽在杯中你依我依，笑得淡然。她轻声自语：淮阳王啊，其实说白了……我根本就不喜欢你嘛。只不过你是我单调的生命中头一个闯入的生灵，还穿着那么鲜亮的衣服，生着那么夺目的五官，于是在我干净如水的年华里泼入一笔浓墨，根深蒂固，久久不散，以至于遮蔽了我真正的所爱。从前我笑话淮阳王是个木头桩子，连动心了都不知道。其实我自己又何尝不是这样——自从那第一眼开始，这一生的爱恋便已盖棺定论。我却十年不自知。

那红火的第一眼，十年之后忽然清晰地浮出水面。她重又看到了皇帝，还年轻着，眉眼竟然也像他的弟弟一样好看。他身穿大红的喜服，披一匹滚白绒的曳地披风，鼻头冻得通红。

原来你也这么好看。

此时她坐在十年之后的一把摇椅里，遥想当年，便看清了自己当时的感受。那些加速的心跳，窜红的双颊，和灵魂深处的颤动。她多么希望盖头掉落后自己干的第一件事是亲吻眼前这个漂亮的男人，她的新郎，而不是一拳打断了他的鼻梁。这样她就有整整十年的时间来爱他。

而非像现在这样，万事皆晚。

晚了，晚了，晚了。

想给淮阳王沏茶时，两人却已经陌路了；想爱他一生一世时，故事却已经结束了。

温水已经把青蛙煮熟了。

茶杯从她手中滑落，在防水的毯子上留下一串晶莹的水珠，最后摔成碎片。她麻木地看着地上盛开的白瓷鲜花，然后从摇椅里站起，任由毯子在脚下堆成一堆。天边的火光海浪般拍打星辰，将天王星座吞进烧红的腹中，并对天女座虎视眈眈。

对着漫天星宿，她双手合十，默默祈祷。星辰与月光，把他带回我身边吧，即使是最后一面也好。还有话在我的牙齿间停留，还有一个吻等待着落在他的额头。

她等着那如泣如诉的马蹄声，却只听到越来越近的喊杀声，在刀剑相击的伴奏中，仿佛一首雄浑嘶哑的丧歌。太近了，院墙在颤抖，不能再等下去了。

佳人叹气，意识到这便是终结了。她捡起绣布，平静地自金兽香炉中取火，旋即拿着燃火的锦缎，点燃了床幔窗纱。火势从四面八方腾起，手中的绣布滑落在地，那一朵茶花红的蒹葭化作飞灰。她淡漠地站了片刻，继而走上二楼。也许从这里可以看得远一些。

小院外的宫道上站着两个执剑的男人，那些逼近的刀剑声想必就是他们造成的。她向前冲了几步，扑在阑干上。她看到了她的爱人，身穿残破的银白色战铠，浑身浴血，手中的长剑已伤痕累累。在同一瞬间，他抬起眼，也看到了她。

他眼中有狂喜。

电光石火间，他的对手趁此机会，挺剑而上，钻入胸甲的缝隙，刺穿了他的心脏。

佳人摇晃一下，跪倒在地，泪水决堤。她像一只悲伤过度的杜鹃，发不出一个哀恸的音节。

他却像没有注意到胸口那致命的一剑，单膝跪倒，依旧望着她。用那种十年来从未间断的目光，平静如水，绵长如光，深沉如山河，隔着眼泪，隔着血火，隔着已注定的生死和说不清的因果，依旧望着她。

这一刻，她再也看不到别的东西。丧国的钟响，焚烧天涯的火焰，刀剑折射的冰冷月光，这些溅满了鲜血与硝烟的东西全都消失不见。有的只是时光里那间飘着茶香的小屋，四季中如水的太阳，还有他的目光。

恍惚中，她又像往常一样，捧着花囊绣布坐在那把最爱的摇椅里，而他趴在一旁的茶几上，于暖阳中发懒。

就这样安详得让人泪流满面。说一声当时只道是寻常。

在这种恬淡的目光中，她平静下来。她知道他在等着她说话，来终结这个故事。

她张开嘴。

她想说：你个白痴，还问我到底是爱你还是爱他，难道这十年来你看不到么？你以为我学习那些娘娘腔的江南才艺是为了什么？还不是因为你讲了一句“我就喜欢她们的忸怩”。好吧现在我承认了，我看清了，为了淮阳王我学习沏茶，但为了你我花了十年来改变自己啊。你个白痴，竟然还问我爱谁。

她想说：我好想亲吻你啊，我的爱人。亲吻你那性感的嘴唇，像晨露一样凉爽，像白炭一样火烫，用虎牙撕咬你水色的红唇，用舌头舔过你玉白的贝齿。你唇齿间那醉人的芳香，是薄荷和雨的气息，是湘妃竹那千年不变的痴情伤。我的爱人，我的爱人，我心中有永生不灭的爱恋，它是你的模样。

脚下的地板在颤栗，它即将被烈火吞噬。她意识到自己没有时间去说这些话了，她只有几个呼吸的时间，将一生的爱淋漓说出，让他知晓。

浓烟中，她依稀看到他笑了笑，似乎知道了她的难处，开口说话。在火焰的咆哮中，她听不见他的声音，却读懂了他的嘴唇。

他说的是：你爱我么？

两天里，她曾经把这句话在脑海中演练了千万遍，现在他终于将它变为现实。于是，千万遍地，她声嘶力竭地大喊：爱！我爱！

他笑得那么开心，脸上有两道泪光。

她用尽所有力气地问：晚了么？

再给你我一次机会，我的爱人，在终结的前一秒，让我爱你一瞬间。

他笑得安详：不晚。怎么会晚呢？你爱上我这件事，永远都不晚啊，我的姑娘。

然后他闭上了眼睛。

地板轰然塌陷，她顿时落入火海。

倾城的女孩异常安静，蜷曲着，火舌舔过她的皮肤，融化了这冰肌玉骨。

她轻声说：辜负你一片好心了，荧惑，我终于还是没能渡过这个情劫。

生命逝去时，佳人隐约感受到了家乡，于是挪动焦麻的身躯，将头朝向那个泪光盈盈的方向。

有小儿在唱：一顾清君侧，再顾倾万甲，三顾还未有，伏拜已天下。

第十年年关，淮阳王攻克南京，于皇宫中截杀其兄，一剑穿心，于是登基为王。

有一次他喝醉了酒，曾对皇贵妃说：你知道么，原来坐你这个位置的，是个倾城的美人。我见她第一面的时候，就知道她会毁了每一个见到她的男人，就像我的哥哥，就像我。

五年后，新皇崩。

他临终时说：我这一生活得很完满，因为我曾经见到过最美的女人，那时她就跪倒在二楼窗边，烈焰照亮她的容颜，光华得日月黯淡，一眼一生。史官，把这些记下来。她的美丽，千秋万代，再不会有。

火宿正在和龙宿下棋。

龙：前儿个我听说九尾狐死前一定会将头朝向家乡的方向，荧惑，你常去下面溜达，这说法究竟对不对？

火：大约是对的吧。几年前最后一只九尾狐自焚了，她的头朝向了她的爱人的方向。

龙：爱人？不是家乡么？

火：可能对于她来说，那个人就是她的家乡吧。

龙：乖乖，她又为甚自焚呢？

火：没能渡过情劫呗。和她的爱人一起死了。

龙：唉，又是一个，虚妄山的情劫，还没人渡得过啊！仔细给我说说。

火：那只狐狸活了三千年了，到了大限之期，唯有渡劫升仙才有活路。可她是个不学无术、好吃等死的主儿，没本事过天劫，就来虚妄山过情劫。我便给了她忘川水和封魂丹，封了记忆和修为让她去渡劫。到最后还是个殉情的结果。

龙：你也太狠了，若是给我忘川水和封魂丹，我恐怕也过不了情劫啊！

火：我还是手下留情了。那仙丹和汤药的威力一直持续到渡劫的前一秒，也就是说最后一刻他们是恢复了记忆和修为的，可以选择死亡或者永生。

龙：但是所有人都选择了死亡？

火：是的。

龙：乖乖，这是甚么巫术！

火：想领教一下？

龙：滚你个大头鬼。

火：说来我还特别照顾了这只狐狸，先让她看到假魔障，记了许多年，以为可以撑过劫数。不想还是被真魔障给困死了。

龙：你这法儿不好，假的就是假的，真的就是真的。我曾听过一句话，说是“当爱上两个人的时候，选择第二个出现的。因为如果真爱第一个，就不会有第二个”，果然说中了。

火：什么回了绕了的，听不明白。

龙：切，你那脑子还想听明白……我还道前几年改朝换代的战乱是怎么回事，原来如此。

火：嗯。便是如此。

然后小童荧惑轻轻、轻轻地唱：

北方有佳人，绝世而独立。

一顾倾人城，再顾倾人国。

宁不知倾城与倾国，佳人难再得。

北方曾有佳人，世上不再得。

虚妄山·将军

侯千藻

星辰说，所谓真爱，就是在从古至今八千亿个须臾中，在从南到北八千亿尺土地上，有一个最适合你的人；所谓缘分，就是在八千亿尺土地上，恰好走到了与真爱相邻的位置，在八千亿个须臾里，恰好看到了他的眼睛；而所谓情劫，就是把缘分投入地狱，万劫不复。

星星问：你还想渡情劫么，小蛟？

是的。

逢　妖

《大荒史》：龙三夜行，误入仙山，逢一女对月饮酒，风姿杳杳，自言为妖。

在那青史留名的改朝事件“狐妖惑世”的三年之前，龙家排行老三的青年正怀揣着任命书，要去边塞从军。途经不寸山脉时，恰巧赶上一场江南的梅雨，淋在身上湿湿的一层凉皮。

黑马在青泥上打下蹄印。

然后他发觉自己到了一个奇怪的地方。路上立着个大木牌坊，形式古朴，在阴雨里显得沉默，匾额上隐约是“虚妄”二字。他听说当今皇妃的家乡就在虚妄山，然而那不是北方的一座大山么？它自然不可能飞跃数千里，落到了不寸山脉中。

经过牌坊时，龙三发现那古老的黑木头上萌发出嫩白的芽。

五月的梅雨正在清洗虚妄山，这一年它来晚了，辜负了春风夏花，因此有些垂头丧气。

来自长江以北的世家青年误入梅林，马蹄踩过湿淋淋的枯枝败叶，与迟到的雨水一起来到了这座寂静的大山。山林迎客的气氛有些阴沉，乌云盘桓片刻，察言观色，终于决定散去，带着雨一道辞别了。

于是在漫天星光中，龙三看到了松竹间的一条玉石桌案，零落红梅几许，桌边斜卧一背影，七重天青衣摆如莲花盛放，对月敬酒，玉手晶莹一如那琉璃酒盏。她仰头喝干杯中酒，又抬起像那天鹅颈一样的手臂，虚拈起一颗星，笑道：加上这飘着兰香的星子，松竹梅兰便凑齐了呢。

忽而回首：谁在那儿?

龙三一动不动地坐在鞍上，自报家门道：龙家三郎。

“我不知道龙家，”女人说，“自从几年前那个白毛儿的狐媚子嫁到皇宫里去之后，你是我唯一见过的活人。”

龙家是淮阳王的母亲家，要说世上有人不知道那可奇了，但相比后一句话，它的怪异之处简直不值一提。自6年前皇上娶进一位山野美人，次日便解散六宫，朝政每况愈下，大臣早有疑心。龙三向来不甚关心这类事，今日一听，仍然大惊。

“你说皇妃是妖精?若是叫卫队听了去，可是要斩首的。”龙三提醒。

当今世上，谁不知皇宫的三十六道高墙柳影后面藏了位倾国的姑娘，她还未出面，便已艳名天下。街头巷口常听小儿们用各地方言传唱“一顾清君侧，再顾倾万甲。三顾还未有，伏拜已天下”。

青衣女人笑了笑，她脸上有种清澈的妩媚，眼中有东风：“哦，是的，我听说人间有种刑罚叫斩首，说是把头从项子上砍下来——真是有意思。”她摸了摸自己白嫩的脖子，它从青蓝的衣领里长出来，仿佛海中的玉树：

“但是我不怕。我看见你带了刀，但我是不怕那东西的。”她表现出一种类似轻蔑的神情，但龙三认出那是经过伪装的怯懦。

“我倒觉得你很怕。”他如实说道。

“不，我不怕。”她很固执。

龙三叹口气：“其实你一个年轻女人，大半夜在荒山野岭遇见个带刀的男人，害怕也是应该的。”他开始好奇，月近中天，一个清秀且衣着华丽的女人跑到荒山里做什么。实际上这个时辰任何年轻女子都根本不该出门。但这不是他需要关心的事。

“我根本不怕你和你的刀。我就住在这里。害怕的应该是你才对。”她一板一眼。

“住在这儿？这是哪里？”

“虚妄山。”她很认真。

龙三想笑，可他没有笑。他一向是个很严肃的人。“听说虚妄山是座北方的大山，此处是江南的不寸山脉，你可不是睡迷糊了吧？再说，淮阳王途经虚妄，山上除了皇妃之外再无人烟，你又是从哪里冒出来的？”

“睡迷糊的应该是你吧，龙家三郎！”她皱眉，“虚妄山之所以名为‘虚妄’，是因为它在尘世中根本不存在。若不是这里的主人火星荧惑允你进入，你岂能在这方土地上站着？”青衣女敲了敲玉案酒盏：“况且我的的确确是住在这里的，时间比那只白狐狸长得多。除了荧惑之外，我是这山上居住时间最长的生灵，说元老都贬低了我。所以不要自作聪明，龙三。”

龙三更想笑了。他虽然想不明白为什么深更半夜一位妙龄女子在荒岭上喝酒，但如果他就此信了她的胡扯，那才是大大的失策。他应该逗她一逗。“皇妃住在山上，是只白狐狸；你也住在山上，不知是个什么？”

“我凭甚告诉你？”她哼一声，“不过我可以告诉你的是——”女人拂衣站起，身量几乎与他等齐，花一般湛蓝色的眼中骤然爆射出苍鹰的凶戾：“我是这虚妄山上修行千年的妖精啊。现在，龙家人，告诉我——有一人半夜赶路，误入荒山，见青目女妖——该害怕的是谁呢？”

收 妖

《龙家史》：龙三从军，年二十，官至少将，戍边疆。次年收一卫，眉目清媚，笑若寒刀。

白马关下了场柳绵雪，伪装成阳春三月飞杨花，实际天寒地坼。龙三在饭馆二楼包厢里嗞嗞地喝热汤，防不及窗外跳进一人，落在桌子上，把一碟菜心包子震得漫天飞舞。其中一个正巧掉进他的汤碗，汤汁溅了他一脸。

天降来客作书生装扮，青色直裰，并无棉衣，冻得直打哆嗦。龙三抹了一把汤汁，看清了他的，不，她的面孔。那一双春风渡雪的眼睛。

龙三沉默良久，说：“妖精，别来无恙。”

半年前初遇之时，女子化青光冲天而去。他策马欲追，跑了不过半里，见前方一座大木牌坊，并无砖石瓦片，匾额上题着三字“渡尘劫”。朽老的柱子上生出青白的嫩芽。待穿过门楼，回头一看，只见一片白草连天，并无门楼，也无荒山。

由此他不得不相信，那个好玩的女人说了实话，那座山确为虚妄山，而她也确为山上的一只妖精，至于有没有千年修行，那还不太好说。

此时这只妖精蹲在饭桌上，踩着汤汁和包子，而且踩得心安理得不动如山。龙三很佩服她的胆识。

她说：“其实我别来有恙。”

然后她破口大骂起来。“荧惑那个混蛋把我赶出来了！他仗着自己有二十七个弟兄，平白地封了我的修为，还把我赶出了虚妄山！娘的，姑奶奶在那里住了一辈子了，就凭他一句话我就得收拾东西滚蛋！他凭什么他……”

一碗残汤连着一个包子劈面而来。

妖精停止尖叫，呆愣而愤怒地看着罪魁祸首。

龙三说："你有点吵。"

她深吸一口气，脸色涨红了。在她爆发之前，龙三说："其实你吼了半天不就为了一句话么。不用说了，我护你。"

她飞快反驳："谁要你护。"

"说话要三思。"

"我一向三思而后行。"

龙三耸肩。"那么不送。"

妖精张大嘴巴，龙三几乎可以看见她那停止运作的大脑。这妖精一辈子住在虚妄山上，除了皇妃和荧惑只见过他一个活人，今日一遭落魄，没有朋友可以投奔，也失了修为不能自保，竟然无奈到找他来求助，实在是喜事一桩。他打算逗她一逗。这世上有两个成语，一名落井下石，二名雪中送炭，龙三决定循序渐进，软硬兼施。

"不，我不走。"最后她挤出这一句。

"那么你待如何？"龙三抱起双臂，"今日你无故飞来，毁了我一桌早饭，又冲我大吼大叫一通。我若是个正常人早应该一巴掌把你扇出去。但你我有一面之缘，你又遭逢落魄，我见你无路可走伸出援手，你倒不要。怎地？想让老道们捉了去炖汤？"

"老道们！"她的脸色很无畏，但眼中却藏有恐惧，"我用不着你护，我能保护自己！"

龙三指着窗外。"那请你再跳出去吧。"

妖精发狠地瞪着他，脸气得发鼓。很显然她正在经历激烈的内心挣扎，一种让她放弃愚蠢的自尊，承认自己现在很弱需要别人保护的事实，另一种怂恿她蹦出这扇窗户自谋生路。根据这妖的性格缺点来看，答案已经水落石出了。

出人意料，妖精转身就要蹦出窗户，龙三正在考虑要不要抓住她，她却又猛地转回身，恶狠狠地说："不对不对，我这次被赶下山，明明都是你造成的。所以在你收留我这件事上，是没有商量余地的！"

"我造成的？"龙三有些头痛，"你不要胡搅蛮缠。"

"我没有。"她又习惯性地飞快否认，然后说道，"自然是你造成的。如果不是你撞进了虚妄山，荧惑才不会把我赶下来。"

龙三看不出这有什么联系，他冷静地等着她的解释。

"你瞧，我这次下山，是因为荧惑发现我有一个劫数，他不想让自己的好地盘遭殃，就把我赶了出来。"妖精怨恨地说，"可恨我跟他做了千年的邻居，竟然这么不讲情面。"

龙三依然看不出任何联系。所幸他天生有一张冷静的脸。

"总之，我的这个劫数，"她总结，"就应在你的身上。"

这一句算说在了点子上。

"你有个劫数。"龙三将手压在嘴唇上，"为何应在我身上？"

"这个嘛……当然就是因为，你走错路走上虚妄山了！"她大声说。龙三盯着她，她心虚地四处乱瞟。他叹口气："其实你根本对这个劫数一无所知，对吧？"

"才不是呢！"否认。接着小声道，"荧惑那小子根本什么都没有对我说嘛。"

"有一点我不明白——如若这个劫数应在我身上，那么你理应远远地避开我才对。你此时在这里算怎么一回事呢？"

"这个我知道。"她顿时得意洋洋，"荧惑说，这个劫开始在你身上，结束也在你身上。因此避劫之捷径也在你身上。我如果想轻松地渡劫，就要牢牢地跟住你，一有危险立马逃跑，保准有惊无险，长命千岁。"

啊，所以这才是她黏在这里的原因，倒也合情理。

她继续絮絮叨叨地说道："因此来看呢，你收留我是理所应当，天经地义。若不是你，我哪里会倒这么大的霉？”她用手比了个西瓜的形状，似乎觉得不能淋漓尽致，于是将它扩张到了车轮大小。龙三看着她和她的车轮，深感世界已经不能阻止这个妖精的愚蠢了。

妖精大约有些察觉，讪讪地把手收回袖子里，蹲在桌子上冻得发抖。龙三动了恻隐之心，提议道：“其实你可以从桌子上下来了。”

“哦。”她说，然后为了体现自己的聪慧，补充道，“其实我早就发现这一点了。”

龙三：“……”

有一种病叫脑残，大约是天生的。

临出门前，他考虑片刻，将自己的披风让给了妖精。

“别冻死了。”

她条件反射地张嘴反驳：“其实……”

龙三扬眉。

“咳咳，其实忽然发现多穿一件也没有什么不好啊，哈哈哈……”妖精一边说一边飞快地套上披风。看来在风雪中冻得涕泗横流之后，她已经深刻地体会到了世态炎凉。

如此这般，龙三用一条兔子毛的披风，收了只千年修行的妖。

捉　妖

《卯城志》：时大旱三月，道士言妖魔作祟，疑恶蛟所为。以桃木寻之，得。欲斩之。

龙家世代从军，这一代子息单薄，除了镇守西疆的龙大将军之外，就剩下一个北疆少将龙三。

当他收到当今天下第一王爷淮阳王的密信之时，就隐约觉得此行不善。但要说起远房亲戚，他和淮阳王还有那么八竿子打得着的一点血缘。凭着这层血缘的关系，他觉得自己应该给这个脸，不然太不留情面。常言道，做人留一线，将来好相见。

于是就带着妖精一起来了。

妖精装扮成了一个白面书生，虽然在边疆待了三年，且使得一手炉火纯青的腰里剑，但是她却依旧外强中干、胆小如鼠。

记得上个月匈奴趁夜突袭，龙三率领凛风骑料理过后，却怎么也找不见她了，到最后发现原来她惊吓过度，挖了个坑把自己埋了，还是他亲自把吱哇乱叫的她拎了出来。这个半夜上茅房都要拖上他打灯守门而且一大早醒来打死都不认的近卫，此时正与他并辔进入卯城。

她拍拍马颈：多亏到了。再渴上半天，这马就不行了。

卯城周边正在旱着，一路来井渠见底，草木焦黄。百姓要么怨天，要么尤人，要么疑神疑鬼，要么求仙拜佛，都盼着龙涎早降。

龙三斜她一眼："听你的口气，似乎有些遗憾？"

"哎，可不是嘛！"她摇头晃脑，"我一早就听说大旱时可以让牲口嚼湿绸子度日，本来还准备了绸子打算一试，现在也没有机会了。"

龙三心想，谢天谢地。

他二人风尘仆仆，灰头土脸地在客栈歇下，杯子还没焐热，他就被风风火火地拉去拜见淮阳王。

屏退众人，淮阳王先是与他七大姑八大姨地寒暄一番，听得他着急上火，最后不得不打断道：王爷，有什么话你就直说吧。

淮阳王直说：我要造反。

他要向龙三借兵，借那只战无不胜的凛风骑。

从王府出来，小妖从侧面赶上，递给他一个牛皮纸袋，说："菜心包子，街角买的，还热着。"

他接过："你倒是会找吃的。"

她嚼着包子，理直气壮："说不准什么时候就叫道士逮了去，当然要处处小心，及时行乐。”

他失笑：“你个胆小鬼。”

小妖：“我才不胆小——王爷找你干什么？”

龙三：“借兵。”

小妖：“……你同意了？”

龙三：“我说我再想想。”

小妖哈哈大笑：“我就说嘛，你这个公正守法礼贤下士一心为国墨守成规的帝国好臣民，怎可能扯旗子造反哟！”

正笑着，忽听巷陌有小童齐声唱：“乱世难相许，万里长哀歌。孤城十二夜，烈血埋巾帼。”

看过去，见是一总角小儿，红衣黑带，头上一顶高帽，上面歪歪扭扭地书了四字“天下太平”。不仅这身挺怪异的打扮，他手中还拿着个墨黑长幡，有“童叟无欺”的金粉字样。龙三心道这是谁家孩子放出来撒野，妖精眼睛却直了，瞪着小童一声不吭。

红衣小童离开孩子群，颠儿颠儿地跑过来，笑道：“阿姊，阿姊，给我个包子吃可好？”

出人意料，异常护食且欺软的妖精这次温温顺顺，从纸袋里掏出一个包子递给小童。他接了，笑容更甜，道：“阿姊，你真是个好人。我人小力微，无以为报，不如就为你算一卦，怎样？”

龙三知妖精一向不信人间算卦的方士，拉了她就想走，不想她答：“好。”

三人走到路边僻静处，龙三已约莫出此小童并非常人。他嚼着包子，将长幡一插，那些小孩很快围了过来。红衣小童两手一扬，袖中忽然飞出无数算筹，飞散一地，有些甚至打到了二人身上。他绕长幡环走一周，遂笑道：“阿姊，不是我不说好，但看样子你最近有个劫数哩！”

“最近？有多近？”妖精很紧张。

“最近嘛，自然就是很近很近喽。”他将两个食指一比，从细小的缝间笑着睃她一眼。妖精一抖。龙三正想说甚么，那小童又道："不过嘛，我看你身边这位可是福大命大，贵人天相。你跟住了他，该跑的时候快点跑，不该逞能的时候别逞能，自然顺顺溜溜，无患无忧。但是啊，这位公子面有黑气，近来必有凶事。到时候阿姊你可要握好分寸，切莫多管闲事哟！"

"凶事？是什么事？"她连忙问。

"哎呀呀，凶事还能是甚么？无非是流血流财流泪珠，失策失情失性命。不过阿姊放心，公子他龙骨神姿，自能化解。"小童笑得云淡风轻，忽对四周围观的小孩子们说："大伙看我耍个戏法！"话音未落，他扬手打个响指，满地的算筹骤然成了黄金。孩子们呼啦一下，推搡着疯抢一遭，大呼小叫。

红衣儿对着他俩慢慢作揖，笑："二位，慢走不送。"

能挥手间变出金子，却要向别人讨包子吃。看来这疯小孩，的确不同寻常。龙三心想。

他们走进人流的时候，听得背后那小童笑着说："伙计们，我刚刚教的儿歌，是如何唱的？"

于是又响起童声齐唱，遥远着听不清，依稀是："孤城十二夜，烈血埋巾帼。"

回到客栈已是残霞散褪去，月挂东枝。龙三在灯下读志怪小说，小妖闯入房中，拉个板凳坐下，说："今晚不知怎的心慌，睡不着。白天的包子还剩没？我饿了。"

他把纸袋子扔给她，打趣："说不准半夜就有老道来抓你了，赶紧吃啊。"

她拿出剩下的半个包子，打哆嗦："乌鸦嘴，莫要胡说。"

龙三翻过一页，作漫不经心道："今儿那个小童，你怎么看？"

她鬼祟地一探头，然后凑近了，小声道："哎，我告诉你，那可不是人间小孩子。他就是我那曾经的邻居，虚妄山的荧惑啊！今日他来找我，必定有甚暗示。我刚才想了想，便忽然明白了那么一点，又不清。"

龙三正疑惑，她遇见了旧日的仇人怎么没有暴跳如雷，反而温顺如羊。嗯，大约这个荧惑相当牛气相当厉害，她不敢惹吧。她一向欺软怕硬。

正当此时，楼下突然传来喧闹之声。龙三忽有不祥之感，停书行至窗边，见街上一片灯笼火把，乌泱泱如蝗虫蚂蚱般涌进客栈。还未深思，门外传来乱石滚木一样的脚步声，小妖一个箭步扎在龙三身后，下一刹房门豁然洞开，当先的一身青白道袍，手执三尺桃木剑，直指二人。

道士："呔！恶蛟哪里走？贫道今日辰时便嗅到恶蛟妖气，纵使你有封魂神丹，也难掩千年修行。你妖气镇龙脉，使卯城千里无雨，可谓罪大恶极，今日不除，贫道愧对天下苍生！"

龙三心头先是一紧，然后松了。三年之前立下的保护承诺，今天终于要兑现了。原来妖精的真身是条快要成龙的蛇。他想，这道士真可笑，卯城大旱始于一月之前，那时我们还在白马关吃包子呢，哪里来的精神去镇你的龙脉。淮阳王有求于我，这件事肯定能轻松摆平。

他正要开口。

妖精在他身后，忽然轻呼一声："啊呀，荧惑……我明白了。"声若蚊蝇。

然后她走了出来。

没等龙三做出任何反应，只听妖精大声说："我就是你们要找的妖！"那声音很坚硬，似乎无坚不摧。但龙三知道这层铠甲之后那脆弱的灵魂。他太了解她了，知道她的害怕，也知道她假装不害怕时的害怕。就像现在这样。

她眼中骤然放射出青蓝色的电光。

桃木剑连着锁妖绳横空飞来。

他想去挡。

但妖精已经飞身冲入人群，直直地撞入万千符纸之中。他扑了个空。

人群冲上来扭住她。

妖精被锁妖绳所捆，跪倒在地。她甚至没有抽出腰里的软剑。

夜色光耀，烛影摇曳。

窗外有乞儿唱着月亮升起之前学会的歌谣：“烈血呀，烈血埋巾帼。”

时空的缝隙间，妖精似乎回头看了他一眼，又似乎没有。

月亮离地平线还有三指宽的距离，黎明蠢蠢欲动。

妖精并不在衙门的牢里，因这是民间捉妖求雨的行为，她被关押在龙王庙里，次日巡街问斩。龙三并不指望淮阳王能做什么，此时大旱三月，民情激愤，妖精已露凶相，道人确有法力，作为一个想要在近期扯旗子造反的王爷，不会插足这一件对自己有害无利的事。而且龙三绝不想让妖精成为淮阳王要挟自己的筹码。他还不想造反。他还救得了她。

龙王庙寂静无声。

他撂倒守卫，潜入中庭。有一潭水，东南西北各摆放着一只石墩蟾蜍，口中吐出白绫，束缚着湖中央莲花座上的一名青衣人。她身上贴满符纸，垂头跪坐着，似是睡着了。龙三轻喊了她一声。

妖精一震，抬起头。他看到一张平静的脸。

蓝眸中依旧有如玉东风。

“龙三。”她说。

“嗯，是我。”他走近，“我来救你出去。”

妖精却摇了摇头：“不，你不要过来。你快点走吧，走。”

龙三顿了下：“现在不是你逞强的时候。”他仔细看着妖精，但这一次他没有发现什么，也许有恐惧，清白地写在眉间，可还有那种奇怪的平静，让他不安。他曾经养过一只鹰，很聪明，当它知道自己即将寿终正寝的时候，眼眸里就是这种平静。

他为自己的联想而颤抖。

“天快要亮了。”他说，打算涉水过去。

妖精口中的“不”字刚刚飞出，火焰就爬上了龙三的裤腿，他发现湖水像开水一样灼热，急忙就地打滚，勉强将火扑灭。

“这里被施了法。”妖精说，“没人能救我出去。”

龙三拔剑向白绫斩去，那铁剑却熔为铁水，一滴滴落进湖里，凝固成粒粒铁珠。他有些慌，面色还镇定着。

“我一定会救你出去。”

“你救不了。”

“我救得了。”他坚持。

妖精凝望着他，有些悲哀：“即使你救得了，龙三，我也是不会和你走的。”

“为甚？”他皱眉，“我不知道你今天怎么了，为什么这么说话？为什么站出来？为什么暴露自己的身份？这不是你。我听到那句话了——荧惑，他让你明白了什么？”

妖精似是不堪重负地闭了闭眼：“别问了，这些事情和你无关。你只需要转身，然后离开这里就可以了。龙三，你是个那么优秀的人，杀伐决断，智勇双全，你可以做到的。只要转身，然后离开。我只要求这么多。”

“这太多了。”龙三冷冷地回答，“我需要一个理由。”

“不需要理由——和你无关。”

“不，这和我有关。”

水潭间一时很静。

龙三：“我想……我有点喜欢你，妖精。我不知道。但是我要救你。”

妖精的神色一霎时五花八门，未等看清，已经再次平静如水。她似乎下定了决心，说：“我必须告诉你实话了，龙三。”

顿时，他又看到了虚妄山上那个陌生的、目若苍鹰的妖。他终于想起，眼前的女人是个活了一千三百年的妖精，她百花盛开的眼睛里藏有寒刀。

“三年前相遇之时，你就知道我只是为了避劫。”她音若静水，连眉心的那一丝恐惧都消散了，“从来没有别的原因。我是个妖精，已经活了一千多年，如果靠你避了这个劫，我还可以活一千年。而你呢，龙三，你只是个凡人，命若蜉蝣，不过我小憩的功夫就灰飞烟灭了。所以我不会留下来的，不会为时光，不会为尘世，更不会为你，离去是迟早的事。”她一点头，“就是现在，现在正好。”

龙三不说话。他不相信。

“其实这个劫已经过了，就是上个月那次匈奴的突袭。”她淡淡地说下去，“你率领你的凛风骑击退了敌军，就像荧惑所说，替我渡劫。其实，其实说来，荧惑根本没有赶我下山。他多大的威能，怎么会在乎山中的小妖精渡劫。就算是天王老子渡劫，都毁不去他的虚妄山。其实，其实，其实还是他帮了我，指点我用最简单的方法渡劫，然后下山来暗示我可以走了。于是我要走了。”她再一点头，“是的，我要走了。我还有千年的寿命可活，不值得在尘世中蹉跎。”

“所以你要回到那座荒山中去了？”龙三忽然想笑，也许是气的，但他一向不怎么生气，“回到那个半点人星没有，只剩下荒月和冷杉的野地方去了？哦，不对，我忘了，那里还有个在自己的帽子上写什么‘天下太平’的荧惑——呵！”

“和你无关，龙家三郎。从此我的事情，和你无关。”她坚定得倔强。

和我无关，这真是搞笑。他想，然后笑了出来。“那这又是什么？”他知道她在说谎，他知道她的谎言，也知道她假装诚实的谎言。“这些阵法，老道……”

“我没有拔剑。”

“……什么？”

“我没有拔剑。”她重复。

一瞬间，他意识到她要说什么了。

半晌，龙三说：“你是故意的。”似乎有冰雨从天而降。

“这三年来你对我很好。”妖精的声音波澜不惊，“我觉得就此离开对你太残酷，所以顺势被那老道所抓，假死一次，灭了念想，就此你我天涯不相逢。你去你的红尘世，我回我的虚妄山，两不相干。”

世界安静得似乎已经死去。

“你在说谎。”一定是这样的。但他却觉得无力。“这都是谎言。”

“不，我不说谎。”她轻声道，“不是这一次。”

又沉默了一会儿。

妖精说：“走吧。”

于是他转身离去。

救 妖

《玉虚除妖典》：尝擒一妖于卯，乃大旱之魁首，欲斩之龙王庙。忽狂风大作，降蓝衣剑客，劫法场，救恶妖，冲天而去。

清晨的阳光别有用心地抚摸他的脸颊，使酒碗中荡起粼粼波光。梦境化作小妖的模样，用那双玻璃般澄澈的双手梳过他的头发，唇上的一点香气轻擦鼻尖。

似乎隔着烟水与河川，有小童轻轻唱道：乱世难相许，万里长哀歌。孤城十二夜，烈血埋巾帼。

有人拍拍他的脸，笑道：“少将军，睡不得啦！”

龙三醉眼朦胧，隐约看见晨光中一人轮廓，肤如酥酪，发若鸦羽，待清醒些许，发现是一总角小童，暗眉亮目，红唇白齿，音似甜脆又缠绵的麦芽糖。正是那算命的荧惑。荧惑笑：“少将军，你那只小小的妖精，就要性命不保了哦，且不去救她一救？”

龙三：“她是只千年的妖精，怎需要我一介凡人施救？”

荧惑：“她骗了你多少我不知，但封魂丹一事千真万确。那就是说她现在妖力全无，任人宰割。嘿，我且告诉你个秘密——小妖精这次的劫，其实是个情劫，就应在你身上。”

龙三心里一动，觉得有什么不对，脑子却昏昏沉沉地想不清楚。“那又如何？”

荧惑依旧微笑：“所以你要是不去救的话，她就难逃劫数，魂飞魄散了啊。妖怪又不是铜打铁砌，与寻常人一般肉体凡胎，锁妖绳一捆，铡刀下一样鲜血四溅。”

龙三一抖，酒醒了些，旋摇头：“她那么贪生怕死，恐怕早就逃了吧。她方才说自己就要回虚妄山去了。”

荧惑：“哦？你且到窗边看看。”

龙三依言走到窗边。盛夏白金色阳光中，下方街道人山人海，水泄不通。中央一队戴面具的驱鬼者，执牛尾，列队过街，手舞足蹈，高唱龙王之名。其后跟着一架四白牛的红漆囚车，跪一人，被深蓝铁索五花大绑，贴满符咒，低垂头颅，不见面貌，一袭青衣血痕点点斑斑。

身后小儿清唱：“千年青青鸟，情字难逃，铡刀下顶替那将军蛟，血溅龙王庙，可怜了挂剑眉百花容貌！”

那人忽而抬头，恰巧撞上他的视线。晨光落进她的眼睛，照亮那一小方深沉的爱意，和天涯无尽的哀伤。

他猛然惊醒，室内清冷，窗外敲锣打鼓，人声鼎沸。走至窗边，竟又看见那一辆四白牛的红囚车，其上一人跪坐，青衣染血。龙三震惊地看着，不由自主地颤抖。在同一时刻，那人抬起头，看到了他，眉目在阳光中宛如晨露一般闪烁，哀如伤歌。

没有一丝犹豫，他抓起长剑，从二楼窗户跃下，向着囚车劈砍。

妖精睁大双眼，无声地喊他的名字：龙三。

骤然狂风大作，飞沙走石，上升的气流托起他一头长发，刷亮带着酒水的剑锋，让他仿如狂热的战神一般从天而降。他挥出长剑，在空中拖出一串晶莹的水珠，狠狠削开朱漆囚车，并在落地的瞬间一手揽住人犯，飞身抢马而逃。

抱住她的刹那，他说：“妖精，我来了。”

她答：“嗯，好。”

寻　妖

《八国记·国史》：上为狐妖所惑。初秋，淮阳王梦得神谕，替天起兵。龙姓少将率凛风骑，百战百胜，三日克一城，九十日至杀云关。

杀云关扼住龙牙山隘，百丈高墙，依山而建，锁了唯一的栈道，当真一夫当关、万夫莫开。这是从未被攻克的堡垒，被称作“永不陷落”的天下第一关。

白云尚不得过，是谓杀云。

冬至日，凛风骑兵临杀云关。

月缠轻纱，龙三在大帐中闲看杂谈，却是说有一只狗，平日对行人万般凶狠，伤人无数，主人念它危急时或有所用，一直忍让。有一日家里遭贼，狗平白失踪，半夜发现它躲在床底下，吓得大气不喘。主人气得半死，把它煮了。

他笑，问：“妖精，来看看这只狗像不像你？”

一抬头，帐中无人。

龙三敛了笑容，闭上眼。自那日失散，他已经尽心竭力地找了四个月，却一无所获。

当日二人一马冲出卯城，道士率众人追赶。龙三急匆匆地问了句：“你要过的这个劫，是不是一个情劫，应在我身上？”

“是。”

“若是你当日不站出来，是否就过了？”

“是。”

“那你……”策马狂奔在江堤白路上，“为什么站出来？”

妖精顿了顿，握住他的手，侧脸道：“我希望你，一世安康。”

他一刹失神，忽然臂上中了一剑，惊马将二人掀入江中。江水湍急，转瞬人已找不见。他水性极好，那日更甚，顺水凫了二十里，只见碧水三丈，浑水三丈，这其间没有他的妖精。

恶蛟跑了，淮阳王拿他是问。他在堂上跪了半刻，搬出了当朝皇妃是九尾狐妖的说辞，并推脱大旱乃是由此而来。淮阳王大喜，劫法场一事便风轻云淡。此后他费尽心思，终不能找到她。不久淮阳王反了。由于他承诺动用自己的力量帮助龙三寻找小妖，于是龙三带着凛风骑一起反了。

他心想：如果我是这只狗的主人，一定不会煮了它。我会爬到床底下，紧紧地抱住她，将脸埋进那温热的肩窝里，告诉她没事了，我来了，一切都会好起来的。

妖精，你在哪里啊？我好想念你。

次日清晨，龙三带领凛风骑大摇大摆地攻城，不料遭到强悍反击，虽然他们短暂地夺过了外城墙，但在敌方主将出现之时，其全军静默，后爆发出山呼般的呐喊，夺回外城墙。他黄铜战甲，顶一个严严实实的头盔，不闻五官，只见面铠上罗刹浮雕，浑身如铸黄金，真似修罗降沙场，万丈肃杀光芒。

血最热的时候，小雪溜达了下来，懒洋洋地粘在他的眼睫上。龙三砍倒敌人，环顾四周，看到了敌军主将——踱步城墙，挥剑见血，如孤狼猛虎，入无人之境。而龙三正位于他的背后，趁机压剑飞快接近。将领正在啃一块硬骨头，对手躲闪灵敏，他一剑砍空，长剑折断。小校大喜，正欲抢攻，那主将却以迅雷不及掩耳之势，摘下头盔，一抡将之打倒，脑浆迸溅，脏了头盔衬里。他厌恶地把它随手丢到血泊里。

铜盔在空中翻滚，龙三举剑劈砍，这时机完美无缺，剑刃下就是将领黑发披散的大好头颅。那丝绸般的长发在风里诗情画意，与雪沫谈情说爱，一看就令人怒火中烧。

一刹那。那人反手从腰里抽出软剑，回身架住了龙三的偷袭。

龙三长剑落地。

他颤声说：妖精。

风中带血，城上的战旗独自猎猎。龙三一人坐在营火之外的黑暗里，半张膀子花白绷带，有一段没一段地吹笛。一会儿是缱绻的千年恋，一会儿是凛冽的关山雪，两种曲调在荒野中相撞，反目成仇，执剑厮杀。

忽然有童声和着千年恋的曲子唱：“梅子晚，星子蓝，女子斟月入酒盏。谁先爱，谁先变，谁先不回看。一个说江湖逍遥，一个盼日月长安。这千年不遇的拳拳爱恋，怎生成了记川与忘川？”

龙三听出来人，有意刁难，曲调一转，成了关山雪。童声也不慌张，顺溜溜地唱下去：“腰里剑，发上香，眼中白地盖清霜。谁先恨，谁先忘，谁先去远方。一个风凛凛叛国，一个甲铮铮安邦。道一句故人变了敌人哟，叹一声世事无常。”

龙三收笛：“可是火宿荧惑？”

小童绕到前面，笑盈盈：“正是在下。”

一本正经：“你编打油诗的速度挺快。”

笑道：“过奖过奖。”

龙三拔剑而起：“你又在捣鬼！”

“莫急莫急！”荧惑摊手而退，“我此行来就是与你解释的。”

“妖精，她……”

“她好像不认识你了，对吧？”

那双曾有百花的眼睛，如今冷冽如铁，望着他的目光里只有一湾冰冻的萍水相逢。她在这个适合流血的雪白季节里，毫不留情地在他胸口划下一道疤。

荧惑：“这啊，便是她要渡的情劫啊！你可要知道，虚妄山的情劫是鼎鼎有名的，过得去，便是一步登天，两世不负，三界叩首，四大皆无，五官画像摆上了金盏银烛；若是过不去啊，那便是六合业火，七魄无主，八种佛苦，九千劫数，十恶破了十戒喽，万劫不复。”

龙三抱以一剑：“他妈别跟老子玩这些文字游戏！”

荧惑跳开：“好好，不玩不玩。职业习惯嘛！说白了，有句话叫高风险高收益，不正不斜可以形容虚妄山之情劫。妖精们呐，都是一群活了千儿八百年的老滑头，红尘一场爱恋不过眨眼一瞬，水月镜花，难为大劫难。于是渡劫之妖，必须饮忘川水，吞封魂丹，以凡人身份入世渡劫。”

龙三：“她饮了忘川？”

朗声：“哎！这位客官，你猜对了，小妖便是饮了忘川水，把前尘旧事一股脑了掷于水中，来尘世渡情劫来啦！而你，少将军，便是她的劫数了。”

龙三：“那她早先在我这里腻着，又怎么说？”

荧惑拍拍屁股站起：“说来这小妖在山上住了一千三百年，与我还是很谈得来，我便决定助她一助。待得她的情劫来了，放水让她先去侦察一番，若是能过便来领忘川水，若是过不得就清心寡欲修他两千年，去过天劫。不成想她一出山门就差点丢了性命，真让我恨铁不成钢……所以啊，我就拉下脸颠儿颠儿地去求你救她一命，然后我再从河里把她捞出来，正儿八经地劝她回山清修，结果她把我好心当了驴肝肺，要了忘川水就出山寻你了。”

龙三：“四个月来我头一次见她。一定出了变故。”

荧惑：“哎呀呀，说实在的我也不大清楚啊。小妖出山后我觉得自己当说客当得很失败，就去找阿龙下了盘棋，没想到一出来就这么乌涣乌涣一大堆破事，搞得我头昏脑涨。我想啊，如果当初我不多此一举让小妖带着记忆下山作弊，说不准你俩就不会闹成现在这种样子了，所以我愧疚啊，我后悔啊，我心痛啊，我思来想去决定再作弊一次，把这些前因后果摊给你看，让你心里有个数。”

龙三：“其实我心里还是没数。”

荧惑：“哎哟，情劫还能有什么数，还不是远离劫数？我估摸着，这一次只要你离她远些，情劫一至，她心自清明，顺溜过了，便是跳出三界外不在五行中，从此一步飞升，永生不死啊！你若是真爱上了，便听我的话，保她过此劫。”

龙三用笛子敲了敲手心，道：“好，我听你的。”

荧惑旋身跳下大石：“好嘞，少将军，便知道你是个明事理的。”

然后他蹦跳着走进黑暗里，嘴里隐隐约约地哼唱：“乱世难相许，万里长哀歌。孤城十二夜，烈火埋巾帼。”

听了这儿歌，龙三心头微悸，正欲叫住他，忽浑身一震，惊醒过来，四处旷野如风，浩荡不留人。

杀　妖

《八国记·将军列传》：残兵三百人，孤城十二夜。龙三率死士越龙牙峰，奇袭杀云关，火起，城破，少将阵亡。

三日后，位于卧龙山脉南侧的襄陵王谋反，截断了杀云关的粮草，自此杀云成为一座孤城。围城第十二日，夜，龙三与三十名死士，带着龙牙峰顶的积雪，从天而降，杀入城中。子时一刻，北城门火起，凛风骑入城。子时三刻，南城门陷落，襄陵军入城。

丑时整，杀云守将带五十兵甲，重夺南城门，落重锁，放火焚城。

丑时二刻，守将孤身至北城门，落重锁，放火焚城。

至此，杀云关成为一只铁桶，内有一团烈火。

守将召残兵，退守将军楼。

龙三借跃马之力，直接跳上二层，翻窗而入，用剑格开了刀枪剑戟斧钺钩叉，撂倒几人后，三步飞上楼梯扶手，居高临下地大杀四方，然后闪身上了顶楼。三层房梁低矮，正在头顶一丈左右，森森地压着。窗外明暗的火光映照在她残破的黄铜战甲上，肃穆中流光溢彩。

守将静了一会儿，抬手摘下头盔，一头黑发像打破的蛋壳中的蛋清一样倾泻而下，温柔了她的寒冷的脸庞。她说："又见面了，叛军。"

龙三张了张嘴，却终究没有说出什么。

她冷笑："你是来劝我投降的吧？说句不好听的，我就算天打五雷轰，也不屈从于叛国贼麾下。那么来吧，叛军，让我们看看这一次到底是你死还是我亡。"

话音未落，她已摆开架势，反手从腰中抽出软剑。那一尾亮白的剑锋在火光中静静燃烧，仿佛潸然落下的泪光。龙三想起了她拿着腰里剑呆立在匈奴乱军中的模样，咧嘴笑了笑，缓缓提起了剑锋。

她使出鹊踏枝，飞掠而来，手上一招剑转流云，惊起一方夜色。龙三脚下纵云梯，挥出三环套月，紧接着剑飞惊天，逼退妖精。她腰身敏捷，左旋右转，得空撞出剑影留痕，忽地将龙三击飞，紧接着使开蝶弄足，剑如江海凝清光，似流星赶月般直追过来。须臾间，龙三下意识地将一连套动作使出，半空里凭虚御风，落地时抱元守缺，然后人剑合一，身如虚影，电光石火中，万剑归宗。

一转身，他看到妖精扶着窗框，单膝跪地，一条腿血流如注。

他垂下剑尖，欲叫她的名字。

正在此时，窗外有人高喊："他妈的这群杂碎，放火放火！"

一只火箭应声飞入，龙三侧身闪过，它正中窗纱，瞬间嚣张了起来。妖精扶着窗框缓缓站起，软剑斜指脚下，说："叛军少将，你今日就与我同归于尽吧。"

龙三轻笑："不会的。"

她挥剑，连续使出三个杀招，却因为腿上有伤，剑剑落空。此时屋中浓烟滚滚，烈火熊熊，正过招间，一段房梁砸下，龙三一把推开她，两人分落在房间两侧。妖精坐在地上，似乎没有力气站起来了。龙三踉跄着爬了起来，拍掉身上火苗，说："别再纠缠了，跟我走吧，趁还来得及。"

妖精："跟你走？笑话。我说过今日要与你同归于尽。"

龙三："那是不可能的。"顿一顿。"因为我要你永远地活下去啊。"

反驳的话卡在了嗓子眼，她迷茫地瞪大眼睛，火光点亮了她的眸子，连黑烟都不能使其模糊。龙三再一次看到了他爱的那个妖精，冰雪融化后，她眼中依旧姹紫嫣红，清媚如初。

然后房梁卷着烈火，落了下来。

他冲了过去，用尽全身力气，将她撞了出去。她背后就是半开的阳台门，外面没有烈火，只有永生。

反冲力使他向后坐倒，在那一瞬间，他看清了妖精的样子，看清了她的嘴唇，开合间吐出两个字：龙三。

在终结之时，忘川水如约退去，她终于转身看到前尘。可前尘已经走远了。

房梁轰然砸下，正落在龙三面前，封闭了唯一的出口。他咳嗽着爬到房间中央，唯一一块干净的地方，翻了个身，仰面躺着。

意识逐渐飘远。

烈火的咆哮中，火星荧惑又开始哼唧轻唱，选的是盖天旗的旋律："山河一唱，情网成了劫网。转瞬殊途，前尘不讲。杀云关，血火场。剑上有三百相思，是你模样。"

龙三已睁不开眼睛，只说："你又来干什么呢，荧惑？"

小童呵呵笑："送你一程啊……蛟王。"

龙三："是啊。其实我早就知道了，在你唱出'将军蛟'之后。既然渡劫的妖怪不会知道自己的真实身份，那么我身为蛟龙却认为自己是人类，也是合情合理的。"

"聪明聪明，一般妖怪就算隐隐猜到，也不愿去相信吧。"

龙三："所以这其实是……我的情劫。"

"不，这是你们两人的情劫。当年你找我来渡劫，我算了一算，发现你的情劫应在一个妖精身上，这还是千万年来头一遭。我便先送你入尘世，再去征求她的意见。后来她同意了，就领了忘川水。"

"原来之前那些作弊的话都是诓我的。"他笑一笑，"我还记得你当初对我说的话呢，所谓情劫，就是把缘分投入地狱，万劫不复。如果当初我不坚持渡劫，便能与她江湖相逢，逍遥一世。不过这样的结局也是好的。"

"嗯，你替她渡了这个劫，小蛟。"荧惑说，"她也想替你渡劫的，在那个道士奇袭的夜里。如若她被抓了、杀头，就算是你过了此劫。但你半中途又跳出来救她。这兜兜转转的心思和命数，果然永远猜不清。"

火的哮吼中，他又听到妖精在说：我愿你，一世安康。

她半转过头，不见眼睛，只能看见一扇颤动的眼睫，却说着眼睛里深藏的心思。那些流年里随风摇曳的微微心思。

"荧惑，你编个文字游戏来唱唱。"

荧惑清清嗓子："一步走错，两世皆输，三界压顶，四大荒途，五官糜烂只余虫蛾飞舞；六合过眼，七魄荒芜，只剩下八种相思，疯长的九千发慕，到最后十戒生了十悲哦，万劫已渡。"

龙三一笑："你果然很会文字游戏。"然后满足地叹了口气，"原来万劫已渡。"

散尽最后一口气时，在明灭的光幻里，似有轻绵的羽毛擦过他的嘴唇。青鸟在阳光下歌唱，那一点遥远的发上香。

典当我一世戎马，换取你三生好路。

尾　声

火宿和龙宿又在下棋。

龙：听说有妖怪过了你的虚妄山情劫？

火：没。

龙：咦？那日我还听见他们风传，说是有只青鸟堪破虚妄之情劫，就要升仙哩！

火：啊，确实有这么回事，但她最后还是放弃了——或者说是修行不到，未过情劫吧。

龙：讲来讲来。

火：她的情劫一共三重，第一重为血劫，第二重为火劫。这两个她都没能过，全凭着与她搭伙的小蛟施救，才逃过一死。到了火劫时小蛟死了，按说就应算她过了情劫。但这劫数还有个隐起来的第三重。

龙：哦？还有这样的事！

火：我也没想到。这第三重为心劫。青鸟到最后放弃了升仙，决定守着小蛟的墓过完两千年，便是心劫不渡啦。

龙：嗯，我差不离明白了。但你在小蛟死的时候说了一句“万劫已渡”，又是何意思呢？

火：你偷窥我？

龙：没没，苍天可鉴，当时我在执勤。你们那儿又正好火光冲天。

火：好吧，我且信你一回。其实无论哪里的情劫，就是给人两个选择，一个是为生而生，一个是为爱而死。选哪个都不算错的。夹着棋子闲敲棋盘。你可明白我的意思？

龙：嗯，明白了。原来如此。

火：便是如此。

说罢封杀了龙宿。对方将棋子一扔，嚷道：不下了不下了！荧惑，你唱首儿歌来。

荧惑耸耸肩，也扔了棋子，开口哼道：乱世难相许，万里长哀歌。孤城十二夜，此心埋巾帼。

血劫一剑，火劫已过；心劫，埋巾帼。

虚妄山·观音

侯千藻

“当你坠入无间地狱、不复之境，则需心中呼唤他的名字，他将听闻，救你于苦海。以是名为观世音。”

000 五虫之经

当代杀手界第一人名叫扑火客，且不说他名字拗口，连兵器也很拗口。平常人也就拿个刀啊剑啊匕首啊飞镖啊，都是些柔顺的名字，而扑火客用来杀人的东西名叫“五虫经”。无论正着读还是反着读都觉不出是个甚。天上地下，独此一份。

外行人认为这“五虫经”是某种巫蛊之术；同行则说它是五种怪异兵器的总称，至于是哪五件，又众说纷纭；而那些真正的知情人，已经与真相一起下葬了。

于是各路仁人义士、英雄好汉都伸长脖颈、摩拳擦掌地意图探清杀手之王的底细，抱着一种捕获野生新物种的心态——人类对于这方面总是有着与生俱来的狂热。

信件 01

花灯飞萤扑花红，偷粮老鼠死仓中。鹤州卯城。菩提。

回复：信件 01

已到达。你喜欢什么早点？扑火。

回复：回复：信件01

素馅云吞。菩提。

001 肥鼠之死

据街头李二狗家的幺儿说，“蜘蛛精”正是从花灯巷子里飞了出来，一泡尿的工夫便将粮仓督察李大人带去了地府。当然这么小的孩儿不知道马车中坐的是从襄陵来此奔丧的粮仓督察，也不知道“蜘蛛精”是时下当红的杀手扑火客。

啃着糖葫芦的小孩儿补充道：“蜘蛛精长着一头红色的头发！”

天刚擦亮，两匹断头的马还没来得及拖走，血流一地。十余个巡捕正在收拾马车的碎片和粮仓督察那肥硕的肉块，经过杀手的纵火，现在整条街都是木炭和烤肉的香气。带发修行的慈渡拍了拍李幺儿的脑瓜，俯身贴耳道：“好孩子，别告诉别人好么？”

李幺儿啃着她给的糖葫芦，频频点头。

慈渡直起身，对着焦黑的马车，立掌喃喃道：“阿弥陀佛。”

巡捕瞅见了她，扬手驱赶道：“闲杂人等，立即退散！”

她顺从地离开了花红街，拐弯时顿了顿，又继续向前走，问：“何事？”紫藤花阴中走出一个人，长得像个痞子，神情也像痞子，连那道从右眼延伸至下巴的疤痕都带着痞气，仿佛那是街头混战的纪念品。“你又来这儿干吗？看看那肥猪有没有死透？”他沙哑着问，笑得像个彻头彻尾的混混。

“阿弥陀佛。”慈渡回答。

混混嗤地笑出来：“那你的佛有没有告诉你我是个十恶不赦的混蛋？”

“何事？”她又问。

“昨夜我把围巾落下了，那是一条很重要的围巾。”混混摸一摸右眼下的伤疤，呲牙笑道，“我这样子可是会吓哭小孩子的。”

慈渡："你我都清楚这不是你来找我的原因。"

二人一前一后走在光明大街上，路旁早点铺子已经开门营业。混混站住，喊前面的尼姑："嘿！想不想吃馄饨？"

慈渡站住，没看混混，转身走进早点铺子，找了个靠窗面门的位子，对店小二道："一碗云吞。"混混慢慢悠悠地跟上，大马金刀地坐下，好奇地问，"云吞是什么？"慈渡："就是馄饨。"

混混托着腮，似是想到了什么："你们这里管馄饨叫云吞？"

慈渡忽然透出点不耐烦，道："重点不在这里。"

"是啊，我可忘不了你那一句'你欠我一条命还'。"混混冷笑，"说吧，看上谁了？"

慈渡抿紧嘴唇，忍无可忍，霍地起身："到白马寺找我。"

混混一把抓住她的袖子："我一分没带。"

"我知道。"慈渡扔下一只钱袋，拂袖而去。

混混看了看空荡荡的手，笑着自言自语："你怎么知道？"随后他改变了头巾的佩戴方式，使之遮住自己的伤疤。

当他这么做时，有一缕赤红的头发从指间漏出。

扑火客。

信件 02

老鼠已死。遇到了点麻烦，不过已经解决了。会尽快返回。我好像把你给的围巾丢了。你是鹤州人吧？扑火。

回复：信件 02

不，只是暂住。我再寄给你一条。原地待命。菩提。

002 白马之约

信件只用了一炷香的工夫就寄到了，连带着一条亚麻围巾，看来他的雇主菩提应该就住在卯城里。扑火客随手将纸团扔进茶炉里，起身离开洋槐茶座。带有洋槐标志的建筑就是雇主的联络据点，在他的居住地长洲诸城也有一处，从前等一封信大约需要两周，所以经常有长篇大论寄出却只收到寥寥几句话的情况出现。

至于长篇大论是怎么出现的，扑火已经记不清了。一开始他们之间的通信内容只包括任务，后来拓展到饮食、穿着、天气、爱好和佳节问候，有时还附带小礼品。他会絮絮叨叨地说很多有关自己和长洲的事，再努力从对方口中撬出一星半点信息。这让扑火感觉自己像一个正在和远方的、繁忙的子女谈话的空巢老人，或者一个对闺蜜倾倒苦水的怨妇。

总之都不是件太好的事。却停不下来。

不过现在得知菩提住在鹤州卯城，扑火考虑要不要也定居在这里。鲜虾馅云吞还是很好吃的。

这样决定之后，他围上新围巾，步履轻快地向白马寺走去。

白马寺是由鹤州总督淮阳王出资修建的佛寺，香火鼎盛，僧尼众多。扑火在守门人怀疑的目光中痞气地迈过门槛，心中思考着那个尼姑可能提出的要求。她是个信佛的人，心中怎么会有杀念？她能和什么人有仇？

无论怎样，扑火都得为她杀一个人。因为昨夜杀老鼠时，她救了他一命。

杀手也有原则。他们以生命为单位获得金钱，所以就把数字算得格外清明，就像卖糖葫芦的小贩一定要弄清楚每根签子上有多少颗山楂。杀手欠人一命，定当回报。

昨夜啊，昨夜他从花灯巷子里扑出来时，绝对没有想到护卫肥老鼠的竟然是“索”之王者大日黑轮的传人。既然是“索”之一脉的王者，自然不是吃干饭的，二人拖着六十斤重的铁索飞盘将扑火追得上蹿下跳、一颗心跌宕起伏。他原本以为这是一场碧蝶八步走完谢幕的轻松活计，却被逼得使出了五虫经中的“螳螂十六式”和“天蛛千丝”才得以杀死对手，自己还因为动作幅度过大导致韧带拉伤，亏得路过的尼姑搭救。此女力大，扛着他走过了两条街，把他交给洋槐酒店里的人之后才若无其事地离开了，只临走时附耳轻声说了句“你欠我一条命还”。

其实就算她不说，扑火也是要来还的。并不是因为他被扛着走过两条街时感动得热泪盈眶，而是因为他是个很有原则的杀手。嗯，对的。

至于五虫经本相的泄露。嗨，想那个作甚。

他跟着早起的还愿者们进了正殿，装模作样地磕几个头，从一个小沙弥嘴里打听到了慈渡法师的住处，不过由于一身市井流氓的打扮和气质，扑火沿路遭到众多盘问，最后基本是被押解着进了寺庙后院的一处幽静院落，院中一棵十围的菩提树，尚斑驳的树影下站着白衣的尼姑，手中数着一串念珠。

慈渡与他的“护送人”相互施礼，后者退出。

扑火很不见外，一屁股坐在院中石凳上，翘起二郎腿：“现在说吧，看上谁了？”

慈渡走近，却没有坐下：“你可知，无论我说出谁的名字，你都必须履行承诺？”

“废话少说。”扑火托腮，“我没心情跟你闲扯。”话虽然这么说，他却在石头上调了个舒服的姿势，一脸兴味盎然。作为一个疤痕狰狞的杀手，纵然他是个话唠，也没人能跟他闲扯。这实在是一件令人失落的事。

“如果我说当今圣上呢？”慈渡轻声道。

扑火挑眉：“你知道我办不到。”

“没想到杀手之王竟然也有杀不了的人。”话里多了促狭，轻微得让人察觉不到。

他耸肩：“我只是杀手的王，他可是天下的王。”

慈渡又开始数念珠，似乎陷入了沉思。扑火百无聊赖地四处看了看，一眼发现了她手中的念珠，神色有些怪异，伸手要来夺。这一野蛮举动令慈渡骤然惊醒，后退了一大步，平淡的声音变凉：“放尊重点！”

扑火坐回石凳，抬眼仔仔细细地注视着她，两个相貌迥异的人在树影里对视，目光如针尖麦芒。鹿眼的扑火先开口，语调里没了戏谑："我认识那串念珠。"

"想必是认错了。"慈渡的声音已经从凉变成冷，翻手将念珠拢回袖内。

场面僵持着，最后扑火摊了摊手表示不再追究，移开视线，简短道："你想好没有？"

方才的话八成是说笑。他觉得这个尼姑心里清楚他杀不死紫禁城里的皇帝。所谓一命还一命，若是杀手失败，以身殉职，也算是还上这一命，不过对于雇主来说就太亏了。看慈渡这精明相貌，倒不像是不自量力的。

他看着慈渡，看着她细长冷峻的丹凤眼和不苟言笑的薄唇，脑中突然断了弦，无数的菩提子弹落下来，像一场漆黑的冰雹。

扑火的五指在桌面上来回敲打着，表现得坐立不安。他的头低垂着，几缕暗红色的碎发耷拉下来，遮住了头巾和围巾所形成的唯一的缝隙，让他的眼睛埋藏在黑暗之中。没等对方说话，他忽然站起身，心烦意乱道："我不舒服，先回客栈了。"

"襄陵王。"

走到院门口的扑火猛地站住。

慈渡看着他的背影，呼吸有些急促。

扑火慢慢地回身。"什么？"

"你听到了。"慈渡抿紧嘴唇。

守护着杀云关的襄陵之王侯。她看上的是襄陵王的项上人头。

杀手敷衍地笑了一下，点点头，利落地转身走了。

慈渡藏在袖中的手，紧紧地握住了那串金刚菩提子的念珠。

信件 03

还命，要去襄陵。我送你的那串金刚菩提子的念珠，你还带着么？扑火。

回复：信件03

好的。已送人。菩提。

003 杀手之王

僧房灯火中，慈渡写下最后“菩提”二字，放下笔，将墨吹干，方折起纸条塞进猫咪的项圈里。一刻钟后，这只猫就会顺着鱼儿香粉的味道到达一处洋槐据点，之后再几经辗转到达扑火客手中。猫的记忆只有两周，即使被巫法师抓住，也捅不出多大的篓子。

她推开窗，目送着花斑大猫跃窗而去，无意识地抚摸着手腕上的念珠。

也许她应该在收到第一份礼物的时候就令行禁止，然后把来自扑火客的每一样东西毁尸灭迹，再把粉尘寄回去示警。这样才是明智的做法。

可为什么没有这样做呢？

她再次思考这个艰深的问题，却仍旧一无所获。

也许是因为惊讶于传说中的杀手之王竟然这么人性化。当先父把扑火客的控制权托付给她时，慈渡以为自己面对的是一个面冷心冷的残酷杀人狂，须得打起十二万分的精神与之周旋，因此准备好了种种麻烦的应对方案。

可对方竟然很好说话。

头一次任务慈渡想给他来个下马威，于是将任务目标编成了一句谜语，期待着不知所措的杀手之王发来一封求问信函，可三天后接到手的却是一句“已完成”，附带目标的死讯。这让她感到自己的智商受到了挑战，从此以往便养成了出谜题的习惯，可惜的是至今还未将对手扳倒。

让他们关系更进一步的是一次大封锁。

那天她接到一封遗书，恐怕是这世上最短的遗书了，只有三句半。第一句是：我的肺被削去了四分之一，城已经被封锁，无医疗。第二句是：这大概是我的遗书，想了想只能寄给你了。第三句终于涉及主题：长洲诸城杨柳大街四十九号仓库在我名下，随信附带钥匙。最后半句：保重。

读完之后，一种强烈的感情顿时填满了她的心脏：同情。

他们之间不过是雇主和雇员之间的关系，有一年零三个月的交情，每次通信不过就是她的一个谜语和他的一句已完成。可现在他却说“我的遗书只能寄给你了”。

简直是她听过的最孤独的一句话。

然后她使出了浑身解数，动用若干新的旧的关系，将扑火客救出了那座城。得到对方安全的消息后，她立即写了一封慰问信并把钥匙一起寄了回去，信中提及生活的种种美好，鼓励扑火客热爱生命，切勿轻生云云。

之后慈渡收到了长长的一封信，具体内容她已记不清了，只记得第一句话是“没想到还有人这么关心我，我很开心”。慈渡拿着那封信，真觉得自己简直就是个顶着富翁名头吃霸王餐的穷光蛋，可是又不好意思驳了赐名人的脸面，于是便稀里糊涂地为今后数不胜数的长洲土特产颁发了通行证。

从那之后，扑火客的形象变得复杂，从一张白纸上立起，有了模糊的眉眼和嬉笑的神态，生活习惯、口头禅乃至座右铭等等细节让他日益鲜活，话语中的暖意和杀手身份的冷气使他仿佛一团散发着蓝红色荧光的人影。但慈渡从未想过他会是这样一个人。

昨天中午扑火客到达卯城时，她就得了消息，特意带了幕篱前去一探究竟。那时她并未穿僧袍，只一件普通的白色长衣，步行至花红街街口，便宛如一朵白莲不经意落入了泥沼——花红街是卯城有名的下三等街道，聚集一帮三教九流之徒，打着拉面的招牌贩卖鸦片和破产人口，实在令人扼腕。

此街很窄，仅余一辆中型马车通行，两旁的楼房细长而高，仿佛判官两侧怒目而立的鬼卒。由于两侧房屋都有一定程度的倾斜和扩建，所以到了最高处房檐连接到了一起，使这条街仿佛一条封闭的洞道，光线黯淡，若有若无。

而一朵白莲般的慈渡就是在这样一种乌烟瘴气的环境中初见扑火客。

慈渡闭上眼睛。他那时看上去是怎样的呢？那条作为礼物之一的围巾一下子暴露了他的身份。乍一看有些痞气，斜着肩靠在一堆闲置的青砖上，似乎正在揣测对面的拉面店有几两真货，但慈渡知道他那是在研究地形。花红街上稀罕的阳光恰巧落进他的眼睛里，照亮了一些很沉重的东西，比自家院子中央的那棵八百年的菩提树还要盘根错节。然后他偏一偏头，光影变幻一刹，那沉重的情绪便了无踪迹。

她以为他会是一个眉间有戾气唇角带笑的高瘦的人，可最后只猜中了“瘦”这一条，其余皆事与愿违。

到了半夜，慈渡按上线的要求换了身夜行衣，又至花红街，寻了个妥善的藏身之处。月黑风高，灯光一一熄灭，远远地听见另一条街的打更声，时辰差不多到了。那只到卯城奔丧的肥鼠，每夜这个时辰便来此私会一位风情万种的歌姬，为了保护名誉仅带两名暗卫，凭扑火客的能耐应是小事一桩。因此慈渡还不太明白“需从中施救”这一条命令要怎么执行。

果然，街那一头出现了一辆中型马车，待路过花灯巷口时，忽然从中闪出两道碧绿色的流光！未待她反应过来，马车夫手中骤然飞出一道银索。那碧光诡异地移动了几下，堪堪避过银索的攻击，飞旋着撞在对面的墙壁上。此时昏暗的灯光终于把他映照清楚。

小巧的杀手挂在墙壁之上，靴底向外侧弹出两副蝶翼形刀刃，一拃长，扎在砖缝之内承重，色泽如碧玉，正是方才闪烁的流光。

同一瞬间马车夫猛地一抽鞭子，两匹马发疯地狂奔起来，慌乱中却撞上了那一堆闲置的青砖，卡在路中央不能动弹。见此情景，车夫飞快跃起，同样跃起的还有车后辕的一道身影，两人一齐甩手，抛出两条铁索，铁索末端的球形物体于半空中解锁，眨眼间化作两只车轮大小的风火轮状铁盘，封杀了扑火客的一切生路。

慈渡的心漏了一拍。

扑火客又踏出诡异的步法，以脚下刃踢开一只铁盘，反冲之力使他直向另一只撞去，电光石火的一刹，他立起双臂，两方相撞之后又弹开，有刀剑之声。扑火客翻身在一处阳台上站稳，袖子已经撕成碎片，自破口处出现两道钢刃，紧贴小臂，尖端生有一排倒刺，很是凶残。铁盘被弹开后又化作球体。

“想不到是索之王者大日黑轮。”扑火客忽然开口，俯瞰下方马车顶上的二人。

慈渡顿了一下，她也听说过大日黑轮，似乎是一种很厉害的法门，以力道和速度兼有而闻名天下，但扑火客身怀五虫经，击败他们应该也不成问题吧？

“想不到是杀手之王扑火客。”对方回答。

“你们逼我开启了螳螂切，这很不简单。”扑火客点头，“我本来以为碧蝶切就足够，不想却轻敌了。”

慈渡是个聪明的人，从小父母就对她的智商多番赞赏。于是她立即明白过来“碧蝶切”必然就是他脚下的那两扇蝶形兵刃，而“螳螂切”则是小臂外侧的单刃剑，这两项八成就是五虫经的其中二虫。想明白了这一点，她开始好奇其余三虫究竟是什么。

扑火客接着说：“不过既然你们是传说中的大日黑轮，我须得用上一件门当户对的兵器，这样才赢得不留余地——此虫名为天蛛。”

话音刚落，两条银白色细索就从他手中飞出！

二人反应不慢，横索来挡，扑火客手指一动，细索灵动一弯便绕过铁索，立时射入肩胛，受伤者齐齐抓住细链，凭体重向后一拉，顿时将阳台上无所凭依的杀手拉了下来，急速坠落中螳螂切闪过两道幽蓝的光芒，直取二护卫咽喉。若论贴身搏斗，开启螳螂切和碧蝶切的扑火就如同杀神转世，一切神兵利器都不可能在如此近的距离下挡住这快薄的钢铁。

刀刃撞上了某种坚硬的东西，是贴身软甲。扑火摸清底细后一个错身，从二人中间掠过，将将落地，两只铁盘便携卷着狂风追至脑后。此时他完全来不及蓄力跳起，蹲下亦躲不过铁盘的切割角度，眼看已无计可施，周身却射出无数道白丝，拉着他向上一跃，飞升两丈多高，至顶点时自腰带后背上又窜出十几道，射入两侧紧挨的墙壁里。

扑火客悬空于数十条白细链的中心，仿佛辐射光线的太阳，又如同等待猎物的蜘蛛。

“五虫之四，天蛛切。”他虔诚地报上名号，收拢十指，连在手套机甲中的二十几条细链从墙壁上滑落下来，细索犹如一场碎银之雨，纯洁而美丽。

那一刻，慈渡觉得他就像西天的神佛，而背后的白丝大网便是神佛的光轮。他用一种慈悲而漠然的语气说：“人生艰难，我来解你们的长痛。”说罢扭腰摆腿，数十道白丝铺天盖地而来！

护卫之一大吼：“打碎障碍！”吼声中一只铁盘已迎上漫天细链，另一只击碎了卡住马车的青砖堆，两匹马嘶鸣一声开始撒腿狂奔。断后的护卫已渐渐落了下风，却仍能抵挡片刻，而马车只消片刻就能冲出花红街。扑火客立即抛下当前的对手，舞蹈一般在空中飞旋，使周身的细索一刻不停地射入前方的墙壁，又一刻不停地脱离后方的墙壁，他以蛇一样柔软的动作，控制住了这细腻而精巧的杀器，宛如凌空爬行的蜘蛛，织出一张光怪陆离、令人眼花缭乱的锁链之路。这大网一样的道路不断地塌陷，又不断延展，飞花散雾一样绕着他分分合合。

一眨眼，在空中织路的扑火客已赶至马车前头，下方射来两合一的铁盘，锯齿相互勾结而形成的机甲飞速旋转着，顷刻已携万钧之力到了眼前。扑火客收起双臂，以螳螂切硬拼一记，猛地被顶上去一丈来高，几乎撞破了屋檐，几十条天蛛切也被拉离墙壁。

慈渡的心提到了嗓子眼。这一下起码要落个内伤。

花红街快到尽头，坠落中的扑火客什么都没有做，仿佛真的受了伤。慈渡默念祷告经文。马车还差几个心跳就会冲出这里。与花红街相接的暮光大道有夜间巡逻兵，再下手就万难全身而退。她心道任务竟然失败了，这是扑火客的第一次失败。

即将失去“从无败绩”名号的杀手之王艰难地凭借几根天蛛切落在地上，落得挺重，趴着，抬手拉下围巾，咳出口血，却一声没吭。慈渡看得心惊，刚动了出去扶他的念头，只见扑火客抬起了脸。

那双眼睛冷酷得令人窒息，里面还有烈火般燃烧的、狂热的戾气。

慈渡顺着他的目光看过去，看见了狂奔的马车。

下一瞬间，它四分五裂。

扑火客轻声道：“五虫之三，金蚕切。”

以最细的细丝布在出口织成的绝杀之网，高速奔驰的马车正是它理想的宰割对象。他刚才急速冲刺，并不是为了拦截马车，而是为了开启布置在屋檐上的机关。

鲜血泼墨一般溅满了那片街道，马车的残骸和人畜的肉块散落一地，仿佛骤然崩塌的沙堡。这惨烈的景象来得如此突然以至于她都来不及尖叫，等过了第一个瞬间她很快冷静下来，又看向扑火客。

他依旧没有站起，做了几次尝试，都以失败告终。慈渡看出他的右腿似是受了重创，短时间内逃不远。一转眼又看见长街另一头，一个小孩拿着个倒空的尿盆，目瞪口呆地望向这边，不知已看了多久。

是自己出场的时候了。慈渡当机立断，起身绕过满地的天蛛切，走到扑火客身边蹲下。他察觉了，也来不及再把围巾戴上，于是露出半张狰狞的面孔。她被他右眼下的伤疤吓了一跳，可仔细端详，发现杀手之王长得不算难看，甚至都不算一般，可以称得上圆润可爱。

这四个字浮现的那一刻，慈渡受了不小的惊吓。

她想了一千种面孔，也从未想到他竟然长得圆润可爱。圆润可爱的扑火客的眼中先是有点警惕，可看见她之后，雌鹿一样的双眼慢慢迷茫，看上去正像脱力昏迷的前兆。

他轻声问：“我见过你么？”

这声音也给了慈渡不小的冲击，完全不同于白日里他与人打探时的沙哑低沉，反而轻细温软，还有浓浓的鼻音，倒像是个……倒像是个小姑娘。

一时五雷轰顶。

而对方完全没有意识到慈渡天灵盖里的电闪雷鸣，依然抬着那张圆润可爱的脸、用着那副轻细温软的声音说：“我一定见过你。”

慈渡呆愣地摇摇头，面上仍旧一派镇定，将扑火搀起来——出乎意料地很轻——说：“此地不宜久留，我帮你离开。”对方很顺从地依着她，喃喃：“你果然又来救我了。”

慈渡一愣，心想莫非他已发现我就是雇主菩提？还发现我在大封锁中救了他？但转念一想，这一身份除了自己，再无一人知道。救人一事她也从未提过。那么扑火客这个形容莫非是，莫非是认错人了？不等她澄清，扑火客两手一搂就挂在了她的脖子上，很安心地叹道：“过了这么多年，你终于又来救我了。”说着说着就有点泪水的味道。“我等了你好久啊……”

慈渡心道他果然伤得不轻，而且看起来还伤到了脑子，比较难办，还是速速送医方为上策，于是弯腰将之横抱而起，他却痛呼一声，泪眼汪汪道：“腿疼。”她无言了一会儿，思考了一下各种搬运姿势，最终敲定了扛米袋的方法将他头后脚前地扛在肩上，大跨步离开了花红街。

临走前扑火客没有忘记指挥她一把火烧毁了金蚕切，那些凶残的杀器被高温熔化，变成几滴无害的铁水。慈渡醒过味来之后望着手中的火炬，意识到自己成了从犯。

走过暮光大道的时候，扑火客的围巾掉了。她捡起来随手揣入怀中。

一个时辰后，她同医治扑火的师傅说了会儿话，确认了自己的猜测。

扑火客是个女人。

信件 04

这是很久以前的几封信。

要说快死了，我小时候还真有那么一次。那时候我很弱很无能，遇到了大火灾，受了很重的烧伤。我一动不动地躺在地上，模糊地觉得自己就要死了，一开始挺难过，后来就渐渐想开了，觉得无论如何都会死，死在火里不错，很暖和也很亮堂，也算死得其所。

回复：信件 04

后来呢？你逃出来了？

回复：回复：信件 04

没有，我被人救了。那是我唯一一次被人救。从那以后，我每一次身陷囹圄，就会想那个救我的人。我相信她还会来救我。这么想着相信着，就撑过了所有困境。

004 离别之日

慈渡正在翻看之前的通信，试图找到有关那个施救者的蛛丝马迹，房门却被猛然推开，扑火客面色凝重，抱着一只花斑大猫，立在渐矮的斜阳里。

一看那猫，她就知道露馅了，脸色却还是很平静。扑火客将猫撇在桌上，冷声质问：“要我很有意思？”

“我从来没想过要你。”她直视对方的眼睛，真诚地回答。

“我查了那两个护卫，是淮阳王请来保护襄陵粮仓督察的。”

慈渡心中一愣。这她确实不知情，但细想也说得通。淮阳王安排了这一出戏，无非是想让扑火客无条件地答应刺杀襄陵王此项任务。要知道他们虽然拥有扑火客的控制权，手里却并无她的把柄，也并不是上下级关系。说白了她就像是个有求必应的朋友，可今日这么大一个请求，保不准她应不应，是以想用“还命”来做个保证。

“而你现在也隶属于淮阳王的势力，”她继续说，声音有点尖，已经压不住了，“你们明知道护卫是大日黑轮的传人，却一个字都没有对我提，还安排了你来救我，硬让我欠下一条命。你不是要我，又是作甚！还有这个！”她啪地把一张纸条拍在桌子上，正是慈渡刚刚寄出去的那封信，怒火更盛地说：“送人了？送人了你手腕上的是什么！既然你就是菩提，那为什么装不认识我？认识我这种人让你觉得丢脸吗！？”

“你不能知道我是菩提，不然这场戏就没有意义。”慈渡尽量沉稳地说道，希望愤怒的扑火客能尽快冷静下来，她有点头疼。

此时扑火客没有一丝痞气，没有一丝玩世不恭，“你知不知道我想明白前因后果之后，到底有多难过。”她这样一板一眼的伤心，让慈渡手足无措，只能维持着冷静的表情，说：“骗你这件事，我感到很抱歉。如果现在你说你不想去杀襄陵王，我也很理解。我会跟淮阳王说明白，你不需要做任何事。”

扑火客认真地看着她，忽然噗嗤笑了声：“我本来就不需要做任何事。我不喜欢杀人，可我还是去杀了。你觉得我是为了什么？”

慈渡有些搞不懂她这个忽喜忽怒的态度，答道：“因为我父亲把你训练成杀手之王……”

“而我为了报恩所以听从你的命令？他是这么告诉你的么？”扑火客低头自顾自地笑了一阵，抬起头时，那种极其沉重的、盘根错节的情绪又在她眼中发芽开花，“你果然对五虫经的炼制一无所知啊，菩提。”

确然如此。慈渡偏头，不愿与如此浓重的目光对视。

“我是唯一活下来的。”扑火的声音在颤抖，“五虫经不是一种法门，它是一种蛊术。你知道蛊吧？把所有的毒虫放在同一个器皿里，最后活下来的那一个就被称作蛊。”她直起腰，后退几步，“你根本不能想象我所经历的艰难困厄。你父亲于我，没有一丝一毫的恩情。”

慈渡够聪明，已经明白扑火客听命于她的原因。原先她也曾偷偷猜测过，可现在要突兀地揭开这层窗户纸，她觉得不能够。尤其对方还是个圆润可爱的女孩。所以她开口打断："如果你想离开，那么就走吧。我们两清了。"

"走？我走了，你怎么办？淮阳王岂能留你？"她冷笑。

慈渡盯着她："你什么意思？"

"你知道的太多了，可手上只有我这个筹码。"扑火抱起双臂，"我不能走，除非你和我一起走。"

"够了。"慈渡微怒。

她没有听。"赶在淮阳王还没有起兵之前越过杀云关，到达襄陵，这是最安全的方法。今天我看到凛风骑的龙将军便衣入城，这个是什么征兆你也应该明白……"

"我说够了！"慈渡霍地起身，两人相互怒目。慈渡不常发怒，是以喊出这一声后，也不知道接下来应该怎么办，局面就僵持着。扑火先开口，声音大约是气得发抖："我最后问一次，你跟不跟我走？"

"不。"慈渡斩钉截铁地回答。开玩笑，她怎么可能离开这里？

扑火眼神中的沉重一下子加剧了，仿佛一条巨大的、无尽的深渊。"我明白了。"

当她转身时，慈渡忽然意识到她要离开了，不是离开这间屋子，是离开卯城，离开鹤州，离开她。她一时恐慌得噎住了片刻，等顺过气来，需要追出几步才能和扑火客说话。慈渡说的是："你要走了么？"

扑火："是。"

"你还回来么？"

"不回来了。"

"哦。"

然后她眼睁睁地看着扑火客走出了小院，胸腔忽然有些闷痛。她对自已说，想必是早粥放了红糖的缘故。

午睡时她做梦回到了年幼时，家里起了大火，娘亲在二楼没能逃下来。她自告奋勇地前去施救，差点交代了自己，多亏父亲将她拎了出去。至于拎出去的过程中发生的一点事，太过琐碎，她已记不清了。

火灾第二天，院子里的菩提树被移去了新建的白马寺。父亲听了个老和尚的意见，把她当作了树的嫁妆，买一送一了。她很气，却冷静得没有哭。

信件 05

我觉得临走前，还是要告诉你这件事。我爱你，爱了你很多很多年，可是一直没有勇气和你坦白。睡不着的时候我也会反思，最后悟到爱上谁是一件没有准的事，可能正巧那一须臾撞了邪，就爱上了。若真要讲求一个因果，那么这个“因”大约就是你从火场中救了我，这个“果”就是我要把余生的爱交给你。听上去还是我占了便宜。

至于襄陵王的事，你不用担心。我已经从据点里领了详细的行动方案。

有缘再会。

005 许诺之城

夕阳已显出它的红影。

出城道路上多是些收摊回村的庄户人，骑着马的还在少数，扑火客就是其中之一。她似乎在想心事，任由马溜溜达达地走着。

忽然背后一阵急促的马蹄声，来马在身边一个急刹车，她勒住马转头看，看到一匹气喘吁吁的马和一个气喘吁吁的马背上的人。按理来说此人不该出现在此处，可按心来讲她恰恰应在此处，扑火不知此时自己应该按理还是按心，一时有些混乱。

追来的慈渡先大声质问：“你留下的那封信，是什么意思？”

“我说得不够明白？”扑火耸耸肩，想找回痞子的气质，可自从窗户纸戳破，她就不太能将风流倜傥四字运用自如了。

慈渡皱眉，很严肃："你说我救过你，可我从来不记得有这么回事。"

"忘了就忘了吧。"扑火驱马向前走，却被对方横马拦住。

"不要敷衍我。"她一字一顿地说。

扑火沉默了会儿，言简意赅道："十五年前，你们家起了大火。你就是那时救的我。"

人流从她们旁边流过，后方驶来一架牛车，二人避到路边。慈渡咬住刚才的话题："我自保都难，谈何救人？"

扑火垂着头不说话。过了半晌，慈渡意识到她铁了心不说，只得让步："既然你执意不说，那就算了。但那封信你一定要说个明白。"

"你想让我说什么？"扑火闷声问。

慈渡冷然道："口口声声说爱我，说完就要放弃了么？"

"谁说我要放弃。"扑火不忿，口气很冲，"爱你是我的事，同不同意是你的事，其余和你没有关系。"

"是。可现在你说了出来，这就和我有关系了。"她反驳，缓了缓，"再说，我说过我不同意么？"

扑火猛地抬头："你什么意思？"

慈渡的脸像往常一样平静冷淡，让人猜不透她的心思。她把问题抛回来："你觉得呢？"扑火很踌躇，一边琢磨着这场会话的目的所在，一边小心翼翼地靠近她。对方正经地坐在鞍子上，看她的眼神就像看一只探嗅的小鼠。她觉得？她努力想自己是怎么觉得的，可头却不合时宜地晕眩起来，大约是这个天气，它有点闷热的缘故。

她们的腿碰到了一起，眼神隔得很近，慈渡开口要说什么，丹洁的唇间露出一点牙齿的光泽。

扑火头脑一热，拉下围巾沉肩倾身延颈仰头亲上她的嘴唇，整套动作一气呵成，堵了个快、狠、准，连她都为自己暗暗叫一声好，叫完好之后蓦然惊醒，看着近在咫尺的慈渡不敢动弹。此时她们近得连睫毛都扫在一起，四瓣嘴唇很平和地贴着，扑火先觉得痒，眨了眨眼，方意识到事态已经一马平川地发展到了一个出乎意料的地步，但慈渡一没有闪，二没有躲，只是挺直脊背任由她贴着，可见自己还是有可能猜对了的。当然，也有可能是慈渡的冷静头脑和不屑于躲闪的自信心在发挥作用。

见慈渡依旧目光沉凝没有反应，扑火谨慎地舔了舔她的上唇作为这个吻的收尾，稍稍退后一点，垂着眼睛问："我猜对了么？"

她说话的气息喷慈渡她的脸上。"没有。"心一沉。"不过差不多。"心一悬。"应该是我主动才对。"

扑火还没有从一沉一悬中缓过劲，慈渡就忽然低头亲了下来，瞬间撬开了她的牙齿，柔软的舌头滑进了她的口腔。扑火的头轰地一炸，模模糊糊地想若论快准狠三字自己还要甘拜下风，以后就这方面还要多加练习，一边想一边回应起来，胳膊圈上对方的脖颈，感到慈渡一只手捧住她的肩胛，另一只托住了后脑，几乎要把她拽下马鞍。

路人纷纷侧目，间或指指点点。

慈渡一开始经验不足，让扑火占了上风，可她是何等聪明，几个来回就连本带利地亲了回来。看见扑火的眼底已经软成了一滩糖水，才松开她，下结论道："果然还是我主动比较好。"

"啊！你怎么能用这么正经的语气说这种话！"扑火睁大眼睛。

"不喜欢？"

"……没有。"她满足地叹口气，"我这么喜欢你，自然喜欢你所有的语气。"

"嗯。"

扑火收紧了手臂，迟疑道："那……你会和我去襄陵么？"赶紧补充道："当然，你现在不走也可以。我和淮阳王达成了交易，只要这次我杀了襄陵王，他就保证你一生安全富贵。我的意思是……"略有些语无伦次。

“嘿。”慈渡轻声打断她，“别着急，不会有事的。等到我把这边的事办妥，就会去襄陵找你。”

扑火安静了一瞬：“襄陵？你保证？”

慈渡笑了笑，仿佛白莲花开时水潭里纯洁的倒影：“我保证。”

扑火想了想：“我要个保证的东西。你说过你有个菩提果的护身符，从小带着从不离身，你给我，三月后来襄陵取。”

“好。”

目送扑火客离去后，慈渡调转马头驰回卯城。既然扑火不愿意说，那么她就要自己去弄清楚五虫经的真相。

信件 06

我都知道了，扑火。

我从封存档案里找到了五虫经的资料，又结合了一部分我父亲留存的书稿，弄清楚了它的来龙去脉。经过思考之后，我觉得你应该知道这些。同时我为发生的一切感到抱歉。

我想起来十五年前，我从大火中救出一只烧伤的蛾子，把它交给了一位父亲的朋友，因为这位朋友会法术，说是能医好它。现在想想，他应当就是五虫经研究者之一。

【以下为信件附带的资料节选】

碧蝶八步，自飞舞的蝴蝶中悟出的步法，踏出时若翩然起舞，极易空中借力，追杀逃生皆有妙用。若鞋底装有机关，可变为杀人利器，刀刃需呈弧形，以便减小阻力，此为秘法之一碧蝶切。

螳螂十六式，并非徒手拳法，需一对尺长兵器，单开刃为佳。法门多为横斩或竖挑，式式相连相带，快若电光火石，需身形小巧移动敏捷者，配合碧蝶八步则相得益彰。此为秘法之二螳螂切。

秘法之三金蚕切，为细小可镶嵌机关，启动后则射出细钢丝，绷紧后可碎肉切骨。火为其弱点。

天蛛千丝，因传闻其创建者能控制一千条细链而命名，后背、双臂、双腿皆需覆盖机甲，启动前细链盘曲在机甲之内，启动后可自由伸缩，韧性需强，长度宜三丈之内，适合狭窄地区作战，因其杀伤力过小，建议作为辅助武器。此为秘法之四天蛛切。

至此，步法、护身、陷阱、暗器皆已齐全，只缺一项主兵器，还在商榷，尚未定夺。

此秘法含五种兵器，从五种昆虫中悟出玄机，暂名为五虫经。

经多年实验，人类并无法完全掌控五虫经，他们的体能、韧性、力量、速度都无法驾驭这神兵。思考良久后，我们发现恐怕只有妖族才能胜任。可妖族拥有妖法，无需神兵，这一矛盾，还需仔细参详。

黑蛾一族，能化作人形，却没有丝毫妖力。实为上佳之选。可五虫经太过复杂，即使从小训练，也无法在瞬间准确驱动千个机关中的那一个。因此虽然是成品，能眨眼杀人，但算不上完美。五虫经已是完美，它的主人不能有瑕。

看来只有这个办法了。将兵刃熔炼至试验品身上，机关与神经相连，方可收放自如，浑然一体。熔炼过程中试验品极有可能因失血、剧痛、机体排斥而死，预想即使成功后也会出现贫血、幻痛、触觉微弱等等副作用，严重时需用至幻药物压制方能执行任务。这一点还得药剂师多多费心。

螳螂切完全贴合手臂，二十一号无排斥反应。“铁甲计划”完成七成，覆盖面达到双臂外侧、胸膛、腰腹以及双腿的部分区域。三十三根天蛛切的底座已全部嵌入神经，正在安置细链，待伤口愈合可能会留下红豆状凸起，分布在肩胛骨和小臂内侧，这些区域将无法进行“铁甲化”。

熔炼完成。待麻沸散药效一过，就能观察到实验有何副作用。若二十一号撑过危险期，则可赐名扑火客。

006 扑火之蛾

淮阳王梦得神谕，言上为狐妖所惑，自己需诛杀妖孽，匡正天道，于是在一个百花盛开的季节里造了反。同他一起造反的还有当朝有名的战将龙三，守半个南疆，手中有天下第一铁骑凛风骑，三日克一城，九十日至杀云关。

白云尚不得过，是名杀云。若是天下第一铁骑击破了这天下第一关，那么之后一马平川，直达王都。可杀云既是天下第一关，哪里那么脆，它背靠最富庶的襄陵，粮草充足，兵甲齐备，无后顾之忧，而反叛军一方却是三月急行，人马疲惫。

这三个月，扑火客回了一趟诸城，将库存的青蛇散提取一空。近日来她的幻痛症状愈加严重，曾在噩梦中痛醒过，汗透了床铺。这样下去估计是不行了。她需要尽快把镶嵌在体内的兵刃拔出来，虽然想必极痛，但却是短痛，一劳永逸。

杀死襄陵王，噩梦就可以结束，痛苦就可以退去，她就可以获得新生。

襄陵之所以富庶，是因为它正好堵在了杀云关的北口上，为南北通讯贸易的必经之路。扑火客到达时，正巧赶上采买办收购粮食，弄的满城风雨。这可奇怪，春小麦已经收割，算得上丰收，采买办这样急，难不成是粮库大亏空？

扑火客是个很有好奇心的人，所以练就了一身市井流氓气，如此一来和消息灵通者相处时便很是和睦。她打听到襄陵新的粮库督察刚刚上任，不巧今年的梅雨时节颇大度豪爽，暴雨连连，大约是将粮库淹了，所以着急填补。她一细想，觉得不对，官府的粮仓必定盖在高处，就算淹了全城也万难淹到那里，况且襄陵的粮库督察死了三月有余，新官却才上任，这其中的时间差透着股阴谋的味道。她觉得如果慈渡在这里一定能立即明晓内幕，可自己是头脑简单四肢发达型的，于“聪明”这一项不大在行。

当夜有大雨，她在自己房间里无聊地打哈欠，等着传说中那位貌美的花魁前来接头。得知接头人是襄陵花魁时，扑火客着实激动了一下，她闻说此位花魁国色天香，很是盼望瞻仰她的月貌花容。

约莫子夜，房门吱呀一声开了，水汽扑面而来。扑火客借着房间中央燃着的茶炉，看见一个着白衣的面色白皙的青年人，并不惹眼。

“我本来以为花魁会亲自来。”她有些委屈。

对方整了整衣襟，淡定答道：“我就是。”

扑火客目瞪口呆地盯着他许久，委婉地说：“我觉得阁下不像个姑娘。”

他点头。“你眼神不错。”

在委屈、震惊、困惑、恍然、无语中轮走一圈后，扑火客镇定地掏出信函，“卯城来信。”

花魁接过，没拆，看了眼，扬眉。“你……看过了。”

她干咳一声，无辜摊手道：“我是个好奇的人。”

“我看‘无赖’这个词更恰当。”落下这么句一针见血的评语后，花魁起身离去，快出门时回头问：“你真的就是扑火客？”

扑火摆了个风流倜傥的坐姿，反击道：“你真的就是花魁？”

“难道我还能是襄陵王么？”他冷笑一声，出了门。

她心想，这还真不一定。

那封信中说，襄陵王和花魁是双胞胎，若是花魁无法策反襄陵王，那么等到襄陵王死了，令花魁冒名顶替之。扑火恶狠狠地想，就花魁那副德性，保不准第一天就被识破。

第二天，花魁他老人家金口玉言，召请扑火客速往朝歌楼议事。扑火客一步三摇地去了，进了贵人的闺房，便立即听闻一项奇诡的计划，令人啊……如坠云雾。

一进门，花魁先是说他的这个孪生哥哥对自己还很有心，但三天内策反他却颇困难，需要找个方法激他一激，并细数了一下古往今来有多少怨偶都是因为这一激而冰释前嫌花好月圆的。扑火听完之后总结道："其实你就是让我明日酉时飞进窗来将你挟持，以威逼襄陵王就范是吧？可是这个计策，听上去却很是，啊，我也说不清……难道你不觉得直接绑架他更为实际有效么？"

花魁高深莫测道："我的这个哥哥的性格，太过奇异，不能以一般人的逻辑衡量。"

扑火考虑到，花魁的脑子就很不正常，说不定是一脉相传，于是愉快地接受了这个解释。

次日申时，扑火客还沉浸在一种愉悦的心境里，蹲在探查好的小巷里布置金蚕切。金蚕切切人很麻利，断后也很爽利，就是启动后不能撤销这一点不大便利，非得放一把火。

退路准备好了，她飞身跃上约定的待命点，遥遥望着街对面的朝歌楼。从这个角度，正好可以看穿花魁他老人家的闺房。二人说好以摔杯为号。如果花魁的计策成功了，她就可以兵不血刃地结束自己杀手的人生。

她很愉悦。

可一直蹲到酉时二刻都不见动静，街上的气氛倒有些惶惶然，弥漫着一股山雨欲来的味道。扑火客感到自己的太阳穴又开始阵痛，是发病的前兆，便终于耐不住翻窗进了朝歌楼，刚落地门吱呀一声开了，花魁走进房间愣了一瞬，脸色很冷："我不记得计策里有这一条。"

就他一个人。"我也不记得计策里我须得蹲一个时辰。"扑火也不客气反驳，"襄陵王怎么没来？你不是约他了么？"

街上一片雷鸣般的马蹄声，二人赶到阳台，看见下方一队二三十人的骑兵队，打着襄陵王府的旗号。他们奔去的方向隐约有喊杀声，天边有一点微薄的夕照。

忽然扑火意识到那边是东方，不可能是夕照，只会是火光。

出了大事。

兵荒马乱到底是个什么形容，扑火也不好断定，但她觉得今日之境当得上这四个字。城东“碧”字营一片火海，两方人马正在厮杀。黑衣铁甲的是王府卫兵，又称“玄”字近卫，墨绿衣的是碧字营的士兵。场上有无人的马，也有无马的人，都如同无头苍蝇似的乱转乱撞，乱世的气息正在这里烈火一般升腾。

有人在喊：“……咱们的军粮，必然让襄陵王贪了去！剩下的霉米糟糠……”

仿佛灵犀一点，扑火彻悟了。

贪污的并不是襄陵王，而是上一任粮库督察，那个因“红颜”二字折在花红街的肥老鼠。当然他不敢真的将官府的粮食尽数卖出，而是在荒年高价卖粮，丰年低价买入，周转中自然赚得盆满钵满。可他在三个月前死了，淮阳王定是遮盖了他的死讯，如今新官上任发现库中无粮，不敢禀报，为应付陡然增长的军粮需求，只能满城收粮，又逢天降大雨，随便收来的粮食浸水发霉，分配给前来支援的碧字营士兵，终于引来哗变。

在北方淮阳王的势力并不强大，仅凭自己还扳不倒偌大一个襄陵。

扑火站在外城城垛上，忽然看见了襄陵王的旗帜，旗下一黑衣人策马奔驰。她立即甩开天蛛切偷偷滑下城墙，在碧字营边缘观察形势。

她有必胜的决心。

玄字近卫保护着襄陵王飞快地向城门撤退，扑火知道此时局势混乱，是斩杀的良机。她埋伏在城门的暗洞里，等襄陵王一行人马驰上吊桥，猛地发力坠下，整个人宛如一尾玄色的流星般冲向黑衣的王侯。

这是无人能挡的速度！

扑火客宽大的袍袖中滑出了一道纤细的薄光，它在极速移位中切割空气发出短笛一样尖锐的鸣响。麻布衣袖仅仅是碰到它就被切为两半，它的出现让扑火客化为无形，天地间唯有这一抹群星的亮彩。

绝杀之刃，飞蛾一梦。

在今日之前，它从未出鞘，因为没有人配得上它的出场。而今日，今日正好。这是它的第一次现世，也将是最后一次。

五虫经的压轴大戏，飞蛾切。

这世上最锋利的刀刃。

一切都将结束。

一阵剧痛袭击了她。

仿佛烈火在静脉中燃烧，突如其来的黑暗瞬间将她淹没。扑火客闷哼一声，双眼不能视物，身体因疼痛而蜷缩抽搐，本能地弹出螳螂切。她感到自己撞上了什么人，但痛得太狠，她的触觉一向弱，已不能从铺天盖地的疼痛中分辨出什么，只听到或近或远的地方有人在喊："有刺客！保护王爷！"

襄陵王还活着。

扑火客挣扎着爬起，发黑的视线中出现一个被螳螂切开膛破肚的玄字近卫，仰面躺着还有口活气。飞蛾切撞在他的铠甲上，已断为两截。她甫一转身，还未站稳，十几条白刃就招呼过来，她抬起双臂，可螳螂切仅能隔挡一部分，剩下几刀都结结实实地砍在了身上，叮当作响。扑火客被这十几刀的冲力弹出去数米，拼尽最后一丝力气才没有摔倒。

受了飞蛾切、螳螂切和近卫长刀的连番摧残，她的上衣已经支离破碎，破口中依稀露出青灰色的金属光泽。扑火客单膝跪倒，从怀中扯出青蛇散，一饮而尽，面色方好了些。经她一扯，衣襟彻底崩散，显露的却不是胸膛，而是一套机甲装置，细看竟有血管毛孔，宛如活物一般。

其实世人猜的对。五虫经确然是一种蛊术，它炼制了一种可怕的虫子，虫子可以操控五种不属于人类的神兵，呼吸间杀人夺命。

青蛇散很快生效，凉麻的快感蔓延至五脏六腑四肢百骸，扑火客嗤嗤地笑了起来，状若疯癫，令断后的几位玄字近卫如临大敌。她扶着膝盖，慢慢地站起身，衣服碎片零落在地上，她的身体彻底暴露在空气中。

银白的机甲长在了她的身上。上身唯有小臂内侧和肩胛骨没有被覆盖，真正的皮肤与机甲皮肤相连的地方泛着诡异的紫红色，仿佛正在腐烂的伤口。螳螂切正是从双臂外侧的凹槽中弹出的，此时看清所有细节，不由感叹于设计者超绝的智商。扑火客双手各少小指，而螳螂切与手臂的连接处正是指骨生长处，当她轻微活动手指时，两片刀刃就随着微微颤动。设计者用螳螂切代替了小指，以求达到完美的控制力。

扑火客是名副其实的杀人机器。

“你们谁都挡不住我，”吊桥缓缓升起，她随之前行，“没有任何困难能挡住我。”

数十道天蛛切骤然射出，扑火客走出碧蝶八步，跃过几人头顶，天蛛切织成一张大网当头罩下。她没有落地，凭空借力，飞旋舞动，大网顿时收紧，将其中几人连人带马搅成血泥。待她落地之时，血红的天蛛切像蛇一般缩回她的皮肤，埋在肉里的机甲形成一片红疹一样的鼓包。

真恶心啊。她想。不过没关系，很快就要结束了。

慈渡说会来襄陵找她。那时候她一定摆脱了一身噩梦般的机甲，可以和对方正常地相处。一切就要结束了。

夕阳如血。

她飞掠着切过半天的红云，追着前方的旗。碧字营正在攻打东城门，街道上到处都是军队和踩碎的鸡蛋等物。拐过几个街口，扑火客意识到襄陵王要回王府，便自作聪明地抄了近道，在王府门前等了一刻钟，心生疑虑，突然想起襄陵王走的那条路正巧经过朝歌楼，正巧经过他的孪生弟弟的住处。

花魁同襄陵王的渊源，似乎很是一言难尽。

朝歌楼在熊熊燃烧！

扑火客大脑一片空白。事情的发展犹如流星赶月般迅疾，她已被远远落在后头。玄字卫队正狂喊着灭火，从逃出的灰头土脸的人中寻找他们的王爷。

襄陵王在里头，那么不用说，花魁肯定也在。

至于襄陵王是怎么半道上进入朝歌楼的，扑火不关心。

她死盯着大门。

终于，一个人影跌跌撞撞地冲了出来，黑衣。近卫立即迎了上去。扑火的心一沉，瞅准空当，猛地扎了下去，螳螂切切向襄陵王。对方抬脸，惊呼一声，飞快向侧旁一跃，竟躲过了致命一击。

人类不可能有这么快的速度。

扑火客落地打滚，射出天蛛切将自己重新拉上高处，看着黑衣人轻声说："是你。"

白皙的青年人坦然对望："是我。"

这一个不是哥哥。这一个是弟弟，朝歌楼的花魁。

他终于还是顺从了安排。

"跑吧。"他说，眼神冷酷，"看你能不能逃出这座城。"

扑火客一愣，震惊而困惑地看着自己曾经的盟友，企图弄明白到底发生了什么转变。对方笑了笑："我是襄陵王。这是我对一个刺客的最大的慈悲。"

是了，他现在是襄陵王，若是莫名其妙地袒护她这个刺客，怎么看都显得可疑。这些年来她为慈渡频频杀人，脑袋顶上已经贴上了"淮阳王"的标签，而襄陵王与淮阳王理应没有半点瓜葛。再加上朝歌楼中见过花魁素颜的人，都是隐患，难保将来不会戳穿他。火是他放的。他把他的孪生哥哥和他自己的过去，一把火烧成了灰烬。

扑火客转身飞奔。

身后马蹄声渐近。她拐过几个弯，勉强赶到布置了金蚕切的小巷。这条巷子通向码头，从那里足以逃出生天。

幻痛又开始发作，疼痛的反扑来势汹汹。扑火神经末梢的知觉正在沦陷，嵌在皮肤中的天蛛切已经无法启动，连螳螂切都开始脱离控制。她喘口气，刚想步入小巷，却突然停了下来。

前路空空荡荡。

扑火神情紧张地看着空荡的巷子，银白色的手指轻轻点了眼前一处，指肚上顿时出现一条血痕。她直起腰，退后几步，浓重的绝望从眼前爆炸开来。

是金蚕切。

有人提前启动了金蚕切。

除了花魁，没人知道她要从这里逃走。只可能是他。

马蹄声停在身后。

绝望从她双眼中退去。

她撑过了每一次劫难，终于成就这一身荣耀。她是杀手的王者，是从不失败的凶器，是五虫经的所有人，是唯一的幸存者。

即将失效的螳螂切收回手臂里，自扑火客右手手背缓缓长出一道丹洁色的长刀，其上流淌着夕阳的光彩。虽然业已折断，可不能掩盖这艳美的辉煌。

破碎的飞蛾切。

它仿佛是她的一截骨头，隐藏在肉与机甲的缝隙间，比蝉翼还要薄，一直连接到中枢神经上去。这样即使被疼痛麻痹了其余四虫，只要她还能动，第五虫仍然是不败的王者。这就是五虫经的主兵器，飞蛾切。它的刃是那样冷厉而薄，以至于不能抵抗一次刀剑之间的相撞，却能转瞬切断世上所有血肉与生命。这是杀手的武器，袖里的杀机。

机甲磕打归位，扑火客收拢五指，握住了断裂的飞蛾切。

不远处玄字近卫已结成军阵，铁甲铮然，枪戟如林。

“如果你想来找我，那么现在最好出现啊。”她轻声道，“我害怕你会太晚了。”

包围圈逐渐缩紧。

扑火客疲惫地闭上眼睛，想起了慈渡柔软的嘴唇，和她怀抱里那份平静的安然。初见与诀别的那天，阳光格外温婉，穿过碧绿的菩提树冠落在她的白衣上。扑火站在莺飞草长的春光里，看着菩提树下的菩提，周围的烈火、军队和喧哗都无声远去。

只要想着她，就再也不会感到任何疼痛。

信件 07

想不到已经这么多年过去了。

有时候我还是会茫然，比如快入睡或者将起床的时候，再比如看见任何花斑大猫的时候，我都会回想上一次收信是多久之前，然后幡然醒悟那已然是八年前的事，连送信的猫都寿终正寝了。我在后山鱼塘边给它建了个墓，也算猫类的风水宝地。

你种下的菩提树今年开了第一次花。

今日我要同你道歉，因为我终于还是没能杀死淮阳王，或者说，当朝圣上。

当时我站在他的病榻前，只要伸手就可以用飞蛾切贯穿他的心脏。但我突然犹豫了，我想如果我现在杀了他，自己也免不了一死。那样的话，我就没办法给你种下的菩提树浇水，没办法回忆往事，也没办法给你写信了。给你写信的时候我感觉很好，仿佛你还在道路彼端的某座城市里等着我。

我一直相信人并不是停止呼吸的那一刻死去的，只要这世上还有一个人记得他，他就不算死去。我想我一定要活下去，因为你一直活在我的回忆里，每次我给菩提树浇完水，都会觉得你就站在身后不远的地方，我能听到你的呼吸声，能感受到你的目光，能闻到风里那一丝熟悉的鬓发香。

至于那间仓库，我本来想按你的意思放火烧掉，可又怕连累了别人，于是只把钥匙销毁了。多年以后若是那条街重新修整，后人看到那片坟墓恐怕会很惊奇吧。

最近襄陵的天气很好，梁上的燕子又回来了。

007 菩提之树

虽然做了七七四十九天的法事，连佛前的海灯都捐成了纯金的，皇帝陛下还是毅然决然地驾鹤西归了。作为法事主持，慈渡由此受了不少质疑。但与差点发生的死刑相比，这质疑的分量格外轻。她回到襄陵时身心宁静安和，再也没有任何沉重的挂念。

八年前白马寺遭天雷，起大火，多亏住持起召雨阵才救下寺院，院中的菩提树却受伤颇重，慈渡昏迷了二月有余，才刚醒转就揣着被退还的信件奔向襄陵，抱着最后一点希望，向冒牌的襄陵王打听扑火的去向。襄陵王笑了笑说："不用问了。"

据很多证人说，杀手之王葬身火海。他死前凭借一把断刀斩杀了三十余名卫队士兵，浑身的机甲都被砍成碎片，满身血红，伤痕相叠，却好像感觉不到疼痛。正厮杀间，天雷击中了小巷，竟燃起大火。扑火客纵身冲了进去。士兵们后来向当时待在码头上的人打听，说是也并无浑身是血的人从着火的巷子里出来。

大约是心怀怜悯，襄陵王把断裂的飞蛾切给了她。剑柄上刻着一行小字"飞蛾一梦扑火客"，想来就是扑火名字的来源。

随后慈渡收到了扑火留下来的一封信，信封里只有一把钥匙。在淮阳王攻克王都之后，她去了一趟北方的诸城，顺着扑火给过的地址找到了那间仓库。打开门以后，她看到里面放满了小瓶子，里面装着灰白色的粉末，贴着不同的号码。那一瞬间她就明白了这是什么。

是飞蛾的坟墓。

那一天她查看了所有的瓶子，总共一百三十四个，果然没有二十一号。

小仓库最里头还有一个矮柜，第一层满满的都是五虫经的资料，比她搜罗到的多数倍，甚至还有极其详细的实验记录，总共一百三十四册，全部以“死亡”二字收尾。他们死亡的原因不尽相同，可都同样惨烈。

而十五年前，正是她亲手把扑火客投入这个无间地狱。

慈渡的手开始颤抖。

第二层里是所有扑火客杀过的人的记载，从出生到死亡。他们有些是好人，有些是坏人，大部分是不好不坏的人。她忽然想起很久以前的一次通信中，扑火客说“我觉得有好多人都不该杀，可我还是杀了他们”，当时她们正在讨论吃荤吃素杀猪杀牛的问题，慈渡未能察觉这句话里的沉重。

第三层的资料有关十五年前的一场人为纵火。资料显示肇事凶手是被诬陷的，他家里有一个不满周岁的孩子。之后几页是慈渡父亲进入淮阳党的记录，日期显示正是大火隔天。她知道自己的父亲是个设计兵器的高人，却没想到有人可以为了得到他的专长而杀人放火。最后一页上的法医诊断证明，五年前她的父亲死于他杀而非暴病。

那一夜，她坐在一地的玻璃瓶中间，想着扑火是否也如此坐过。她坐在此处，坐在最沉重的回忆里，被同伴的遗体所环绕，背靠着邪恶的秘密和疼痛的往事，到底是怎么想的呢？慈渡无法揣测她的心思。那是个在烈火中求生的人，她凭借着十五年前生根发芽的希望，撑过了所有劫难。

第二天一早慈渡走出那里，决定复仇。

直到八年后的今天，她才彻底走出扑火的遗产。

是夜她做了个梦，不同于以往的烈火和鲜血，而是一个日光倾城的上午。凯风和煦，春意盎然，她拎着水壶站在院中枝叶千年的菩提树旁，忽然感到扑火就站在自己身后。慈渡有些怕，不敢回头，因为每一次回头后的失望都会累加起来，总有一天会将她掩埋。

有时候她也会想，自己为什么会喜欢上扑火客，而且还喜欢得这么深这么久，后来就悟了，觉得扑火客说得对，喜欢上一个人是没有准儿的事，也可能就是当时脑子一抽，不小心抽到了一见钟情的心境里，就喜欢上了。

忽然身后有人说："喂，不看我一眼么？"

慈渡回身，看见了斜靠在门边的扑火客，心既无起伏，也无悲喜，仿佛她站在此处是一件再寻常不过的事。她就应该站在此处，此处最合适。

慈渡忽然想起，自己脑子最重要的一抽，大约就发生在千年前的此情此景中。

她醒来时，天降霞光，地涌金莲，日月同辉，百鸟和鸣，穹窿显西方极乐之境，黄土承群芳争冠之景，祥天瑞地间颂唱佛经声，不绝于耳。

回复：信件 07

梁上有燕子？这可真是个噩耗。

尾　声

这一次火宿和龙宿没在下棋，因为他们找到了更好玩的玩物，啊那个，朋友。

桌子上趴着一只黑色的蛾子，四周一圈是各种各样的蔬菜瓜果灵丹仙草，二人双目灼灼地看着蛾子。龙：她肯定爱吃这一味乌鸡白凤丸，里面果真添加了乌鸡，令此药多年来终于实至名归。

火摇头：据我的经验来看，蛾子对乌鸡不会有多大兴趣，还是灵芝草取胜的几率更大一筹。

蛾子趴在桌子上装死。

龙：喂，你说她的那个凡间的朋友，叫菩提还是什么的，啥时候才能上天来和咱们杀麻将？

蛾子的腿颤了颤。

火：等她寿终正寝。

龙：不是过了你的情劫了么？

火含糊：谁知道她会不会殉情？还是压上几年才好。

龙敏锐：其实你只是想多玩一会儿这只玩物，啊那个，朋友吧？

蛾子骤然活了过来，飞速向乌鸡白凤丸爬去。

火意味深长：你好像还有封信让我送……

蛾子在乌鸡白凤丸前刹住车，转头，一步三摇不情不愿地向着灵芝草进发。

龙：刚才我没有太听明白——要过情劫的不是这只蛾子啊，我是说这位小友么，怎么到最后成了那个人类？

火给了个看白痴的眼神：你以为菩提是人类？

龙惊：是啊！

火：她的真身可以说是卯城白马寺里那棵八百年的菩提树。不然你以为她为什么不跟扑火客离开卯城？

龙开始反思。

火：菩提最初一世是妙华山上的千年菩提树。扑火正是在妙华山上遇见的她。后来菩提过天劫时引动天雷，烧着了整座山，是扑火衔出了她的种子。所以扑火说的小时候没什么本事被火烧了指的并不是慈渡家的那场大火，而是妙华山的大火，那一次菩提虽退化为树种，却护着二人逃出了妙华山。自那以后五千年，菩提又过了五次天劫，每一次都是扑火帮了她。可每一次栽种重生后，菩提都不会记得从前的事，自然也不记得扑火。

龙：乖乖！难道每棵树都有这样的便利？

火：白日做梦。这是菩提修出来的往生果，千年才有一颗。且过天劫时，这往生果也是要遭劈的，你还记得八年前你吐雷时劈到两个地方吧？

龙：可不是吗！一个卯城一个襄陵，我还以为自己的嘴漏风了。

火：正是。卯城的那一道烧着了白马寺，但淮阳王卖的人情果然够硬朗，坐镇的大师用召雨阵为菩提拖了一口气。襄陵的那一道正巧劈向了往生果，料想那果是从扑火怀中滚到小巷里了，所以点燃了巷子，正巧烧化了金蚕切。那时扑火身上禁锢她的机甲也被砍碎，她化为飞蛾叼出往生果——想来这活儿她已做得游刃有余了。

龙：怪不得菩提没伤没痛却昏了两月有余，想来是天雷的余威。哎？等等！照你这么说，她已经过了七次转生七次雷火，可以飞升了啊！

火：她不是还要报个仇么？你想啊，若是先飞升，再报仇，那面子上就过不太去。所以有些事，切记要一步步来。比如说菩提过的这个劫。若是没有佳人，淮阳王就不会提前谋反，若是他不提前谋反，就不会有龙三的起兵，龙三不压境杀云关，花魁就不会被形势所逼杀了他的孪生哥哥，襄陵王位上不换人，扑火客根本来不及跑到巷子就被当场处决了，她死了就没人从火中救出往生果了，那么菩提就会无处往生被天雷的余威烧死了。可恰恰这世上有了佳人，也有了淮阳王，于是这棵六千八百年的菩提树终于修成正果了。

龙：我深思了下，觉得你逻辑有问题。

火高深莫测：这就是因果的逻辑。

龙：这么说，菩提根本没去过你的情劫嘛！

不远处一道清凉的声音：我自然没去。

白衣女子踩莲花而来，束发高冠，唇色丹洁。桌面上的蛾子挣扎着飞了起来，向女子撞去。她伸手接住莽撞的蛾子，微笑道：我这么喜欢你，怎么舍得去过情劫。——看见你的信，我立马就来了。

蛾子欢快地扑腾着翅膀。

菩提皱眉：她的翅膀怎么了？

半晌，火宿干咳了声，说：吃多了。

虚妄山·人鱼

侯千藻

相传用人鱼油制成的烛千年长明，如果在它的光下日夜默念那逝去之人的名字，则终有一天，千山万水，他将归来。

序

苍生是没有魂魄的。若想有，人便要去修仙，物便要去成精，这样才有了气泽。即便大仙大妖死了，也可以通过各种稀世通灵的珍宝将那遗存的气泽招起来，重新凝成一个魂魄，虽不是当年那个人，却也相当于转世重生。

我是火宿荧惑，世上仅有的二十八位神灵之一，司音乐，善算命，喜游手好闲、不学无术。平日里窝在虚妄山，闲得发霉，便做了个小本生意，专门替那些过不去天劫的仙与妖们安排情劫。然而沧海与桑田已轮了几回班，也不见一个渡劫飞升的。神界也还是我们二十八个老不死的，十个忙正事，十个忙私事，八个常年闭关修行，到最后一桌麻将都凑不齐。

前些时候，我曾见着一个明明可以过天劫的仙，是个道士，眉梢很暖。

故事大约是这样的。

第一章　一天

白川自古出美食，出金鱼。

金鱼中有一种名贵的品种，十二红，鱼体银光闪烁，但胸、腹、尾和背鳍、吻部凑拢共十二处红色，红白对称，任何一处缺少红色即不属正名，入选极难。

城西边有座元桃山，年年晚春都落桃花，燃满山。

现在正是晚春五月。

红白两色的花瓣堆砌在废弃道观的墙角，院中有一干净的湖，碧绿色，仰面躺着一人，宽袍大袖似水波而涌绽，几处红如鞭炮纸，几处白如京窑瓷，一袭衣仿佛血溅新雪，衬得水中流荡的长发愈加漆黑如墨。桃花落在他苍白的脸颊上。

墙角站着一个小女孩，八九岁，板着面孔，手中捧着一卷陈旧竹简，读得用心，念念有词。

忽然水中的人睁开眼睛，色泽纯黑。他缓缓坐起，打量四周，女孩一惊，揣了书两步赶到湖边，结巴道："金、金鱼妖，你醒了。"

水中人悬浮在湖中央，衣摆散开，隐约可见水下一条红白相间的鱼尾。他歪头，看着女孩，笑了笑："我睡了很久么？"

女孩："我猜，嗯，是的吧。"

"你认识我？我是谁？"他向湖边游去。

女孩退一步："你叫十二红，因为你是一只标致的十二红龙睛。"

"十二红，十二红。"他喃喃，"还真有种熟悉的感觉。那么你呢，叫什么？"

女孩脱口而出："白蝶……我是说，白夜子。"

人鱼似是怔了一下，"白夜子，"他若有所思，"你……不像白夜子。"

女孩惊得后跳，语无伦次道："胡说，我明明就叫白夜子！"

"哦，是这样么……"他不再说话。

女孩凑近了一步："今天是你醒来的第一天，我们……我们来互相认识一下吧。"

人鱼的黑眼睛很凉，就像春天那浮冰融化后的河水。她战战兢兢道：“我……我祖上是东山人，在那里当过道士的。喏，这间道观就是仿着当年的清虚观建的。”

人鱼轻声：“破败了。”

“是，”她咽唾沫，“连年战乱，最近才消停一会儿。祖宅也是才修整好的。”

人鱼：“哦。——我饿了。”

“哎呀！差点忘了。”女孩一跳，跑回刚才站立的墙角，拎回一个食盒，里面装着三五个糕点。“我带来的，你吃吧。”

人鱼咬开一个，皱眉：“砂糖的。”

女孩低头，嗫嚅道：“战乱刚结束，找不到豆沙。”忽而一惊，咬紧嘴唇。

然后她断断续续地说了些桃花、春风和东山的雪的话，然后急匆匆告辞走了。从始至终，人鱼静静地靠在岸边，在悠扬的花雨中一言不发。

当天晚上他做了个梦。

梦里有个轻盈的声音向他絮絮低语，听不清晰。突然亮了起来，他从碧绿的湖中浮起，蓝天一瀑千里，仿佛倒悬在天空中的海。四周花雨如梦。

湖边的石桌旁靠着一个人，道士装扮，鬓角里落了半朵桃花，使那细薄的眉多了几点暖意。他看着人鱼，托腮微笑道：“金鱼妖，你醒啦！”

人鱼微微歪头，问：“我睡了很久么？”

“是的吧，”道士回答，“金鱼只有七秒钟的记忆，所以说你之前一直在熟睡也没有错哦，小金鱼。”

“你认识我？我是谁？”他向道士游去。

道士：“你是谁？这个嘛，我未曾想过。我没有给金鱼起名字的习惯。不过既然你是一只标致的十二红龙睛，那么就叫十二红吧。”

“你呢？”

道士拿起石桌上的糕点咬一口，说："鄙人姓白名曦字长夜，道号白夜子，叫我白夜就可以啦。喏，瞧这间道观，就是仿着我老家东山的清虚观建的。"说罢向十二红晃着食盒，里面有三五个酥皮点心："尝一个么？"

人鱼拿一个。里面有馅，甜的。"什么馅的？"

道士一笑，唇角有阳光的弧度。"豆沙的。"

第二章　二天

十二红醒了过来。

墙角站着一个女孩，十一二岁，正神神叨叨地看一套古旧的竹简。见他醒了，有些瘸地走过来，道："十二，你醒啦。我就是昨天来的女孩，还记得吧，白夜子。"

十二红点点头。昨天他从一场大梦中醒来，见到一个十一二岁的女孩，就是她，自称白夜子，还带来一盒糕点，豆沙的。然后她又说了些桃花、春风和东山的雪的话，陪他到了晚霞点起的时候，就告辞走了。

可他心中总觉得别扭。似乎昨天来的并不是一个十一二岁的女孩，而是个更年幼的，比如八九岁；又或者根本不是个女孩，而是个女人，是个少年，是个古稀老妪，是个鬓角落了半朵桃花的道士。

"你在看什么书？"他问。

"书？什么书？"对方反问，手在胸口摸了摸。

"你的脚怎么了？"十二红转移话题。

她垂下头。"前几天上山的时候绊了跤，连着在炕上歇了五六天。"

"没好全就又往山上跑。"十二红淡淡道。

女孩笑笑："不然也不能遇见你啊！"

按照时间算，确实是熊孩子瘸着窜上山，然后撞见了道观里恰巧苏醒过来的十二红。人鱼一如既往地沉默，眼神凝在远方。

"十二，我，今天我带来了一把好四胡，是我们家祖上传下来的，战乱都不曾丢弃。你听我拉曲子，好不好？”女孩试探着碰碰对方的肩膀。

人鱼移开少许。“好。”

四胡看上去很有些年头。

乐声如飞鸟一般划过湖面，人鱼睁大眼睛，他仿佛听到记忆另一端哀哀不绝的回响，穿越千山万水而来，再一次停栖在自己的肩头。似曾相识的感觉，灵魂深处震颤而出的共鸣，令他不由自主地张开嘴，想要一同高唱。

然而开始歌唱的却是女孩。

“倾我一生一世念，来如飞花散似烟。留恋哀哀辞世间，追思滚滚去天边。”

人鱼跟着四胡声接着唱道：“离人不识故人面，当时月下说当年。又见桃火烧枯山，几层春风葬旧言。”

孩子停手，结巴道：“你，你竟然记……”

十二红依旧不语，眼望远空，却有一滴泪无声息地落进湖里。涟漪都不曾有。

“……你哭了？”

“没。”

记忆又在梦中沉浮。

道士翘着二郎腿坐在回廊上，拿出一把崭新的四胡，低头对湖中的十二红笑道：“小红，今天我带来一把好四胡，你听我拉曲子，可好？”

那美妙的旋律听起来就像十万只羽毛洁净的鸽子，飞过每一株含苞待放的、莲花一样的因缘。

他还唱了歌，那歌词似乎是这样的——“倾我一生一世念，来如飞花散似烟。”

然后无数语声响了起来，就像阴郁的春天里敲打在瓷瓮上的连绵不绝的雨滴，噼噼啪啪地响彻记忆的云层。

不尽的面孔，老的，少的，美貌的，丑陋的，有些似乎是同一个人的，有些似乎是不同的人的，都如疯长的春草一般鼓噪而起。所有人都在对他唱着：

倾我一生一世念，来如飞花散似烟。

倾我一生一世念。

来如飞花。

散似烟。

第三章　三天

十五岁及笄的少女站在墙角，神情烦躁地看一卷竹简。她脸上泪痕未干。

十二红隐在水下，静静地打量她。前天他从一场大梦中醒来，头一眼看到的便是此人，面孔稚气，眉间却总有忧色。有些时候她说话的方式也很怪，仿佛那些话根本不是她自己的，而是从什么古老的典籍中学来的。

他盯上那卷竹简，已经很久了。

但不对，本应没有那么久。他们才认识两天而已。本应如此。

十二红浮出水面。

“又是瞒着家里偷跑出来的？”他问。

少女一愣，垂头：“不是偷跑的。只是他们不大愿意我再到山上来。”

“哦。他们知道我么？”

“知道……？”最后语调一扬，成了问句，“不，不知道。”

十二红再次沉浸在远处的某个地方了。

“今天……今天我仔细研究了一下金鱼这个物种。”少女说道，声音还带着点哭的余韵，“才知道原来你们是从鲤鱼发展而来的。”

“嗯。”

“你这一种正名该叫十二红龙睛，需胸、腹、尾和背鳍、吻部凑拢共十二处红色，红白对称，才能入选，缺一处都不算数的。”

“嗯。”

“你的尾巴还真是漂亮啊，这种尾巴叫蝶尾，真是像蜀锦一样美好的东西呢。”

“嗯。”

“十二，你的鳞片可真好看。”

“嗯。”

“……”

不知沉默了多久。

少女轻声问：“你不愿意听我说话吧。”

十二红不说话。

又不知沉默了多久。

少女似是自言自语道：“十二，我要嫁了，嫁到山外去。”

一滴泪落在她的绣花前襟上，少女掏出手绢，轻轻地按在哭泣的眼睛上。

人鱼终于转头看了看她，点头，“好。”顿一下，“你是在为这件事而伤心么？”

她点头。

“别伤心了，”人鱼不再看她，眉睫依旧凉凉的，“你会活得更开心。”

少女捂住脸，低声抽泣起来。“会……会有别人来陪你的，十二，会有别人的。你永远都不会孤独，我保证，十二，我保证。”

然后她忽然倾身向前，轻吻人鱼那清凉的额角。十二红僵住。这一吻如点水蜻蜓，一闪即逝。

院门被合上了。

人鱼业已沉眠在碧绿色的湖中，桃花落在他的脸颊上。

睡去的一刹那，十二红迷迷糊糊地想起，少女擦眼泪的手绢上，似乎绣着一个“蝶”字。这牵动了黑暗中的某件往事，他却不能记起。

“嘿，小红。”

“我知道你醒啦，出来吧。”

十二红睁开眼睛。

道士正在冲他微笑。

梦泛起涟漪，仿佛阳光打了褶子。

白夜子说：“今天啊我仔细研究了一下金鱼这个物种，才知道原来你们是从鲤鱼发展而来的。”

他说：“你这一种正名该叫十二红龙睛，需胸、腹、尾和背鳍、吻部凑拢共十二处红色，红白对称，才能入选，缺一处都不算数的。”

他说：“难怪听我念了七年的经书，你就成了妖。要知道鱼类成妖是很困难的，金鱼更难，因为它们只有七秒的记忆。七秒的记忆能干什么呢，顶多念一句诗，喝一口水，或者叫一个名字，就没有了。所以啊，你能成妖，真是天地的造化啊！”

而十二红趴在岸上，问东问西，感到快乐像锅里的牛油一样融化开来。

“你呀，你能活很久呢。”最后道士笑眯眯地总结。

“你呢？”十二红反问。

“我也能活很久。”道士点头，“我可是成了大仙的白夜子，将来过了天劫，就要一步飞升了哦。”

“飞升？……到哪里去？”

“哪里都不去。”白夜子倾身摸了摸十二红的头，“我还要在这里等你过天劫啊！等我助你过了天劫，咱们就可以离开这间道观了——去云游天下。现在嘛，现在还不行。你的鱼尾还没有退，若是让旁人知道你是一只鲛人，那就了不得啦，他们非要将你扒皮抽筋、生吞活剥不可。”

“为什么？”

“因为你是鲛人啊。”道士神秘地眨眨眼，“鱼成妖不容易，成了妖就自然金贵。鲛人坠泪成珠，歌声惑心，肉化百毒，鳞比黑铁，最妙的是，用人鱼油点起的灯可以招魂。”

“招魂？”十二红跟着他一起压低声音。

“是的。”道士说，“相传用人鱼油制成的烛千年长明，如果在它的光下日夜默念那逝去之人的名字，则终有一天，千山万水，他将归来。”

“日夜默念？那若是断了一刻呢？”

“断一刻都不行，那凝起的气就散啦，得从头再来。”道士摇头晃脑，“这人死的越久，气就散得越远，招魂的时间也就越长。可能要好几代人祷告那么百十来年，那复制的灵魂才能归来吧。”

人鱼仰头看着道士，水波一层层拍在背上。“但他终将归来吧？”

“嗯，走过千山万水。”

春日细薄的阳光铺在他的额角，就宛如那受召而来的灵魂，千山万水，万水千山，终于这样温暖而熟悉地沉淀在旅途开始的地方。

对于十二红来说，白夜子的笑容就是一切阳光的源头。

梦境颤抖着崩塌。

第四章　四天

有人叫他的名字。

是个女人，自称白夜子。

她梳着妇人发髻，还年轻，穿麻戴孝，在湖边的矮桌上抄写一卷竹简。见他冒出头，将笔搁了，笑了笑。十二红三天前遇见的她，那时他刚从一场大梦中醒来，什么都记不起，这个怀着5个月身孕的年轻妇人就出现了，还带来一盒好吃的豆沙糕。她说她的丈夫病死了，没有亲人，自己就带着孩子回到了娘家，在山上散心时，恰巧撞见了废弃道观里苏醒过来的人鱼。

“你又来了。”他轻声说。

“嗯，来陪你。”她笑，又拿起笔。

十二红被困在水里，看不见她在抄什么东西，隐约是一卷竹简。沉默着过了半晌，终于问道：“在抄什么？”

妇人：“啊，是家里祖传的古籍，我看竹简太旧，脱了线，就干脆抄成本子吧。”说着，她将竹简的第一条抽下来，递给人鱼。上面有两个扭曲的字符。十二红皱眉。

“忘了，十二你不识字吧。”妇人笑，“喏，我来教你吧。这两个字啊，是‘七天’，数字七，天空的天。这是这卷古籍的名字。”

人鱼低语：“七天……为什么？”

“不知道，”她低头继续抄写，“我看了又看，似乎是作者的生平经历。哎呀，这作者啊，就是我白家的老祖宗，千年前大名鼎鼎的仙道哦。这卷书里就记满了他的各种各样的经历、爱好、性格、口头禅什么的。”用笔点了点下巴，“谁又知道为甚叫《七天》呢……”

人鱼不语，撑起身子将竹简搁回矮桌上。

妇人抬头笑：“要不，我来教你你的名字怎么写吧。”她掀开一张白纸，写了写，举起来道，“喏，你的名字，十二红。”

人鱼盯着那三个字，忽然脑海动荡起来。

四周似乎飘起了花雨，霞光一瞬间染红长空，而花影和夕照之下的道士，举着一条竹简递到他眼前，“十二红”三个字像烙印一般熔刻其上。他笑得如此温存。

人鱼呆呆地看着他。

“喂。喂！十二！”

十二红一下子清醒过来，四周并没有落花，天空也是一片昏沉惨淡的气色。湖岸上坐着的是个怀孕的妇人，不是那个素衣的道士。她担心而迷惑地看着他，问，“怎么了？”

人鱼摇头。

阴云密布的天上传下一道雷，很快细小的雨点就砸了下来。妇人惊呼一声，急匆匆地收拾笔墨纸砚。人鱼在一旁爱莫能助，轻声道："夏雨来得急，你在道观里避一避吧。"

大约一炷香的时间，有人打着伞进了院内，将妇人接走了。她走路有些瘸，经过小湖的时候对人鱼笑了笑，说："好好睡吧，我明天还会来的。"

雷声如滚木。

然后不知觉中，十二红已经睡去。

树影婆娑中有一对白蝴蝶。

恍惚中，他想起了一些事。在时光与遗忘的缝隙间，有个八九岁的女孩说道："我叫白蝶……不，是白夜子。"紧接着是一个十五六岁的姑娘，她用白手绢轻轻地按住眼睛，绢角有一个"蝶"字。

他似乎认识这个姑娘，十几年的交情；又似乎不怎么熟，只相处了三四天。

回忆被蝴蝶翅膀掀起的气流卷走了。

它们双双落在道士的发冠上。

白夜子正坐在湖边的矮桌前，眉目安然地写着什么。

十二红趴在岸上，仰头问："在写什么？"

道士："啊，闲来无事时的一点小乐趣而已。我看这山里的丹枫竹长得很好，正巧拿来记点东西。"说着，他在一堆没有穿线的简里翻了翻，拿出一根递给人鱼。上面有两个扭曲的字符。十二红扬眉。

"哎哟，忘了忘了，小红你不识字吧。"白夜子笑，"喏，我来教你吧。这两个字啊，是'七天'，数字七，天空的天。这是书名哦。"

十二红抬头："为什么？"

"也没有为什么。"他移开眼睛，耸肩，"哎，我最近发现啊，自己忘性比较大，而小红你的忘性呢，也比较大，所以就开始写点什么，免得啊，将来忘了。”

十二红听得稀里糊涂，还是问：“那为什么要叫七天呢？”

“哎？你不觉得‘七’这个数字是个很神奇的数字吗？”白夜子侃侃而谈，“四大神司，青龙白虎朱雀玄武，每一司恰好七人，总共二十八神灵。据说他们都历经七次转生，七次劫难，七次雷火，终于飞升。而古历纪年法中，七天正好为一个周期，运转不止。所以说啊，七天，感觉就像一个轮回呢。”笑容很暖，“当到了第八天的时候，便仿佛从头开始了一样，永远走不出这个圆哦。”他用笔尾在空中虚画了一个圈。

人鱼撇嘴，撑起身子将竹简搁回矮桌上。

道士抬头笑：“要不，我来教你你的名字怎么写呗。”他拿过一条新竹简，画了几笔，举起来道，“喏，你的名字，十二红。这回可别忘了啊，小红。”

人鱼翻个白眼：“忘了我是猪。再说哪回教过我这个，你果然忘性大。”

道士一边笑一边点头：“是，忘性大。”

蝴蝶飞过这个宁静的夏日。

第五章　五天

小孩的喊声把他吵醒了。

天上有零星的小雪花飘着，地上积了落白，一个十三四岁的男孩牵着一个八九岁的女孩，正站在湖岸上眼巴巴地看着他。十二红不明所以，便静静回望。

然后一个中年妇人打一柄纸伞，挎一只竹篮转过影壁，边走边说：“果然跑不过你们两个小兔崽子了。”她走路有些瘸，听说是小时候摔过大跤，落了病根。

四天前，十二红从一场大梦中醒来，头一眼看见的便是这个三十多岁的妇人，翡翠珠花，蓝绸缎子，可见家中富贵。她自称白夜子，很是健谈，四胡拉得绝妙，却只会一首曲子。十二红很好奇，她为什么连着五天都来到这间废弃的道观里陪一只鱼。

妇人走到湖边，笑盈盈地垂眼看着他。“醒了？瞧，今儿个大年三十呢，我带了饺子给你尝尝。”

提到节庆，人鱼方注意到院子里多了些红纸灯笼，廊柱上还有对联。

“你的孩子？”他问道。

男孩飞快答道：“是，这是我娘。”

妇人将食盒递过来：“热腾腾的饺子，三鲜的。你不爱吃韭菜吧，家里人特意给你包了三鲜的。”

人鱼咬开一个：“你怎么知道我不喜欢韭菜？”

“哎？”她一愣，旋即歪头笑，“听说人鱼都不喜欢韭菜呢。我啊，我也是从这本书上知道的。”她从篮子底下拿出一本册子，略泛黄，封皮上有两个字符。在飘忽的一瞬间，人鱼觉得那两个字念作“七天”，但这种诡异的、似曾相识的感觉很快消散了。

男孩凑过来：“听说这是祖师爷留下的古籍抄本。”

妹妹也靠近：“姐姐，我们白家的祖师爷可厉害了，是位高强的仙道呢！”

十二红一愣。……姐姐？遂心中哭笑不得。

男孩点头：“传说七百年前的白川的那场惊天动地的大风暴，就是祖师爷在渡天劫！”

十二红莫名一震，脱口问道：“他可渡过去了？”

“成了，别扯皮了，饺子都要凉了。”妇人笑道，“那都是神神怪怪的传说，究竟有没有这么个人，还没定论呢。”

吃完了饺子，妇人又从挎篮里拿出了礼花，小孩子们闹着拿去点火，她不放心地跟着。人鱼靠在湖边，轻轻地拿起那本发黄的册子。

七天。

忽然一声炸响，人鱼抬头看，五彩的光散落下来，像燃烧着的雨水。

孩子们在欢呼。

妇人走过来，在湖边坐下，小声说："真好看。"

人鱼点头。

在彩色的光影里，十二红轻轻地问："这本书为什么全都是有关人鱼的事情呢？"

妇人愕然："什么？"

十二红用手一拈，飞快翻动的书页中闪过十数张人鱼的拓印图，全部墨发黑瞳，衣红白之裳，栩栩如生。"这些……"他笑了笑，"全都是我吧？"

"是。"

他虽不识字，可画却好认得多。那个素未谋面的道士，为何用这么细心的刀工，刻下这许多拓版？

"难道我认识他么？"人鱼抬头，满眼迷茫，"那个白家的道士？可是……可是我根本不记得这样一个人啊。"

长久，妇人叹气，拍了拍他的肩。"你大梦一场，前尘都忘了，不记得也说得通。"

十二红微微转头，望向遥远的地方。似乎那里遗落了一程过往。

一些纷扰的梦境浮出水面，瞬生瞬灭。

之后他问："你连续好几天来陪我，一定也和那个道士有关吧？"转头，直视，"这是怎么一回事？"

妇人哑然："这……"

人鱼目若坚冰。

"其实，"她别过脸，"这只是传说。道是他飞升之时，给祖辈留下遗言，让我们家族世代供奉元桃山道观里的一只鲛人，就是你，十二。这本书就是白道士写下的有关你的资料。如此一来，我们照顾得也就更得心应手些。"

十二红皱眉，不语。

妇人抬起手，良久，又放下了，拾掇起来，说："天晚了，你睡吧，我们该回去了。”走了几步，停下，“我明天再来陪你。”

他静静地发呆。

很久很久之前，好像也有人这么对他说过。

我明天再来陪你。

直到永远。

道观的小湖边趴着一只红白相间的鲛人，轻轻地哼着歌。

“倾我一生一世念，来如飞花散似烟。留恋哀哀辞世间，追思滚滚去天边。”

道士笑道：“这歌儿你倒记得熟稔。”

十二红侧脸趴着，笑：“也真是奇怪，一学就会了。——画完了没，我胳膊都酸了。”

白夜子：“马上马上，再趴一会儿。”

人鱼：“你怎么回事，突然想要画画。”

白夜子：“不止画呢，我还要刻在板子上，这样即使布帛腐烂了，这些画也能永远流传下去。”

“画了有什么用呢？”

“为了记住呀——直到永远。”

不知为何，人鱼忽然感到不安。直到永远，就好像离别就在眼前，就好像夏天将至之时春风对桃花许下的诺言。“白夜，”他低头问，“你过得去那个天劫么？”

白夜子惊奇：“为甚忽然问这个？”又笑笑，探身摸了摸十二红滑溜的头顶，“放心。我这么厉害，当然过得去天劫喽。偷偷告诉你啊，我其实有备用计划哟。”看着沉默的鲛人，补充道，“而且我不会离开的，小红。我啊，打算在这间道观里收很多弟子，让他们所有人都跪下喊你‘女王大人’。”

十二红转身甩尾，溅了道士一脸池水，嗔道：“嘴贫。”

白夜子笑嘻嘻的，轻轻地扯着人鱼的长袖，扯着扯着就把他拉到了岸边。

梦境开始摇晃，裂纹一寸寸生长。

但十二红拼命地要留在这里。他死死地抓住这个幻梦。

笑着，白夜子将人鱼搂在怀里，十二红叹口气，反手抱住了他。

“喏，小红，”道士在他耳边轻声说，“等你我都过了天劫，我就带你离开这里，去看一看外面的世界。”

十二红欣慰地笑了，道：“好。”

他松了手。

一切如烟消散。

第六章　六天

飞花，竹影，莺歌燕舞。

破败，萧条，断壁颓垣。

一个头发斑白的老人在旧摇椅上打盹。

鲛人这样看着她，已经看了两刻钟。今天他从一场大梦中醒来，头晕目眩，脑中有无数似曾相识的景象，若即若离，若隐若现。他觉得这个老人，这个老人就很怪。她的面孔就像那些景象一样朦胧而熟悉。

她终于醒了。

“哎呀，我竟然睡着了么？真是……老了啊。”她喃喃自语，沧桑的眼看向湖中的人鱼，“十二红，你果然还是像当年一般年轻。”

鲛人皱眉：“十二红？那是我的名字么？”

老人点头：“是的，因为你是一只标致的十二红龙睛。”

“你认识我？我睡了很久么？”

老人笑了，脸上显出一些年轻时美丽的余韵。“我当然认识你哟，十二，从我八岁那年，我就认识你啦。”

人鱼摇头。“我不记得你。”

“自然，自然。”老人点头呢喃。

“我在哪里？”他问。

“这间道观是仿着当年东山的清虚观建的。”

那种怪异的熟悉感如冰花一样蜿蜒开来，十二红皱眉，看着那凉凉的藤蔓道：“破败了。”

“是。”长叹，“我三十八岁的时候，白川出了大灾荒，饿殍遍地，亲人流离，我走了十三年，才走回这里。我的儿女都死在逃荒中了。”将花白的鬓发绾至耳后，“看我的样子，不像五十岁的人吧？”

十二红莫名其妙地想起了豆沙馅的点心。

“我恐怕没有豆沙馅的点心给你吃了，”老人笑，“我也没有岁月和精力陪你无休止地轮回下去了。不，蒙蔽是一种罪过，永恒变成了折磨，我要告诉你真相。”

人鱼忽然感到揪心的疼痛：“什么？”

“我不是白夜子。”老人轻声道，“我叫白蝶。白夜子早在七百年前就死了。”

人鱼不知觉地摇头：“你在说什么？我不认识……”

“他死在天劫中了，十二红。”仿佛掷地有声，却轻如蚊蝇，“白夜子不会再回来了。他只留下了这本书，留下了一个世代照顾你的家族，那就是我们啊。”老人从怀中掏出一本泛黄的册子，已损毁大半，封皮上写着两个字符。

电光石火间，十二红轻声：“七天。”

“我从小就背这本书，”老人摩挲着册子，“直到每一句答语、每一个动作都烂熟于心，直到我彻底地变成了白夜子——语气，性格，爱好，字体，甚至感情。”她抬起眼，用那昏黄的眼珠看着十二红，“为了避免让你忘记呀。”

“我不知道你在说什么。”人鱼捂住心口，缓缓退回小湖中央。

“自然，”苦笑一声，“自然。你不记得啊，十二，事实上，你只能记住七天的事情啊！”

人鱼一懵。“什么！？”

“金鱼只有七秒的记忆，而即使成了妖，也只有七天的记忆。”老人缓缓道，“到了第八天时，第一天的记忆就会消失，但你却不会感到任何异常。就像人类会自然而然地忘掉十年前的事一样。”

“胡说。”

“这就是你记不住我的原因，”她继续说道，“一旦相见的间隔超过七天，你就会忘了对方。就如同你忘了我，就如同你忘了白夜子。”

“……白夜子，他是谁？”十二红仿佛知道答案。

“他是东山清虚观的道士，云游至白川，在元桃山修行七十年，终未过天劫。他给我们白家留下了祖训，需世代供奉一只名叫十二红的鲛人，步骤完全按照《七天》中所记载的那样。豆沙点心，四胡清歌，书墨纸笔，漫天烟花。七天轮回，永无止境。”停。“你难道完全忘记了么，十二，那些他与你相伴的日子？那些我们与你相伴的日子。”

一瞬间，十二红看到了千千万万的面孔，老或少，男或女，丑陋或美貌，都拉着四胡，轻声对他唱着歌。

“倾我一生一世念，来如飞花散似烟。”

隽永的道士一身蓝白，蝴蝶落在他的发上，阳光落在他的肩上，雪花落在他的眼睫上，烟花落在他不死的诺言上。

“白夜……”

骤然一声惊雷。他听到了惊雷。

十二红抬起头，乌云相叠，耸如黑山，东边电闪雷鸣，西面风啸雨湍，他看到天上赤红的神龙口吐雷霆，于巨响与暴雨中降下审判。

“十二！”

人鱼猛地转头，而黑红的场景如风消散，四周依旧是萧索道观，老人安详。

“我听到了雷！”他稳住呼吸。

老人摇头。“刚才静得很。”

“不，不！那是雷！”

“那只是你的幻觉，你的盘桓不走的回忆。”老人哀声道，“是那场劈死白夜子的天劫。”

“闭嘴！”人鱼双手捂住耳朵，蜷缩起来，“闭嘴！我不知道你在说什么！”

沉淀七百年的伤痛翻涌着跃出灰尘。

十二红不认识白夜子，可他觉得烈火烧心，百苦加身。

“七十年，不断重复七天里做的事，因为忘记的爱便没有意义了，不是么？最完美的七天，献给最完美的感情。”老人说着，从袖中抽出一柄匕首，“但是我们家族不能继续这项任务了——白家已经死绝了，我是最后一个，千里来履行自己的使命。”她站起来，将匕首放在岸边，“鲛人是天下难得的宝物，若是叫旁人发现你，他们会将你抽筋扒皮。我要走了，我再没有力气爬上这座元桃山了。十二，等你寂寞得宛如死去的时候，就自行了断吧。”顿。“抱歉，不会再有别人来陪你了。”

十二红呆滞地望着匕首，眼神明灭，忽然抬头，坚定地说：“你在骗我。他没有死，他向我保证过的——陪着我，直到永远。”

老人怜悯道：“哀伤的谎言。”

人鱼将脸埋在手里，突然怒吼道：“闭嘴！他不会死的！你在骗我！”他的脸颊爬上鱼鳞，漆黑的眼仁变得青蓝，骤然突出的尖牙和利爪白如电闪。露出兽相的鲛人咆哮着跃起，狰狞如鬼，企图撕裂摇椅里的老妇人。然而湖水化作飞索，顿时将发狂的人鱼锁住，一把拖回湖中。水面上浮现太极图案，四周六十四卦象轮转，似有风雷之声，瞬息后万事皆静，陷入沉睡的人鱼仰面躺在水里，又恢复了白净的模样。

桃花落在他苍白的脸颊上。

一切仿佛未曾发生过。

乌云积天。

十二红担忧地游动着，他嗅到了灾难的气息。今天道士没有来。

院门推开声，十二红转身一看，见一总角小童，红衣黑带，头戴高帽，上书四个歪扭金字“天下太平”，拎着食盒走入。

“你是何人？”人鱼想到了道士说过的有关“扒皮抽筋”的话。

“阿红莫怕，我是白夜子的朋友。”他笑嘻嘻道，“今天他有大事，拜托我来照看你一下。喏，听说和你第一次见面都要带豆沙点心，我就拎来了。”说着将食盒放在岸边。

十二红仍旧警惕：“他有甚大事？”

小童嘴里轻巧吐出三字：“过天劫。”

十二红大惊：“他不会有事吧？”

小童模糊一笑：“有了你，他还能出甚么事呢？”

人鱼困惑了。小童悠然道：“其实我此次前来，还顺带着要将真相告诉你。”拿起点心咬一口。“白夜子可曾与你说过，天上总共二十八神灵。据说他们都历经七次转生，七次劫难，七次雷火，终于飞升。”

人鱼点头。

“你可曾想过，既然世间并无地狱天庭，众生也并无转生之机会，那么神灵是如何历经七世，终于飞升的呢？”他边吃边问。

人鱼愣住，忽然心有灵犀：“传说大仙大妖是有气泽的，可以用人鱼灯召回，重新凝聚一个魂魄。”

“这是一个办法。”小童点头，“如此轮转七世，受七次天劫，才能一步登天，永生不灭。”

“这么困难！”人鱼不由轻呼。

小童耸肩：“不然大千世界，百亿年代，成神者必定数不胜数，又怎么会只有我们二十八个呢？”

十二红先是点头，忽然大惊：“你们？！”

“呀！”小童掩嘴，“竟然说漏了。”他拍拍胸襟上的残渣，站起一拱手道：“我乃白虎司火宿荧惑，爱听闲事，专管情劫。而我的老友，青龙司龙宿，执掌雷火，专管天劫，此时正在云层上静待好时辰到了，降下大罚。”

人鱼惊呼。

黑云中一道沉闷的雷霆，似有龙形游过。

“白夜子！”他惊惧大喊。

荧惑在渐起的风中轻笑：“还是不要关心白夜子了，阿红，关心一下你自己吧！”

“我？我有什么好关心的？”

荧惑长久地望着他：“你可知自己与白夜子相识了多久？”

十二红张口欲答，却发现无从说起。本应是几十年，可为何只能想起六七天的事情？他感到惊慌。

“大约有七十年了。”荧惑替他答道，后忽眉目凛冽，“你可曾想过，为何大仙白夜子要在寂静道观中陪你七十年？他是三千繁华中白衣饮酒的剑仙，为何在你这里蹉跎度日？”

十二红呆住。

小童冷笑：“想必他也和你说过，人鱼是天下至宝，血肉骨油皆有大用，但他却未把最重要的用处告诉你。”

人鱼浑身发冷。

“有秘法名为‘偷天换日’，可以在天劫降临之时，以阵法将雷火转嫁于他人身上。但被转嫁之人若是凡人，则顷刻毙命，徒劳无功，以是必须寻得众生中最阴寒之鲛人，置于阵眼当中，受雷火，换得仙人一世功成。”他慈悲地看着湖中的人鱼，“你就是白夜子的替罪羊，是他的后备计划，阿红，他要用你的命渡天劫。”

“闭嘴！”人鱼大吼，“一派胡言！白夜子明明是我的……”

“朋友？知己？至交？挚爱？”荧惑轻笑，“他还能是你的什么，都说出来吧，毕竟他是你世界中唯一的人啊！”声音忽沉，“但你并非他世界中的唯一的人。”

十二红霎时沉默。

“你若不信，”他玉手敛袖，“我且证给你看。”话毕，双臂一扬，大袖中纷飞出密麻麻的白玉算筹，如千万点刀剑寒光，直取人鱼。而湖中忽然升起蓝光一道，太极光影轮转，碧水化铁索横空，将算筹尽数撞出。小童大笑：“瞧瞧哟，可不是镇妖大阵么？七十年浅笑的肝肠，也不过变作这几条寒心的铁芒！”

龙吟大震，乌云中光华大盛，仿佛内里藏了只炽红的太阳，而那矫健的应龙在云影和红光中印下漆黑的剪影。如无上君临。

平地里卷起大风，千万桃花瓣打着旋冲上天空。湖中的水滴一粒粒垂直飞起，连成丝丝水柱。那些游动如长蛇的水索忽而将十二红浑身缠住，他白衣翻飞如梦。

人鱼倏地抬头，看到一道红紫色雷霆，携万钧之势，直朝自己天灵盖劈下。

第七章　七天

十二红猛地醒来，尖叫着跃出湖水。

梦，他做了个梦。那似乎又不是梦。是的，那不是梦。

那是电闪雷鸣的回忆。

这一道雷霆似乎劈开了他的头盖，于是无数过往蜂拥而出，似残尸碎骨一般零落遍地。这些反光的碎片，投射着那么多似曾相识的面孔，或浅笑、或蹙眉、或起嗓高唱、或垂眼清扬，都在或飞花、或轻雪、或柔柳暖阳、或凯风云光的照拂下，无声中已是微凉。

原来他的心中有七百年的哀伤。

还有七百年前的那次爱殇。

雷声似薨，大雨滂沱。

当年，天降雷火劫，在人鱼若有若无的生命的尽头，白衣的道士拂开雨幕而来。

他说：够了。

他说：还是让这一切，有个光明正大的结尾吧。

他说：小红，会有别人来陪你的。你永远都不会孤独，我保证。我保证。

额角一个清凉的吻，命中一场没说好的离别。

额角千个清凉的吻，命中千场已注定的离别。

那么多人说过："我会陪着你，直到永远。"

那么多誓言，那么多谎言。

有人泪流满面地轻唱：

倾我一生一世念，来如飞花散似烟。

回忆哀哀辞世间，追思滚滚去天边。

离人不识故人面，当时月下说当年。

又见桃火燃枯山，几层春风埋旧言。

倾我一生，一世，念……

狂乱的往事的暴风中，十二红看到了满头雪发的白蝶，垂垂老矣，推开山门走来；他听到远方的雷霆，卷着无数烟火与电流，鼓吹四方。他分不清这是回忆抑或幻觉，抑或现实。

十二红问："他死了，是么？"

"是的啊。"

“再不会回来了？”

“再不会了。”

“不，他会的。”人鱼喃喃，拿起岸边老人遗留的匕首，“相传用人鱼油制成的烛千年长明，如果在它的光下日夜默念那逝去之人的名字，则终有一天，千山万水，他将归来。”

“停。阿红，你不要动。”荧惑的声音。

他迷茫地抬起头，看到红衣黑带的小童笼手而立，淡漠而慈悲。“一切皆为痴情伤，无非独角戏一场，天劫情劫，一念而往。”他身后，黑云在酝酿，飞花在涤荡，白雪在静静地下葬。

这必定是幻象。

“住手！十二，”白蝶伸出手，“白夜子利用了你啊！他与你朝夕相处，无非想夺你的真心，借你的长命罢了。七十年，七百年，不过他卑鄙无耻的假情，不值你一分真意。”

“何出此言？”人鱼忽而微笑，“他就是我的整个世界啊！无论这个世界多么黑暗，它都是我光明的心中唯一的东西。无论白夜子是个多么邪恶的人，他都是我拥有的全部。这不是我的选择，但我不能悔悟；这不是什么真情假意，这只是我一生的念想。”

“不！”白蝶，“如果万事皆是局，又该如何？如果他留下《七天》，留下白家照看你，也是个局，你又该如何？”

幻象里，云倾天水，龙滚雷霆。

十二红微微闭眼，再睁开时，云淡风轻。“他的心机，关我何事？”

后手起刀落，血溅寒水，已将左臂斩下，落于湖岸。

白蝶一声惊呼。荧惑叹道：“七百年的修行，毁于一旦。”

十二红脸色惨白，魂思已乱，弃刀向小童道：“请火宿了我长恨，炼长明灯，我将长年吟诵，求他长命归来。”

荧惑看他良久。“我自然答应。”叹气，望天道，“你一刻内必退回原形，若现在被阿龙拿雷霆劈上一下，恐怕就顷刻魂飞魄散了吧。”

十二红轻轻一笑，只觉昏沉欲睡。

但他听到了白蝶的声音：“十二，十二，你回答我。”

他费力地睁开眼睛，恍恍惚惚，眼前的似乎是白蝶，又似乎是眉梢很暖的道士。这人问：“如果一切皆是局，你愿意原谅他么？”

“原谅……谁？”他缓缓向湖中沉去。

有人抓住了他，尽力拖住。他的眼睛业已模糊。

“白夜子。你愿意原谅他么？”

他听到雷声。

“怎么会是原谅呢？”他的意识沉沦进无边的黑暗中，“我根本……就没有怪罪他啊……”

“哦。”安静良久，“原来……如此。”

雷声忽然停了。

却有一滴雨落在他的脸颊上。

然后有一个清凉的吻，似乎就是那个清凉的吻，停在他的额角。

抓住他的手松开了。

十二红轻声念着：“白夜子，姓白，名曦，字长夜。念下去。”

“白夜子，姓白，名曦，字长夜。念下去。”

随着无尽的呢喃，思维在一首歌的回音中终归寂静。

姓白，名曦，字长夜。

白夜子。

……

念下去。

第八章　飞升

“没想到你还是过了劫数。”荧惑袖手，坐在大云上俯瞰九州，“却过的不是阿龙的天劫，而是我的情劫。”

一旁的男人道士装扮，眉梢很暖，笑叹：“七世转生，七次雷火呢。”

“你必然没想到，兜兜转转，精心准备，最后却因渡了情劫而一步飞升。”荧惑摇头，“可仙妖皆觉情劫易，又有几个明了其中苦楚。”

道士但笑不语，只一同望着人间。

“其实，这千万年来得偿所愿，终于和同僚打了场麻将，我也没甚理由留你了。”荧惑打个哈欠，“就职手续都办完了，你想去找他就去吧，那只鱼念念叨叨已经很有几个年头了。”

“确能如此？”

“你上都上来了，还怕我们把你踹下去？”荧惑嗤笑，等道士投入人世，方冷嘲热讽道，“真他奶奶的一个自私小人，白得了那条傻鱼的真心。看等他发现了十二红是只公鱼时将作何感想！”后沉思，“其实像我等能历经如此劫数而不死的人，又有几个是正人君子呢？都是些心思狡诈的烂蝇刍狗。”转念一想，“阿龙倒并非如此，果然和他在一处就神清气爽。”

伸个懒腰，蹦跳着去寻龙宿了。

白川的元桃山降下白衣道士，又一季桃花烧山。

衰败的道观掩映在柳暗花明之处，湖水已干，他步入正厅，岸上不供三清，只一只陶瓷鱼缸，缸前一柄白色火烛，灯苗如线。

在这微暖微凉的烛光中，有一只白背红鳍的鲤鱼缓缓游弋，却少一只鱼鳍，不能凑齐十二处红色。

相传用人鱼油制成的烛千年长明，如果在它的光下日夜默念那逝去之人的名字，则终有一天，千山万水，他将归来。

“这几年你念得我心都要焦了啊……小红。”道士将额头抵在鱼缸边上，轻声道，“不过千山万水，我终于归来。”

金鱼只有七秒钟的记忆，十二红在退回原形之前就开始默念，七秒一轮回，永无止境。

白夜子，姓白，名曦，字长夜。

念下去。

即使早就忘了默念的缘由，即使早就忘了为谁吟诵，即使早就忘了身为鲛人的曾经。

只是念下去。

“其实你不是那个后备计划啊，荧惑这一点真是大错特错。”道士对着金鱼道，“《七天》才是我的后备计划。”

相伴的伊始，他还能心安理得地让十二红为自己挡灾，但他越来越害怕，怕自己会退缩，会手软，会慈悲，于是他写了《七天》，将自己的一言一行、一颦一笑都记载进竹简之中。所谓转世重生，无非将魂魄与记忆重新凝结起来。除了长明灯之外，这便是其中一种办法。

他给白家留下了这项任务，就是给自己留了重生的机会。那些模仿白夜子行为举止、音容笑貌的人，终有几个会完全变成他，用他的思维想事情，用他的语气说话，用他的性格活在世上，用他的感情将爱恨直言。

这便是一种转世。

但没想到七次转生，却因情劫飞升。世事果然弄人。

“如果不是看你最后无法渡过天劫，我恐怕到死都问不出那个问题，到死都过不了这个情劫。”道士抱起鱼缸，走入花雨漫天的光里，“小红，看上我这种人，真是瞎了你的眼啊……”

第九章　尾声

火宿和龙宿又在下棋。

火：我们又凑不齐一桌麻将了。

龙冷哼：虚伪道士，跟他一起我气闷。

火：其实跟我们的几个老同僚相比，还算个好人。

龙：你怎地替他说话？

火：到底都是一伙狐朋狗友了，都担待着点。

龙：我就不明白，他是如何渡劫的？

火：原本他想用十二红过天劫，这计划不错，也够实施，可总有变数——道士和人鱼的天劫，在同一天降下。

龙：这我知道。你那时在地上聊天，我就在天上憋气。

火：是。所以人鱼无力撑过两次雷火，道士心软，现身施救，死于劫难。

龙：这等偷奸耍滑的小人，当年劈得我荡气回肠。

火：但他留下了《七天》，于是七百年中陆续出现了七个人，将魂魄完全化为了白夜子的样子。此乃七世转生。而每一世将死，因是凡人，雷火劫全由十二红所受。

龙：令我痛心疾首。

火：直至前些时候，人鱼大悟，斩左臂，弃修行，不能过天劫。白夜子别无他法，只能选择过情劫。

龙：我只见他问了一句话，落了一滴泪，怎生就过了？

火落下绝杀一子：执念已放，可以辞世。

龙：甚么执念？

火：原谅二字。

龙：何不早问？

火：阿龙，你蠢得我惊心动魄。你且想，白夜子为何最后选择过情劫？

龙：若不选，十二红必死。

火：是也。为救所爱而绝念想，为长相守而放执念，此人当断则断，一吻别浮生，真人才也。况渡情劫此事，需得讲求一个机缘，不能早一刻，亦不能晚一刻，就如同缘分一般，不能早一秒，亦不能晚一秒，恰巧此时，便是这时，福至心灵，豁然开朗。

龙：虽你说得这样神叨，我也不能觉得他算个好人。

火：哎，他可比我，起码比我，高尚的多呢！你也知道，七次雷火过天劫的神，其实并不是最初的那个灵魂。人死如灯灭，再强大的法术都不能起死回生，只能复制一个一模一样的。最初那个白夜子已经死掉了啊，只把七十年的记忆留了下来，留给最终永生的那个人，留给十二红。

龙：你这么一说，我倒有些明白了。

火：即使知道这个理儿，他仍然在七百年前，拨开雨幕而来。

龙：那个与十二红相伴七十年的白夜子已经死了？

火：死了。

龙：却又活着。

火：活着。

龙轻声：忘记的爱便没有意义了……那么被记住的爱就是永恒的了。

火：正是。他不是说过么？“会有别人来陪你的。你永远都不会孤独，我保证。”他会死去，但他的爱能永生。

龙：啊……原来如此。

火：便是如此。

火开口轻唱：

倾我一生一世念，来如飞花散似烟。

一诺绵延一千年，独看沧海化桑田。

一笑望穿一千年，几回知君到人间。

千载相逢如初见。